낙엽

일러두기

1. 모본의 발간 당시의 내용을 그대로 살리되 편집상의 오류를 바로잡고 기본 맞춤법은 오늘
   에 맞게 수정했다.

2. 인명·지명·서명·식물명 등은 원문의 것을 그대로 살리되, 독자의 이해를 위해 현대식으로
   표기하거나 현대식 표기를 병기한 경우도 있다.

낙엽

초판 1쇄 인쇄 _ 2021년 9월 25일
초판 1쇄 발행 _ 2021년 9월 30일

지은이 _ 이병주
펴낸곳 _ 바이북스
펴낸이 _ 윤옥초
책임 편집 _ 김태윤
책임 디자인 _ 이민영

ISBN _ 979-11-5877-255-0 03810

등록 _ 2005. 7. 12 | 제313-2005-000148호

서울시 영등포구 선유로49길 23 아이에스비즈타워2차 1005호
편집 02)333-0812 | 마케팅 02)333-9918 | 팩스 02)333-9960
이메일 postmaster@bybooks.co.kr
홈페이지 www.bybooks.co.kr

책값은 뒤표지에 있습니다.
책으로 아름다운 세상을 만듭니다. — 바이북스

미래를 함께 꿈꿀 작가님의 참신한 아이디어나 원고를 기다립니다.
이메일로 접수한 원고는 검토 후 연락드리겠습니다.

이병주 장편소설

낙엽

이병주 지음

바이북스
ByBooks

왜 지금 여기서 다시 이병주인가

탄생 100주년에 이른 불후의 작가

백년에 한 사람 날까 말까 한 작가가 있다. 이를 일러 불세출의 작가라 한다. 나림 이병주 선생은 감히 그와 같은 수식어를 붙여 불러도 좋을 만한 면모를 갖추었다. 그의 소설은 『관부연락선』, 『산하』, 『지리산』, 『그해 5월』 등을 통하여, 한국 현대사를 매우 사실적이고 설득력 있게 문학이라는 그릇에 담아낸다. 동시에 「소설·알렉산드리아」, 『행복어사전』 등을 통하여, 동시대 삶의 행간에 묻힌 인간사의 진실을 '신화문학론'의 상상력을 활용하여 문학의 그물로 걸어 올린다.

그의 소설이 보여 주는 주제 의식은 그야말로 백화난만한 화원처럼 다양하게 펼쳐져 있다. 『예낭 풍물지』나 『철학적 살인』 같은 창작집에 수록되어있는 초기 작품의 지적 실험성이 짙은 분위기와 관념적 탐색의 정신으로부터, 시대와 역사 소재의 작품에서 볼 수 있는 숨겨진 사실들의 진정성에 대한 추적과 문학적 변용, 현대사회 속에서의 다양한 삶의 절목(節目)과 그에 대한 구체적 세부의 형상력 등을 금방이라도 나열할 수 있다.

더욱이 현대사회의 삶을 주된 바탕으로 하는 작품들에서는, 천
차만별의 창작 경향을 만날 수 있다. 1980년대 이후에는 『허망의
정열』, 『그 테러리스트를 위한 만사』 등의 창작집에서 역사적 사건
과 현실 생활을 연계한 중편이나 함축성 있는 단편들을 볼 수 있는
데, 여기에까지 이르면 이미 그의 작품에 세상을 입체적으로 바라
보는 원숙한 관점과 잡다한 일상사에서 초탈한 달관의 의식이 깃들
어 있다.

이병주는 분량이 크지 않은 작품을 정교한 짜임새로 구성하는
능력이 뛰어나지만, 그보다 부피가 장대한 대하소설을 유연하게 펼
쳐 나가는 데 훨씬 더 탁월하다. 일찍이 그가 도스토옙스키의 『죄와
벌』을 읽고 그 마력에 사로잡혔다고 고백한 것도 이 점에 견주어 볼
때 자못 의미심장하게 여겨진다. 길다면 길고 짧다면 짧은 한국 현
대문학사에서 이병주와 같은 유형의 작가는 좀처럼 다시 발견되지
않는다.

그 자신이 소설보다 더 파란만장한 생애를 살았던 체험의 역사
성, 박학다식과 박람강기를 수렴한 유장한 문면, 어느 작가도 흉내
내기 어려운 이야기의 재미, 웅혼한 스케일과 박진감 넘치는 구성 등
이 그의 소설 세계를 떠받치고 있다면, 그에게 '한국의 발자크'라는
명호를 부여해도 그다지 어색할 바 없다. 발자크가 19세기 서구 리
얼리즘의 대표 작가일 때, 이병주는 20세기 한국 실록 대하소설의

대표 작가다. 그가 일찍이 책상 앞에 "나폴레옹 앞에는 알프스가 있고 내 앞에는 발자크가 있다"고 써 붙였던 사실은 널리 알려져 있다.

거기에다 그가 남긴 문학의 분량이 단행본 1백 권에 육박하고 또 이들이 저마다 남다른 감동의 문양(紋樣)을 생산하는 형편이고 보면, 이는 불철주야의 노력과 불세출의 천재가 행복하게 악수한 사례에 해당한다. 그럼에도 불구하고 그는 우리 사회의 고질적인 학연이나 지연, 그리고 일부 부분적인 '태작(駄作)'의 영향으로 정당한 평가를 받지 못했다. 요컨대 그는 그렇게 허망하게 역사의 갈피 속에 묻혀서는 안 될 작가이며, 그에 대한 정당한 평가는 한 작가가 필생의 공력으로 이룩한 문학적 성과를 올곧게 수용해야 마땅한 한국문학의 책무이기도 하다.

그래서 지금 여기서, 다시 이병주인 것이다. 마치 허만 멜빌의 『모비딕』이 그의 탄생 1백 주년 기념행사를 통해 다시 세상에 드러났듯이, 우리는 그가 이 땅에 온 지 꼭 100년, 또 유명(幽明)을 달리한 지 29년에 이르러 그의 '천재'와 '노력'을 다시 조명해 보아야 한다. 진보와 보수의 이념적 성향이나 문학과 비문학의 장르적 구분, 중앙과 지방의 지역적 차이를 넘어 온전히 그의 문학을 기리고 사랑하는 마음을 앞세워서 '이병주기념사업회'가 발족 되었던 것은, 바로 이러한 당위적인 일들을 감당하기 위해서였다.

미상불 그의 작품세계가 포괄하고 있는 이야기의 부피를 서재에 두면, 독자 스스로 하루의 일을 마치고 귀가하는 발걸음을 재촉할 것이다. 더 나아가 물질문명의 위력 앞에 위축되고 미소한 세계관에 침몰한 우리 시대의 갑남을녀(甲男乙女)들에게, 그의 소설이 거대담론의 기개를 회복하고 굳어버린 인식의 벽을 부수는 상상력의 힘, 인간관계의 지혜와 처세의 경륜을 새롭게 불러오리라 확신하는 바이다.

2021년 나림 탄생 100주년 기념사업의 일환으로 지난해 7월부터 진행해온 '이병주 문학선집' 발간 준비작업이 여러 과정을 거쳐 작품 선정 작업을 완료하고 대상 작품에 대한 출간 작업에 들어갔다. 작품 선정은 가급적 기 발간된 도서와 중복을 피하고, 재출간된 도서들이 주로 역사 소재의 소설들임을 감안하여 대중성이 강한 작품에 중점을 두기로 했다. 이를 위해 한길사 전집 30권, 바이북스 및 문학의숲 발간 25권을 기본 참고도서로 하여 선정 및 편집을 진행했다.

그동안 지원기관인 하동군의 호응과 이병주문학관의 열의, 그리고 편찬위원 및 기획위원들의 적극적인 작품 추천 작업 참여, 유족 대표인 이권기 교수 및 기념사업회 운영위원 고승철 작가 등 여러분의 충심 어린 조언과 지원에 힘입어 이와 같은 성과를 얻게 되었다. 역사 소재의 작품들에 이어 대중문학의 정점에 이른 작품들을 엄선한 '이병주 문학선집'이 독자 제현의 기대와 기쁨이 되기를 기원한다.

이병주기념사업회에서는 이 선집 발간을 위하여 〈편찬위원회〉를 구성하고 편찬위원장에 임헌영(문학평론가, 민족문제연구소 소장) 씨를 모시고, 편찬위원으로 김인환(문학평론가, 전 고려대 교수), 김언종(한 문학자, 전 고려대 교수), 김종회(문학평론가, 전 경희대 교수), 김주성(소설가, 이병주기념사업회 사무총장), 이승하(시인, 중앙대 교수), 김용희(소설가, 평택대 교수), 최영욱(시인, 이병주문학관 관장) 제 씨를 위촉했다. 이와 함께 기획위원으로 손혜숙(이병주 연구자, 한남대 교수), 정미진(이병주 연구자, 경상대 교수) 두 분이 참여했다.

이 선집은 모두 12권으로 구성되어 있으며, 선정 작품 목록은 다음과 같다. 중·단편 선집 『삐에로와 국화』 한 권에 「내 마음은 돌이 아니다」(단편), 「삐에로와 국화」(단편), 「8월의 사상」(단편), 「서울은 천국」(중편), 「백로선생」(중편), 「화산의 월, 역성의 풍」(중편) 등 6편의 작품이 실려 있다. 그리고 장편소설이 『허상과 장미』(1·2, 2권), 『여로의 끝』, 『낙엽』, 『꽃의 이름을 물었더니』, 『무지개 사냥』(1·2, 2권), 『미완의 극』(1·2, 2권) 등 6편 9권으로 되어 있다. 또한 에세이집으로 『자아와 세계의 만남』, 『산을 생각한다』 등 2권이 있다.

이병주기념사업회와 편찬위원들은 이 12권의 선집이 단순히 한 작가의 지난 작품을 다시 볼 수 있도록 재출간한다는 평면적 사실을 넘어서, 우리가 이 불후의 작가를 기리면서 그 작품을 우리 시대에 좋은 소설의 교범으로 읽고 즐거워할 수 있는 하나의 본보기가 되었으면 한다. 역사적 삶의 교훈과 더불어 일상 속의 체험들에 의미를 부여할 수 있는 유익한 길잡이로서의 문학이 되었으면 하는 것이다. 이 선집이 발간되기까지 애쓰고 수고한 손길들, 윤상기 군수

님을 비롯한 하동군 관계자들, 특히 이 일이 진행될 수 있도록 막후에서 모든 지원을 아끼지 않으신 이병주기념사업회의 이기수 공동 대표님, 어려운 시절에 출간을 맡아주신 바이북스의 윤옥초 대표님께 깊이 감사드린다.

2021년 나림 탄생 100년의 해에

이병주 문학선집 편찬위원회 일동

이 작가를 말한다
_ 기록(記錄)과 문학(文學)의 사이

　요즈음에 들어서서 가장 정력적인 작품 활동을 보여주고 있는 작가 중의 한 사람인 이병주(李炳住)는 비교적 늦게 40대에야 작품을 발표하기 시작했다.

　본격적으로 소설을 쓰기 전까지 그는 대학 강단에서 불문학을 강의했고 언론인으로 전신한 이후에는 편집국장, 주필 등으로 춘추의 필봉을 휘두르기도 했다. 그의 명쾌한 문장과 함께 그의 소설이 에세이적인 성격을 강하게 띠고 있는 것은 젊었을 때 불문학에 심취했던 영향이 아닌가 생각된다.

　60년대 초반, 그는 필화 사건으로 약 삼 년간의 옥살이를 하기도 했다. 이 삼 년 동안의 옥중 체험을 토대로 그의 사상과 문학관을 소설로 승화시킨 것이 바로 그의 데뷔작으로 알려진 소설 「소설·알렉산드리아」이다. '그의 데뷔작으로 알려진'이란 표현을 썼지만 「소설·알렉산드리아」가 그의 첫 작품은 아니다. 이미 1957년에 『내일 없는 그날』이란 장편을 부산일보에 연재한 일이 있기 때문이다. 그러나 십여 년 간의 침묵 끝에 발표한 「소설·알렉산드리아」가 문단과 독서계의 폭발적인 화제를 불러일으키자 자연히 「소설·알렉산드리아」가 그의 데뷔작이 되어버렸다. 1965년 5월의 일이었다.

그의 소설은 거의가 자전적(自傳的)이거나 반자전적(半自傳的)인 것으로, 대부분 역사와 실화를 배경으로 하고 있다. 1940년부터 1960년까지의 이십 년간은 우리 역사에 있어서도 큰 소용돌이 속에 휘말려 있던 시절이다. 이 기간 동안 그는 일본, 중국, 한국 등에서 역사의 현장을 체험하면서 살아온 것이다.

게다가 문학은 기록이어야 한다는 그의 확고한 신념은 「소설·알렉산드리아」, 『관부연락선(關釜連絡船)』, 「변명(辯明)」, 「겨울밤」, 「여사록(如斯錄)」 등에서 뚜렷하게 부각된다.

"이 선생은 어떤 각오로 작가가 되었습니까?"

"기록자가 되기 위해서죠. ……나는 내 나름대로의 목격자입니다. 목격자로서의 증언만을 해야죠. 말하자면 나도 그 증언을 기록하는 사람으로 자처하고 있습니다. 내가 아니면 기록할 수 없는 일, 그 일을 위하여 어떤 섭리의 작용이 나를 감옥에 보냈다고 생각합니다. 나는 기록이자 문학인 것을 노리고 있는 것입니다. 문학이자 기록이라고 바꿔 말해도 좋지요."

「겨울밤」에서 주인공의 입을 빌려 자신의 문학관을 피력한 부분이다. '문학은 기록이어야 한다'는 문학관은 단순한 구호에 그치는 것이 아니라는 것은 그의 작품을 위한 취재 여행이나 자료수집에 대한 열의에서 엿볼 수 있다.

그는 언제나 과거의 중요한 기록을 검토하고 중요한 인물을 직접 만나보는가 하면, 되도록 잦은 해외여행을 통해 새로운 체험의 세계를 쌓아간다.

게다가 그는 선천적으로 강한 체력을 타고난 작가이다. 요즘도 그는 매달 천 장이 넘는 원고를 줄기차게 써내고 있다. 그것도 외부와 접촉을 끊고 쓰는 것이 아니라 매일 수많은 사람과 만나고 담소하고 생활을 즐기면서 천 장이 넘는 원고를 쓸 수 있는 거의 초인적인 체력을 타고난 작가이다.

요즘 일부에선 이병주의 다작(多作)을 두고 작품의 질이 떨어질까 걱정하는 이도 있으나 그는 체력이 감당하는 한 밀도 짙은 작품을 계속 쓸 것이다. 그의 방대한 체험과 다방면에 걸친 해박한 지식은 틀림없이 웅대한 스케일의 서사시를 계속 생산해 내면서 우리 문학사에 커다란 발자국을 남기게 될 것으로 생각된다.

이광훈(경향신문 논설위원)

1

보지 말아야 할 것을 보았다는 사실, 그로부터 나의 악(惡)은 비롯되었다. 대역(大逆)을 범할 마음의 경사(傾斜)가 있어도 동기가 없으면 선인(善人)으로 남을 수가 있다. 어느 때 사람은 자기 마음속에서 수십 명, 아니 수백 명을 죽이는 경우가 있다. 입 밖으로 내서 그 범의(犯意)를 말하는 사람도 있다. "당장 목을 쳐 죽일 놈." "칼로 배때기를 찔러 죽여야겠다." 그래도 계기와 동기가 없으니 살인은 일어나지 않았다. 내게 악의 경사가 생긴 것은 까마득한 옛날부터다. 그래도 무기력한 사람이라는 평은 받아도 악인이란 소리는 듣지 않았는데 바로 그날 보지 말아야 할 것을 나는 보고 말았다.

그날, 점심시간을 조금 지났을 무렵이다. 청진동 골목에서 내가 단골로 하고 있는 구멍가게의 안주인을 만났다. 만난 것이 아니라 내 쪽에서만 그 여자가 여관이 즐비하게 늘어선 골목으로 바쁜 걸음으로 황급히 들어가는 모습을 본 것이다.

무심코 그 뒤를 따라가 보았다. 구멍가게의 안주인은 낙양여관(洛

陽旅館)이란 간판이 걸려 있는 집으로 사라졌다. 나는 그 여관 앞을 지나치면서 곁눈질로 현관 쪽을 훑어봤다. 이미 그 여자는 온데간데없었다. 단골로 드나드는 집이 아니면 들어앉을 방을 미리 맞추어 놓은 게 분명했다. 그렇지 않고서야 곧 뒤따라온 내가 그곳에 이르렀을 정도의 시간이면 아직 현관 근처에 서성거리고 있어야 하는 것이다.

'무슨 까닭으로? 누구를 만나러? 구멍가게의 안주인이 대낮에 여관으로 들어갈까?'

하는 따위의 설문(說問)이 토막토막 뇌리에 스쳤지만 나의 상상력은 그 이상 일보도 전진하지 못했고, 대신 그 여자의 남편인 양호기(梁豪基)의 거무튀튀한 얼굴을 눈앞에 그려봤다.

그 구멍가게란 내가 살고 있는 집과 길을 건너 마주보고 있는 가게다. 구멍가게라고 해도 옹덕동 근처에선 제일 큰 상점이다. 곰팡이가 쓴 문어대가리로부터 각종 과자는 물론 양초, 국수, 성냥, 비누, 시금치, 파, 무, 배추, 두부, 콩나물, 미역, 심지어는 조화(造花)가 달린 헤어핀에 이르기까지, 누구의 말 따라 처녀 불알과 중 상투를 빼놓곤 없는 것이 없는 미니 백화점이다. 술의 종류를 쳐도 정종, 소주, 매실주, 맥주, 포도주, 약주, 배갈, 위스키 등속으로 헤아릴 수가 있다. 세계 어느 곳을 찾아가도 면적에 비해 그처럼 다재다양한 산해산물(山海産物)과 공업생산품(工業生産品)이 의좋게 동거하고 있는 상점을 발견하기란 어려울 것이다. 돈만 있으면 옹덕동도 꽤 살기 좋은 곳이라고 할 수 있는 것도 그 구멍가게가 있기 때문이라고 해도 과

15

언은 아니다.

　가게의 주인 양호기는 거무튀튀한 외양과는 달리 이름 그대로 호기도 있고 협기(俠氣)도 있고 인정도 있고 부지런한 오십대의 사나이인데 이 일대에선 유지(有志)로 통한다. 동 서기나 순경도 이 양호기만은 괄시를 못한다. 콩나물 몇 오라기라도 더 얻기 위해서 인근의 아낙네들은 철철 넘치는 애교로써 호기를 대한다. 그러니까 선거 때만 되면 여당의 후보이건 야당의 후보이건 그를 구워삶으려고 법석을 떤다.

　"제기랄, 선거를 이 년에 한 번씩만 하문 좋겠다."

　선거 때만 되면 매상이 배를 오른다면서 양호기가 한 말이다.

　그런데 양호기에게 꼭 하나 결점이 있었으니 그건 의처증(疑妻症)이다. 조강지처를 병으로 여의고 후처를 맞아들이고 난 뒤로부터 생긴 병이라는데 병으로 치면 상당히 중증(重症)이다. 서른 살 안팎의 젊은 나이라는 것과 화장발을 잘 받는 피부를 가졌다는 특징 외엔 한구석 볼품이 없는 여자를 두고 양호기는 사흘이 멀다 하고 시앗 싸움을 벌였다. 마누라의 화장한 얼굴만 보면 "어느 놈에 잘 뵈려고 갈보처럼 꾸몄느냐."고 투덜대고 외출을 하려고만 하면 "어떤 놈과 눈이 맞아서 나가느냐."고 호통을 친다. 그러나 구멍가게의 안주인은 마음이 내키기만 하면 눈썹 하나 까딱하지 않고 외출을 했다.

　"절에 간단 말예요, 절에."

　안주인이 이렇게 앙칼진 소리를 지르면 양호기는 꿈쩍도 못했다. 부처님의 벌은 꽤나 무서워하는 모양이었다.

　오늘도 안주인이 절에 간다고 하고 나갔을 터인데 그럼 낙양여관이 낙양사(洛陽寺)로 통한단 말인가. 나는 피식 속으로 웃어보고 오후를 낙양사, 아니 낙양여관 근처에서 맴돌 생각을 했다. 나는 원래 할 일이 없는 사람이다. 이력서를 호주머니에 넣고 구직(求職)하는 척하고 집을 나오기는 하지만 어딜 가나 결과는 허탕이라는 것을 나는 잘 알고 있다. 그저 건성으로 버릇처럼 거리를 헤매고 있을 뿐이니 오후 한나절이 아니라 며칠을 낙양여관 근처에서 지내도 아무런 지장이 없는 것이다.

　나는 여관 문이 환히 바라보이는 지점의 전신주에 기대서서 가을 하늘을 쳐다봤다. 공해(公害)니 뭐니 하고 떠들어대는 사람들도 있더라만 서울엔 아직도 가을 하늘이 살아 있다. 겹겹이 얽힌 전선 사이로 보이는 푸르른 가을 하늘. 지금쯤 시골의 들엔 나락이 황금의 파도를 이루고 있겠지……. 나는 시골 초등학교의 교사를 하던 시절을 회상했다. 소년들의 얼굴이 보였다……(그러나 아득히 흘러간 꿈이다.)

　전신주에 기대서서 하늘을 보다가 여관을 훔쳐보다가 하고만 있는 것도 멋쩍은 일이다. 나는 가끔 뒷눈질을 하면서 골목 어귀에까지 나와 구두를 닦고 있는 아이들의 구두 닦는 솜씨를 구경했다. 아직 발육이 완성되지 않은 조그만 손들이지만 다부지고 야무지고 민첩한 손들이다. 나는 그 손들을 지켜보면서 내 자신 구두닦이를 하려다가 망신을 당한 재작년의 일을 상기했다. 통을 맞추어 들고 명동의 어느 골목에 가 앉아 있었더니 난데없이 무섭게 생긴 청년이 나타났다. 다짜고짜 누구의 허락을 맡고 거기에 앉았느냐는 것이었다. 그 사이 하나는 새로 만든 구두통을 징이 박힌 구둣발로 밟아 뭉갰다. "손모가지가 달아나기 전에 꺼져라!" 비수로 찌르는 듯한 말이었다. 나는 없는 꼬리를 감아 넣고 그곳을 쫓겨났다. 구두닦이를 하기 위해 들인 이천 원의 돈이 아까워 견딜 수가 없었다……. 구두닦이라는 직업도 특권(特權)에 속하며 자리를 사고 팔며 상납할 보스가 있다는 사실을 후에야 알았다.

사람은

居天下之廣居(천하란 넓은 집에 살고)

立天下之正位(천하의 바른 지위에 서서)

行天下之大道(천하의 대도를 행한다)

란 말은 맹자(孟子)의 말이다.

'맹자란 싱거운 사람이다.'

이런 엉뚱한 생각을 하고 있는데 이제 막 한 켤레의 구두를 마저 닦은 소년이

"아저씨 구두 닦으세요."

하고 맑은 눈동자를 굴리며 나를 쳐다봤다. 나는 엉겁결에

"난 구두 안 닦아."

하니까

"실업자일수록 구두를 닦아야 해요."

하며 소년은 구두약이 조금 묻은 양뺨에 보조개를 피웠다.

"내가 실업자란 걸 어떻게 아니?"

"이맘때 이 근방에서 얼쩡거리고 있는 사람이면 대강 실업자죠
뭐."

나는 멋쩍게 웃었다. 그리고 그 자리를 떴다.

'유럽 어느 나라에 가면 실업자에게 매달 삼백 불씩 수당을 준다
더라만!'

삼백 불! 우리나라의 돈으로 치면 25만 원이다. 25만 원! 실감이
안 나는 천문학적 숫자다. 25만 원이 아니라 몇 만 원이라도, 아니
몇 백 원이라도 매달 생길 수 있으면 얼마나 호사로울지 모르겠다.

다시 골목 안의 전신주 쪽으로 접어들어 오려고 발길을 옮기는데

"안인상 씨 아닙니까?"

하는 소리가 등 뒤에서 들렸다.

돌아보니 허창구란 옛날의 동료였다. 지금은 방향을 바꿔 R재벌
의 중진으로 있는 사람이다. 소문은 듣고 있었지만 서울에서 만나는
건 처음이었다. 나는 반기는 표정을 했다.

"안 선생 어떻게 지내십니까?"

하고 손을 내미는 허창구는 곤색 양복에 청결한 와이셔츠를 입고 맵
시 좋은 넥타이를 매고 반들반들 윤이 나도록 닦은 구두를 신고 있
었다. 나는 대답 대신

"지금 어딜 가십니까?"

하고 물었다.

"상공부에 들렀다가 잠시 이 근처에 볼 일이 있어서 나왔습니다."

"출세하셨다고 들었습니다. 반갑습니다."

"출세가 뭡니까. 그런데 안 선생은?"

"그럭저럭 그렇습니다."

"그럼 또."

하고 그는 멀어져 갔다. 자신만만한 자부 같은 것이 그의 뒷모습에 역력히 나타나고 있었다. 그 뒷모습을 보고 있노라니까 어떤 일본의 시인이 쓴 시 한 구절이 생각났다.

'친구들 모두 훌륭하게 되었다는 소식을 듣고 꽃을 사와선 아내와 희롱하다.'

나는 이렇게 엉뚱하게 유식(有識)하다. 그러나 쇠잔한 인생이 공감할 수 있는 좋은 시가 아닌가. 나는 어두운 방에서 음화식물(陰化植物)처럼 삯바느질을 하고 있는 아내를 생각했다. 내겐 아내와 더불어 희롱할 꽃을 살 돈이 없다.

다시 아까의 전신주에 기대섰다. 신문 파는 아이가 신문을 사란다. 버스값을 제하고도 신문 한 장을 살 돈은 있지만 신문을 살 생각은 없다.

'내가 끼지 않아도 세상은 잘도 돌아가는데 나완 관계없이 돌아가는 세상일을 알아서 무엇 하느냐 말이다.'

그 여자가 들어간 지 한 시간은 좋이 되었을 것 같은데 여관의 현관은 동굴의 입구처럼 허허하기만 하다. 내가 딴생각을 하고 있을 때 벌써 빠져나가버린 것이 아닌가 하는 걱정이 인다.

미니스커트의 아가씨가 스치고 지나갔다. 맵시 좋은 허벅다리가 활달하게 드러나 있다. 귀여운 암사슴을 보는 느낌일 따름이다. 그러나 저런 미니스커트의 아가씨와 청춘을 시작하는 인생도 있을 것이란 상상력마저 고갈한 것은 아니다.

이런저런 생각에 말려들기도 잠깐이었다. 누런 가죽잠바 차림의 사나이가 낙양여관의 현관으로부터 돌연 나타나더니 무엇에 쫓기는 사람처럼 바지 뒤포켓을 바른손으로 쓰다듬으면서 빠른 걸음걸이로 골목을 빠져나가고 있었다. 나이는 삼십 안팎, 어깨가 딱 바라지고 근육이 단단해 뵈는 어딘지 행투가 있어 보이는 사나이, 사나이라기보다 수컷이라고 부르는 편이 실감이 날 정도로 사람의 냄새라기보다 짐승의 냄새를 강렬하게 풍겼는데, 그 강렬한 냄새는 그가 사라지고 난 뒤에도 골목 안에 서려 있는 것 같았다.

거의 넋을 잃다시피하고 그 사라져가는 모습을 바라보고 있었는데 뒤편에 사람의 동정이 있었다. 고개를 돌렸다. 구멍가게의 안주인이 이제 막 여관에서 나와 옷매무새를 연신 고치며 사나이가 간 방향과는 반대쪽으로 걸어가고 있었다. 나는 그 뒤를 천천히 따랐다. 거기서부터 옹덕동으로 가는 버스 정류소까지는 이백 미터 이상의 거리가 있었기 때문에 도중에서 알은 척을 해도 상대방이 당황하지 않아도 될 것이었다.

정류소에 이르자마자 버스가 도착했다. 여자는 버스를 탔다. 여자와는 두세 사람의 사이를 두고 나도 버스를 탔다. 공교롭게도 내 자리는 구멍가게의 안주인이 앉은 자리의 바로 뒤였다. 여자는 그때까지도 나의 존재를 알아차리지 못하고 있었다. 옆자리 손님의 시계는 네 시 오십 분을 가리키고 있었다.

나는 짐승의 냄새를 강렬하게 풍기고 지나간 아까의 그 사나이와 구멍가게의 안주인과를 망설임도 없이 연결시킨 마음으로 앞자리에 앉은 여자의 뒤통수에 시선을 쏟았다. 머리칼을 부풀게 빗어 올린 헤어스타일인데 뒤통수의 머리칼이 전체의 모양과는 어울리지 않게 납작 붙어 있었다. 다른 부분은 엉성한데 거기만 눈에 띄게 움푹 들어가 있다. 옥색 치마저고리는 이제 막 갈아입은 옷처럼 구김살이 없는데 머리만 그렇게 되어 있다는 것이 야릇했다.

'베개가 닿은 부분이다.'

나는 순간적으로 그렇게 판단했다. 그렇게 판단하고 보니 누가 보아도 자다가 일어난 여자의 머리 모양이었다. 머리 모양을 고치긴 했는데 머리 뒤에까진 조심이 이르지 못한 것이다. 나는 낙양여관의 구석진 방에서 연출되었을 치태(痴態)를 상상해 보았다. 그러고 보니 짐승의 냄새를 강하게 풍기던 그 사내와 구멍가게의 안주인은 어울리는 한 쌍이었다. 여자의 조금 치켜 째진 듯한 도다리눈, 아래로 빠진 듯한 두툼한 코, 그리고 약간 췌육(贅肉)이 붙은 듯한 몸매를 종합해서 하나의 암컷을 상상하고 그 짐승과 같은 수컷을 배합하면 거기

에 자연 일폭의 극채색음화(極彩色淫畵)가 이루어진다. 이와 동시에

'오늘밤 또 만만찮은 구경거리가 나타나겠군.'

하는 은근한 기대가 솟았다.

어떤 때이건 아내가 외출에서 돌아오면 무슨 냄새를 맡아내려고 모든 관찰력을 동원하고 신경을 곤두세우는 양호기의 눈이 그런 베개 자국을 놓칠 리 만무하기 때문이다.

'말을 해줄까 어쩔까.'

그 여자의 표독스런 표정, 더욱이 내게 대한 쌀쌀한 태도를 생각하면 내버려두고 굿이나 보자는 마음이 되기도 하지만 어쩌다 상해 사태에까지 번진다면 하고 생각하니 그냥 둘 수도 없는 것이었다. 하기야 그 여자에게 주의를 시킬 작정을 하더라도 난관이 있었다.

'뭐라고 해야 한단 말인가……'

곰곰이 생각하니 아무 말 않고 지나쳐버리는 게 가장 점잖은 태도일 것 같다. 그래 잠자코 있기로 했는데…….옹덕동에서 버스를 내리자마자 나는 "아주머니."하고 불렀다. 나를 본 그 여자는 순간 움찔하는 것 같더니 곧 언제나와 같이 쌀쌀하게 표정을 꾸몄다.

나는 얼른

"아주머니 미장원엘 다녀가세요. 뒤통수에 베개 자국이……."

하고 지나쳐버리곤 곧 후회했다.

'그 계집이 경을 치거나 말거나 내게 무슨 상관이냐 말이다. 하여간 나는 경박해서 못써.'

힐끔 돌아보니 그 여자는 행길가의 미장원으로 들어가고 있었다. 나는 집 앞까지 와서 판자문을 열려다 말고 구멍가게 쪽을 보았다. 양호기가 앉은 자리의 기둥에 걸린 시계는 다섯 시 이십 분이었다. 시간만 갖고도 난리가 날 판이었다. 들은 말에 의하면 다섯 시까지를 양호기가 견디어내는 아내의 외출문한(外出門限)으로 하고 있다니까. 나는 양호기에게 야릇한 동정을 느꼈다. 그의 의처증(疑妻症)이 무근(無根)한 것이 아니었기 때문이다.

양호기에게 야릇한 동정을 느꼈다고는 하나 그렇다고 해서 고자질을 한다거나 위로의 말을 건넨다거나 할 처지는 못 된다. 나는 판자문을 삐걱 열고 집으로 들어갔다. 집이랬자 내 부부를 합쳐 네 세대가 세 들어 있는 집이다.

역도산(力道山)의 손바닥보다도 좁은 마당 가운데 놓인 수도(水道)를 틀어놓고 빨래를 하다가 메리의 어머니는 나를 보고 핼쑥하게 웃었다. 이 여자의 웃음엔 특별한 의미란 게 없다. 전직(前職)이 '댄서'였다는 이 여자는 그 직업이 몸에 배서 그런지 누구를 어디서 만나든지 핼쑥하게 웃어 보일 정도로 애교가 좋다. 삐삐 마른 말라깽이이지만 새하얀 덧니빨을 드러내 보이면서 웃고 몸을 꼬아 보일 땐 만만찮은 에로티시즘을 발산한다. 총명하고 결단력이 있고 만만찮은 인물 박열기(朴烈基)가 이 여자와 살고 있는 건 그 에로티시즘 까닭인지 모른다. 나는 인사치레로 그 여자의 다섯 살 난 딸, 메리가 어디 있느냐고 물었다.

"회현동 이모집에 텔레비 보러 갔어요."

회현동 이모란 친이모를 말하는 것이 아니고 댄서 시절의 동료
를 말한다.

나는 내 방문을 열었다. 아내는 재봉틀을 돌리는 손을 멎지 않은
채 힐끔 나를 쳐다봤다. '혹시나' 하는 눈초리는 언제 보아도 가련하
다. 나는 대답 대신 이력서가 든 봉투를 호주머니에서 꺼내 책상 위
에 힘없이 놓는다. 오늘도 취직 운동은 허탕이었다는 의사 표시이다.
아내는 다시 고개를 떨구고 재봉틀을 돌리고만 있으면 굶어죽을 걱
정은 없다는 시늉이기도 하고 언제 가서 이 팔자를 면할까 보냐 하는
탄식의 자세이기도 하다.

나는 벌렁 방바닥에 드러누우려다가 말고 아내의 어깨를 가볍
게 안았다. 움츠러드는 듯한 어깨의 반응이 손가락 끝에 촉감으로
남았다.

"세상에서 제일 아름답고 세상에서 제일 정절한 내 마누라!"

아내는 귀찮다는 듯 어깨를 흔들었다. 그래도 나는 아내의 어깨
를 안은 팔을 풀지 않고 속삭였다.

"내 말엔 티끌만한 거짓도 없어. 당신은 천사와 같은 나의 아내
다."

"시끄럽소 그만."

아내는 난폭하게 상체를 흔들었다. 나는 부스스 팔을 풀어버리곤

벌렁 방바닥에 드러누웠다.

"오늘 난 꽃을 사가지고 올까 했지."

그리고는 '돈만 있었으면' 하는 말을 덧붙이려다가 그만두었다.

"……."

무언의 그 태도는 '꽃은 또 왜요.' 하는 감정을 말하고 있었다.

"오늘 난 출세한 친구를 만났거든."

"……."

"어떤 시인의 시에 이런 내용의 것이 있어. 친구들이 출세했다는 소식을 듣고 자기는 꽃을 사가지고 와서 마누라와 즐긴다는……."

나는 얘기고 뭐고 그저 귀찮다는 감정이 서려 있는 아내의 등을 바라보면서 '앗 참, 오늘 본 것 얘기를 해줄까.' 하는 생각을 했는데 '쾅' 하고 무엇이 무너지는 듯한 음향에 이어 양호기의 거친 고함소리가 들려왔다. 그 고함소리에 겹쳐 안주인의 앙칼진 소리가 뒤따랐다. 나는 벌떡 일어나 바깥으로 뛰어나갔다. 아직도 빨래를 끝내지 않고 있던 메리 엄마는 한 손에 비누를 든 채 판자문을 열고 있었다. 문간쪽 방이 부스스 열리더니 신거운(申去雲)이 하품하며 나왔다.

"신 형 집에 있었구려."

"음."

"구멍가게에서 또 연극이 벌어진 모양이죠?"

"구멍가게의 연극이야 이미 매너리즘 아뇨."

하면서도 신거운이 내 뒤를 따랐다.

"윤 여사는 아직 안 돌아오신 모양이군요."

윤 여사란 약사 자격(藥師資格)을 갖고 어떤 제약회사에 근무하고 있는 여자인데 신거운의 아내다. 내가 그렇게 물은 것은 마누라가 있었으면 신거운이 남의 시앗 싸움 구경을 못할 것이 아닌가 하고 빈정대기 위해서였다.

우리가 한길로 나갔을 때는 싸움의 무대가 이미 안방으로 옮겨진 뒤였다. 구멍가게에 바짝 붙어서는 노골적인 동작은 취할 수가 없어 나와 신거운은 멀찌감치 섰다. 이럴 때면 빠진 일이 없는 세탁소의 할머니가 구멍가게 앞으로 다가서자 동리의 아낙네들이 그 할머니의 등 뒤에 모이기 시작했다.

퇴근길의 샐러리맨들은 그런 시시한 꼴 보지 않겠다는 듯 지나쳐 버렸지만 더러는 우리가 선 자리쯤에서 서성거리기도 했다.

안방에서 벌써 난투극이 벌어진 모양으로 고함과 비명이 뒤섞여 들렸다.

"이년을 당장."

"당장 어쩔 테야? 이놈."

"이놈이라구?"

"이놈이지 뭣고."

"이년을 그냥."

"새파란 젊은 년 데리고 와 갖구 호강은 시키지 못할망정 생트집이 뭣구."

"생트집이라니, 오늘 어딜 갔다 왔어?"

"절에 갔다 왔다, 절에."

"괜한 절 팔지 말아."

"이놈아, 네 잘되라고 절에 갔다."

"거짓말 마, 바른대로 대."

"바른대로 말하지 않았나."

"이년을 당장 죽여 버릴 테다."

"죽여봐라, 죽여봤!"

그러고는 막대긴지 뭔지로 호되게 갈기는 소리가 나고 여자의 비명이 울려 퍼지고 악담과 매성(罵聲)이 겹치고 때리는 소리가 잇따르고…….

"하여튼 자식은 데데한 놈이야."

신거운이 입을 비쭉하며 말했다.

"누가, 양호기 씨가?"

내가 이렇게 되묻자 신거운은 사뭇 나를 경멸하는 투로 이었다.

"의처증 가진 놈치고 데데하지 않은 놈이 어딨어?"

"마누라가 화냥년질을 해도 가만둬야 하나?"

"화냥년질이라니, 증거도 없이 저 지랄을 하니까 의처증이란 거 아닌가."

"증거가 없어도 육감이란 게 있잖겠소."

"그게 틀려먹었단 말요."

"양호기 씨의 의처증엔 근거가 있을 거요."

"근거가 있다니, 안 형은 그걸 아우?"

나는 당황했다. 함부로 씨부리다간 큰코 다치겠다 싶어 입을 다물어버렸다. 신거운이 투덜대는 투로 말했다.

"만일 근거가 있다면 당장 헤어질 일이지 매일처럼 저 지랄이 뭐람."

나는, 당신 같으면 그럴 경우 호락호락 이혼해 버릴 수 있겠느냐고 반문하고 싶었으나 그만두고 중얼거렸다.

"세상이란 그처럼 수월한 게 아닐 거요."

나는 아내의 정절을 믿고 있었지만 그 아내에게 만일의 일이 있을 때를 생각해 보았다. 아내와 헤어진다는 일, 상상조차 할 수 없는 일이다. 절망이 있을 뿐이다. 그러나 나는 그런 것을 생각하는 것만으로 아내에게 대한 모독이 된다고 느껴 얼른 그런 생각을 거두어버렸다.

방안의 싸움은 절정에 달한 것 같았다.

"한국인은 하여간 야만인이야. 미국에서 이런 일이 있어봐. 백차가 와서 당장 사내놈을 데리고 가버린다."

미국에 오 년 동안 있었다는 신거운은 두말 끝엔 미국을 들먹여 한국인을 깔본다.

한데 싸움의 진상은 신거운이 추측하고 있는 것과 전연 다르다. 우연한 기회에 양호기 부부의 안방 싸움을 본 적이 있는 사람의 말로는 때리는 편이 아내이고 맞는 편이 사내라는 것이다. 사내는 '죽여버린다'고 고함을 지르고 당장에라도 때릴 듯이 주먹을 쳐들고 와들와들 떨고만 있는데 여자는 아무거나 닥치는 대로 잡아들곤 사정없이 남자를 후려갈긴단다. 그래 놓고 비명은 자기 쪽에서 지르니 현장을 보지 못하고 소리만 듣는 사람은 남자가 여자를 때리는 것으로 오인하기 마련이다……. 이렇게 설명해도 신거운은 믿지를 않았다. 신거운으로선 한국인을 경멸하기 위해서라도 양호기가 그 여편네를 때린 것이 되어야만 하는 것이다. 박열기의 말마따나 신거운, 참으로 싱거운 사람이다.

구멍가게의 안방에서 길게 뽑으며 흐느껴 우는 여자의 울음소리가 울려나왔다. 그렇게 되면 싸움은 끝난 셈이다. 조금 있으면 이지러진 얼굴을 한 양호기가 수건을 어깨에 메고 목욕탕으로 갈 것이다. 그때를 기다릴 것 없이 구경꾼들은 뿔뿔이 헤어졌다.

그날 밤 밥상을 사이에 두고 우리 내외가 막 숟가락을 들려는 판인데 조심스럽게 방문을 두드리는 소리가 났다. 아내가 문을 열었다. 구멍가게의 안주인이 한 아름 보따리를 들고 성큼 방안으로 들어왔다.

"이웃끼리 인사가 없어서……."

구멍가게의 안주인은 이렇게 내 아내에게 인사를 하면서 보따리를 풀었다.

맥주가 세 병, 소주가 두 병, 국수다발이 다섯 개, 오징어가 다섯 마리, 그리고 과자랑 비누 등속이 푸짐하게 나왔다.

"이건……?"

아내가 구멍가게의 안주인을 어리둥절한 표정으로 보았다.

"대단한 것도 아녜요. 착한 어른들을 찾아뵙지도 못하고……이웃사촌이란데 말유."

하곤 그 여자는 연신 나의 눈치를 살피고 아내의 동작에 신경을 썼다. 내가 오늘 낮에 있었던 일을 얘기 했나, 안 했나를 떠보는 심보임에 틀림이 없고 그 물건들은 남편이 목욕탕에 간 틈에 닥치는 대로 싸온 것임이 분명했다.

"그래두 이런 폐를 끼쳐서야……."

하고 아내는 어쩔 줄을 몰라 했다. 나도 가만히 있을 수가 없어서 우물쭈물 두서없는 말을 했다. 그러는 가운데 구멍가게의 안주인은 내가 내 아내에게도 아무 말 안 했다는 것을 확인한 모양이었다. 갑자기 수선을 피우기 시작했다.

"이까짓 게 뭐요? 앞으로 필요한 게 있거든 뭐든 말하시유, 내 성의껏 해드릴께요. 선생님은 어찌나 점잖은 어른인지, 남자가 백 근(百斤)에 한 근이 모자라도 못쓴다는데 선생님은 백 근을 더 채우고도 더 근대가 나가유."

아내는 난데없이 내게 대한 칭찬이 그 여자의 입으로부터 쏟아져 나오는 바람에 영문을 모르는 탓도 있어 의아한 눈초리로 나와

구멍가게의 안주인을 번갈아 보았다. 그 여자는 또 아내가 만들어놓은 제품을 보더니

"아이구 솜씨도 좋아라, 이런 솜씨를 두고 난 엉뚱한 데 일을 맡겼다우. 앞으론 아주머니께 부탁해유."

하고 수선을 떨었다. 아내는 남대문시장과 계약을 해서 그 일을 하기 때문에 여염집의 일을 안 한다고 완곡히 말했으나 구멍가게의 안주인은 돈을 두 배 아니라 세 배를 내도 좋으니 아내의 신세를 지겠다고 호들갑을 떨었다. 그러고도 실컷 수다를 떨고 "너무 오래 집을 비우면 또 그 양반이……" 하면서 야릇한 웃음을 내게 띄어 보이곤 자리를 떴다. 그 여자가 떠나고 난 뒤 아내는 아무래도 이해할 수 없다는 표정으로 나를 말끄러미 바라보는 것이었지만 그럴수록 그 까닭을 말할 수가 없었다. 그래 나는

"오늘밤 우리 파티합시다. 신 형, 모 형, 박 형을 불러서 말요. 박 형에겐 항상 얻어먹기만 했으니까 말요."

하고 얼버무렸다. 아내는 최근 묻는 버릇을 잃었다. 다행한 일이다.

저녁 식사를 건성으로 끝내고 나는 박열기를 기다리기로 했다. 신거운이 술냄새를 맡았는지 뜰 수돗가에 와서 물을 틀어 손을 씻는 등 수선을 피우고 있다. 그러나 어림도 없는 이야기다. 하기야 신거운과 옆방의 모두철(牟斗鐵)을 불러 우선 잔치를 시작해 놓고 박열기를 기다려도 좋겠지만 어쩐지 그럴 생각은 들지 않는다.

"안 형, 식사 끝났소?"

신거운이 안달이 나는 모양이다.

"아 끝났소."

하는 퉁명스러운 대답만 하고 말았다. 박열기 말마따나 참으로 싱
거운 친구다. 얼근하게 술에 취하기만 하면 박열기는 곧잘 익살을
부렸다.

"신거운, 신거운이란 이름, 거 썩 잘된 거요. 이름은 실(實)을 나타
낸다는데 꼭 격에 맞았어."

그러나 신거운은 미국인이 야만인의 조롱을 견딘다는 시늉을 하
며 빙긋이 웃기만 한다. 술에 취하기만 하면 신거운에게 대해서만이
아니라 박열기의 익살은 내게도 옆방의 모두철에게도 사양하지 않
는다.

"모두철 씨, 모두철이라고 하지 말고 모두 틀렸다고 모두틀로 하
시오."

나를 보곤 내 이름 안인상(安仁相)을 꼬집어

"안인상보다는 안인생(人生)이 어떻소."

하고 깔깔댄다.

이렇게 놀림을 받고도 분개하지 못하는 것을 보면 나는 확실히
인생이 아닌 모양이다.

신거운의 표현을 빌리면 박열기는 최악의 속물(俗物)이란다. 백
퍼센트 사기꾼은 못되어도 오십 퍼센트 사기꾼은 된단다. 미국의 대
학에서 사회심리학을 공부했다는 신거운은 때때로 유식한 문자를

쓰기도 한다.

"박열기 씨는 대한민국이란 후진사회가 낳은 일종의 괴물이다."

이런 소릴 하면서도 신거운은 박열기가 술을 산다고만 하면 싱글벙글 따라간다. 내가 박열기를 괄시하지 못하는 것도 따지고 보면 그가 간혹 술을 사기 때문인지도 모른다. 사기꾼, 속물, 괴물이니 하면서도 한 잔의 술에 꿈쩍도 못하는 우리들은 과연 뭣일까. 사기꾼도 못 되는 낙오자, 속물도 채 못 되는 추물(醜物), 괴물은커녕 미물(微物) 측에도 못 드는 잡초와 같은 인생이다.

신거운이 단념을 했는지 방으로 들어가는 소리가 들렸다. 옆방 모두철은 식사를 했는지 어쨌는지 소리 한 번 내지 않는다. 눈을 떴다가 감았다가 하면서 송장처럼 누워 있는 게 분명하다. 나는 약간 들뜬 기분이다. 남에게 얻어먹기만 하다가 자기편에서 한턱 낼 수 있다는 게 이처럼 사람을 들뜨게 하는 것일까. 나는 이와 같은 들뜬 기분을 아내가 눈치챌까 봐 두려워하면서도 미닫이를 열어 젖히고 아랫방에 소리를 건네 보지 않을 수가 없다.

"메리 어머니, 박 형 빨리 돌아올까요?"

곧 카랑카랑한 메리 엄마의 목청이 되돌아왔다.

"옹덕동 18번지의 막차로 소문난 어른이 오늘밤이라고 해서 빨리 돌아올 까닭이 없잖아요?"

나는 아랫목에 올망졸망 서 있는 병들을 핥듯이 바라보았다. 맥주병은 반들반들한 검은 윤(潤)이 좋고 소주병은 작지만 다부져서 좋다. 혼자서 한잔 하는 것도 무방할 것 같다.

"여보, 술잔 한 개 주구려."

부엌에서 설거지를 하고 있던 아내는 슬금 나를 쳐다보더니 다시 고개를 떨구며 혼잣말을 했다.

"박 선생이 돌아오시고 난 후에 해도 될 텐데……."

언제나 하는 버릇이지만 그 혼잣말이 호령조 명령(號令調 命令)보다 내겐 권위적이다. 아내는 박열기를 기다려 잔치를 벌이고 싶어 들떠 있는 내 기분을 재빨리 파악하고 있을 것이다.

하는 수 없이 나는 라디오의 스위치를 넣었다. 십 년이나 낡은 라디오는 삑삑, 킥킥, 별의별 잡음을 다 낸다. 하지만 다년간의 수련으로 나는 잡음 사이로 스며나오는 방송을 알아차릴 수 있다.

"영철 씨 영철 씨 이럴 수가 있단 말예요?"

억양(抑揚)을 부풀게 그리고 능청맞도록 슬프게 꾸민 여자의 대사가 흘러나왔다. 곧 이어,

"은희 씨, 이게 운명입니다. 우린 운명을 견디어야 합니다."

하는 이것 역시 신파조인 남자의 음성이 뒤따랐다. 박열기는 이런 대사를 들으면 이빨이 시어오르는 것 같다지만 나는 그런 음성이 좋다. 이왕에 연극일 바엔 음성도 연극적으로 다져야 할 게 아닌가.

라디오 드라마는 점입가경이다. 은희라는 여자와 영철이란 남자는 서로 사랑하는 사이인데 난데없이 북쪽에서 은희의 남편이 월남(越南) 귀순(歸順)해 온 것이다. 그 때문에 은희와 영철은 부득불 이

별하지 않을 수 없게 되었다. 아무리 드라마이기로서니 참으로 딱한 사정이다. 실제로 닥친 슬픔도 감당하기 어려운데 꾸며서까지 슬퍼해야만 하게 만드는 드라마의 작자는 얼마나 행복한 사람일까.

드라마가 끝났다. 한참 동안 멍하니 앉아 있는데 이미자의 노래가 흘러나왔다. 이 노래 역시 청승맞도록 슬프게 뽑아진 가락이다. 나는 이미자의 노래를 좋아한다. 박열기도 이미자를 좋아한다.

"베토벤이 이미자의 노래를 듣고 백 수십 년 깊이 든 잠에서 깨났단다."

박열기는 거침없이 이런 말을 해대는 사람이다.

'그런데 박열기는 지금쯤 어디에 있을까.'

아무래도 그는 오늘밤도 큰길에서 옹덕동으로 들어오는 중간에 있는 목로술집에 들른 것만 같다. 거기에는 날품팔이 노동자들이 모여든다. 박열기는 누군가의 초대를 받아 요리집엘 가면 돌아올 땐 요리상에 남은 요리를 죄다 싸달라고 해선 그것을 들고 그 목로술집에 들러 노동자들과 허튼소리를 해가며 소주를 마시는 버릇을 가지고 있다.

나는 슬픈 노래를 듣고 눈물을 짜내며 그를 기다리는 것도 무방하지만 바람도 쐴 겸, 그 목로술집까지 나가보는 것도 나쁘지 않은 일이라고 생각했다. 적어도 오늘밤만은 얻어먹으러 가는 것이 아니니까. 나는 실오라기가 허물어져가는 스웨터를 걸치고 어슬렁 밖으로 나왔다. 그런 나를 아내는 쳐다보지도 않는다. 작년까지만 해도

아내는 부부끼리의 작업이라도 끝나고 나면

"여보, 신경 쓰실 필요는 없어요. 무리를 해서까지 취직할 생각은
마세요. 아이들두 없구 단 두 식군데 굶어죽기야 하겠어요? 제 혼자
힘으로 살아갈 수 있어요. 조금씩이나마 저금도 하구요."

하고 다정스럽게 속삭이기도 했다.

그런데 금년에 들어서부턴 그런 다정함이 싹 가셔버렸다. 하기
야 팔 년 동안이나 아내의 등에 업혀 사는 남편에게 그렇게 향기롭고
매끄러운 말을 거듭할 수도 없을 것이다. 어두운 골목을 빠져 나오
며 이런 생각을 하는 것인데……. 박열기가 동서(同棲)하고 있는 전
직 댄서는 남편에게 잘하는 것 같으면서 질투가 강하고 바가지를 박
박 긁는다. 모두철의 아내는 남편을 팽개쳐놓고 양공주(洋公主) 노릇
을 하는 판이니 말도 안 되고 신거운의 아내인 여자 약사(女子藥師)는
지적인 얼굴과 깔끔한 몸매를 가진 그만큼 남편을 대하는 태도가 찬
물을 튀길 정도로 쌀쌀하다. 그러한 여자들과 비교해 볼 때, 나는 월
등하게 정결하고 훌륭한 아내를 가지고 있는 셈이다.

'내일부터서라도 좀 더 열심히 구직 운동을 서둘러볼까!'

내가 취직이 되었다는 소식을 들었을 때의 아내의 태도를 상상
해 본다. 눈물을 글썽이며 나를 쳐다볼 것이다. 혹시 내 무릎에 엎드
려 흐느껴 울지도 모른다. 그러면 나는 라디오 드라마에서 들어 익
힌 말을 할 참이다.

"이제부터 걱정 마오. 우리의 생활은 지금부터다. 우리는 아직 젊

지 않소. 당신은 서른을 넘긴 지 얼마 안 되고 나는 마흔 살에까지 아직 이삼 년을 남겼소. 여보, 우리 씩씩하게 삽시다."

힘찬 리듬에 감미한 정서를 동반한 반주 음악이 뇌리에 울려 퍼진다.

'그러나 이 모두 허망한 꿈이다.'

나는 교원 노릇에서 추방되었을 때는 그다지 걱정하지 않았다. 그런데 타이프라이터란 기계가 판을 치게 되어 필공(筆工)으로서의 직업을 잃었을 때, 내겐 영영 직장다운 직장이 나타나지 않을 것이란 예감을 가졌었다. 과연 예감대로 되었고 앞으로도 그러할 것이 뻔하다. 이를테면 마누라를 기쁘게 해줄 기회는 영원히 없을 것만 같다.

한길 가로등이 있는 곳에서 신거운의 마누라를 만났다. 직장에서 돌아오는 시간으로선 너무나 늦다.

"늦으셨군요."

했더니

"네, 조금 늦었어요."

나직이 말하고 총총히 어둠 속으로 사라졌다.

'저 여자는 왜 항상 저렇게 슬플까!'

나는 그 여자가 남편인 신거운과 다정스럽게 얘기하는 장면을 본 적이 없다. 그들은 단칸방에 어린 식모아이를 두고 사는데 그저 남편을 거절하기 위한 수단인 것 같다는 말을 메리 엄마로부터 들은 적이 있다. 만일 그것이 사실이라면 신거운은 싱거운 사람이 아니라 슬픈 사람이다.

목로술집 가까이에 다가서자 그 안으로부터 박열기의 음성이 흘러나왔다. 천막문을 걷고 들어갔다.

"어어, 안 형 잘 왔소, 잘 왔어."

하며 열기는 나를 앉히려고 자리를 비켜 앉았다. 박열기도 이제 막 온 모양으로 그가 들고 온 것 같은 도시락을 술집 할머니가 끄르고 있는 참이다.

"송 노인, 오늘 벌이는 어땠소?"

박열기가 묻자, 때 묻은 미군 잠바를 입을 주름투성이의 영감이 손가락을 하나 세워 보였다.

"만 원?"

"팔자 고쳤네, 만 원 벌었으면."

영감은 쓸쓸하게 웃었다.

"김 영감은?"

이번엔 박열기가 텁수룩한 수염이 반백이나 된 노인에게 물었다.

"빈탕이오."

하며 그 노인은 한숨을 쉬었다.

도시락이 풀리자 앉아 있던 노인들의 눈에 이상한 광채가 돋아나는 듯했다. 노인들뿐만이 아니라 나도 짐짓 놀랐다. 큼직큼직한 돼지족발이 수두룩이 나왔고 수육은 실히 한 쟁반 정도는 되어 보였고 육전, 생선전도 푸짐했고 한 줌 정도의 생률(生栗)도 나왔다. 아무리 보아도 마음먹고 갖춘 물건들이지 먹다가 남긴 것 같지 않았다. 그렇게 보일 만큼 깨끗하게 싼 것인지도 몰랐다.

"자, 어서 잡수세요."

박열기는 음식을 권하며

"술은 이걸 다 먹고 난 뒤에 하십시다. 빈속에 술을 마셨다가 전번 송 노인처럼 쓰러져버리면 탈이니까."

하고 웃었다.

모여 있던 오륙 명의 노동자들은 환성인지 한숨인지 모르는 소리를 내며 부지런히 손가락을 놀렸다. 순식간에 도시락은 바닥이 났다. 그때야 박열기는 술집 노파에게 술을 붓게 했다. 배를 채우고 술을 마시게 되자 차츰 얘기들이 일기 시작했다.

"또 난리가 날 거라는데 사실이우?"

"난리를 바란다냐? 내 복에 난리라는 말이 있다오, 난리가 그렇게 쉽게 날 것 같수?"

이런 말을 주고받는가 하면

"간첩이 나왔담서유."

"간첩 잡으면 돈 많다던디."

"누가 임자네 같은 사람에게 잡힐 간첩이 있다던?"

하는 말들도 있었다.

"그란디 할 말은 아니지만서두, 이렇게 살기가 힘들어서야 어디."

김 영감이 길게 한숨을 쉬며 말했다. 이곳저곳에서 불평하는 소리가 터져 나왔다. 김 영감이 또 말했다.

"국회의원 선거가 있을 때만두 모두들 배불리 살려줄 것같이 얘기하더만서두."

그러자 그 가운데의 한 사람이 받았다.

"박 선생 같은 사람이 국회의원을 해야 할 긴디."

"나오기만 한다면야 틀림없지, 우리 모두 목숨 걸고 운동할 긴디."

저마다 한마디씩 박열기의 출마를 권하는 말을 했다.

"국회의원 해서 뭣하겠소. 나는 그런 것 안할 끼오."

박열기는 뱉듯이 말했다. 그러나 막상 나쁜 기분은 아닌 것 같았다. 송 노인이 점잖게 한마디 거들었다.

"박 선생은 대통령을 해야 돼."

'결국 일종의 영웅주의다.'

한 시간쯤 지나 박열기와 같이 그 목로술집을 나오면서 한 나의 생각이다. 도시락을 싸들고 목로술집에 노동자들을 찾는 건 그들이 국회의원이니 대통령이니 하는 말을 들먹여주며 박열기의 비위를 맞추어주는 까닭이라고 보았다. 뿐만 아니라 간혹 우리들을 불러놓고 심야의 향연을 벌이는 것도 허풍을 떨어가며 우리들에게 군림하기 위해서다.

큰소리를 해야 직성이 풀리고 누군가를 지배하거나 누군가에 군림하거나 하는 척이라도 하지 않으면 견디지 못하는 족속들이 있는

데 박열기는 그런 족속에 끼인단다. 미국에서 사회심리학을 공부했다는 신거운의 말이니 그저 그렇고 그런 것이지만 자존심이 강한 신거운의 박열기에게 대한 반발을 나는 이해할 수가 있다.

신거운의 말을 빌리면 박열기란 형편없는 인간으로 되고 만다. 그러나 나는 전직이 언론계의 간부였다는 박열기를 그처럼 형편없는 놈이라고 몰아세우는 덴 반대다. 그저 속물(俗物)이란 정도의 평(評)이면 무난하다. 그러나 저러나 우리는 박열기에게 감사해야 할 처지에 있다. 일 년 전, 박열기가 오기까지의 옹덕동 18번지는 음산하기 이를 데 없는 죽음의 집이었다. 문간방에 신거운 부부가 살고, 바로 내 옆방에 모두철 부부가 살고, 지금 박열기가 들어 있는 방엔 보험외교원 (保險外交員) 부부가 살고 있었지만 좁은 집에 아침저녁 얼굴을 대하면서도 서로 인사하질 않았다. 그러나 그 정도로 비정(非情)했다고 하면 말이 안 된다.

서로들 너무 비참하게 살고 있었기 때문에 인사를 하는 것이 상대방에게 빈정대는 인상을 줄까 두려워 각기 몸과 마음을 도사린 것뿐이었다. 사실 굶었는지 어쩐지 모르는 사람을 보고 '아침 자셨습니까' 하는 인사를 할 수 없는 것이 아닌가. 밤새워 싸웠을지도 모를 부부를 보고 '안녕히 주무셨습니까' 할 수도 없지 않은가. 점심을 굶어가며 직장을 찾아다녀야 할 우울한 날을 또 맞이하는 사람을 보고 '오늘 날씨는 참으로 좋은데요' 하고 웃어 보일 순 없지 않은가.

그러한 집에 박열기가 나타나자마자 그 열기(熱氣)로 인해 훈훈

한 인간들의 냄새가 감돌게 되었다. 박열기(朴烈基)를 박열기(朴熱氣)
라는 뜻으로 내가 부르게 된 동기도 그런 사정으로서다. 우리는 우
선 그의 솔직함에 놀랐다. 이사를 왔다는 첫인사의 자리에서 그는 어
느 신문사의 논설위원으로 있었는데 필화사건(筆禍事件)으로 오 년
징역을 치르고 지난달 나왔다고 털어놓았다. 그 솔직함이 바위처럼
말이 없는 모두철의 입을 열게 하고 그의 전직이 시체 미용사(屍體
美容師)란 희귀한 직업이었다는 사실을 알았다. 신거운이 미국 유학
오 년에 박사 학위는커녕 석사 학위(碩士學位)도 받지 못했다는 사
실을 자조적(自嘲的)으로 고백한 것도 그 자리에서였다. 나는 전직
이 교원이었는데 민주당 시절 교원 노조(敎員勞組)의 일을 보다가 모
가지를 날렸다는 얘기와 그 뒤 어느 프린트 회사의 필공(筆工) 노릇
을 하다가 타이프라이터 때문에 실직하고 말았다는 얘기를 하지 않
을 수 없었다.

"그러고 보니 모두 전자(前字)가 붙은 인생들이구먼요."
하곤 그때 박열기는 이제 막 수인사를 한 부인들을 앞에 놓고 옹덕
동 18번지의 그 '18'이란 숫자가 마음에 든다면서 활달하게 웃어젖
혔던 것이다.

집에 가까워져서야 나는 오늘밤 잔치를 했으면 한다는 얘기를 그
에게 꺼냈다. 판자문을 열고 들어서자마자 박열기는 "모 형." 하고 부
르곤 모두철 방의 앞마루에 걸터앉았다. 언제부터 비롯된 버릇인지
박열기는 밖에서 돌아오면 자기의 아내를 부르지 않고 모두철을 부

른다. 그러나 한 번 불러선 대강 대답이 없다. 박열기는 미닫이를 열고 방안을 휘둘러보며 묻는다.

"오늘 별고는 없었소?"

"……."

말은 없어도 별고가 없었다는 뜻은 통했는가 보다. 박열기가 말했다.

"허기야 천정이 무너지지 않는 한 별고야 없겠지. 그런데 모형 일어나슈, 안 형 댁에서 한턱 하겠대요."

그리곤 성큼 우리 방으로 들어섰다.

"별 양반 다 보지, 남의 방으로 먼저 들어가는 사람이 어딨수."

메리 엄마가 언제 따라 들어왔는지 박열기 곁에 살짝 붙어 앉으면서 그를 쳐다봤다. 박열기는 메리 엄마의 말엔 대꾸도 않고

"신 형! 신거운 신사, 빨리 오슈."

하고 밖을 보고 고함을 질렀다. 속셈으론 그럴 때를 기다리고 있었음이 분명한데 마지못해 응하는 척 꾸미고 신거운이 들어섰다.

"아주머니도 오시라고 하시오."

박열기가 신거운을 보고 하는 소리다. 그러나 신거운은 되도록 자기 아내와 동석을 피하고 싶은 눈치다. 내가 나서야 했다. 나는 밖으로 나와 신거운의 아내가 있는 방 앞에 서서 말했다.

"아주머니 우리 방으로 오시죠."

이쯤 해두면 신거운의 아내는 꼭 나타난다. 조용하고 싸늘한 숙

녀였지만 어찌된 까닭인지 심야의 향연엔 불쾌한 내색도 없이 꼬박
꼬박 참석한다. 며칠이고 면도날 구경을 못한 부스스한 얼굴을 하고
모두철이 나타나고 신거운의 마누라도 슬랙스 차림으로 들어섰다.
그리고는 신거운과 대각을 이룬 자리에 앉았다.

"모두철 형 부인만 계셨더면 18번지의 식구가 다 모이는 건데."
하고 박열기가 아쉬운 표정을 지었을 때였다. 판자문을 두드리는 소
리가 났는데 그 두드리는 폼이 귀에 익다.

'모두철의 마누라로구나.'

나는 순간 이렇게 느끼고 뛰어나가 문을 열었다. 직감 그대로 모
두철의 아내가 거창한 종이봉지를 한 아름 안고 들어왔다. 하얗게 칠
한 얼굴이 밤눈에도 완연하고 서양 사람을 만났을 때 느끼는 것 같
은 냄새가 났다.

"지금 우리 잔치를 시작할 참입니다."

"그래요? 밤이 늦었는데두요?"

모두철의 아내는 종이봉지를 자기 방에 갖다놓고 곧 우리 방으로
왔다. 들어오는 마누라를 보고 모두철이 뚜벅 입을 열었다.

"오늘쯤 당신 올 줄 알았지."

"어머나 어떻게 아셨어요?"

"당신이 오늘 안 오면 난 내일부터 꼬박 굶게 되어 있었거든."

박열기가 무릎을 탁 쳤다.

"됐어. 친근의 무게가 있는 말이다. 셰익스피어의 대사에도 그런

말은 없을 꼐다."

또 시작이로구나 하는 표정으로 신거운이 곁눈질로 박열기를 쏘아보고 있었다. 아내는 제법 무엇을 만드느라고 한 모양이다. 희끗희끗 칠이 벗겨진 도래소반에 푸성귀 무친 것과 오징어 볶은 것 등이 가득 실려 방으로 들어왔다.

여느때 같으면 박열기의 연설 말씀이 반드시 있다.

"옹덕동 18번지는 잡초투성이의 뜰이오. 그러나 우리는 이 뜰을 손톱에 낀 때 같은 놈들의 꽃밭과 바꾸지 않을 것이오. 오늘밤도 또 이 잡초밭에서 전인생(前人生)의 향연이 시작된다. 이 말인데 자, 먼저 비아프라의 굶주린 동포를 위해서 한잔."

이런 식으로 잔치가 시작되는 것인데 이날 밤은 자기가 주재한 잔치가 아니라서 그런지 연설 대신

"도대체 어떻게 된 겁니까. 영문이나 알아둡시다."

하고 나와 내 아내의 얼굴을 번갈아보며 술잔을 들었다.

"쥐구멍에도 볕들 날이 있다는 말이 있거든."

누구보다도 먼저 술잔을 들이키곤 신거운이 이렇게 말해 놓고 입을 삐죽했다. 그 말을 받아,

"그 참 좋은 말인데, 신 형, 아니 신거운 선생, 그 말을 영어로 한번 해보슈."

박열기가 이렇게 말하자 신거운이 두서없이 영어를 지껄여댔는데 모두철이 나직이 중얼거렸다.

"그걸 영어로 하자면 개도 제 날이 있다. 그렇게 되는 건 아뇨?"

"개라니 개가 어떻다는 거요?"

하고 모두철의 아내가 나섰다. 개 팔자 사람 팔자보다 낫다면서 미군의 어떤 고급 장교의 개는 한 달에 팔만 원씩 월사금을 내고 학교에 다닌다는 얘기를 꺼내선

"그 학교에 한국 사람의 개도 많이 다니다오."

하고 덧붙였다.

개가 팔만 원이나 월사금이 드는 학교에 다닌다는 말에 내 귀가 번쩍했는데 역시 신거운은 통이 크다.

"팔만 원이면 백 달러도 채 못 되는 돈인데 미국에서의 개 월사금은 오백 달러로부터 일천 달러까지 있다우."

"개 팔자는 미국 개가 한국 개보다 낫다, 이 말씀인 것 같은데 하여간 세상은 이래서 좋아. 끼니를 잇기 위해 한 되 백 원짜리 겨를 사 가는 사람이 있고 몇 만 원씩 월사금을 내고 개를 학교에 보내는 사람이 있구……. 그게 모두 이 하늘 밑에 같이 살고 있으니 그래서 술맛이 난다, 이 말인데."

하다가 돌연 박열기는 아까의 질문으로 돌아갔다.

"어떻게 된 셈이오. 혹시 결혼기념식이나 그런 것 아뇨?"

"길 건너 구멍가게 안주인이 갖고 왔어요. 술이랑 안주랑……."

아내가 들릴 듯 말 듯 말했다.

내가 얼른 말을 받았다.

"오늘 낮에 영감하고 한바탕 싸워 이웃을 시끄럽게 해서 미안하다는 뜻으로 가지고 온 것 같애요."

"사실이 그렇다면 내일 태양이 동쪽에서 안 뜬다."

박열기의 말이다.

"이해할 수 있어. 그러니까 안 형 댁을 우리의 대표로 알고 가지고 온 거로구먼."

신거운이 입을 삐쭉하며 말했다. 나는 돌연 노여움을 느꼈다. 신거운이 말을 꾸려나가는 꼴이 내가 자기들 것 가지고 생색을 낸다는 식으로 되기 때문이었다. 참으로 싱거운 놈이다.

그렇다고 해서 잔치의 내력을 알릴 순 없다. 사실을 밝히면 나는 더욱 치사한 놈이 된다. 보다도 나는 구멍가게 안주인의 비밀을 털어놓기가 싫었다. 사람의 도리니, 체모니 하는 관념으로서가 아니라 모처럼 얻은 비밀의 특권을 남에게 빼앗기기 싫어서였다. 나는 그 비밀을 마누라에게도 얘기하질 않을 작정이었다. 간통(姦通)이 바로 우리 주변에서 예사로 이루어지고 있다는 사실을 아내가 알면 정신적으로나마 아내의 내게 대한 정절(貞節)에 금이 가지 않을까 두려워서였다.

모두철은 어떻게 된 술이건 마시면 된다는 것 외엔 아무런 생각도 없어 보이는 양으로 두꺼비 파리 삼키듯 부어주는 대로 술잔을 납작납작 비우고 있었다. 그러나 박열기만은 아무래도 석연치 않은 눈치였다. 잔치의 성격에 납득이 안 가니 술맛이 없다는 그런 태도였던 것이다.

'신문쟁이 근성!'

하는 것을 생각해 보았다.

신거운은 계속 옹덕동 18번지의 공유물을 우리 부부가 농단해선 선심을 쓰는 척한다는 해석을 고집하는 언동을 계속하고 있었다. 그러니까 자연 자리는 따분하게 될 수밖에 없었다. 박열기는 술에 취하기만 하면

"묶여서 천리 길을 왔다갔다 해보슈. 그런 사람 아니곤 이 노래의 페이소스를 모를 거야."

하는 서두를 해놓고 '추풍령 고개' 노래를 부르는 것이었지만 이 밤은 그 노래도 없이 잔치는 싱겁게 끝났다.

방을 치우기가 바쁘게 나는 자리에 누웠는데 뒷맛이 썼다. 따지고 보면 어느 간통 사건을 목격했기 때문에 생긴 술이고 그 술을 가지고 생색을 내려고 들었으니 말이다. 이런 생각 저런 생각이 몽롱한 취기 속에 구름처럼 떠돌고 있는 동안에 잠이 들었는데 선뜻 잠을 깬 순간 아랫방으로부터 귀에 익은 신음소리가 들려왔다.

그 신음소리는 참아도 참아도 터져나오는 울음소리로 변했다. 메리 엄마는 자기의 의지로선 어떻게 할 수 없는 묘한 버릇을 가지고 있는 것이다. 한땐 메리 엄마의 그 독특한 울음소리를 매일 밤처럼 들어왔었다. 그런데 최근엔 내 잠이 그렇게 깊어지지도 않은 것 같은데 들을 기회가 없었다. 그 울음소리가 오늘밤에야 되살아났다.

전엔 이럴 때면 문간방 문이 탕 열리고 신거운의 마누라가 뜰로 내려가서 수돗물을 요란스럽게 틀어놓고 그 물소리보다도 더 요란스럽게 손인지 뭣인지를 씻어 제쳤던 것인데, 그래도 메리 엄마의 기막힌 울음소리를 끄지 못했던 것인데 '오늘밤은?' 하고 귀를 기울이고 있노라니까 역시 문간방 문이 탕, 열리고 신거운의 마누라 나오는 소리가 들리고 이어 수돗물 틀어놓는 소리가 났다.

아내는 다정스럽게 몸을 꿈틀거리며 내 곁으로 다가왔다. 최근엔 좀처럼 없었던 일이다 그러나 마음과는 달리 내 속의 남자는 조금의 반응도 없다. 나는 안타까웠다. 그래 잠꼬대처럼 중얼거렸다. "술이 너무 취한 모양이야. 손가락 하나 까딱하지 못하겠는걸." 아내는 나를 안았던 팔을 풀고 저편으로 돌아누워 버렸다. 메리 엄마의 울음 섞인 신음소리는 절정으로 기어오르고 있었다. 수돗물은 사정없이 내리쏟고 있었다.

2

아내는 남대문시장(南大門市場)에 제품을 가지고 나갈 채비를 차
리고 있다. 머리를 곱게 빗고 경대 앞에서 옷매무새를 고치고 있는
아내의 뒷모습에 에로티시즘이라고도 할 수 있는 성적 매력(性的魅
力)이 꽃향기처럼 서려 있다.

"집 잘 보고 있어요."

아내는 나를 돌아보지도 않고 보퉁이를 들고 나간다. 새암이랄
수도 질투랄 수도 없는 묘한 감정 때문에 무어라 대꾸도 하지 못하
고 아내의 뒷모습을 바라보고 이어 마루를 내려서는 소리와 고무신
을 신는 소리, 뜰을 걸어 나가는 사뿐한 발자국소리, 판자문을 여닫
는 소리에 귀를 기울인다.

아내는 일주일에 한 번 꼴로 도매시장엘 가는데 그런 날이면 나
는 꼼짝없이 집에 붙어 있어야 한다. 기껏 집 앞 한길에까지 나가 볼
수는 있다. 도둑맞을 것이란 없지만 유일한 밥줄인 재봉틀과 옷감 등
을 지켜야 하는 것이다. 한데 나는 이런 날이 싫지는 않다. 하루 종

일 먼지를 뒤집어쓰고 거리를 방황하는 것보다 집안에 드러누워 실컷 낮잠을 잘 수 있는 게 좋았다. 나는 아랫방 박열기로부터 빌어다 놓은 책을 펴다 말고 아랫목에 드러누웠다. 그리곤 슬슬 잠속에 빨려 들어갔다.

다시 잠을 깬 나는 세수나 할 양으로 밖으로 나왔다. 집안은 고요하다. 이때 아랫방 문이 열리더니 메리 엄마가 공작처럼 꾸미고 나왔다. 인사 겸 시간을 물었다.

"한 시 조금 지났어요."

하며 대답하는 여자의 얼굴엔 오늘따라 생기가 돋아 있어 보였다. 나는 간밤의 그 야릇한 울음소리를 상기하곤 애매한 웃음을 띠었다. 그처럼 울고불고 해놓고 미안하지도 않을까. 미안하기는커녕 '오늘도 천기는 명랑하다'는 그런 표정이다.

"박 형 나갔수?"

"그 사람이 이때까지 집에 붙어 있을 사람예요?"

그렇게 술을 마시고 여편네를 두 시간 가까이나 울리는 작업을 해놓고도 아침이 되면 다시 원기왕성한 얼굴로 바깥으로 나갈 수 있는 박열기란 사나이는 과연 어떻게 된 사람일까.

메리 엄마는 무릎이 드러난 스커트에 싸인 궁둥이를 흔들면서 내 앞을 지나갔다.

"어딜 가세요?"

"회현동에 메리를 데리러 가요."

하룻밤 울고 나니까 메리를 데리러 갈 생각이 났는가 보았다. 같은 집에 살아본 경험에 의하면 메리가 집에 있을 땐 그 엄마가 밤에 울음소리를 낸 적이 없다. 메리 엄마는 박열기가 메리를 친딸 이상으로 좋아한다는 게 자랑이었는데 문간방 신거운의 아내가 남편을 거절하기 위한 수단으로 식모를 같은 방에 재운다는 걸 눈치 챈 메리 엄마가 열기 또한 그런 방패로서 메리를 이용하고 있다는 걸 알아차리지 못하는 모양이다. 자꾸만 메리를 데리고 오라고 졸랐을 열기의 마음을 나만이 알고 있다.

세수를 하고 밖으로 나가보았다. 구멍가게 쪽이 어쩐지 눈이 부시다. 여느 때 같으면 양호기에게 알뜰한 인사말을 걸었을 것이다. 양호기 편에서 말을 걸어왔다.

"안 선생, 오늘은 집에 계시는구먼요."

"집에 있으나 밖으로 나가나 하루 놀고 하루 쉬는 팔잔데요 뭐."

"이리로 와서 담배나 한 대 피우슈."

나는 그의 곁으로 가서 둥글 의자에 앉았다. 비좁은 가게에 물건들이 꽉 차게 놓여 있었지만 깨끗하게 손질이 되어 질서가 정연하다. 안뜰을 힐끔 보니 양호기가 정성들여 가꾼 국화꽃이 몇 개의 화분 위에 넘칠 듯 꽃을 피우고 있다. 양호기야말로 사는 것이 뭔지를 알고 있는 사람이다.

"신거운 씬 어떤 무역회사에서 상무이사로 오라고 한다던데 그 사장이 신 선생의 후배인 모양이죠. 그래서 거절했던 얘기던데 그

53

심정은 알지만 세상을 살자면 그쯤은 견뎌야죠."

양호기는 아쉬운 표정으로 말했다. 신거운이 또 거짓말을 했구나, 싶었지만 내 입으로 그런 말은 할 수가 없다.

"미국 유학까지 한 사람이 돼 놓으니 워낙 자존심이 높아서."

"자존심은 중요하지, 중요하지만서두."

나는 이와 같은 호인인 남편의 눈을 속이고 화냥질을 하는 그의 아내가 밉살스럽게 느껴졌다. 그런 여자로부터 술을 얻어먹는 게 이를 데 없이 치사스럽다.

양호기가 금방 생각이 났다는 듯이 물었다.

"요즘 경산 선생(耕山 先生)님을 찾아가 보셨소?"

"못 가보았는데요."

"그럼 한번 가보슈. 지금 앓아누워 계십니다."

경산 선생이란 근처에 살고 있는 노독립투사(老獨立鬪士)를 말한다.

경산 선생의 자랑은 농사짓지 않고, 장사하지 않고 품팔이 하지 않고, 뿐만 아니라 돈을 벌겠다는 마음 한번 먹어본 적도 없었는데도 칠십 평생에 이틀을 연달아 굶어본 적이 없었다는 데 있었다.

일자리를 구하지 못해 고민하고 있는 나를 위로할 겸 한 말이겠지만 일견 씨알머리 없는 그런 말도 경산 선생의 입을 통하면 이상한 매력을 지닌다.

나는 그 노독립투사를 내일에라도 찾아가볼 작정을 세웠다.

양호기는 옹덕동 일대에 생겨난 대소사를 여러 가지로 얘기하면서 자기의 구멍가게의 매상 성적(賣上成績)으로 주민들의 생활상황을 안다고 했다.

"그런데 요즘은 살기가 전에 보다 나빠진 것 같애."

하며 그는 어두운 표정을 지었다.

물건을 사러 손님이 왔다. 나는 그 기회를 이용해서 구멍가게에서 나왔다. 집으로 돌아오니 모두철이 마루에 나와 앉아 햇볕을 쬐고 있었다.

"모 형, 부인은 안 계시유!"

"당분간 여편네는 오지 못하겠다고 하고 떠났소."

모두철이 수연(愁然)히 말했다.

그 이튿날 오후, 경산 선생 집에서 반나절을 지내다가 돌아오는 길에 나는 구멍가게 안집에서 고함소리가 들려오는 것을 들었다.

"절에 안 가도 마음만 곱게 쓰면 되는 거야."

양호기의 독특한 고함소리다. 앙칼진 안주인의 소리가 잇달았다.

"그래도 가야 해요, 가야 해요."

"마음보가 그따위로 돼가지고 절에 간들 뭣해."

"내 마음보가 어떻단 말유, 불공드리는 게 나쁘단 말유?"

"절에 가도 좋으니 어린 것을 데리고 가라 그럼."

"법당에서 울어대면 어떻게 하게요."

"어미를 찾아 우는 건 어떻게 하구."

"그럼 당신이 달래면 될 것 아뉴, 어디 그 애가 내 애만 되우? 당신 애는 아뉴?"

"애를 데리고 안 가려는 걸 보니 아무래도 이년이 수상해 어느 놈허구 눈을 맞추어 놓은 게 분명해."

"뭐라구? 어느 놈허구 눈을 맞추었다구? 그 아가리에 똥을 퍼 넣을 거다. 그 놈을 찾아내봐요. 못 찾아내기만 해봐라 똥을 퍼 넣고 말 테니."

이쯤 되면 양호기가 지는 건 뻔했다. 나는 집엘 들르지 않고 곧바로 버스 정류소를 향했다. 돌연 어떤 각오가 마음속에 어렸다.

'구멍가게 안주인을 타이르자. 남편을 두고 그런 짓을 하면 못쓴다고……'

그래 버스 정류소에서 그 여자를 기다릴 참이었는데 조금 더 생각해 보니 장소가 적당하지 않았다. 청진동 그 골목의 어귀에서 기다리는 것이 나을 것 같았다. 나는 황급히 청진동 쪽으로 가는 버스를 탔다.

날씨는 오늘도 좋았다. 버스 안은 텅텅 비었는데 구멍가게의 안주인 또래 나이의 여자들이 유난히 눈에 띄었다. 모두 정부(情夫)를 찾아 집에서 나온 여자들같이만 보였다. 나는 이 넓은 서울에서 매일 몇 패씩 패륜(悖倫)의 불장난이 이루어질까 하고 생각하기도 했다. 여관마다에 호텔마다에 치태(痴態)가 벌어져 있을 것이란 상상과 더불어 돌연 거리가 그지없이 불결하게 보였다. 어떤 정류소에서 아

직 어린 여학생들이 서너 명 탔다. 가슴은 판자(板子)처럼 엷고 다리
는 새다리를 연상케 할 만큼 가늘다.

'그런데 저 젖가슴이 어느 사이 두툼하게 부풀어 오르고 저 몸뚱
아리에 봄철 나뭇가지에 물이 돋아오르듯 색정(色情)의 기운이 돋아
드디어는 각기 음탕한 드라마의 주역(主役)이 될 것이 아닌가.'

그런 것이 인생이라고 생각하니 참으로 어설프다. 어느 누군가가
인생은 살아볼 만한 것이라고 말했더라만 우리의 생의 바탕에 그처
럼 검붉은 음탕의 피가 흐르고 있는 것이라면 차라리 생을 단념하는
것이 깨끗한 일일 것이다. 메리 엄마의 그 묘한 울음 섞인 신음소리
가 인생의 상징일 수 있을까.

"실업자일수록 구두는 닦아야 해요."

일전 이렇게 얌체 같은 소리를 한 구두닦이 소년이 골목 어귀에
그때와 마찬가지의 일솜씨를 보이며 앉아 있었다. 나는 그 소년의 눈
초리를 피해 낙양여관의 현관을 바라볼 수 있는 전신주 옆으로 갔다.

옆 골목에서 불쑥 나타난 사나이가 있었다. 짐승 냄새를 풍기는
바로 그 사나이였다. 그 사나이는 나를 전신주 곁에 버려진 종잇조각
을 보듯 묵살한 채 낙양여관으로 사라졌다. 나는 그 사나이가 나타났
으니 구멍가게의 안주인도 나타날 것이란 확신을 가졌다. 그러나 그
여자에게 호소할 마음은 시들었다.

조금 있으니 구멍가게의 안주인이 나타나 날쌘 동작으로 낙양여
관으로 들어갔다. 나는 공허한 웃음을 웃었다.

'아무리 날쌔게 동작해도 보고 있는 사람이 눈은 피할 수가 없는 건데.'

이렇게 되니 나는 하늘이나 쳐다볼 수밖에 없다. 얽히고설킨 전선 사이로 펼쳐진 허허막막한 하늘. 다시 소년 시절이 생각나 고향의 들 풍경이 눈앞에 펼쳐졌다. 소년 시절 그 들판에선 토끼처럼 천진하고 토끼처럼 활발했다. 그랬던 소년이 쇠잔한 인생이 되어, 서울의 한복판 청진동 골목에서 간통하러 들어간 남녀의 뒤를 쫓아 여관의 현관을 지켜보고 있는 것이다. 나는 아까 문병을 한 경산 선생의 모습을 염두에 떠올렸다. 경산 선생은 오늘 내게 이런 말을 했다.

"인간이 품위를 지니고 살아가는 길은 두 가지밖에 없다. 하나는 자기가 옳다고 생각하는 일을 적극적으로 해나가는 길이고 또 하나는 내키지 않는 일은 절대로 안 한다는 길이다. 굶어죽지 않기 위해서 남의 종이 된다? 안 될 말이지. 나아가 탑을 세우지 못할 바에는 이 세상에 불결한 걸 더 보태지나 말아야 할 게 아닌가. 나는 내 생애에 불만도 없고 회한도 없다. 겁낼 것도 없다. 죽는다는 건 구원이고 희망이고 위안이다. 나는 그 의미를 알차게 하기 위해서 자살도 안 한다."

알 수 있을 것도 같고 알아듣지 못할 것도 같은 말을 뇌리에 되뇌면서 나는 경산 선생이 내 입장이 되었더라면 어떻게 하실까 하는 생각을 해보았다.

이런 생각에 젖어 있을 무렵이었다. 골목 어귀에 사람이 나타났다. 나는 본능적으로 전신주에 몸을 가렸다. 엊그제 만난 옛날의 동료 허창구였다. 바쁜 걸음으로 그는 내가 등지고 있는 전신주 앞을 지나쳤다. 나는 곧 그가 낙양여관에서 오 미터쯤의 거리에 있는 여관으로 들어가려는 것을 보았다. 여관의 이름은 춘성여관(春城旅館). 엊그제 그때와 같은 시각에 그곳에 나타난 허창구에게 나는 직각적으로 음탕한 냄새를 맡았다.

이어 나는 몇 쌍의 남녀가 낙양여관으로 또는 춘성여관으로 들어가는 것을 보았다.

'여관이란 참으로 편리한 곳이구먼.'

저런 짓을 한 번도 해보지 못하고 스쳐가는 인생이란 뭣일까 하는 생각조차 들었다. 모래알처럼 점착력(粘着力) 없이 흐트러져 사는 사람들이 어떠한 인연 어떠한 동기로써 그 많은 모래알 가운데 단 둘만 끼리가 되어 후미진 여관방을 찾아든다는 것도 생각에 따라서는 신비로운 일이 아닌가. 비도덕 부도덕이란 말은 이럴 경우 잠꼬대와 같은 소리다. 인생은 도덕의 범위를 넘친다. 넘치는 인생을 도덕이 어떻게 감당할 수 있을까. 인생의 흐름은 그것을 규제하려는 테두리를 쉬지 않고 파괴함으로써 자체의 생명력을 유지하는 것이라고 보아도 좋다. 아마 선과 악이란 없는 것인지 모른다. 죄(罪)란 들켰을 때, 폭로되었을 때만 쓰이는 말이며 마지못한 형벌일는지 모른다. 그러나 나는 양호기를 위해서 그의 선량함이 충격을 받지 않도록 하기 위해서 최선의 노력을 해야겠다는 마음을 포기할 수가 없었다.

'그저 호소하고 타일러볼 일이다.'

춘성여관에서 허창구가 나왔다. 들어간 지 한 시간쯤 되었을까. 나는 나도 모르게 몸을 숨기려고 하다가 죄지은 일이 없는 내가 사람의 눈을 피할 까닭이 없다는 생각으로 허창구 앞에 나타났다. 허창구는 움찔하는 표정이더니

"또 만나셨군요."

하고 어색한 웃음을 띠었다.

"오늘도 상공부에 가셨습니까?"

하고 나는 그의 차림을 유심히 보았다. 빈틈없는 차림이다. 상의도 하의도 와이셔츠도 넥타이도, 그 넥타이에 꽂힌 넥타이핀도 머리의 빗질도 어느 한군데 험 잡을 곳이란 없다. 불미한 행동의 흔적이란 도저히 찾아볼 수가 없다. 나는 약간 미안한 마음이 들어,

"허 선생, 내 직장 하나 구해 주시오."

하는 말을 꺼냈다.

허창구는 등 뒤에 신경이 쓰이는 모양으로 그 말엔 대답을 않고

"어디 다방에라도 가서 얘길 들읍시다."

하며 걸음을 떼놓으려고 했다.

"나는 여기서 사람을 기다리고 있소."

하니까 허창구는 얼른 호주머니에서 명함을 꺼내 내게 건네며 말했다.

"내일이라도 이리로 전화를 걸어주십시오, 난 지금 바쁜 일이 있

어서."

허창구의 뒷모습에서 낙양여관으로 시선을 옮기려는 찰나 춘성
여관에서 나오는 어떤 여자가 시야에 들어왔다. 윤정애(尹貞愛)였다.

"윤 선생 아닙니까."

인사를 하자 윤정애는 몹시 당황하곤

"어마나 안 선생! 어떻게."

윤정애는 옛날 내가 교원 노릇을 하고 있을 시절의, 허창구와 같
이 나의 동료다.

"지금도 교직에 계십니까?"

하고 내가 물었다.

"학교는 그만두었습니다."

"서울엔 언제."

"한 삼 년 되나 봐요."

이어 대수롭지 않은 얘길 주고받곤 나는 윤정애와 헤어졌다. 나
는 멀어져가는 여자의 뒷모습을 보며 윤정애가 교원으로 처음 부임
했을 때를 회상했다. 윤정애는 신선했고 미인이었다. 독신 선생들 사
이에 약간의 흥분을 일으켰다.

내가 학교를 그만두고 난 뒤 결혼했다는 소식을 들었고 그리고
곧 이혼했다는 소식도 들었다. 그 윤정애가 허창구와 밀회(密會)를
하고 있는 것이다. 바로 그런 장면을 목격하지는 않았어도 허창구와
윤정애 같으면 그런 사이가 될 수 있을 것이란 짐작이 갔다. 나는 입

언저리에 쓴웃음이 번지는 것을 느꼈다. 병원엘 가면 온 세상이 병자 투성이처럼 생각이 되는데 이 청진동 골목에 서 있으니 온 세상이 간통투성이로 보인다. 영화나 소설에서처럼 간통이 그렇게 흔한 건 아니지만 일반 사람들이 생각하는 것보다는 간통이 흔한 것이라고 한 누군가의 말이 생각나기도 했다. 동시에 서른 안팎의 나이가 되었을 윤정애의, 소녀 시절과는 또 다른 아름다움을 느끼고 나는 허창구에 대해 가벼운 질투를 느꼈다.

구멍가게의 안주인과 그 짐승 냄새가 나는 사나이는 오늘은 버젓이 함께 여관문을 나섰다. 여관문을 나서서도 골목에 서서 뭐라고 말을 주고받곤 남자는 내가 서 있는 쪽으로 여자는 반대쪽으로 헤어져 갔다.

'버스를 타기 전에 얘기를 해야겠다.'

이런 생각과 더불어 나는 빨리 구멍가게의 안주인 뒤를 따랐다. 그리고 정류소에 이르기 전에 따를 수가 있었다. 먼저 머리 모양을 보았는데 오늘은 별반 이상이 없었다.

그 여자의 뒤에 바짝 다가서면서 나는

"아주머니."

하고 나직이 불렀다. 여자는 호되게 놀란 모양으로 눈에 띄게 몸을 바르르 떨고 지친 표정으로 나를 돌아봤다. 나라는 것을 알곤 마음을 놓은 모양으로 중얼거렸다.

"안 선생이 어떻게."

"근처 다방에나 듭시다. 드릴 말씀이 있습니다."

나는 길가의 다방으로 안주인을 데리고 들어가 아무데나 빈자리를 골라 앉았다.

"아주머니."

다시 이렇게 불러놓고 엉뚱한 소리를 했다.

"아주머니 장소를 옮겨야겠습니다."

"무슨 말이유?"

여자의 얼굴이 금시에 벌겋게 타올랐다. 나는 엉겁결에 말했다.

"골목의 그 낙양여관 말입니다."

"……."

여자는 고개를 숙인 채 한동안 있었다. 이때 간청 겸 설득이 시작되어야 한다는 생각이 들었는데 나의 말은 엉뚱하게 빗나갔다.

"아무래도 같은 장소를 오래 쓰고 있으면 탄로나기 쉽거든요."

내가 자기편에 서서 말을 하고 있다는 짐작이 들었음인지 여자는 나직이 한마디 했다.

"고마워유."

나는 그런 말을 할 바엔 모르는 척해 두는 편이 나았다고 후회했지만 이왕 엎질러진 물이었다. 나는 두서없는 말을 지껄이기 시작했는데 그 일을 아는 것은 나뿐이라고 하며 안심시키기까지 했다.

"선생님만 믿어유."

여자는 애원하듯 말했다.

"걱정마십시오. 나는 입이 가벼운 사람이 아닙니다."

"우리 집 그 양반이 알아보슈, 나는 죽어유 죽어, 선생님 부탁해유."

"걱정말라니까요, 여관이나 옮기시오."

"참으로 고마워유, 그렇게 하겠시유."

하고 안주인은 핸드백을 열더니 잡히는 대로의 돈을 꺼내 테이블 위에 놓으면서 말했다.

"찻값을 치르고 나오세유. 지금 가진 것이 그것밖에 없어요, 이 다음에……."

구멍가게의 안주인이 두고 간 돈을 헤아려보니 삼만 팔천 원이었다. 나는 어안이 벙벙했다. 최근에 이러한 몫돈을 잡아보기는 처음이었던 것이다. 그러나 나는 한편 속절없이 공범이 되었구나 하고 한숨을 쉬었다. 양호기의 모습이 떠올랐다. 경산 선생의 모습도 떠올랐다. 박열기도 모두철도 신거운도 심상 위를 스쳤다. 나는 천 원짜리 한 장을 꺼내 호기 있게 찻값을 치르고 밖으로 나왔다. 짧은 가을 해가 저물기 시작한 무렵의 거리에 정이 들었다. 나는 어깨를 펴고 유유히 걸었다. 주위의 사람들이 모두 친구로 느껴진다. 아무의 어깨라도 치고 "우리 술 한잔합시다." 하는 정다운 말을 걸어보고 싶은 충동이 일었다. 그러면서도 삼만 팔천 원의 돈이 호주머니에 들어 있다고 해서 이처럼 기분이 달라지는 나라는 인간에 대해서 미움을 느끼기도 했다. 그러나 이러한 생각은 순간뿐 다시 들뜬 기분이 되었다. 박열기를 찾아볼까, 하는 생각을 하고 박열기가 매주(每週) 두 번씩 짤막한 글을 써주고 푼돈을 벌고 있는 어느 지방신문의 지사가 있는 쪽으로 발길을 돌렸다. 도중에 '보리수'라는 다방이 있다. 박열기가 자주 드나드는 다방이어서 문을 열고 그 안으로 들어갔다. 선뜻 그의 모습이 시야에 들어왔다. 그는 나를 보자 반갑게 손을 저어 자기 곁으로 오게 하고는 이웃에 있는 자리를 끌어당겨 나를 앉게 했다. 그는 나를

"안인상 씬데 나와는 한 지붕 밑에 사는 사람이야."

하고 소개하곤 내겐 같이 앉아 있던 사람들을 소개했다. 두 사람은 신문기자, 하나는 시인, 또 하나는 화가라고 했다.

박열기와 그들은 아까부터의 화제로 다시 돌아갔는데 중동(中東)의 전쟁이 토론의 제목인 것 같았다. 박열기는 이스라엘의 입장을 옹호하는데 반해, 머리가 벗겨진 그러나 아직 젊어 보이는 신문기자는

"유태인들은 반유태적인 풍조를 반대하는 풍조에 지나치게 편승하고 있어요."

하며 이스라엘을 맹렬하게 비난하고 있었다. 나와는 먼 거리의 얘기였다.

"텔아비브의 공항에서 느낀 일인데요, 그들의 눈빛이 좋지 않더군요."

머리가 벗겨진 신문기자가 말했다.

"눈빛이니 관상이니 하는 건 주관적인 얘기가 아닌가."

박열기의 말이다.

"아닙니다. 살기(殺氣) 같은 게 느껴지던데요."

신문기자의 말.

"수백 년 아니 수천 년 박해를 받아온 민족이 겨우 나라를 만들어 그걸 지키려니까 지나치게 긴장을 하고 있는 거겠지."

박열기의 말.

"박해를 받았다고 해서 이웃사람의 생존권을 무시할 수 있나요? 아랍인들에겐 아닌 밤중에 홍두깨가 아니겠어요?"

신문기자는 계속 이스라엘을 비난하고 박열기도 이에 지지 않고 이스라엘을 옹호했다. 박열기가

"어떤 이유가 있건 오랜 방황 끝에 나라라고 만들어 정착하려는 사람들에게 어느 정도의 아량은 있어야지."

하고 말하니까

"자기들의 사정만 가지고 함부로 이웃을 침략하는 태도까질 어떻게 용납한단 말예요. 박 선생의 생각은 아무래도 센티멘털리즘인데요, 센티멘털리즘 갖고 해결될 문제가 아닙니다."

하고 신문기자는 반박했다.

"어떤 시대, 어떤 나라치고 센티멘털리즘 없는 정치가 있었으려구."

나는 중동의 사정을 모르고 있는 처지였지만 열기의 생각이 옳다고 느꼈다. 사실 어느 시대, 어느 나라이고 센티멘털리즘 없는 정

치는 없었던 것이 아닌가. 성공한 정치가는 대개 민중의 센티멘털리즘을 잘 이용했고, 실패한 정치가는 민중의 센티멘털리즘을 이용하는데 실패한 사람들이 아니었던가. 민족의 중흥이니 조국의 근대화니 하는 것도 이성(理性)을 설득한 결과만 기다려서 될 노릇이 아니다. 대중의 센티멘털리즘에 호소한 결과로써 밀고 나가는 것이 아닌가. 우선 선거만 해도 그렇다. 선거에 있어서의 당락(當落)은 대중의 센티멘털리즘이 좌우한다…….

그러나 중동의 문제를 가지고 열을 올리고 있는 박열기나 그 신문기자가 내겐 멀고도 먼 외국인처럼 보였다. 나는 어수선한 마음으로 주위를 살펴보았다. 박열기와 같이 그 다방에 몇 차례 드나든 일이 있었기 때문에 저 구석에 앉은 사람은 소설가 모 씨, 이 구석에 앉아 있는 사람은 정치평론가 모 씨, 그리고 다방 중간쯤에서 얘기하고 있는 사람은 유명한 삽화가라는 것을 나는 알고 있다. 말하자면 대개가 이 나라의 문화에 얼마간의 기여를 하고 있는 사람들이었는데 그들의 내부에 흐르고 있는 생각들은 어떠한 것일까 싶었다. 저렇게 웃고 떠들고 할 수 있을 정도로 인생이 행복스럽다는 말인가. 인생은 쑥스럽지만 그런 허세라도 부리지 않곤 견딜 수 없단 말인가.

나는 갑자기 내 호주머니에 돈이 삼만 칠천 원 들어 있다는 생각으로 되돌아갔다. 위선이 공기처럼 서려 있다고만 생각했던 다방이 돌연 문화의 향기로서 훈훈한 전당처럼 바뀌었다. 나는 다시 들뜬 기분이 되면서 박열기의 귀에 나직이 속삭였다.

"박 형, 나갑시다, 얘기가 있는데요."

같이 술이라도 한잔하자는 신문기자들을 떼어놓고 박열기는 나를 따라 나왔다. 그는 모처럼 다방에 나타난 내가 무슨 급한 용무라도 가지고 온 것이라고 생각했던 모양이다.

무교동 어느 통술집에 자리를 잡았다. 맛이 있어 보이는 안주들이 진열장에 즐비하게 놓여 있는 것을 보고 나는 내 호주머니의 돈이 너무나 빈약하다는 걸 알았다.

"안 형, 무슨 일이 있었소?"

"눈먼 돈이 생겼길래 박 형하구 한잔하고 싶었을 뿐이오."

"술값 걱정은 마슈. 그런데 돈이 어떻게 생겼수?"

나는 얼른 다음과 같이 얼버무렸다.

"오늘 어떤 선배를 만났더니……."

"일자리를 꼭 구하고 싶으면 돈을 받아선 안 되는 건데."

하고 박열기는 돈에 관해선 그 이상 묻지 않았다. 들뜬 기분의 탓도 있어 나는 주기가 돌기 시작하자 이렇게 물었다.

"박 형, 간통을 어떻게 생각하우?"

"간통?"

"각기 가정이 있는 남녀가 밀회하는 것 말요."

박열기의 표정이 단번에 굳어졌다.

"그런 건 왜 묻는 거죠?"

"그저."

"그저라니 안 형이 무슨 간통 사건을 보았소? 그런 사실을 알아냈소?"

나는 박열기의 강한 어조에 당황했다.

나의 속셈은 그저 일반론으로 간통에 관한 얘길 나눠보고자 한 건데 말이 이렇게 되고 보니 그 정도의 설명 갖고는 간통을 들먹이게 된 동기로썬 불충분할 것 같았다. 박열기의 얼굴엔 의혹이 교착되어 있었다.

"사실은 오늘 오후, 청진동 골목에서 옛날의 동료가 그런 짓을 하는 걸 보았소."

"그 장면을 안 형이 목격했소?"

"장면을 목격한 건 아니지만 같이 여관에 들어가고 나오는 걸 봤소."

박열기는 잠깐 무언가를 생각하는 눈치더니 또박 말했다.

"안 형은 그 사람으로부터 돈을 받은 거로구먼."

"천만에."

하고 나는 손을 저었다. 그러나 나는 박열기의 의혹을 풀 수 없는 것으로 느꼈다. 두서없는 말을 꾸미기 시작했다. 박열기는 들은 척도 않고

"어떤 경우이건 협박이란 좋은 일이 아닌데요. 안 형이 그럴 사람이 아닌 건 알지만 본의 아닌 일도 생길 수 있는 거니까."

하며 나의 잔에 술을 따랐다.

나는 잠자코 그 잔을 받아 마시면서 그럼 나는 오늘 구멍가게의 안주인을 협박한 것일까 하는 생각을 해보았다. 결코 협박할 의사는 없었다. 그러나 결과적으로? 하고 생각하니 새파랗게 질린 듯한 그 여자의 얼굴이 뇌리에 되살아났다. 분명 그 여자는 협박을 느꼈을 것이다. 나는 박열기의 말에 대꾸를 하지 않음으로써 그의 말을 승인하는 꼴이 되었다.

"협박처럼 비굴하고 추악한 행동은 없는 겁니다. 밀고 직전의 행동이니까요."

박열기는 우울한 표정을 감추려 하지 않았다.

"나는 협박도 하지 않았고 돈을 달라고도 하지 않았소. 그저 인사를 한 건데 돈을 주더군요. 박 형이 엉뚱한 생각을 하고 있는 것 같아서 기분이 나쁜데요."

하고 술김도 있어 덤비는 투로 말했다. 박열기는 잠자코 있었다. 잠자코 있는 게 또 내 비위에 거슬려서 이어,

"단지 나는 간통이란 게 용납될 수 있는 건지, 없는 건지를 박 형에게 물어보고 싶었을 뿐이오."

하고 말해 보았다.

"간통이 나쁠 게 어딨겠소."

뜻밖의 말이 박열기의 입에서 튀어나왔다. 나는 그의 얼굴을 말끄러미 쳐다봤다.

"서로가 서로를 사랑하는데 불행하게도 각기 남편이나 마누라를

가지고 있었다. 그럴 때 어떻게 해야 하는 거요. 이혼이란 쉽지 않은 일이고 모든 일을 도덕적으로만 해결할 수 없을 땐 간통이라도 해야지 별수 있겠소?"

박열기의 어조는 결연했다. 이어 그는 다음과 같이 덧붙였다.

"그러나 장난으로 하는 간통은 안 되지. 사랑이 있어야 되는 거요. 이 세상에 사랑보다 더한 게 어딨겠소. 사랑도 없으면서 그저 장난으로 서로의 가정을 파괴하는 행동은 좋지 않지만 진실한 사랑이 있다면 도덕이 뭐라고 하고 법률이 뭐라고 하더라도 용납할 수 있는 일이라고 나는 믿소."

"선의의 사람을 희생시켜도? 말하자면 상대방의 남편이나 아이들을 불행하게 해도?"

나는 나도 모르게 흥분했다. 박열기는

"언제부터 안 형은 남의 불행에 대해서 그처럼 관심을 갖게 되었소?"

하며 나를 노려보았다.

박열기가 그렇게 나오면 나는 할 말이 없다. 나는 남의 행복을 도와주기는커녕 남의 불행을 조장하는 사람이니까.

"허지만 나는 간통죄란 법률이 있는 건 무방하다고 생각해. 법률적으로도 책임을 져야 한다는 각오를 기르기 위해서도 말요. 또 그런 규정이 있기 때문에 문제의 해결이 수월해질 수도 있는 거니까."

술이 취해 감에 따라 박열기의 간통(姦通) 긍정론(肯定論)은 점점 더해 갔다. 나는 아연할 수밖에 없었다.

"우리나라의 결혼 제도가 틀려먹었단 말요. 누구건 한편에서 이혼할 의사가 있을 땐 이혼할 수 있도록 돼 있어야 하는 거요."

나는 어떤 공포에 사로잡혔다. 나의 아내가 내게 이혼을 선언해 오면 어떻게 할까 하는 생각이 솟았기 때문이다. 만일 박열기의 말 대로라면 아내는 내일이라도 내게 이혼을 제기해 올 것이 아닌가.

그런 뜻으로도 현재의 결혼 제도가 내겐 얼마나 고마운지 모르겠다.

'제겐 아직도 여자를 바꿔 챌 자신이 있으니까 하는 말이다.' 싶으니 울화가 치밀었다. 게다가 이 술은 내가 내는 술이란 자신이 겹쳤다. 그런 까닭으로 나는 한마디 뱉었다.

"박 형, 그런 공산당 같은 소리 작작하슈."

순간 박열기의 얼굴에서 핏기가 가셔진 것 같았다.

"뭐라구요? 공산당 같은 소리라구?"

나지막하게 말을 뱉어내며 박열기는 무서운 눈초리로 나를 노려봤다.

"미안하오 박 형, 별반 뜻이 있어서 한 말은 아니오, 용서하시오."

박열기는 한참을 노려보다가

"말 가운덴 할 수 있는 말이 있고 해선 안 될 말이 있는 거요."

하며 앞에 있는 대폿잔을 들어 단숨에 들이키곤 자리에서 섰다. 나는 뒤따라 일어섰다. 셈을 하려고 하는데 박열기가 먼저 돈을 내버

렸다. 밖으로 나오자 박열기는

"안 형은 먼저 집으로 가시오. 난 딴 데 들렀다가 갈 테니까."

하고 걸어가려고 했다.

"안 됩니다. 박 형, 내가 꼭 한 잔 사야겠습니다. 그러지 않곤!"

나는 애원하듯 박열기에게 매달렸다. 그는 우울한 눈빛으로 나를 바라보고 있더니

"좋소, 그럼 한군데 더 갑시다."

하고 앞장을 섰다.

복닥거리는 무교동 번화가에서 좁은 골목으로 접어들어 어떤 비좁은 대문으로 들어갔다. 조그마한 방에서 화장냄새를 맹렬하게 풍기는 아가씨들이 우르르 쏟아져 나와

"박 선생님 오래간만이에요."

하고 환성을 질렀다.

방에 들어가 앉기가 바쁘게 박열기가 말했다.

"너희들 오늘은 팁이 없다. 미리 말해 두니까 뒤에 잔소릴랑 말아라. 그래도 있고 싶으면 있고 가고 싶거든 가라."

"우린 팁도 소용없고 탑도 소용없어요. 박 선생님 곁에만 있으면 돼요."

야무지게 생긴 계집애가 말했다.

"그런데 오늘은 박 선생님 한몫 잡았수?"

또 하나의 색시가 말했다.

"한몫 잡으면 팁을 못 준다고 하겠나. 오늘은 완전히 빈털터리다."

보아하니 박열기는 그 집에선 노름꾼으로 통하고 있는 것 같았다. 박열기는 그럴싸하게 노름판 얘길 하고 있었고 아가씨들은 그 말을 그대로 곧이듣고 있었다. 나는 아무리 술잔을 들이켜도 자꾸만 술에서 깨는 것 같은 기분이었다.

'박열기는 무엇 때문에 저런 거짓말을 하는 걸까.'

박열기가 젊은 애들과 한창 수작을 하고 있을 때, 서른을 넘어 먹어 보이는 여자가 들어왔다.

"어딜 갔다 인제 나타나는 거야?"

박열기가 쏘았다.

"친구들과 계하러 갔다가 영감 왔다는 소릴 듣고 뛰어오지 않았소."

"영감 좋아하시는구먼."

"두고 봐요. 언제든 내 영감이 되고 말 테니까."

그 집의 주인인 성싶은 그 여자는 익살 좋게 이렇게 말해 놓고

"자 내 술 한 잔 받으소."

하며 술잔을 열기 앞에 쑥 내밀었다.

"안 형, 이 여자는 나를 앉혀놓고 먹여준다는 거요. 저녁밥 먹고 아리랑 담배 한 갑 사들고 파고다공원에 앉아 있다가 열 두 시까지만 들어오면 된다나. 제기랄, 감악소 신세를 지고 나온 직후라, 꼬수한 얘기긴 했는데 어머니의 말씀이 어떤 여자허구라도 좋지만 술집

마담허군 연애하지 말라더만."

"그 할머니 복을 찬 거죠. 나 같은 며느리 얻어놓으면 실컷 호강을 할 건인데 말유……."

"어머니가 뭐라고 해도 노름 밑천만 툭툭히 대주면 영감이 될 용의가 있지."

"노름하다가 감악소 신세까지 져놓구 또 저런 소리니 딱도 하우."

"할 수 없지 뭐, 머리가 좋아 순경 시험을 보겠나, 구변이 좋아 보험회사 외교원 노릇을 하겠나, 얼굴이 좋아 배우 노릇을 하겠나, 수가 터지기만 하면 한몫 잡을 수 있는 노름 빼놓고 할 일이 없는 걸."

"노름 밑천 대려다가 이 오두막 홀딱 날리게?"

"그런 각오도 없이 같이 살자고 해?"

박열기와 마담은 이런 익살을 나눠가며 술을 마셨다.

나는 차츰 몽롱해지는 것을 느꼈다.

통금 시간이 가까웠을 때 자리에서 일어섰다. 박열기가 '외상'이라면서 간단하게 셈을 마쳤다.

버스 정류소에서 내려 옹덕동 18번지를 찾아들어오면서 내가 물었다.

"박 형은 왜 그런 거짓말을 하우."

"거짓말?"

표정은 보이지 않은 채 말만 건너왔다.

"아까 그 술집에서 한 얘기가 죄다 거짓말 아뉴?"

"그럼 무슨 얘기를 해야겠소. 해가 뜨면 아침이다, 비가 오면 날씨가 나쁘다, 사람은 한번 죽으면 다신 못 산다, 그런 말만 해야 하는가요?"

박열기가 이런 투로 나오면 나는 할 말을 잃는다. 그는 말을 이었다.

"스탕달이 스무 살 때 일기에 그렇게 썼다오. 나는 평생 동안 참말을 하지 않겠다. 그렇다고 해서 거짓말만 한다는 얘기는 아니었겠지 그러나 저러나 세상에 대한 기막힌 자세가 아뇨?"

"그런 것하구 아까 박 형이 한 거짓말허군 다르지 않소. 박 형은 자기를 노름쟁이로 꾸며댔는데 그런 자리에서 그런 연극이 어째서 필요했느냐 말요."

"그건 나의 꿈이오."

"꿈?"

"나는 노름꾼이 되고 싶었소. 멋진 노름꾼이 되고 싶었단 말요. 생각해 보슈, 출세하기도 글렀다, 학자가 되기도 틀렸다, 돈 벌기도 가망이 없다, 이런 꼴이 되고 보니 하고 싶은 일은 노름밖에 없더란 말요…… 그런데 노름꾼이 되고 싶어도 내겐 그런 자질이 없어. 안 형, 노름꾼 되기가 그렇게 쉬운 일인 줄 아시오. 천만의 말씀, 처자가 굶어죽든 말든 눈썹 하나 까딱하지 않을 배짱이 있어야 노름꾼이 될 수 있는 거요. 철저하게 상대방을 속일 줄 알고 속임을 당한 자가 자살을 해도 양심의 가책은커녕 그거 안 됐다는 표정마저 지을 줄 몰라야 노름꾼이 될 수 있는 거요. 운명을 믿고 자기만을 믿고 살 수 있는 사람, 위험하기 짝이 없는 인생을 가장 위험하게 살 수 있는 사람, 스스로를 버러지로 알고 버러지처럼 밟혀 죽어도 비명 한번 지르지 않는 사람, 그런 사람이 되고 싶어, 그런데 용기도 체관도 없거든. 기껏 그런 술집에서 노름꾼인 척만이라도 해보는 거지."

참말하지 않겠다고 맹세한 그 스탕달인가 하는 사람을 존경하고 있는 듯한 박열기의 말을 그냥 받아들일 필요는 없었다.

"드디어 옹덕동 18번지에 왔구먼."

박열기가 이렇게 중얼거렸다.

나는 아직도 불을 켜놓고 있는 구멍가게를 보자 가슴이 섬뜩했다. 호주머니에 들어 있는 삼만 칠천 원이 갑자기 생각났다.

3

집 앞에 이르자 나는 놀랐다. 판자문 한쪽이 떨어져 길 쪽으로 내 동댕이쳐져 있었다. 박열기는 주춤 그것을 보고 섰더니 쾅하고 그 판 자문을 밟고 넘어 집 안으로 들어갔다. 나는 판자문을 피해 그의 뒤를 따랐다.

먼저 눈에 띈 것이 수돗가에 팽개쳐진 문짝이었다. 이어 문짝이 떨어져나간 신거운의 방의 흐트러진 모양이 형광등의 불빛에 떠올랐다. 내 방 앞마루에서 동네의 아낙네들이 우리가 들어가자 말을 끊고 서성거리고 있는데 그 속에 신거운의 아내는 넋을 잃고 앉아 있었다.

두서없는 말들을 챙겨보니 신거운이 문짝을 떼어버리는 등 야료를 부리고는 어디론지 나가버렸다는 것이다. 거의 이 년 가까운 세월을 한 지붕 아래에서 지냈지만 신거운의 그런 행패를 본 것은 그때가 처음이었다. 박열기는 말끄러미 신거운의 아내를 바라보고 서서 누구에게 묻는 것도 아닌 어조로 중얼거렸다.

"얻어맞진 않았어요?"

"미국에서 공부하고 오신 신사가 부인을 때리기야 했겠어요?"

박열기의 마누라가 대꾸를 했다. 간혹 강짜를 부리다간 호되게 얻어맞는 수가 있는 그 여자가 나름대로의 앙갚음을 한 셈이다.

박열기는 그 이상 아무 말도 안하고 자기 방으로 들어가 버렸다. 그러자 신거운의 아내는 아무 일도 없었던 것처럼 주변의 사람들에게 이렇다 할 말도 없이 자기 방으로 건너가 식모아이를 불러들이곤 문짝을 다는 둥 하더니 전등불을 꺼버렸다. 거의 동시에 모두철이 성큼 자기 방에서 나오더니 망친가 뭔가를 가지고 판자문 쪽으로 갔다. 내가 판자문을 괴고 모두철이 망치질을 하고 있는데 살금 다가서는 그림자가 있었다. 신거운이었다. 뭔가를 들어 보이는데 술병인 것 같았다. 본인도 거나하게 취한 모양으로 아무 말 말라는 듯이 손가락을 입에 갖다 대 보이곤 휘청거리며 모두철의 방으로 들어갔다. 문을 고치고 난 후, 나는 모두철을 따라 그의 방으로 들어갔다.

가구란 하나도 없는 텅 빈 방에 걸레뭉치 같은 이불이 팽개쳐진 듯 바닥에 깔려 있고 이지러진 탬볼 상자 몇 개가 윗목에 포개져 있을 뿐이다. 모두철의 방에 갈 때마다 황량(荒凉)한 생각이 든다. 나나 모두철이나 비슷비슷한 처지이긴 하지만 사람이 어렵게 살아선 안 된다는 감회가 그 방에 갈 때마다 새롭다. 앉은 돼지 누운 돼지 나무라는 꼴인지 모른다. 신거운은 그 황량한 방 한가운데 소주병을 앞에 놓고 주저앉아 그 둘레에 앉은 나와 모두철에게 계면쩍은 웃음을 띠

어 보였다. 그리고 한다는 말이

"사람이란 성을 낼 줄 알아야 하는 거요. 안 형, 모 형, 앞으로 성 좀 내두룩 합시다."

이어 신거운은 열심히 성을 낼 줄 알아야 한다는 사실에 관해서 철학을 펴놓기 시작했다. 어느 모로 보나 어처구니없는 말들이다. 박 열기의 말 따라 신거운은 참으로 싱거운 사람이다.

그날 밤의 사건은 대강 이러했다.

신거운이 아내 몰래 아내의 아우인, 그러니까 그에겐 처남이 되는 사람에게 전후 서너 번 3백만 원 가량의 돈을 빌렸다. 그것이 탄로가 난 모양인데 신거운의 아내는 그 문제를 가지고 신거운을 신랄하게 따졌다. 그런데 그의 말을 들으면,

"자유당 때 내 처가는 우리 아버지의 덕을 톡톡히 봤거든. 그때를 생각하면 우리가 이런 집에 살고 있도록 내버려두지 못한단 말야. 그런데 돈 3백만 원이 문제가 돼."

하는 것이지만 나나 모두철이 그런 말을 귀담아들을 턱이 없다. 모두철은 눈만 껌벅거리며 소주잔을 연거푸 입에 갖다 대기만 하고 있었다.

"여편네도 여편네지. 친정엘 가서 한밑천 짜내올 생각은 안 하고 그까짓 삼백만 원 빌렸다고 야단이니 사내로서 성 안 내게 됐어?"

신거운이 제풀에 큰소리지만 기껏 성을 냈다는 게 문짝 하나 떼어 팽개친 정도가 아닌가. 하기야 신거운의 아내는 상당한 돈을 가지

고 있는 모양인데 남편의 꼴이 얄미워서 억지로 옹덕동 18번지 같은 곳에 눌러 있는 것이란 추측도 할 수 있는 판이니 신거운으로선 성을 낼 만도 한 일인데 겨우 문짝 하나, 이렇게 생각하다가 문득 나는 문짝은커녕 눈 한번 흘겨보지 못할 것이라는 생각에 이르자 그래도 신거운은 나보다 낫다는 생각이 든다.

"그런데 그 삼백만 원 갖곤 어디다 썼소."

하고 나는 물었다.

"워커힐의 카지노에 가서 한몫 잡으려다가, 아니 한몫 잡기 직전에 털려버렸지."

"카지노란 게 뭣하는 데요?"

"안 형은 카지노도 모르오? 참, 모 형은 알겠구만, 카지노란 도박장이오. 현대식으로 된 도박장인데 언제 안 형을 한번 안내하지. 미국 사람의 도박장은 도박장까지도 문화적이구 세련돼 있는데 한국 사람의 도박 아니 노름, 그게 사람이 하는 짓이오? 카지노에 가서 스카치를 마시며 도박을 해봐야 서양 문명의 진미를 알 수 있는 거요."

"그건 그렇고 한꺼번에 3백만 원을 몽땅 털어 넣었소?"

나는 어디까지나 3백만 원이란 금액에 마음이 사로잡혀 있었다.

"정신 빠진 소리 마시오. 3백만 원의 목돈으로 했으면 3천만 원을 땄을 거요. 십만 원, 백만 원, 이따위 푼돈이 돼 놓으니 운수가 돌아올 만할 때 밑천이 바닥이 난단 말이오. 그래 네 동생의 돈 3백만 원을 떼먹히지 않으려거든 일시에 3백만 원만 더 내놓으라고 했지.

그러면 곱으로 해서 갚아준다고……. 그랬더니 여편네가 펄펄 뛰잖아, 제기랄!"

"그래서 문짝을 떼버린 거로구면."

모두철이 뚜벅 한마디 했다.

"문짝이 문제야? 두고 봐요. 어떻게 하건 밑천을 장만해 갖구 크게 한몫 잡고 말 테니까."

그리고 신거운이 '룰렛'으로선 절대로 돈을 딸 수 있는 자신이 있단다. 자기는 그 비밀을 파악했단다. 룰렛의 다이얼은 36개가 있는데 한곳에만 십만 원씩 질러 36회를 그냥 지속하면 최악의 경우 본전을 잃지 않는단다.

"그러니까 룰렛의 자금으로선 최소한도 360만 원은 있어야 해."

신거운이 당당하게 이렇게 말하자 모두철이 피식 웃었다.

나는 오늘의 일진(日辰)이란 것을 생각했다. 오늘의 일진은 노름 얘기를 듣게 돼 있는 거로구나 하는 마음이 들었다. '노름밖엔 할 게 없다'는 박열기의 말이 기억에 떠오르기도 했다.

"라스베가스란 덴 도박의 천국이오. 아니 도박이 만들어놓은 천국이오."

미국 얘기만 나오면 신거운이 신이 난다. 그러나 듣는 우리에겐 조금도 신나는 얘기가 아니다. 외국 얘기란 얘기하는 본인이 생각하는 대로 듣는 사람에게 그다지 재미있는 게 아니다.

"술도 그렇지. 한국 사람은 맥주를 마시다가 위스키를 마시다가 그리고는 쇠주를 마시곤 하는데 미국 사람은 그렇지가 않아. 술엔 드라이 계통이 있고 스위트 계통이 있어. 진이나 마티니 같은 건 드라이 계통이구 블랜드나 위스키는 스위트 계통인데……."

이건 몇 번이나 신거운으로부터 들은 얘기다. 언젠가는

"막걸리도 없어서 못 마시는 주제에 드라이가 어떻고 스위트가 어떻단 말이오."

하고 박열기에게 핀잔을 받았는데도 또 이 꼴이다. 나는 그를 골릴 셈으로

"헌데 신 형, 무역회사의 상무로 오란다죠?"

하고 말을 걸었다.

"글쎄, 사장이란 녀석이 내 후밴데 어찌 그 밑에 가서 상무 노릇을 하나."

"그런 말 모두 구멍가게에서 외상 술 얻으려고 꾸민 것 아뇨?"

나는 야무지게 쏘았다 싶었는데 신거운은 까딱도 안한다.

"내가 뭐 답답해서 얘기로 꾸미겠소. 꾸미지 않아도 할 얘기가 많은데."

모두철이 하품을 했다. 술이 바닥이 났다는 시늉이다. 나도 하품을 했다.

"이제 가 잡시다."

하고 내가 일어서려니까

"내 구멍가게에 가서 술 한 병 더 얻어올게. 오늘밤은 밤새워 마

십시다."

하고 신거운이 붙들었다.

"구멍가게도 문을 닫았을 거요. 외상술 달라고 주인을 깨우겠소?
잡시다."

나도 일어섰다.

"그럼 모 형, 오늘밤은 여기서 자겠소."

신거운이 모두철의 얼굴을 들여다보며 말했다. 모두철이 뚜벅
말했다.

"당신 방에 가서 편히 쉬구려."

"딱도 하지. 오늘밤 내가 내 방에 가서 편히 쉬게 됐소?"

"내외간 싸움은 칼로 물 베기요."

"내 여편네는 다르단 말요. 모 형도 잘 알면서 그러네."

"이불도 없구 불도 때지 않았구."

"그래도 좋으니 같이 잡시다."

신거운이 애원조가 되었다.

미국 얘기를 할 때면 기고만장했던 신거운이 온데간데없고 마누
라가 겁이 나서 방에도 못 들어가는 쓸쓸한 인간이 거기 있었다. 나
는 이불이라도 하나 건네다 줄까 하고 내 방으로 돌아왔다. 아내는
아직도 재봉틀을 돌리고 있었다. 그 싸늘한 옆 얼굴을 보자 신거운
에게 이불 한 장 갖다 주어야겠다는 내 생각이 허탕이란 걸 알았다.

"밤이 깊었는데 잡시다."

아내는 대꾸를 안 했다.

"잡시다, 한 시가 넘었는데."

"한 시가 넘으면 누가 대신 일을 해준답디까?"

재봉틀을 돌리는 팔에 더욱 힘을 주는 듯하더니 아내는 이렇게 쏘아붙였다. 나는 할 말을 잃었다. 대신 호주머니에서 돈을 꺼내 아내 앞에 던졌다.

돈조각이 난데없이 떨어지는 바람에 아내는 재봉틀 돌리던 손을 멈추고 나를 물끄러미 쳐다봤다.

"도둑질한 돈이 아니니 걱정 말아요."

그래도 아내는 이상하다는 듯이 옷감 위에 떨어진 돈을 집어 도로 내 곁으로 밀어놓았다.

"이상할 것 없다니까."

"이상할 것 없으면 말을 해야죠."

"어떤 선배를 만났더니 용돈이라도 하라며 주더구먼."

나는 옷을 벗고 자리에 누웠다.

"하다가 하다가 구걸까지 하게 되었구먼요."

아내는 뒤도 돌아보지 않고 중얼거렸다.

나는 슬그머니 화가 났다. 그러나 꿀꺽 참고

"구걸한 건 아니니 안심하쇼."

하곤 잠을 청했다. 그런데 오늘은 꽤 술을 마셨는데도 취한 것 같지도 않고 아랫배가 약간 쓰릴 뿐이다. 나는 아내의 어깨에 시선을 보

내며 아내를 안아줄 수 있는 힘이 있었으면 얼마나 좋을까 하고 생
각했다. 섣불리 안았다가 사내구실을 못할 때의 무안함을 짐작하니
지레 기운이 시든다.

"신거운 씨도 큰일이지, 그 꼴에 주정까지 하게 됐으니."

얼김에 나는 이런 말을 지껄였다.

"그래두 그 사람들 팔자는 우리보단 낫다우."

말하자면 아내는 신거운을 나보다 낫게 친다는 얘기다.

'그럴지도 모르지. 나는 미국 유학도 못한 사람이구, 거짓말을 꾸
며대서 돈을 짜낼 처가도 없으니……'

이런 생각이 계기가 되어 나는

"신거운 씨의 처가는 꽤 잘사는 모양이지."

했는데 이게 아내의 비위에 거슬렸다.

"당신 처가는 가난해서 탈이군요."

"아냐, 아냐, 그런 뜻이 아니구."

했으나 아내의 마음은 토라진 채였다.

"아랫방 여사(女史)께선 이혼한다우. 여사가 이혼하자고 대드는
바람에 남자가 행패를 부린 거라우. 부자 처갓집 만나게 나도 이혼
해 드릴께요."

그 말에 나는 냉수를 뒤집어쓴 것처럼 온몸을 바르르 떨었다. 가
만 누워 있을 수가 없었다. 벌떡 자리에 일어나 앉았다. 목구멍에 갈
증을 느꼈다.

"당신 그 말을 진정으로 하는 거요?"

겨우 마음을 가다듬고 이렇게 말해 보았으나 아내의 등은 철벽과 같았다.

"농담이라도 그런 말 맙시다."

나는 흐느껴 울기 시작했다. 울음을 터뜨린 내가 측은해 보였던지 아내는 재봉틀을 치우며 자자고 했다.

그날 밤의 아내의 태도는 내겐 커다란 위험 신호였다. 아내는 그 뒤 내가 하도 무능력하기에 홧김에 해버린 말이라고 얼버무렸지만 나의 육감은 그것을 중대한 위험 신호로 받아들이고 광분하기 시작했다. 구멍가게의 아내가 어떤 짓을 하건 그런 데다 신경을 쓸 시기가 아니라고 생각했다. 경산 선생(耕山先生)은 '들에 핀 한 떨기의 백합화를 보라'고 동정을 했지만 사람은 백합화일 수 없고 하늘을 나는 새일 수도 없다. 건성으로 하고 다니던 구직 운동을 본격적으로 서두르지 않을 수 없었다.

나는 이력서를 고쳐 쓰는 데서부터 시작했다. 전엔 기왕 써놓았던 이력서를 그냥 호주머니에 넣고 다녔지만 마음을 새롭게 하는 뜻으로 그렇게 하기로 한 것이다.

그런데 이력서를 쓰는 동작처럼 슬픈 일이 또 있을까. 전호주(前戶主)를 쓰자면 부득이 아버지의 이름이 나타난다. 지금은 남쪽 어느 두메에 백골이 되어 묻혀 있을 아버지. 살아생전 인간으로서의 기쁨을 한 번인들 맛본 적이 없었을 것 같은, 그저 아들을 위해서 소나 말처럼 일만 하다가 돌아가신 아버지. 아버지를 생각하면 어머니에게 대한 회상도 되살아난다. 소를 팔고 길쌈을 해서 공부라고 시켜놓은 아들이란 게, 넓은 하늘 아래 별처럼 많은 직장이 있는 데도 그 직장 하나 얻지 못하고 이력서를 쓰고 있다……. 그 이력서의 내용이란 게 또 쓸쓸하다. 초등학교를 나왔다, 사범학교를 나왔다, 이 학교에서 저 학교로 옮겼다. 몇 호봉(號俸)을 받았다. 그 호봉이란 것이 또 뭣일까. 한 끗이 올랐다고 좋아하고 동배(同輩)의 그것보다 늦었다고 심술이 나고 하던 그 호봉이란 것, 선생님이라고 불리우던 그 시절……. 그러나 슬픔은 이런 데 있는 것이 아니다. 그렇게 정성을 들여 쓴 이력서가 남의 손으로 건너가기만 하면 한 장의 휴지만도 못하게 된다. 나는 이력서를 받아든 사람들의 표정을 샅샅이 기억해 낼 수가 있다.

또 귀찮은 걸 받았다는 표정, 그건 되레 좋다. 받자마자 내용도 채 보지 않고 책상서랍에 집어넣어버리는, 전연 관심이 없는 표정, 제법 읽어보는 체하면서도 마음은 딴 곳에 두고 있다는 걸 알 수 있는 능글맞은 표정, 이따 자리가 나서면 통지하겠노라고 숫제 이력서를 받기조차 않으려는 단호한 표정……. 이 세상이란 약한 사람에게 대해선 이리떼만 사는 세상인 것이다. 하지만 나는 이리떼가 사는 세상에 쓸쓸한 이력서를 내밀고 다시 호소하고 거듭 애원할 생각을 한 것이다. 나는 이력서를 다섯 통 고쳐 쓰고 난 뒤 낡은 수첩을 꺼냈다. 옛날에 퇴짜 맞은 곳을 다시 한 번 돌 작정이었다.

보아하니 신거운도 구직 운동에 골몰하고 있는 눈치였다. 싱겁고 낙천적인 그도 아내로부터 이혼 선고를 받곤 안절부절한 심경이 된 모양이다. 이런 뜻에서 옹덕동 18번지에 큰 변화가 일어난 셈인데 예나 다름없는 사람은 박열기와 모두철이었다.

"당신도 어떻게 해야 할게 아뇨."

하고 충고를 하면 모두철의 답은 한결같았다.

"죽는 날이나 기다리지 뭐……."

나는 고향에서 선출된 국회의원을 대여섯 차례 서두른 끝에 겨우 만날 수 있었다.

"요즘 아주 바빠서 잠잘 틈도 없는 형편이오."

그가 내게 대해 한 첫말이 이것이다.

"하두 딱한 사정이라서."

하고 나는 머리를 조아렸다.

"사람들의 마음먹기가 틀려먹었어."

국회의원은 이렇게 허두를 꺼내놓고, 요즘 서울 안팎으로 공사판이 벌어지고 있는데 막벌이라도 할 생각은 않고 넥타이 매고 양복 입고 다니며 할 일만 모두들 찾는다고 투덜대더니

"그런데 교사 노릇을 하고 싶단 말요?"

하고 물었다.

"교사 노릇을 할 수만 있으면 좋겠습니다만 전 파면이 돼놔서."

"왜 파면을 당했소."

"교원노존가 뭔가를 하다가……."

"교원노조라면 빨갱이 아닌가."

"천만의 말씀이올시다, 어쩌다……."

"알았소. 이제 가보시오. 나는 빨갱이 취직시켜 주려고 국회의원
된 게 아니오."

"빨갱이는 아닙니다. 물어보셔도……."

"그럼 왜 파면됐단 말요."

하고 그는 변명이 있기도 전에 자리에서 일어서버렸다. 나는 그의
등에서 다음과 같은 뜻을 읽었다.

'선거 때 표 한 장 모아주지 않은 작자가 공연히 귀찮게만 구네.'

촌닭이 장에 온 것처럼 어쩔 줄 모르고 있는 나에게 그래도 비서
라는 사람은 자기가 할 수 있는 친절을 베풀었다.

"의원님은 요즘은 좀 신경질이십니다. 가시오. 제 힘닿는 대로 해
보겠습니다."

나는 소용이 없다는 걸 번연히 알면서도 이력서를 한 통 꺼내 비
서라는 사람에게 주고 물러났다. 그래도 나는 원통하다든가, 야속하
다든가 하는 감정은 갖지 않는다.

"그렇습니까, 알았습니다."

해놓고 한 열흘 끌고

"알아보는 중입니다."

하고 또 열흘을 끌고

"조금 있으면 무슨 답이 있을 텐데."

하고 다시 열흘쯤 끌다가

"신통한 답을 안 해서 한 번 더 알아보지."

하며 시일을 끌어 되지도 않은 일로 두어 달씩 골탕만 먹이는 경우도 있는데 그런 데다 비하면 월등 낫다.

사범학교 시절의 후배라는 고등고시에 합격한 어느 소장관리는

"고향으로 가시오. 서울은 만원이오. 이런 곳에서 일자리를 구하려는 것은 하늘의 별따기요."

라는 말만 늘어놓고 숫제 상대도 안 하려고 들었다.

거리에 부는 바람이 싸늘하게 느껴졌다. 벌써 겨울이 들이닥친 것이다. 나는 외투를 생각했다. 소매가 낡아 있고 주머니 붙은 데가 낡아 헌 외투를 입으면 나는 꼭 거지와 같은 몰골이 될 것이 뻔했다. 그러나 외투를 입지 않고 추운 서울의 거리를 쏘다닐 순 없다.

겨울이 되면 나와 신거운과는 신분이 달라진다. 신거운은 미국에서 맞추었다고 하는 외투를 입고 다니는 데 나의 외투는 거지꼴이었으니까 말이다.

그런 까닭도 있어 되도록 신거운을 밖에서 만나길 피하곤 했는데 어느 날 해질 무렵 명동 근처에서 마주치고 말았다. 털이 반들반들 윤이 나는 외투를 입고 가죽장갑까지 낀 의젓한 신사 모양인 그는 나를 보자 다방에 들러 차 한 잔 하자고 꾀면서

"찻값은 가졌겠죠?"

했다. 나는 고개를 끄덕였다. 구멍가게의 안주인에게서 받은 삼만 칠천 원이란 돈의 약 반액이 내 호주머니에 있었다.

샹제리제란 간판이 붙은 다방에 자리를 잡고 앉아선 신거운이 끼득끼득 웃었다. 나는 다소 불쾌했다.

"왜 웃는 거요?"

"난 이제 막 로마란 다방에 있다가 나왔소. 로마에서 파리의 샹제리제로 온 셈인데 만일 우리가 일기를 쓴다면 그걸 삼백 년이나 사백 년 후의 자손들이 읽고 놀랄 것이 아니오. 다방이란 생각은 못하고 하루 동안에 로마에서 샹제리제에서 차를 마셨다고 말요."

나는 역시 신거운은 싱거운 사람이라고 생각했다. 사람이 이렇게 태평할 수가 있느냐 말이다.

"헌데 안 형의 구직 상황은 어떻소?"

이엔 대답하지 않고

"신 형은 어떻소."

하고 되물었다.

"어떤 차관업체에서 고문으로 와 달라고 하는데 보수가 한 달에 백만 원이라고 하잖겠소. 목하 신거운이 궁하다고 하더라도 단돈 백만 원에 팔리겠소."

나는 어이가 없었다. 내게까지 그런 허세를 부려 무슨 소용이 있을까 싶어서였다.

"안 형은 취직 운동 그만두고 혼자서 할 수 있는 무슨 그런 일을 할 생각을 하시오."

신거운이 엉뚱한 말을 끄집어냈다. 아무리 충고가 귀하다고 하지만 너 따위의 충고는 일 없다고 여기고 있는데 신거운은 호주머니에서 뭔가를 꺼냈다. 뭣인가 했더니 신문조각이었다. 그 신문조각의 주름을 펴놓고 신거운이 손가락으로 한군데를 가리켰다. 거긴 다음과 같이 적혀 있었다.

'남자성기확대기구 판매외교원 모집(男子性器擴大機具販賣外交員募集)'

나는 본 체 만 체 고개를 돌리고 찻잔을 들었다.

"대수롭잖게 생각할 문제가 아니오, 이건 그게 작아 고민하는 자가 꽤 있을 것 아뇨. 정력이 모자라 고민하는 자도 있을 게구. 뭐니뭐니해도 남자에겐 그게 생명 아뇨? 그러니까 잘만 하면 장사가 될거란 말요."

"장사가 될 성부르면 신 형이 하시구려."

"아닌 게 아니라 그런 생각이 없는 배도 아니우. 여편네가 겁이 나서 선뜻 결심하지 못 한다뿐이지."

신거운이 풀이 죽어 말했다. 차관업체의 고문도 싫다던 사람이 그런 말을 침도 채 마르기 전에 단번에 이렇게 변모를 한다. 그게 바로 신거운다운 점이기도 했다. 나는 와락 그에게 안타까움을 느꼈다.

"직업엔 귀천이 없다는 말이 있지 않소. 미국이란 선진국가에서도 그렇소. 페인트칠도 하고 연돌 소제도 하고 춘화 판매(春畵販賣)

도 하고……. 성공만 하면 그만이라우. 그게 작든가 정력이 부실하든가 해서 고민하는 사람은 의외로 많을 거요. 바로 그 점에 편승하면……. 그리고 안 형의 부인은 안 형이 뭣을 하건 심하게 따지질 않는 성품이 아뇨."

아무런 반응도 보이지 않자 신거운은 이런 말을 끄집어냈다.

"박열기 씨가 뭣을 하는 줄 아시우? 부잣집 과부의 정부(情夫) 노릇을 허구 돈을 짜낸다오. 그렇게 해가지고 제법 생활 능력깨나 있는 듯 으시댄다우. 그 이상 치사스런 일이 어딨겠소. 거기 비하면 이 장사는 몇 갑절 낫소."

사정이 사정이라서 나는 신거운의 말을 터무니없는 거라고 듣지 않았다. 언젠가 간통(姦通) 얘기가 나왔을 때 그의 흥분한 모습이 생각나기도 했다. 메리 엄마를 한 시간 넘어 울리기도 하는 위인(偉人)이란 점도 염두에 떠올랐다.

"요는 성공하고 볼 거요."

신거운이 왜 이렇게 열심인가 하고 의심하면서도 나는 딴생각을 했다.

'이 장사를 하면 내 자신 그 기구를 이용할 수 있지 않을까.'

아내에게 대해 경제적으로 남편 구실 못하는 죄도 뭣한데 육체적으로 사내구실을 못하는 처지가 얼마나 슬픈 일인가 하고 생각하며 나는 이 기회에 혹시 사내로서 소생할 수 있지 않을까 하는 아슴푸레한 희망을 가졌다.

"안 형은 박열기 씨가 그 얄량한 지방신문에 몇 장씩 글을 써주고 만 사는 줄 아시우?"

신거운은 철저하게 박열기에게 반발을 느끼는 모양이다. 하기야 나도 그렇다. 옹덕동 18번지에 사내가 넷이 있는데 어느 모로 보나 사내구실을 하고 있는 것은 박열기 하나뿐이다.

"박열기의 방엔 영어책이 가득 있더라만 영어로 말도 할 줄 모르는 주제에 책을 읽어 뭣하겠소. 아는 척해싸두 바탕이 있어야지, 귀동냥 눈동냥 해가지고 지가 글을 쓰면 얼마나 잘 쓰겠소. 세상을 넘겨보는 재주에다 신문쟁이 근성을 보태 가지구 큰 소리 하는 꼴락서니……. 어어 치사스러."

신거운이 한바탕 지껄여대더니

"안 형, 돈 있으면 아리랑 한 개 삽시다."

했다. 아무 말 않고 나는 천 원짜리 한 장을 꺼냈다.

"어이 레지."

하고 신거운이 당당하게 소리쳤다. 담배를 가지고 오자 한 개비 뽑아 입에 불을 켜대곤 자못 맛이 있는 듯 연기를 뿜어대며 포켓에서 빈 케이스를 꺼내 거기다 담배를 차곡차곡 채웠다. 하여간 비위 하나만은 멋들어진 자다. 그래 그것도 미국식이냐고 물어보려다 말고 나는 탁자 위에 놓인 그 신문조각을 집어 호주머니에 넣었다.

"결심이 제일이오. 한번 잘해 보시오. 헌데 아이디어 값으로 대포 한잔 안 사려우?"

신거운의 말이다. 나는 너무나 빨리 드러내 뵌 그의 속셈에 피식 웃었다.

내가 육체적으로 남편 구실을 할 수 있었을 때 아내는 참으로 다정했다.

"너무 초조하게 서둘지 마세요. 이럭저럭 굶지 않고 살아가면 되잖아요."

하며 이불 속에서 내 가슴에 얼굴을 파묻고 정답게 속삭이기도 했었다. 그랬던 것인데 어느 때부터인지 내 속의 남자가 시들기 시작하자 아내의 태도는 점점 차가워지게 되었다. 처음엔 그래도 아내는 내 속의 사내를 일깨우기 위해서 고기를 먹여주기도 했고 들깨를 먹여주기도 했다. 그래도 끝내 내 속의 남자가 구실을 못한다는 것을 확인하게 되자 아내는 나와 얼굴을 마주 대하기조차 꺼렸다. 아내가 내게 무슨 말을 할 땐 엉뚱한 곳에 시선을 돌렸고 내가 무슨 말을 할 땐 아내는 내게 등을 돌렸다. 그러나 나는 이와 같은 사실을 그대로 인식하기가 싫었다. 싫었다기보다 두려웠다. 그랬는데 신거운이 보여준 그 신문 공고를 통해서 냉엄한 현실을 직시하고 혹시나 하는 기대를 갖게 되었다.

그럼에도 불구하고 내가 그곳을 찾은 것은 일주일을 망설인 끝이었다. 남근 강화(男根强化), 성기 확대(性器擴大), 양기 회복(陽氣回復)이란 글자가 눈앞에 어른거려 견딜 수 없을 만큼 되었을 때 나는 그 신문조각에 기재된 주소를 찾아나섰다. 동대문 밖에 있는 낡은 삼 층 건물의 가파른 계단을 삼 층까지 올라가야만 했다. 그리고 연탄재를 꺼내놓은 복도를 걸어 안쪽을 찾아가서 '생활기술연구소'라고 쓰인 나뭇조각이 도어 위에 가로 걸려 있고 그 밑에 '요 노크'란 종이조각이 붙어 있었다. 노크를 했다.

"들어오시오."

툭한 소리가 들렸다.

조심스럽게 도어를 열었다. 담배연기가 무럭 얼굴에 와닿는 느낌이었다. 담배연기 사이로 보니 네 사람의 사내가 연탄난로 옆에 바둑판을 사이에 두고 앉아 있었다. 난로의 불은 꺼져 있었다.

바둑에 열중하고 있는 모양으로 모두들 힐끔 나를 보았을 뿐 아무 말도 하지 않았다.

"신문 광고를 보고 왔는데요?"

하고 내가 어물어물하니까 바둑을 구경하고 있던 사람이 자기 뒤에 있는 의자를 내게 밀어주었다. 이제 막 찌그러질 듯한 의자에 나는 앉았다.

"신문 광고를 보고 오셨다?"

백을 든 사나이가 이렇게 중얼거리며 그냥 바둑판에 시선을 쏟은 채

"일금 삼천 원이 왔다갔다하는 판이니 조금 기다리시라고 여쭈어라, 이 말씀인데 아니 글쎄 정선달은 바둑을 두다가 어디로 갔지?

정선달 불러와."

하고 싱겁을 떨었다.

"조르지 말라고 여쭈어라. 빨리만 두는 게 쟁끼가 아니고 이기는 게 문제니라."

흑을 든 자가 아마 정선달이라고 불리우는 사람인 것 같았는데, 그는 "에에라, 돌 죽지 사람 죽나." 하며 호기 있게 돌을 탕하고 바둑판 위에 놓았다.

나는 바둑엔 취미가 없다. 그러니 바둑이 어떻게 되는 것인지 전연 모른다. 다만 내가 말할 수 있는 건 바둑이란 두고 있는 사람도 그걸 구경하고 있는 사람도 싱겁다는 사실이다. 거의 반시간 동안 그들의 수작을 송아지 우물 들여다보듯 하고 있으면서 내가 생각한 것은 사람이란 별의별 짓을 꾸며 가지곤 스스로의 생명을 깎아먹는다는 문제다.

바둑은 백을 든 사람의 승리로 끝난 모양이다. 아까 정선달로 불리운 사람이

"오늘은 재수에 옴이 올랐어."

하고 양팔을 펴 기지개를 켜며 하품을 했다. 이긴 사람은 바둑판 밑에서 몇 장인가의 돈을 꺼내 호주머니에 쑤셔 넣으면서 자못 통쾌한 듯 말했다.

"이 때문에 난 중동 안 간단 말이다. 중동엘 안 가도 이렇게 돈을 벌 수 있으니까."

그리고는

"자아, 사업이다, 사업."

하곤 내게로 얼굴을 돌렸다.

"광고를 보고 오셨다구요?"

오십 가까이 돼 보이는 다부지게 생긴 그 사나이는 다부지게 말
했다.

"우리 생활기술연구소는 인간의 생활 가운데서도 가장 핵심적인
부분을 위해서 연구하는 기관입니다. 인간의 생활 목적은 행복에 있
지요? 행복의 핵심은 섹스에 있지요? 우리는 그 핵심을 파고들었습
니다. 불초 본인이 소장입니다만 나는 세계에서 가장 훌륭한 일을 하
고 있다고 자부합니다."

나는 그저 그의 연설을 듣고 있을 수밖에 없었다.

"광고를 보고 모처럼 찾아오셨다니 대강 그 포부를 짐작할 수가
있습니다만 본 연구소의 기본 방침을 설명해 둘까 하는데 부소장 말
하시오."

이제 막 바둑에 진 사람이 부소장이었다. 부소장도 소장과 같은
또래의 나이다. 부소장의 말투는 납작납작하다. 둥글게 만든 떡반죽
을 홍두깨로 밀어 납작하게 만들 듯, 이 자는 둥글게 나오는 말을 혓
바닥과 입천장 사이에 넣고 밀어 납작하게 만드는 모양이다.

"첫째 사명감이 있어야 일을 치룰 수 있습니다. 단순히 물건을 판
다는 관념 갖고는 안 됩니다. 인류의 행복에 기여한다, 하는 사명감

으로써 사업을 추진해야 한다 이 말입니다. 둘째는 과학적 지식이 있어야 합니다. 섹스의 문제는 어디까지나 과학의 문제이지 음탕한 문제가 아닙니다. 셋째는 소정의 보증금을 내야 합니다. 외교원은 책임감이 왕성해야 하는데 자본주의 사회에 있어서 책임이란 보증금을 통해서밖엔 달리 추궁할 방도가 없습니다. 보증금 문제에 관해선 총무부장이 설명할 거요."

제법 잘 짜인 분업(分業)이로구나 하고 총무부장의 말을 기다렸는데 그가

"보증금은 십만 원입니다. 십만 원을 납입하면 본 연구소의 신분증과 기구 열 개를 지급합니다. 기구 한 개의 판매 가격은 오천 원, 그 가운데 이천 원은 외교원이 잡수시고 나머지를 본 연구소에 바치면 또 기구 열 개를 드립니다. 그러나 필요하다면 보증금 한도의 기구를 한꺼번에 드릴 수도 있습니다……."

하는 바람에 나는 절망하고 말았다. 보증금 십만 원이란 내게 있어선 엄두도 내지 못할 금액이었다. 그래 그 총무부장은 한 개 이천 원이 남으니 만 개만 팔면 이천만 원이 남는 대기업일 수도 있다고 매력적인 수자를 지껄여댔지만, 이미 노새 귀에 바람소리였다. 나는 얼굴을 붉히고 다음과 같은 청을 넣었다.

"우선 한 개만 사고 싶은데요. 한 개를 살 돈은 준비되어 있습니다만……"

그러자 "총무부장!"하고 소장이 불렀다. 그리고 하는 말은 이랬다.

"보아하니 온순하고 독실한 인품인 것 같은데 보증금을 오만 원으로 해드리면 어때."

부소장도 거들었다.

"보증금 오만 원에 기구 다섯 개, 특별 대우를 해드리지."

하나 내겐 십만 원이나 오만 원이나 다를 바가 없다. 나는 모기소리를 냈다.

"지금 준비한 돈이 없습니다. 우선 한 개만."

소장은 할 수 없다는 표정으로 자기 뒤에 놓인 캐비닛을 열더니 비닐봉투에 싼 것과 삐라 두 장을 꺼냈다.

"오천 원을 받아야 할 거지만 삼천 원만 받지. 이건 참으로 특별이요."

소장은 이렇게 말해 놓고 비닐봉투를 풀어 소위 기구라는 걸 꺼내놓고 사용법의 설명을 하기 시작했다. 물건을 고무로 만든 보자기에 집어넣고 한쪽 끝에 달린 펌프로써 바람을 넣으면 남근(男根)의 세포를 자극해서 확대할 뿐 아니라 근력(根力)을 강화시킨다는 것이다. 삐라에도 동일한 내용이 적혀 있다. 나는 일금 삼천 원을 꺼내 탁자 위에 놓고 그 기구와 삐라를 포켓에 집어넣었다. 그리고 네 사람의 시선을 등 뒤에 느끼면서 그 연구소란 데서 나왔다.

어둑어둑한 거리를 버스 정류장 쪽으로 걸어 나오면서 나는 호주머니에 들어 있는 물건의 기적을 빌고 싶은 마음과 아무리 봐도 조잡하기 짝이 없는 물건의 생김새로 하여 속았다는 마음이 분주히 교차

하는 것을 느꼈다. '행여나' 하는 마음도 안타까웠지만 아무래도 신거운에게 넘어간 것 같은 느낌도 안타까웠다.

'그러나 저러나 한번 시험해 볼 일이다.'

버스를 타고 옹덕동으로 돌아오면서 나는 열 개를 팔면 이 만원이 남는다는 산술에 몰두하고, 하루에 이만 원이면 한 달에 60만원, 열흘을 쉰다고 해도 40만 원이 된다는 계산에 흥분했고 어쩌다 남자 구실을 되찾을 수 있지 않을까 하는 생각에 황홀했다. 하여간 실험을 해보고 효과가 있으면 오만 원쯤은 어떻게 해서라도 구해 보겠다고 마음속에 다졌다.

그만한 일을 겪었다는 것만으로 나는 다소 용기를 내어 집에 들어갈 수 있었다. 아내는 부엌에서 저녁을 짓고 있었는데 수돗가에 내 모습이 불쑥 나타나자 고개를 돌려버렸다.

'나는 당신을 위해서 이처럼 고생을 하고 이처럼 고민하고 있는데.'
싶으니 슬픔이 솟았다.

저녁 밥상을 갖다놓고 아내가 또박 말했다.

"문간방의 신 선생은 취직이 됐다우."

그 말이 쾅하고 나의 심장을 울렸다. 눈앞의 음식이 일시에 빛깔과 맛을 잃었다. 나는 겨우 정신을 차려 신거운의 취직이 왜 내게 이같이 충격이 되는가를 생각해 보았다…….

신거운이 취직한 곳은 을지로(乙支路) 어딘가에 있는 영어회화

전문(英語會話專門)의 강습소라고 했다.

"미국 유학한 보람을 처음으로 보게 되었군요."

하고 치하를 했더니

"대학교수로 오십사 하는 것도 거절한 낸데 그게 뭐 대단할 것 있소."

하며 버텼지만 딴은 득의가 만면했다.

내일부터 출근한다는 전날 밤, 박열기의 제안으로 신거운의 장도회(壯途會)가 박열기의 방에서 열렸다. 모처럼의 모임이라고 해서 모두철의 아내를 제외한 여족(女族)들도 같이 모였다.

내 마음의 탓인지 그날 밤 신거운의 태도는 의젓했다. 질서도 계통도 없을 뿐만 아니라 여러 나라의 서적이 뒤섞여 꽂혀 있는 박열기의 서가(書架)를 훑어보고,

"후진국 지식인의 상징 같기도 하다."

는 제법 점잖은 말을 하기도 하고

"박 형은 정말 아까운 인재야. 하잘것없는 지방신문의 칼럼이나 쓰고 있을 사람이 아닌데."

하는 따위의 동정도 했다.

그런 정도까진 좋았는데 술이 거나하게 취하자 신거운이 영어할 줄 모르는 사람은 야만인이란 투의 말을 지껄이기 시작했다. 박열기는 잠자코 흘려듣고 있었지만 나는 그럴 수가 없었다. 그래

"영어를 잘하는 사람이 영어를 모르는 사람의 심부름꾼 노릇을

한다면 그건 어떻게 된 거요. 문명인이 야만인의 종노릇 하는 셈인가
요? 신 형 말대루라면."

하고 한마디 쏘아주었다.

"안 형, 그 말 한번 잘했소."

두꺼비처럼 말이 없는 모두철이 뚜벅 이렇게 말한 바람에 내 말
이 그만큼 생색을 냈다. 신거운이 못마땅한 투로 나섰다.

"그럼 내가 종노릇을 한단 말요?"

"자 그런 쑥스런 소린 그만하고 우리 술이나 마십시다."

하고 박열기가 술잔을 들고 다음과 같이 이었다.

"이 옹덕동 18번지에 차츰 변화가 생기는 모양이니 반가운 일 아
뇨. 신 형이 취직을 했고, 안 형도 머잖아 직장을 얻게 될 거고 모 형
에게도 곧 좋은 일이 있을 거고……. 겨울이 오면 봄이 또한 멀지 않
다는 말이 있잖소."

이에 잡담이 쏟아지고 노랫소리도 나왔다. 여족(女族)들도 얘기
에 끼어들었는데 언제나 우울해 있는 신거운의 아내도 퍽이나 유쾌
해 보였다.

그런데 나는 이상한 일을 발견했다. 여자들이 번갈아 술을 따라
주는 역할을 맡았는데 신거운의 아내가 술을 따를 때면 번번이 박열
기의 잔엔 조금만 따르고 마는 것이다. 내 잔에도 모두철의 잔에도
신거운의 잔에도 넘칠 정도로 가득가득 부어놓으면서 박열기의 잔
에만은 되도록 술이 많이 부어지지 않도록 신경을 쓰는 것 같아 이상

해서 계속 관찰한 결과 결정적으로 그런 사실을 알았다.

'이게 웬일일까. 무슨 까닭일까. 자기 남편이면 모르되 다른 남자에게 술을 반 잔 따른다는 건 실례가 될 텐데.'

나는 결코 우연한 동작이 아닐 거란 생각과 단순한 우연일지 모른다는 생각과의 사이에서 그 잔치가 끝난 뒤에도 갈피를 잡을 수가 없었다.

신거운이 의젓하게 출근하게 되자 아내의 나를 보는 눈초리가 더욱 싸늘해졌다. 아내의 눈에 비친 나는 필경 한 마리의 벌레만도 못할 것이었다. 초조로움이 겹쳐 생활기술연구소에서 사가지고 온 기구를 시험해 보았으나 전연 엉터리라는 것을 알았다. 치사하게 사기에 걸리고 만 것이다.

마음은 바빴지만 할 일은 없었다. 아내는 전엔 일주일에 한 번 꼴로 도매상엘 갔는데 요즘은 바쁘다는 핑계로 사흘이 멀다 하고 외출을 했다. 아내가 외출한 날은 나는 집에 있어야 한다. 소매와 깃이 닳아 실밥이 주렁주렁한 외투를 입고 거리를 방황하지 않아도 좋은 것이 우선 반가웠다.

나는 신거운이 취직한 이래 더욱 친근감을 느끼게 돈 모두철과 대부분의 시간을 같이 지내게 되었다.

"아주머니가 집을 떠난 지 꽤 오래 됐죠?"

내가 걱정하는 빛으로 이렇게 말하면

"설마 나를 굶겨 죽이기야 하겠소."

하는 그의 대답.

"지금 굶어죽을 염려는 없수?"

하면

"두고 간 게 아직 있으니까."

하는 그의 대답.

"아주머니가 어디서 무엇을 하는지 걱정도 안 되우?"

하면

"걱정한들 소용 있수."

하는 그의 대답.

하루는 내가 이렇게 물었다.

"모 형은 어떻게 수양이 됐길래 이처럼 태평하고 이처럼 초연하우?"

그때의 대답은 이랬다.

"나는 하두 많이 죽은 사람을 봤소. 수백, 수천을 넘는 시체(屍體) 속에서 살았으니까. 사람이란 모조리 죽는 거드만요. 미국 육군대장의 시체를 내가 화장(化粧)했는데 죽고 나니 육군대장도 졸병과 꼭 같습디다."

모두철은 1950년 12월부터 1960년 말까지 일본 고쿠라(小倉)에 있는 미군시체처리부대(美軍屍體處理部隊)에 근무하다가 한국에 돌아와서도 비슷한 일을 했단다. 그리고 그 일이 일단락되자 다른 부대로 가서 군속 노릇을 했는데, 현재의 마누라를 알게 된 것은 그 부대 근처에서였다는 것이고, 시체 처리밖에 할 줄 모르던 그는 새 임무를 감당할 수 없어 해임되었다는 것이다.

"뭣을 해볼 생각은 전혀 없소?"

이렇게 물으면

"해볼런다고 됩데까."

하며 눈만 껌벅거린다.

"그럼 모 형이 하고 싶은 일이 이 지상에서 전혀 없다는 말씀입니까?"

"꼭 한 가지 있죠."

"뭔데요?"

"시체 미용 사업(屍體美容事業)."

"……? ……."

"미국말론 앰버머라고 하죠."

"시체 미용을 하고 싶다는 건 진심이오?"

"진심이오."

그때 비로소 모두철의 경력을 소상하게 들을 수 있었다. 어떤 엽기소설보다도 해괴한 얘기다.

모두철은 1950년, 그러니까 6·25 동란이 터진 그해의 12월 미국 군속의 자격으로 일본 고쿠라(小倉)에 파견되었다. 도착하기까지 거기서 무슨 일을 할지 몰랐다. 그들을 태운 군함이 하카타(博多)에 도착했을 때 그 배에 미군의 시체가 가득 실려 있음을 알았다. 모두철은 그 시체들과 더불어 고쿠라에 있는 시체 처리 부대로 갔다. 보수가 좋아서 모두철은 그 특수부대에서 인부 노릇을 했다. 그러다가 미국 전문가의 지도를 받아 앰버머(시체미용기술자)로서의 자격을 얻었다.

"시체가 도착하면 먼저 개인 식별(個人識別)을 하지. 간단한 일이 아니죠. 정밀 검사(精密檢査)를 하는 거요."

"인식표라는 게 있잖아요? 그런데?"

"물론 식별할 필요가 없는 시체도 있죠. 그런데 고쿠라로 오는 건 대강 부란 시체(腐爛屍體)거든요. 비교적 신선한 시체는 현지에서 납관(納棺)하죠. 고쿠라서 취급하는 건 썩은 것, 그 밖에 시체 확인을 간단하게 못하는 그런 것이죠. 내가 고쿠라에 갔을 때 온 것은 제1차 철퇴 작전에 묻어두었던 것을 도루 파낸 시체들이었소. 생각해 보시오. 더운 계절에 매장했던 것을 반년이나 지나서 파낸 거니 어떻겠소."

특수부대의 첫째 임무는 시체의 뼈를 보고 그 인종, 연령, 신장 등을 추정한다. 추정의 결과를 감독에게 보고하면 감독은 묘지 배열도(墓地配列圖)에 알아낸 생전의 기록과 대조한다. 양쪽이 부합하면 그 시체를 확인하고 조금이라도 틀리면 재검사를 한다. 일종의 시험과 같은데 60점 이상이면 합격이란 그런 일은 없다. 꼭 백점(百點)이라야만 합격한다.

"한국전선에서 보내오는 전사체는 목제(木製)의 가관(假棺)에 들어 있다. 이걸 템포라리 캐스키트라고 한다. 그 관들을 일단 창고에

수용해 두었다가 순번을 기다려 해부대에 올리는데 그때까진 방부
처리도 돼 있지 않아 그 냄새가 무지무지해요."

상을 찌푸려가며 말을 하면서도 모두철에겐 그때의 기억이 아쉬
운 것 같다. 이어 모두철은 미군(美軍)의 시체에 대한 성의는 놀랄 만
큼 철저하다면서

"전사자들에게 대한 정성이 애국의 정성에 직결하는 것 같았어
요. 참으로 정중하고 경건해요. 머리가 수그러져요. 하기야 그런 정
성이 없고선 해낼 수 있는 일이 아니지."
하곤 한숨을 지었다.

"헌데 그 시체 화장이란 건 뭣하는 게요?"

나는 어느덧 호기심에 이끌려 물었다.

"시체 처리 기술자란 건 미국에만 있는 직업인 모양입니다. 유럽
에도 있긴 한 모양인데 미국에선 그 기술자를 양성하는 학교가 다섯
개나 있다오. 앰버밍 스쿨, 앰버밍 칼리지라고 한다나요."

모두철의 설명은 계속되었다.

"유럽이나 미국은 종교적인 관습상 토장(土葬)을 하거든요. 이때
시체에 방부 처리를 하고 만일 사고라도 있어 얼굴이나 신체에 손상
을 입었으면 그걸 수복합니다. 그 수복 기술이 얼마나 훌륭한지가 그
들의 자랑이죠. 이런 일이 있었소. 어느 앰버머가 포켓에서 사진을
꺼내 보이지 않겠어요? 자기 가족사진인가 했더니 그 사진은 어떤
젊은이의 잠자는 얼굴이었어요. 다시 한 장을 꺼내는데 그건 웃는 얼

굴의 사진이었어요. 그리곤 썩 잘 닮았지 하곤 또 한 장의 사진을 꺼냈어요. 그건 교통사고를 입고 얼굴과 상반신이 뭉개진 비참한 사진이었지. 그가 말하길 그처럼 형편없이 된 얼굴과 몸을 생전의 사진을 참고로, 아까 잠자는 얼굴의 사진처럼 시체 수복을 했더니 유족들이 대단히 고맙다고 하더라고 뽐내더란 말요."

"어떻게 했길래."

"먼저 얼굴의 뼈를 정밀하게 복원하곤 피부를 깁고 상처엔 플라스틱을 메우고 화장(化粧)을 하는 거죠."

"모 형도 그런 기술을 가졌단 말이죠?"

"자신이 있습니다. 나는 그때부터 시체 미용에 흥미를 갖게 되어 그 기술자로부터 틈이 나는 대로 배웠죠. 미국에선 일류 앰버머가 되면 고급 직업으로 친다나요."

그러나 모두철은 시체 미용사가 고급 직업이기 때문에 그걸 택한 것은 아니라고 했다. 살아있는 사람에게 대한 봉사(奉仕)보다 죽은 사람에게 대한 봉사에 보람을 느낀다는 것이다.

"이 세상을 졸업한 사람들에게 대한 예의라고나 할까요. 그것보다 애달프게 생을 마친 사람들에게 대한 동정이라고나 할까요. 하여튼 나는 산 사람에게 대해선 흥미를 잃어버렸소. 우리나라 사람도 살아 있는 동안의 호사에만 관심을 쓸 것이 아니라 죽은 후의 호사도 알았으면 해. 살아 있는 동안보다 죽어 있는 동안이 훨씬 기니까요."

평소엔 말이 없는 모두철이 죽음의 얘기가 되면 이처럼 웅변이 된다. 나는 그의 웅변에 감동했다.

"그 사업을 시작하려면 자본이 얼마나 들겠소?"

"글쎄요. 요즘 물가를 모르니까 뭐라고 짐작할 순 없지만."
하고 그는 또박또박 헤아렸다.

"첫째 사업장 시설이 있어야 하고 약품 준비도 해야 하고, 기구도
마련돼야 하고 사무실, 전화, 신문 광고 등도 생각해야 할 테니까 천
만 원쯤은 들 거요."

"수지는 맞을까요?"

"계몽 선전만 잘하면 수지를 맞출 수도 있겠죠. 교통사고로 죽은
사람도 꽤 있으니 유족들이 시체의 복원을 원할 것 아뇨. 교회 같은
데 연락하면 희망자가 더러 있을 게구."

"그럼 한번 해봅시다."

"돈이 있어야죠."

나는 취직 부탁을 하고 돌아다닐 때 가끔 듣는 충고를 상기했다.

"왜 안 군은 자신의 힘으로써 뭔가를 해볼 생각은 않고 자꾸 취
직만 하려고 그러나. 장사도 좋고 조그마한 무엇을 만드는 것도 좋
잖겠나. 무슨 아이디어를 내보란 말야. 아이디어에 따라선 자본을 대
줄 수도 있을 거니까."

나는 이런 충고를 한 선배의 이름을 기억 속에 더듬어봤다. 어떻
게 잘만 얘기하면 통할 것 같기도 하다. 나는 먼저 박열기에게 의논
을 걸어봤다.

"그럴 듯한 얘기긴 한데……."

하고 그는 말끝을 흐려버렸다.

신거운에게 얘길 했더니

"미국에서 대단히 번창하고 있는 사업이오. 미국에서 되는 일이 우리나라에서 안 될 까닭이 있소. 해보시구려."

하는 말이었고, 구멍가게의 양호기는 숫제 말의 뜻조차 알아듣지 못했고, 경산 선생은 차근차근 캐물어가며 얘기를 듣더니 한다는 말이

"괜찮은 얘길세. 그러나 안 군이 그런 얘길 하고 돌아다니다가 청량리 정신병원에 붙들려 가지 않을까 겁나는데. 허기야 청량리도 돈이 있어야 갈 수 있다더라만…… 핫핫, 산 사람 미용원 차린 데도 자본 모으기가 어려울 텐데 죽은 사람 미용원 차리겠다고 해서 자본 대줄 사람이 있을까? 그만두는 게 좋을 걸세."

했지만 난 굴하지 않고 그 이튿날부터 선배와 친구들을 찾아다니며 모두철의 기술을 선전하는 한편 자본의 지원을 간청해 보았다.

목재회사의 중역을 한다는 선배는 내 말을 듣고 나더러, 내 얼굴, 특히 내 눈동자를 자세히 들여다보곤

"이게 자본에 보탬이 될지 안 될지 모르겠습니다만."

하고 봉투를 하나 주었다. 밖에 나와 펴보았더니 일금 일만 원이 들어 있었다. 어떤 후배를 찾았더니 역시 비슷한 일이 있었다. 뒤에 짐작해 보니 그 선배나 후배는 나를 정신이 돌기 시작한 사람으로 보고 측은하게 생각한 나머지 동냥을 준 것이었다. 그래도 나는 한

번 먹은 마음을 쉽사리 포기할 수가 없었다. 모두철을 기사로 하고 시체 미용소를 치리기만 하면 틀림없이 성공할 것이란 생각이 신념처럼 굳어져 갔다.

신념이라기보다 집념이라고 설명하는 편이 옳을는지 모른다. 집념이라기보다 절실히 요행을 바라는 마음이라고 바꿔 말할 수 있을지도 몰랐다. 그 무렵 나는 일종의 강박관념(强迫觀念)에 사로잡혀 있었다. 취직을 하건, 어떤 사업을 하건, 하다못해 누구의 심부름꾼이라도 하지 않으면 아내로부터 무슨 선고(宣告)가 내릴 것만 같은 공포 속에 있었다.

그런데 취직을 하려고 돌아다녔을 때는 한푼 생기는 게 없었는데 시체 미용을 한다니까 다소간의 푼돈을 주지 않는가. 이것이 나의 용기를 북돋았다. 나는 드디어 R재벌의 사무실로 허창구를 찾아갈 계획을 세웠다.

'허창구로부터 백만 원만 빼내자.'

어쩐지 자신이 있었다. 백만 원이면 천만 원 자금의 십분의 일에 해당하는 금액이다. 그 다음엔 구멍가게의 안주인으로부터 또 그만한 액수를 짜낼 예정이었다.

R재벌의 건물로 들어서니 웬지 가슴이 떨렸다. 접수처에서 허창구 씨를 만나러 왔다고 알릴 때 가까스로 마음을 진정시켜야 했다.

"아아 안 선생."

하고 복도에 나타난 허창구의 얼굴엔 벌써 긴장감이 감돌고 있었다.

"의논할 일이 있어서 왔습니다."

상대방의 긴장에 반사 작용을 받아 나도 굳은 표정이 되었다.

허창구는 난처한 표정을 하고 시계를 들여다보더니 주저주저하며 말했다.

"대단히 미안합니다만 바로 이 건물 옆에 다방이 있습니다. 십 분쯤 지나서 내가 거기로 가지요."

"좋습니다."

하고 나는 지정된 다방의 한구석에 자리를 잡았다. 십 분이 훨씬 지나고 허창구가 나타났다. 맞은편에 앉으면서

"우선 차나 한잔 합시다."

하고 그는 레지를 불렀다.

"일전에 윤정애 선생을 만났습니다."

생각에도 없었던 말이 불쑥 내 입에서 터져나왔다. 내 자신 아차 했으나 이미 때는 늦었다. 허창구는 일순 당황한 빛을 보이더니

"아아, 윤 선생, 그 사람 때문에 정말 골치가 아픕니다."

하고 금시에 태연한 표정으로 돌아갔다.

"왜 골치가 아픕니까?"

"글쎄 취직을 시켜달라고 조르는데 어디 마땅한 자리가 있어야지."

"아직도 꽤 미인이신데, 그만한 미모를 지녔으면 취직도 그다지 어렵지 않을 텐데요."

하고 넌지시 그의 속셈을 떠볼 생각이었는데 허창구는 그런 일엔 흥미가 없다는 듯

"의논할 일이라니 뭡니까?"

하고 자세를 고쳐 앉았다.

"조그마한 사업을 해볼까 하는 데 천상 허 선생이 좀 도와주셔야 겠습니다."

"도움이 어떻게."

"자본을 좀 대주십사하구요."

"자본?"

하며 허창구는 어이없다는 표정으로 말했다.

"나 같은 월급쟁이에게 무슨 돈이 있을 거라고 그러오."

"대재벌의 간부님이니 마음만 먹으신다면 융통이 되리라고 믿는데요."

나는 조금 뻔뻔스럽게 말했다.

"무엇을 하시려구요?"

나는 모두철의 인물 설명부터 시작해서 사업의 내용을 간추려 말했다. 허창구는 뭔가 질린 듯한 표정으로 변하더니 사업에 관해선 일언반구도 안 하고

"그런데 얼마쯤 필요하십니까?" 하고 물었다.

"다다익선(多多益善)이지만 이백만 원만 융통해 주시오."

"이백만 원?"

허창구의 얼굴에 냉소가 떠올랐다. 그리고

"안 선생은 내 월급이 얼마나 되는 줄 아십니까?"

하는 말이 뒤따랐다. 나는 슬그머니 화가 났다.

"안 되겠다면 어쩔 수 없지요."

그러자 허창구는 포켓에서 봉투를 꺼내 탁자 위에 놓았다.

"이건 얼마 안 됩니다만 안 선생 사정이 딱한 것 같아서."

나는 봉투의 부피를 눈가늠으로 살폈다. 천 원짜리면 이만 원정도, 오천 원짜리면 십만 원 정도로 보였다. 궁한 입에 쌀밥, 보리밥 가릴 여유가 없었지만 나는 여기서 굽히면 사업의 가망은 영영 없어지는 것이라고 느꼈다. 그래 봉투를 허창구 쪽으로 밀어 놓고 한마디 했다.

"나는 허 선생의 동정을 구하러 온 것은 아닙니다. 윤정애 선생처럼 골치를 앓게 할 작정도 없습니다. 훗날 갚아줄 셈으로 사업 자금을 융통해 달라고 온 것입니다. 이백만 원이 안 되겠다면 그로써 끝나는 겁니다. 윤정애 선생을 만나 허 선생 골치를 앓게 하지 말라고 이르죠."

허창구의 표정이 일순 험상이 되었다. 네까짓 것 같은 놈의 공갈쯤은 문제도 안 된다는 악한다운 웃음을 띠기도 했다. 나는 마지막이라고 생각하고

"허 선생이 그러신다면 댁의 사모님에게라도 부탁을 해보겠소."

하며 자리에서 일어섰다.

허창구는 후다닥 일어서더니 나를 붙들어 앉혔다.

"조금 시간의 여유를 주시오. 최선을 다해 보죠."

"언제쯤 되겠소."

"일주일만 기다려주시오. 그리고 이건 넣어두시오."

하고 탁자 위의 봉투를 내 호주머니에 쑤셔 넣었다.

"그럼 일주일 후 이맘때 여기로 오겠습니다. 사람이 궁하다 보니 본의 아닌 말을 한 것 같습니다만 사업 자금이란 계획에 어긋나는 금액이면 한 푼이 모자라도 보람이 없는 것이니 충분히 양해하시길 바랍니다."

다방을 나오면서 허창구가 말했다.

"윤 선생을 만나봤자 도움이 되질 않을 겁니다. 그러니……."

"허 선생이 도와주시겠다는데 윤 선생이나 사모님을 만날 필요가 있겠습니까."

나는 유순하게 말하고 그와 헤어졌다.

4

온종일 거리를 쏘다니다가 해질 무렵, 곱창집에 들러 곱창과 소주 한 병을 마시고 나니 거나하게 취했다. 나는 개선장군처럼 옹덕동으로 가는 버스를 탔다. 버스에서 내려 골목으로 접어들었을 때, 앞으로 낯이 익은 뒷모습이 보였다. 신거운의 아내였다. 나는 걸음을 빨리해서 그 여자와 나란히 하면서

"지금 퇴근하십니까?"

하고 말을 걸었다.

"네."

마지못한 답이라고 느꼈다.

"신 선생이 취직도 되고 해서 마음을 놓으셨겠습니다."

"……."

"신 선생님 실력이 있으니까."

그래도 그 여자는 대답을 안 했다.

'이 여자는 철저하게 나를 경멸한다.'

싶으니 분노와 같은 감정이 치밀었다. 그러나 그런 내색도 할 수 없고 걸음을 빨리하거나 늦추어서 그 여자와의 거리를 만들 수도 없었다.

"안 선생님 보기에 신 씨가 앞으로 자기 일은 자기가 꾸려나갈 수 있을 것 같애요?"

신거운의 아내가 엉뚱한 질문을 했다.

"그러구 말구요."

"그럼 됐어요."

하곤 그 여자는 집에 도착할 때까지 다시 입을 열지 않았다.

'그럼 됐다니 그게 무슨 뜻일까!'

하며 신거운의 아내를 따라 집으로 들어갔는데 내 방엔 불이 켜 있지 않았다. 가슴이 쿵하는 소리를 냈다.

"우리 집사람 어디에 갔습니까."

"잠깐 남대문시장엘 간다고 이제 막 나갔는데요."

하고 메리 엄마가 열쇠를 가지고 왔다. 나는 열쇠를 받아들고 방문을 열었다. 불을 켰다. 재봉틀 위엔 일감이 그냥 놓여 있었고 그 밖의 방의 동정에도 변한 것이 없었다. 아내가 도망친 것은 아니었다.

'그러나 무슨 까닭으로?'

나는 이런 불안을 혼자서 견딜 수는 없었다. 모두철의 방으로 건너가 술판을 벌였다.

"모 형, 잘만 하면 사업 자금은 수월하게 구할 수 있을 것 같소."

전연 건성이랄 수도 없이 나는 술잔을 들며 지껄였다.

"사업 자금이라니?"

모두철이 앙상하게 돋아난 수염 사이의 입을 움직이며 이렇게
반문했다.

"시체 미용 사업 말요."

"음."

나는 모두철이 며칠 전 같이 의논했던 사업 얘기를 까마득히 잊
고 있다는 걸 발견했다. 그건 그만큼 나를 신용하지 않고 있다는 증
거이기도 했다.

"시체 미용은 문화인으로선 절대로 필요한 절차지."

모두철이 혼잣말처럼 중얼거렸다.

"시체의 감촉은 차가워 칼질을 하면 두부를 써는 것 같지. 기술을
부리면 생시보다 훨씬 나은 미남 미녀를 만들 수도 있구."

나는 모두철이 시체 미용 얘기만 나오면 웅변이 된다는 걸 알고
있다. 뭔가 한군데 정열을 쏟는 건 좋은 일이다. 그런데 내겐 그런 것
도 없다.

모두철이 자기 생각을 쫓고 있으니 나도 내 생각을 안 할 도리
가 없다.

'먼 훗날, 그렇다, 먼 훗날 내가 돈을 벌기만 하면 고아원을 차린
다.'

나는 어느덧 양지바른 산기슭에 아담한 고아원을 짓고 나면서부

터 불운을 짊어진 어린애들을 달래며 화초나 가꾸고 하늘의 구름을 바라보고 있는 스스로를 공상했다.

'고아원, 그렇다, 고아원을 해야 한다.'

초등학교 교사로 부임한 당초부터 나는 일학년을 담임했다. 일학년에서 삼학년까질 왕래하며 십 년 남짓한 세월을 보냈다. 어린이의 버릇, 어린이의 심정엔 익숙해 있다고 나는 자부하고 있다. 나를 보고 계면쩍게 웃을 땐 그 어린이는 무슨 나쁜 짓을 했을 때다. 당당한 얼굴을 하고 나타날 땐 무슨 좋은 일을 했을 때다. 어린이들을 줄을 똑바로 세우기란 여간 힘드는 일이 아니다. 어린이 스스로 그렇게 줄지어 서도록 사전에 얘기를 통해 흥미를 돋우어놓고 유희 식으로 이끌어가야 한다. 어린이에겐 절대로 무리를 해선 안 된다. 그들 나름대로 납득을 하도록 신경을 써야 하다. 그런데 그런 자질구레한 일에 신경을 쓰는 마음처럼 흐뭇할 수가 어디에 있었을까? 나는 어린이들과 더불어 뛰놀았던 그 시절이 가장 행복했다고 생각한다.

'고아원을 차려야지.'

나는 입 밖으로 말을 꺼냈다. 모두철이 무슨 말인가고 나를 바라보았다.

"나는 돈을 벌어 고아원을 만들 거요."

술이 과했던지 혀가 꼬부라졌다. 술주정으로 들었는지 모두철은 되묻지도 않았다. 아니, 내가 한 말엔 도무지 신용을 하지 않는 것이다. 나는 내 자신에게 화를 내어 말했다.

"시체 미용 사업을 해갖고 돈을 벌면 그 돈으로 나는 고아원을 만든단 말요."

"시체 미용업의 고객을 만든단 말이지."

모두철을 웃지도 않고 말했다.

아내가 돌아온 것은 자정 가까워서다. 그때 나는 곤드레가 되어 있었는데, 곤드레가 된 탓으로 제법 고함을 질러보았다. 밤중에 어딜 쏘다니고 왔느냐고.

"도매상의 부인이 오늘 병원에서 죽었어요."

아내는 또박 말했다.

"그 부인 죽은 것 허구 당신허구 무슨 관계가 있단 말요."

아내는 대꾸도 않고 돌아앉아버렸다.

"그래 죽은 사람을 위해 산 사람을 굶겨도 좋단 말요?"

나는 내가 이렇게 호통을 칠 수 있는 터전이 오늘 낮 허창구에게서 받은 봉투 속에 들어 있는 십만 원의 돈 때문이란 걸 알고 있다. 사람은 돈만 있으면 엉뚱한 자신이 붙는 법이다.

"저 아랫목의 밥상이 눈에 띄지 않소? 이제 눈까지 멀었는가 보지?"

아내의 말투엔 독기가 있었다. 나는 그 독기를 꺾어놓고 싶었다.

"여보, 사람 괄시 말아요, 나는 취직을 했소."

나는 왜 거짓말을 조작했는지 지금껏 알 수가 없다.

"취직이 됐어요?"

하고 돌아앉는 아내의 놀란 표정을 보고 아뿔사 했지만 이미 엎질러진 물이었다. 한번 거짓말을 해놓으면 다음다음으로 거짓말을 발라야 한다.

"그래, 어디에 취직이 됐어요?"

아내는 놀란 표정을 반가운 표정으로 바꾸면서 묻는다.

나는 얼김에 "교육위원회." 해버렸다.

"학교 선생님?"

"아냐, 교육위원회에 달린 부속기관의 일을 보게 됐소."

나는 일시에 취기를 잃고 말의 두서를 맞추느라고 신경을 곤두세워야 했다.

"그러나 월급이 얼마 안 돼서 께름해."

하고 엉뚱한 말조차 꾸몄다.

"월급이 얼만데요?"

"20만 원이야, 단돈 20만 원만!"

"20만 원이 어디유, 그만하면 됐어요. 됐고말고요."

내가 20만 원이라고 말한 건 일주일 후에 주겠다는 허창구로부터의 이백만 원을 예상하고 한 짓이다.

'이백만 원이면 십 개월은 발라넘길 수 있다.'

이런 생각이 번개처럼 뇌리를 스친 것이다.

"20만 원 있으면 당신 혼자 생활이 되겠어요?"

뭔가를 계산해 보는 눈초리로 아내가 말했다.

"내 혼자 생활이라니?"

"난 내 일이 있으니까요."

그 뒤에 생각해 보니 이 거짓말이 화근(禍根)이 된 것이었다 그러나 그땐 그 거짓말이 그처럼 중대한 결과를 가져 오리라곤 꿈에도 생각하지 못했다.

"언제부터 출근이죠?"

"일주일 후부터."

"그럼 대강만이라도 입성을 준비해야죠."

나는 이때처럼 아내를 싸늘하게 느껴본 적은 없다. 와이셔츠의 칼라나 그 소매가 헐었건, 즈봉이 볼품없이 구겨졌건, 외투가 거지꼴이 되었건 아랑곳하지 않던 아내가 취직이 되었다니까 갑자기 의복 걱정을 하는 꼴이 말이다.

나는 이튿날 아침, 간밤의 그 거짓말을 생각하고 우울한 기분에 빠졌다. 좁은 방에 같이 살면서 앞으로 줄곧 거짓말을 발라나가야 한다고 생각하니 눈앞이 캄캄했다.

'언제까지 지탱할 수 있을까. 그리고 거짓말이 탄로나는 날이면?'

그 후 두 차례에 걸쳐 나는 허창구로부터 이백만 원을 받아냈다. 문자 그대로 협박의 댓가였다.

"사람은 스스로의 생명을 지탱하기 위해선 얼마라도 자기를 추잡하게 만들 수 있다. 매춘부를 경멸할 수 있는 자격을 가진 사람은 아마 이 세상에선 드물 것이다."

박열기가 언젠가 한 말이다. 나는 드디어 박열기가 가장 추잡한 노릇이라고 규정한 협박 행위로써 얻은 돈으로 마누라를 속이는 비열한 거짓말의 밑천으로 한 셈이다. 그러나 이러한 가책은 상대가 허창구인 까닭도 있었지만 시간이 감에 따라 흐려지기 마련이다.

나는 도시락을 싸들고 의젓하게 출근하는 흉내를 내기 시작했다. 박열기는 무슨 냄새를 맡은 것 같았지만 설혹 진상을 알았다고 해서 폭로할 위인은 아니다. 그가 무슨 눈치를 챘다는 걸 안 것은 어느 날 아침, 같이 집을 나섰을 때 우연히 그가 한 말로써다.

"실업자들은 공연히 거리를 쏘다니지 말고 도서관에 가서 책이나 읽으면 될 텐데."

나는 그 말을 내게 하는 말이라고 들었다. 취직한 척하고 집을 나와선 어딜 갈까 하고 망설이는 내 마음을 꿰뚫어 본 말이었던 것이다. 그러한 박열기에게 나는 구구한 변명도 하지 않았고 거짓말을 꾸며댈 생각을 하지도 않았다. 나는 박열기의 암시에 좇아 특별한 일이 없는 날엔 도서관에 가서 잡지나 읽기로 했다.

그런데 이 도서관이란 세계가 또 묘했다. 내가 본 바엔 팔 할까지가 각종 시험공부를 하는 사람들로서 차 있고 일 할은 나와 비슷한 사람들이 모인 것 같았다. 나는 그 가운데서 오십 세 가까운 사람과 우연히 알게 되었다. 배영도(裵榮度)란 그 사나이는 열세 번 고등고시(高等考試)에 낙제하고 열네 번째의 시험을 준비 중이라고 했다.

"이번에 또 낙제하면 어떡할 거요?"

하고 내가 물었더니

"그럼 또 다음번 시험 준비를 하지 뭐."

하며 태연하게 답했다.

"그동안 생활은 어떻게 하고 있소?"

"마누라 덕택으로 살지."

"부인께선 뭣을 하시는데요?"

"내재봉소(內裁縫所)를 하고 있소."

나는 속으로 웃었다. 어쩌면 처지가 나와 꼭 같을까 말이다.

"헌데 고등고시를 꼭 보아야 할 목적이 뭐죠?"

"처음엔 나의 소망, 지금은 마누라의 소망이오."

"부인께서 원하신단 말씀입니까?"

"밥을 얻어먹고 살자니까 하는 거지."

보아하니 배영도란 그 사람은 수험 준비를 하는 것이 아니라 그
저 건성으로 도서관에서 시간만 보내고 있었다. 그래 물었다.

"공부도 안 하시는데요."

"하나마나 다 아는데 뭐."

"다 알다뇨?"

"고시 과목에 대해선 난 다 아오."

"그래요?"

"십몇 년을 줄곧 해왔으니 바보 아닌 담에야 그럴 것 아뇨. 여기

육법전서(六法全書)가 있으니 아무 데나 물어보소. 다 외우고 있소."

"그래도 합격이 안 되우?"

"운수죠, 운수."

여기에도 운수가 나타난다. 어딜 가나 운수가 등장한다.

'운수, 운수, 운수, 그러니 사람의 불행에 대해서 사람에겐 아무런 책임도 없다…….'

독을 마셨으면 접시까지 마시란 속담이 있다. 나는 구멍가게의 안주인으로부터도 허창구의 경우에서처럼 돈을 빼내야겠다는 마음을 먹었다. 그러자면 우선 그 여자를 미행해야 했다. 꼬리는 곧 잡을 수 있었다. 구멍가게의 안주인과 동물 냄새 나는 사나이는 밀회의 장소를 청진동에서 서대문으로 옮겨놓고 있었다.

나는 어느 날 서대문 네거리에서 구멍가게의 안주인을 불러 세웠다. 새파랗게 질린 듯한 표정이 나를 보자 다소 풀리는 것 같더니 불쾌하다는 표정으로 바뀌었다. 그런 태도에 나는 갑자기 반발했다. 엉뚱한 말이 튀어나왔다.

"오늘도 재미를 보고 오시는 모양인데 사람이 그럴 수가 있소."

여자는 고개를 숙였다. 나는 여유를 주지 않고

"아주머니께 드릴 말씀이 있는데요."

하고 이어 속절없이 말했다.

"돈을 좀 빌려주시오."

"제게 무슨 돈이."

"없는 돈을 빌리자는 건 아닙니다."

"적은 돈이면 몰라도."

"백만 원만 빌립시다."

"백만 원?"

여자는 비명 같은 한숨을 쉬었다.

"열흘쯤 기다릴 테니까요."

"그런 돈을 어떻게 내가."

"없으면 그만이죠. 그리고 끝장이죠. 하여간 나는 열흘쯤 기다리 겠소."

뱉듯이 이렇게 말해 놓고 나는 그 여자의 곁을 떠났다.

'설마 요량이 있겠지.'

내겐 자신이 있었다. 열흘 후엔 틀림없이 백만 원이 들어올 것이었다. 나는 통장(通帳)에 적혀 있는 200만 원이 300만 원으로 부풀 것을 예상하고 꽤나 다부진 악인(惡人)이나 된 것처럼 입언저리에 싸늘한 웃음을 띠어보았다. 겨울의 서울거리를 하나의 악인이 걸어가고 있다는 느낌도 그다지 나쁜 감정은 아닌 성싶었다.

박열기의 외박(外泊)이 잦아졌다. 열기와 메리 엄마는 서로 부딪치기만 하면 싸움이다. 메리 엄마가 사내에게 대드는 품은 처절하다고 할 수밖에 없다. 온몸의 힘을 양팔에 걸고 박열기의 앞가슴에 매달린다. 그러면 양복이건 와이셔츠건 조각조각 찢어지고 만다. 박열기도 지지 않는다. 매달린 여자를 사정없이 내동댕이친다. 메리는 울

음을 터드리고 그 엄마는 악을 쓰고 달라붙는다. 그런데 그 싸움은
아무도 말리지 못한다.

"어쨌든 네년과는 끝장을 내야겠다."

박열기가 거칠게 말하면

"이놈아 네 마음대로 될 줄 아느냐."

고 메리 엄마는 씩씩거린다.

본래 박열기와 메리 엄마와의 결합은 불합리한 것이었다. 박열기
가 형무소에 들어가기 전 어쩌다가 알게 된 사이인데 열기가 형무소
를 나와 서울에서 같이 있게 됨으로 해서 그럭저럭 한방에서 거처하
게 된 것이었다. 그러니 열기는 언제든 헤어져야겠다고 마음먹고 있
었다. 그러나 메리 엄마의 입장으로썬 그렇지가 않았다. 댄서 시절에
알게 된 남자들은 모조리 청산하고 박열기와 일생을 같이 할 각오로
이 생활에 뛰어든 것이다.

싸움이 있기만 하면 그 싸움으로써 끝장이 날 것처럼 난장판을
벌였지만 싸움이 끝나면 도로아미타불이었다. 박열기의 마음이 약
한 때문이다. 그런데 요즘의 싸움은 양상이 달랐다. 싸움이 있고 나
면 이삼 일씩 예사로 박열기는 집으로 돌아오지 않았다. 그러면 메리
엄마가 열기의 직장에 가서 야료를 부려 데리고 오곤 했다. 그랬는데
일주일 동안 박열기의 행방이 요연한 때가 있었다.

그 무렵 나는 거리에서 박열기를 만났다. 나는 반갑게 그의 곁으
로 다가서서 물었다.

"오늘도 메리 엄만 신문사엘 나간 눈치던데 만나지 않았소?"

"신문사에 나갔어야 만나지."

"그럼 원고는?"

"애들을 시켜 보냈죠."

"박 형은 메리 엄마와 그만둘 작정이우?"

"그렇소."

"그 이유는?"

"나도 가정다운 가정을 만들어보아야 하지 않겠소."

"메리 엄마와 가정다운 가정을 만들면 될 게 아니오."

"그게 안 된단 말요."

"사랑하는 사람이 달리 있소?"

박열기는 한동안 말이 없었다. 근처의 다방에 들어 커피를 한 모 금 마시곤

"언젠간 안 형의 이해를 구해야 할 날이 있을 거요."

하고 한숨을 쉬었다.

"내 이해를 구하다니 그게 무슨 말요?"

나는 되묻지 않을 수 없었다.

"차차 얘기하죠."

열기는 그 이상 말하려고 하지 않았다. 둘이는 덤덤히 앉아 있다 가 밖으로 나왔다. 술이라도 한잔하고 싶었지만 박열기는 그때부터 치러야 할 일이 있다고 했다.

"그럼 오늘밤도 박 형은 돌아오시지 않겠네요."

헤어지며 이렇게 물었다.

"아마."

하고 황혼의 인파 속으로 몰려 들어가는 박열기의 뒷모습을 보며 나는 중얼거렸다.

'박열기는 지금부터 인생을 시작할 정열을 가졌구나.'

괴상한 일이 연이어 일어났다. 신거운의 아내가 외박을 한 것이다.

신거운은 통금 해제 시간을 기다려 그의 아내가 근무하고 있는 제약회사로 해서 그의 처갓집을 들러 온 모양이다. 출근함네 하고 집을 나서며 보니 신거운은 핏기를 잃은 얼굴을 하고 골목 어귀에 서 있었다.

버스를 타고 나는 곰곰이 생각했다. 만일 내 마누라가 무단으로 외박하는 날이 있으면 어떻게 할까? 나는 얼른 그 생각을 지워 버렸다.

도서관 입구에서 배영도 씨를 만났다. 그를 만나자 나는 못 견디게 얘기가 하고 싶었다. 열람실에 들어가기 전 골마루에 놓인 의자에 앉으라고 그에게 권하고 나는 옹덕동 18번지에서 일어난 일들을 설명했다.

"아내가 외박을 한다고 신경을 쓰다간, 제기랄!"

배영도는 조금도 흥미를 느끼지 않는 투로 말했다.

131

"그런데 신경을 쓰지 않고 어떤 일에 신경을 써야 하오?"

나는 볼멘소리를 했다.

"마누라의 등에 업혀 사는 주제에 그런 신경을 써서 뭣할 거요."

듣고 보니 배영도는 신거운의 아내 얘길 내 마누라 얘기로 빗듣고 있는 눈치였다. 그래 나는

"내 마누라 얘기가 아니란 말요."

"누구의 마누라건 상관할 게 없다는 얘기요."

"누가 배 선생님처럼 모두 수양이 돼 있답니까."

"수양이 문제가 되는 건 아뇨. 사람이란 당하면 견디는 거요."

체관(諦觀)의 덩어리 같은 사람이 있는 법인데 나는 배영도를 그런 사람으로 보았다.

"여긴 추운데 열람실로 갑시다."

배영도는 성큼 열람실로 들어갔다. 나는 웬지 신거운의 아내 얘길 박열기에게 하고 싶은 충동을 느꼈다. 공중전화로 박열기의 직장에 연락을 했다. 여사환은 내 음성을 알아채고 메리 엄마를 피해 열기가 나앉아 있는 다방의 전화번호를 가르쳐주었다.

전화를 받은 박열기는 나를 확인하자,

"무슨 일이오?"

하고 물었다.

"신거운 씨의 부인이 어젯밤 돌아오지 않았어요."

한동안 반응이 없더니 또박 냉정한 소리가 울렸다.

"안 형은 남의 일에 관심도 많소."

홍두깨로 쾅 한 대 얻어맞은 기분으로 집으로 돌아왔다. 아내는 없었다. 잠겨 있는 자물쇠를 보고 모두철의 방로 가려는데 신거운 네 집의 식모아이가 나왔다.

"아주머닌 제품을 갖고 시장에 갔어요."

나는 엊그제도 아내가 도매상엘 간 사실을 알고 있다. 요즘 아내의 외출이 전례없이 잦다.

'일이 바쁜 탓이겠지.'

나는 굳이 이렇게 마음먹으려고 했지만 웬지 불안했다.

"느그집 아주머닌 돌아오셨니?"

"아직 안 돌아왔어유."

나는 모두철의 방문을 열었다. 모두철은 언제나와 같이 아랫목에 누워 천장을 쳐다보고 있었다.

"뭐니뭐니해도 모 형 팔자가 제일이우."

머리맡에 앉으며 이렇게 말해도 그는 아무 말 없이 누운 채 있었다.

"모 형, 어젯밤 신 형의 부인이 돌아오지 않았어요. 그리고 아직도 소식이 없는 모양이고."

나는 그의 흥미를 돋우어볼 양으로 말했다. 그러나 모두철은 표정 하나 까딱하지 않고

"내 여편네는 집을 나간 지 한 달이나 됐소."

133

하며 저편으로 돌아누워 버렸다.

이때 돌연 밖이 왁자지껄하더니 무슨 짐이 들어오는 소리가 나고 겹쳐 모두철의 아내의 목소리가 카랑카랑 울렸다.

'이크, 모 형, 아주머니가 오셨구려.'

하고 나는 문을 열었다.

"아이구 안 선생님 오랜만이에유."

모두철의 아내는 짙은 화장이 군데군데 얼룩진 얼굴 위에 웃음을 지었다. 짐이 다음다음으로 운반되어 들어와 비좁은 마루가 거의 찼다. 어느 사이에 나왔는지 모두철이 마루에 서서 아내와 짐들을 번갈아 보고 있었다. 그런 남편을 멍청히 쳐다보고 있더니 모두철의 아내는 마루 끝에 이마를 대고 울기 시작했다. 울음 사이로 들린 넋두리는 이랬다.

"여보 얼마나 고생했수, 여보 얼마나 걱정했수. 당신을 생각하면 목이 멜 지경이었지만 굶지 않고 살자니 어쩔 수가 없었수. 여보."

모두철은 우두커니 말했다.

"나는 당신이 영영 돌아오지 않을 줄 알았지. 와주어서 고맙소."

울먹이는 듯한 말소리였다 모두철의 얼굴과 언동에 감정이 나타나 뷔 것은 그때가 처음이었다.

모두철 부부를 생각하면 나는 항상 이상한 느낌을 갖는다. 아내가 무슨 짓을 하고 돌아와도 개의치 않는 모두철이나, 남편 앞에서 못할 짓 못할 말이 없는 그의 아내나, 두 사람 모두 보통을 넘은 사람들이라고 아니할 수 없다. 모두철의 아내는 한바탕 울고 나더니 다섯 개나 되는 트렁크며 짐뭉치가 어떻게 된 것인지 알고 싶어 하는 남편의 의아심을 풀 셈으로 다음과 같은 말을 늘어놓기 시작했다.

"스미스란 흑인병사와 친하게 지냈는데유, 그 사람 얼마나 마음씨가 좋은지 말할 수 없에유. 몸뚱아리는 새깜해도 마음은 백옥같이 희어유. 그런데 그 사람이 본국으로 가게 됐에유. 정들자 이별이란 이런 꼴을 두고 하는 말에유. 떠나는 날 나도 울고 스미스도 울었에유. 스미스는 자기 물건을 죄다 내게 주구 갔에유. 그렇게 고마운 사람이 어딨겠에유."

이렇게 말하며 모두철의 아내는 눈물을 글썽하더니 또 울음을 터뜨리고 말았다. 울고 있는 아내의 어깨를 만지면서 모두철이 중얼거렸다.

"너무 상심하지 말아요. 또 만날 날이 있을 테니까."

"스미스는 참으로 좋은 사람이었에유. 참으로 인정이 많은 사람이었에유."

하며 모두철의 아내는 한 번 더 크게 흐느껴 울었다.

그날 밤, 박열기가 돌아왔다. 신거운의 아내도 돌아왔다. 그러나 모두철의 아내가 돌아온 사건 때문에 별다른 소란으로 번지지 않았다. 모두철 부부의 그 초연한 태도 앞에 자질구레한 시앗 싸움이 겸연스럽게 된 탓이다. 신거운은 자기 아내에게 어딜 갔느냐는 것만 알아도 속이 후련하겠다고 애원조로 물었지만 그의 아낸 끝내 입을 열

135

지 않는 모양이었고, 박열기의 아내는 그저 눈물만 흘리고 있었을 뿐이다. 그러니 나도 내 마누라더러 그처럼 빈번히 외출을 하는 까닭이 뭐냐고 따지고 싶은 마음을 억제하지 않을 수 없었다. 옹덕동 18번지는 이래저래 형식상으론 오래간만에 정상 상태로 돌아온 셈이다.

한데 이튿날 아침, 엉뚱한 사건이 발생했다. 일요일이고 간밤에 잔치를 하고 해서 모두들 늦잠을 자고 있는 판인데 미군 MP가 한국 경찰관을 데리고 들이닥쳤다. 새파랗게 질린 모두철의 아내가 이 방 저 방을 뛰어다니면서 "날 좀 살려달라."고 호들갑을 떨었다. MP는 계속 판자문을 두드리고 있었다. 영어 강사 신거운이 안 나설 수 없게 되었다. 판자문을 사이에 두고 몇 마디 말을 주고받고 하다가 신거운이 판자문을 열어주려고 하자 모두철의 아내가 비명을 질렀다.

"열어주면 안 되유."

신거운이 일순 주춤했으나 MP의 성화에 못 이겨 다시 문을 열려고 하는 판에 박열기가 파자마 바람으로 나와 판자문 쪽으로 갔다. 그리고 무슨 말인가를 지껄이곤

"모두철 씨 이쪽으로 얼굴을 내미시오."

하고 외쳤다. 모두철이 텁수룩한 얼굴을 내밀자 열기는 판자문을 열어젖히고 또 무슨 말인가를 했다. 그러자 어떻게 된 영문인지 세 사람쯤 되어 보이는 MP들이 지프차의 발동을 걸기가 바쁘게 달아나 버렸다. 한국 경찰관들만 남았다.

"무슨 일이오?"

열기가 물었다.

"우린 집을 가르쳐달라기에 왔을 뿐이오."

하고 그들도 물러가버렸다.

하도 신기한 일이라서 나는 박열기에게 물었다.

"뭐라고 했기에 MP가 그처럼 질겁을 하고 달아났소."

"내가 미국 대통령 친구라고 했더니 달아나대요."

쓴웃음으로 박열기는 말했다.

"농담 말구 얘기해 보시오. 신거운 씨의 영어는 미군들을 성나게 만들었는데 박 형의 영어는 그자들을 쫓아버렸으니 도대체 어떻게 된 거요."

"모두철 씨가 쫓았지 어디 내가 쫓았소?"

"모두철 씬 한마디도 안 했는데요."

"한마디도 않고 MP를 쫓아버렸으니 모두철 씨야 말로 영웅이지."

이렇게 말하고 박열기는 자기 방으로 들어가 버렸다.

뒤에 알고 보니 박열기는 이 집에 콜레라 환자가 있는데 같이 사는 사람들은 면역이 돼 있어 괜찮지만 외부에서 온 사람에겐 전염성이 강하다고 설명하고 그 환자를 보인다는 뜻으로 모두철의 얼굴을 내밀게 한 것이었다.

신거운의 설명은 이랬다. 스미스라는 병사는 PX에 있었는데 PX 물건을 대량 횡령한 혐의를 받고 있어 그 증거를 잡기 위해 모두철 부인을 수색할 양으로 왔다는 것이다.

그랬는데 콜레라 환자가 있다는 말을 듣고, 이어 모두철의 얼굴을 보고 MP들이 기겁을 하고 도망쳐버렸다고 했다.

그러고 보니 누르름한 피부빛, 뼈만 앙상한 얼굴에 텁수룩한 수염을 뒤집어쓰고 있는 모두철은 영락없는 콜레라 환자였다.

"미국 사람은 마누라 다음으론 콜레라를 가장 무서워한다거든."

박열기가 이렇게 말하자 신거운이

"박 형에겐 하여간 뭣이 있어."

하고 빈정댔다.

"말 똑똑하게 하시오. 뭣이라니, 사기꾼 소질이 있는 말이죠?"

열기가 불쾌한 투로 말했다.

"영어 잘하는 사람에겐 두 가지 종류가 있에유."

하고 모두철의 아내가 나섰다.

"한 종류는 영어를 잘하기 때문에 미국인에게 쩔쩔매야 하는 사람이고, 또 한 종류는 미국사람을 휘두르며 사는 사람이구."

"그럼 나는 쩔쩔매야 하는 사람이란 말요?"

신거운이 투덜댔다. 아까까지의 당황한 태도와는 딴판으로 모두철의 마누라는 쌀쌀하게 말했다.

"아까 보니 쩔쩔매시더먼 뭐. 박 선생님의 영어가 최고유."

박열기는 피식 웃었다.

"영어가 다 뭐요. 나는 한국말을 했고, 콜레라도 한국말이오."

어쨌든 박열기의 기지(機智)로 모두철 부인은 위기를 모면했다.

"내 조니워커 한 병 드릴께요."

모두철 부인이 말했다.

"놔두슈, 그걸 가지고 언제건 파티나 합시다."

박열기의 말이었다.

태풍일과(颱風一過), 옹덕동 18번지에 오랜만에 일요일다운 기분이 돌았다. 어느 사회이고 활기가 있자면 영웅(英雄)이 있어야 하는 법이다.

내가 구멍가게 안주인으로부터 돈 백만 원을 받은 건 내가 요구한 날로부터 정확하게 십 일 만이었다. 그런데 그 돈이 원인이 돼 구멍가게에선 삼일 후, 큰 싸움이 있었다. 미안하기 짝이 없었지만 내 이름이 나타나지 않는 것만으로도 다행하게 여겨야 했다.

양호기는 그 사건을 계기로 자기 아내에게 금족령(禁足令)을 내린 모양이었다. 내가 받은 돈 때문에 양호기가 자기 아내의 부정(不貞)을 막게 되었다면 전화위복이란 문잘 써봄직도 하다고 생각하고 있었는데 그럭저럭 이 주일쯤 지났을 무렵, 그 동물 냄새가 나는 구멍가게 안주인의 정부(情夫)를 옹덕동 버스 정류소 근처에서 보았다. 나는 웬지 불안을 느꼈다. 남편이 금족령을 내렸기 때문에 원행(遠行)을 못하는 안주인이 집 근처로 사내를 불러들인 것일까. 아니면 만나주지 않는 것을 여자의 변심으로 생각하고 그 사나이가 여자를 찾아온 것일까. 어느 쪽이건 좋은 일은 아니다. 그 뒤, 나는 구멍가게의 안주인이 목욕탕 근처에 있는 하숙집에서 그 짐승 같은 사나이와 밀회를 거듭하고 있음을 알았다. 번갯불에 콩 구워 먹는다는 얘기가 있다. 지키는 백 명이 도적 하나를 막지 못한다는 말도 있다. 남편이 아무리 시퍼렇게 서둘러도 아내의 간통은 막아내지 못하는 것인가 보았다. 나는 금시라도 무서운 일이 발생할 것 같은 공포와 더불어 아내에게 대해선 일말의 불안을 느꼈다.

이른 봄 모두철의 아내가 다시 집을 떠났다. 술이 얼큰해지면 눈물을 흘리며 헤어진 흑인병사 스미스 군을 그리던 그 여자는 다시 다른 스미스 군을 찾아서 나선 것이다.

"이번엔 임진강변 선유리로 갈까 해유."

그 여자는 휘파람이나 불 듯이 쾌활하게 우리를 보고 말했으나 트렁크를 들고 나서며 남편을 돌아볼 땐 그 눈에 눈물이 있었다. 모두철은 불상(佛像)과 같은 얼굴을 하고 아내의 뒷모습을 바라보고 있는 것이었지만 그 마음속엔 폭포수처럼 통곡이 굉음을 내고 있는 것이 아닐까 했다. 아니 눈물이 말라 가뭄의 대지처럼 균열(龜裂)이 나 있을지도 모른다.

박열기와 메리 엄마와의 사이는 날이 갈수록 험악하게 되었다. 어느덧 해가 길어져 일곱 시가 되어도 아직 어둡지 않을 무렵의 어느 날의 오후, 박열기와 메리 엄마가 어디서 부딪쳤는지 함께 집으로 돌아왔다. 박열기의 얼굴은 험상궂게 이지러져 있었고 메리 엄마의 얼굴빛은 창백했다.

"안 형, 마침 집에 있었구료. 모 형도 좀 나오시오."

하고 박열기는 내 방 앞마루에 걸터앉았다. 모두철이 부옇게 뜬 얼굴을 하고 나타났다. 때마침 신거운도 돌아왔다.

"오늘 나는 결심을 했소."

박열기가 숨을 몰아쉬고 말했다. 나는 불안한 눈초리로 박열기와 메리 엄마의 표정을 번갈아 살폈다.

"어제 오늘 한 결심은 아니오. 오늘 나는 결단을 내기로 했소."

박열기가 띄엄띄엄 말했다.

"결단을 내요? 나를 죽여놓고 결단인지 뭔지를 내세요!"

메리 엄마가 앙칼지게 뱉았다.

"나는 오늘 하숙으로 나갑니다."

박열기는 조용히 말했다.

"흥, 달면 씹고 쓰면 뱉고, 하숙으로 나가요? 내 다리는 병신이던가요?"

메리 엄마가 악을 썼다.

"같이 살기 싫다는데 추근추근 따라다닐 건 뭐고."

박열기가 거칠게 말했다.

"박 형도 딱하오. 같이 살아온 정이라는 것도 있고 거기에 수반되는 의무라는 것도 있는 건데 상대방의 의사를 무시하고 일방적으로 발을 빼겠다는 건 사람의 도리에 어긋나지 않소."

신거운이 사뭇 정중하게 말했다.

"신 형은 가만 계슈. 신 형허군 또 날을 바꿔 할 얘기가 있소. 그런데 의무란 건 뭐요 나도 그저 그냥 둘 생각은 없소. 최대한의 성의는 다하려는 거요."

"성의를 어떻게 다한다는 거야."

메리 엄마가 쏘았다.

이렇게 오는 말 가는 말로 거치른 상태가 두어 시간 계속된 끝에 드디어 다음과 같이 낙착되었다.

박열기가 우선 사백만 원을 만들어주고 앞으로 삼 년 동안 매월 20만 원씩 생활비를 보태준다는 조건으로 메리 엄마와 헤어져 하숙으로 나간다는 것이다. 그리고 박열기는 떠났다.

"매서운 사람이야. 어떻게 사람이 그렇게 냉혹할 수가 있을까."

신거운이 혼잣말처럼 중얼거렸다. 나는 무어라 형언할 수 없는 슬픔에 사로잡혔다. 박열기가 옹덕동 18번지를 떠난다는 사실, 바로 그 사실이 슬펐다.

그리고 며칠 후 신거운의 아내가 사라졌다.

신거운과 나는 모두철의 방에 모였다.

"내 마누라는 돌아오지 않겠답니다."

신거운이 침울하게 말했다.

"그럴 리가."

하고 내가 말하자 신거운이 호주머니에서 쪽지를 꺼냈다.

"이걸 식모아이에게 맡겨두고 갔소."

쪽지의 내용은 다음과 같았다.

'나는 다신 이 집에 돌아오지 않을 테니 그리 아십시오. 사후 처리는 사람을 보내겠으니 알아서 하시오. 이 결심엔 절대로 변동이 없을 겁니다.'

나는 그 쪽지를 모두철에게 넘겼다. 모두철이 그것을 읽고 입맛을 다셨다.

"도대체 어떻게 된 일이오?"

내가 물었다.

"내 자신이 그 까닭을 알고 싶소."

신거운이 풀이 죽어 말했다.

"처가집에 가봤소?"

모두철이 물었다.

"전화는 걸었지. 처가에도 없더구먼. 그러나 처갓집은 이런 일을 눈치채고 있는 모양이었소."

"세상에 그럴 수가."

저절로 한숨이 나왔다.

"아랫방에선 사내가 나가고 문간방에선 여자가 나가고 이래저래 옹덕동 18번지는 쑥대밭이 되누만."

모두철에게서 이와 같은 익살이 있자,

"사실은요."

하고 신거운이 말했다.

"영어 강습소 강사 노릇한다는 것도 거짓말이고…… 여편네 친구의 남편으로부터 돈도 빌리고…… 이런 게 전부 탄로난 모양야."

이어 신거운은 자기의 잘못을 누누이 고백했다. 그 고백이 무슨 소용이 있을까 생각하니 나의 가슴이 설렜다. 결코 남의 일이 아니었다.

박열기가 자기의 의지대로 행동했고 신거운의 아내도 그랬고, 그러니 그 연쇄 반응이 내 아내에게도 드디어는 미치고 말 것이란 생각들이 가슴을 덮었다.

"나는 좀 자야겠소."

모두철이 돌아누워 버렸다.

"같이 좀 걱정이나 합시다."

신거운이 원망조로 말했다.

"제 여편네도 어디 가서 무엇을 하고 있는지 모르는 놈이 남의 걱정하게 됐소? 신 형, 이게 인생이란 거요."

모두철은 벽을 향한 채 중얼거리고는 말을 끊었다.

그는 몹시 마음이 상한 모양으로 보였다. 신거운이 내 손을 덥석 잡더니 울기 시작했다.

"여편네에게 무시당하고 배신당한 사내가 앞으로 어떻게 살겠소."

간장을 쥐어짜는 듯한 신음소리였다. 사흘인가 후에 한 통의 편지가 신거운 앞으로 날아들었다. 변호사 사무소에서 온 것이었다. 내일 오전 중으로 광화문에 있는 사무실로 나와 달라는 사연이 적혀 있었다.

이튿날 아침 나와 신거운은 그 변호사 사무소를 찾았다. 변호사는 거두절미하고 용건만을 전했다. 윤 여사(신거운의 처)가 이혼을 의뢰해 왔는데 가능하면 합의 이혼을 했으면 한다는 의향이란 것이다.

"지금 그 사람은 어디에 있습니까?"

신거운이 다급하게 물었다. 변호사는 그의 질문엔 들은 척도 않고

"이혼을 합의하시렵니까, 어떻게 하시렵니까? 그 대답만 듣고 싶은데요."

하고 냉랭하게 말했다.

"당자를 만나야 대답을 하겠소."

신거운도 강세로 나왔다.

"윤 여사는 일이 끝날 때까지 만나지 않겠다고 합니다. 그래 일을 내게 맡긴 거요. 그러니 태도만 확실히 하세요. 합의에 응하지 않으면 부득이 소송을 제기해야 하니까요."

"나는 합의는 안 할 테니까 소송이건 뭐건 할 테면 하시오."

신거운도 만만치 않게 맞섰다.

"결과는 마찬가지요. 지금 준비된 증거만으로도 승소할 자신이

있으니까요. 같은 결과일 바에야 시끄럽지 않은 게 좋을 것 같아서 권하는 건데 싫다면 할 수 없죠."

변호사는 일이 끝났다는 듯이 신거운의 앞을 떠나 자기 책상 앞에 가 앉았다. 그런데 신거운은 웬지 마음에 걸리는 모양으로 자리에서 선 채 머뭇거리고 있었다. 그런 신거운을 가끔 보곤 변호사가 말했다.

"당신이 순순하게 합의해 주면 드리라고 하면서 윤 여사가 내게 천만 원을 맡겼소. 응하지 않으면 그걸 갖고 소송비용으로 할 작정이오. 변호사 생활 이십 년에 여자가 위자료를 내는 경우는 처음 봤는데 빈털터리로 소송에 져서 나가떨어지는 것보다 천만 원 받고 순순히 합의하시는 게 어떨는지. 물론 강요하는 건 아니오."

변호사의 말투엔 신거운에게 대한 경멸이 느껴졌다. 신거운은 말문이 막힌 채 와들와들 떨고만 있었다.

"나갑시다, 신 형!"

하고 나는 그의 옷소매를 끌었다. 신거운은 그때에야 정신이 돌아왔다는 양으로 내 뒤를 따라 복도로 나왔다. 등 뒤에서 변호사의 말이 들렸다.

"내일 하루 더 유예를 드릴 테니까 잘 생각해 보시오."

나는 신거운을 부축하다시피 해가지고 밖으로 나왔다. 광화문 거리엔 봄의 빛깔이 범람하고 있었다. 지나가는 여자들의 얼굴에도 봄이 꽃피어 있었고, 남자들의 몸차림에도 봄의 향기가 나부끼고 있었다. 하늘과 거리, 사람들, 모두 봄의 향연을 즐기는 듯하고 있는데 신거운은 창백한 겨울의 얼굴에다 겨울의 의상을 그냥 두르고 있었다. 나는 그의 이마에 괸 기름땀을 보았다. 안타까웠다.

"신 형, 다방에나 들려 한숨 돌립시다."

다방보다도 어디 가서 술을 한잔했으면 좋겠다는 신거운의 말이었다. 우리는 청진동 뒷골목으로 접어들었다. 낙양여관 앞을 지나면서는 구멍가게 안주인의 간통을 생각했다. 춘성여관 앞에선 허창구를 상기했다. 그들 때문에 나는 공갈을 배워, 허위의 늪에 빠져들게 되었다. 나는 나와 신거운이 이 세상에서 가장 불쌍한 인간들이라고 느꼈다.

해장국집에 들어서서 소주를 청했다. 화사한 봄날의 대낮에 어둠침침한 술집에 들어 술을 마셔야 하는 인생도 있다. 가게엔 우리만이 아니라 여러 사람들이 술을 들이켜고 있었다.

"이런 모욕을 견딜 수 있소?"

신거운은 술이 한잔 들어가자 돌연 생기를 돋우며 뱉었다.

"모욕이 다 뭐요. 우리가 뿌린 씨를 우리가 지금 거둬들이고 있는 거요."

"안 형, 제법 같은 말씀을 하시구랴."

"새가 죽으려 할 때 그 울음이 슬프고 사람이 죽으려 할 땐 그 말이 착하다는 얘기가 있잖소."

"점입가경인데."

신거운이 허탈한 웃음을 웃었다. 그러더니 갑자기 울화를 터뜨려

"아까 그 변호사의 태도를 보았죠? 그 계집이 뭐라고 했길래 변호사까지 그런 태도를 취하겠소."

하고 눈을 부릅떴다. 깡술을 마신 탓인지 내 정신도 빙빙 돌고 있었다.

"눈은 누구에게 대고 부릅뜨는 거요. 지금 신 형이 눈을 흘겨봤자, 금붕어 눈만큼도 위력이 없소."

"그 말 좋소. 금붕어 눈만도 못하지. 그러나 안 형, 지렁이가 있잖소. 지렁이도 밟으면 꿈틀한다는데 나는 어떻게 꿈틀해야 하겠소."

"꿈틀할 건 또 뭐요, 지렁이도 아닌데."

"꿈틀도 않고 죽어야 헌다, 이 말이유?"

"죽기는 왜 죽어요. 신 형은 재벌이 되려는 판인데."

"재벌이라니."

"돈 천만 원이 굴러들어오게 돼 있지 않소."

"여보 안 형, 내가 그 치사한 돈을 받을 놈이라고 아시우?"

"받겠죠, 받고야 말 거요. 신 형은 영리한 사람이니까."

"나를 모욕하는 거요?"

신거운이 버럭 고함을 질렀다.

"아니오, 사실을 말한 거요. 아무 말 말고 돈이나 받으쇼. 그걸 갖고 시체 미용실이나 차립시다. 사장은 신거운, 기사는 모두철, 외교는 안인상, 어때요? 멋진 멤버 아뇨?"

"정신 나간 소리 작작 하슈."

말은 이렇게 하면서도 신거운의 마음은 그 천만 원이란 돈에 가 있다는 걸 나는 잘 알고 있다. 그래 나는 다음과 같이 말했다.

"돼먹지 못한 여편네를 천만 원에 팔아먹었다고 생각하면 될 것 아뇨."

신거운이 손뼉을 쳤다.

"맞았어, 그놈의 여편네를 천만 원에 팔아치우자."

메리 엄마는 다시 짙은 화장을 하기 시작했다. 속눈썹을 달고 미니 가까운 스커트를 입고 나서니까 서른이 넘은 여자론 보이지 않는다.

"메리 엄마, 일자리를 구했수?"

아내가 이렇게 말하니

"지금부터 구하러 나설 참예요."

하고 메리 엄마는 대답했다.

나는 마루 끝에 앉아 두 여자의 주고받는 얘기를 들으며, 여자란 편리한 동물이라고 여겼다.

'화장만 하고 나서면 굶어죽을 걱정은 없으니······.'

도스토옙스키의 『죄와 벌』이란 소설의 한 장면이 연상되기도 했다. 라스콜리니코프는 소냐에게 다음과 같이 빈정댄다.

"여자는 광산을 차고 다니거든. 평생 동안 파먹을 수 있는 매장량

149

(埋藏量)을 지닌⋯⋯."

참으로 멋진 말이다.

"고생이겠수."

아내가 위로하는 말을 던졌다.

"배운 도둑질인 걸요."

메리 엄마는 의외로 쾌활하게 말했다.

"박 선생헌테서 무슨 말이 있었수?"

"헤어진 사내는 생각하지 않기로 했다우."

"그렇게 쉽게."

"사내들은 전부 도둑놈이우. 그렇지 않으면 머저리구. 그래 어떤 놈에게도 정을 주지 않으려고 기를 쓰고 있는데도 어쩌다 보니 정에 빠져버려요. 그러나 지금부턴 어림도 없어요. 악착같이 해볼 테니까요."

여기서 말이 끊어졌다가 메리 엄마는 한숨을 섞으며 말했다.

"허나 나이가 서른이 넘었으니⋯⋯ 화류계 여자는 서른이 환갑이거든요⋯⋯게다가 요즘의 놈팽이들은 약아 빠져놔서⋯⋯."

그날을 고비로 메리 엄마는 변두리의 어떤 카바레에 나가게 되었다고 했다.

"여자란 끔찍도 하지."

박열기의 처사에 심한 충격을 받지 않았을까 하고 은근히 걱정도 했는데 뜻밖에도 쾌활한 메리 엄마를 보니 속은 것 같은 기분이

들기도 했다.

"메리 엄마는 이별에 익숙해 있을 거요. 메리 엄마뿐 아니라 화류계 여자는 이별에 선수거든."

모두철의 말이다.

"그런데 요즘 신거운 씬 어떻게 된 걸까."

내가 궁금하게 말하니까 모두철은

"요즘 집에도 안 들어오는 모양 아뇨?"

했다.

나는 변호사 사무실에서 나와 같이 술을 마시고 헤어진 이후 신거운을 만나지 못했단 이야기를 했다.

"그럼 신거운 씬 이혼장에 도장을 찌고 돈 천만 원을 받아갖곤 한바람 피우고 있는 거로구만."

모두철이 말했다.

"돈 천만 원이면 한밑천 될 텐데 그걸 아무렇게나 써버리다니……."

제법 이런 걱정을 나는 했다. 그러나 가난한 빈털터리가 백만장자를 걱정한다는 게 우스웠다.

"그 돈으로 시체 미용실이나 차렸으면."

모두철의 비위에 맞게 이런 소리도 해보는 것이었으나 그는 묵묵히 천장만 쳐다보고 있었다.

그날 밤이었다. 신거운이 잔뜩 취해 가지고 통금 시간 가까스로 시간에 집엘 돌아오자 막바로 모두철의 방으로 들어가며 나를 불렀다.

"세상에 그런 법이."

신거운은 씩씩거리며 소리를 질렀다.

"뭣이 어떻게 됐단 말요?"

모두철의 방에 들어서며 내가 물었다. 신거운은 아랑곳도 안 하고

"메리 엄마 빨리 이리로 좀 오시오."

하고 고함을 냅다 질렀다.

"무슨 일예요?"

하며 메리 엄마는 잠옷의 앞자락을 고치고 얼굴을 내밀었다.

"박열기가 말요, 그놈이 말요."

신거운은 도저히 흥분을 가라앉힐 수 없다는 듯 계속 씩씩거렸다.

"박열기가 어쨌단 말예요?"

메리 엄마가 물었다.

"글쎄, 그놈이 내 여편네와 붙었단 말요."

"어머나, 뭐라구요."

"내 여편네와 박열기가 붙었단 말요. 붙었어."

나는 모두철의 표정을 봤다. 그리고 말했다.

"흥분을 가라앉히고 차근차근 얘기해 보소."

신거운의 말에 의하면 이혼장에 도장을 찍어주고 난 뒤 아내가 있는 곳을 찾았더니 청량리 밖 어떤 집에 박열기와 같이 살고 있더라는 것이다.

"그럴 수가."

모두철이 말하자

"그럼 내가 거짓말을 한단 말요?"

하고 고함을 질렀다.

메리 엄마도 반신반의하는 표정이었다.

"그래 어떻게 했어요?"

"어떻게 하긴 뭣을 어떻게 하겠소. 이혼장에 도장을 찍어주었으니 고발할 수도 없구, 힘이 모자라 때려줄 수도 없구."

신거운은 방바닥에 퍼져 앉으며 통곡을 터뜨렸다.

"분하고 분해서 못살겠다. 연놈이 글쎄 한 지붕 밑에 살면서 감쪽같이 나를 배신했단 말요. 세상에 그렇게 뻔뻔스러운 놈이 어디에 있단 말요."

메리 엄마는 들리도록 이를 뽀드득 갈았다. 그리고 허겁지겁 신거운에게 덤볐다.

"그 집이 어디유, 그 집을 가르쳐줘요. 내가 연놈을 만나 낯짝에 침을 뱉어 줄 테니까."

그리고는 자기 방으로 휭 돌아가더니 잠옷을 나들이 옷으로 갈아입고 나타났다.

"통행금지 시간인데 어딜 간단 말요."

내가 말했다.

"통행금지가 다 뭐요. 경찰에 신고하고 가지 뭐. 주소나 가르쳐

쥐요."

　메리 엄마는 이렇게 흥분했지만 그것이 가능할 턱이 없었다. 그래 주저앉기는 했으나 박열기와 윤 여사에 대한 저주를 기관총처럼 쏘아댔다.

　"짐승만도 못한 것들! 벼락을 맞고 죽을 연놈들. ×과 ×이 안 썩는가 봐라!"

　아무리 생각해도 예삿일이 아니었다. 박열기가 신거운의 아내 윤 여사와 동거를 시작하다니…….

　'도대체 언제부터 둘이는 눈이 맞았을까. 그렇게 하고도 박열기는 예사로 신거운을 대하고 윤 여사는 메리 엄마를 대할 수 있단 말인가. 천길 바닷속은 알 수가 있어도 한 치 사람의 속은 모른다더니.'

　지금 와서 생각하면 수수께끼 같은 일들이 많기도 했다. 메리 엄마가 밤중에 묘한 울음소리를 내기만 하면 윤 여사가 수돗물을 콸콸 틀어놓는 등 수선을 피우는 일이라든가, 어쩌다 술자리를 같이 했을 때면 윤 여사가 박열기의 잔에만 술을 적게 따른다든가 한 일들이 또렷또렷 기억 속에 되살아나기도 했다. 그렇다면 그 둘의 관계는 꽤 오래된 일이라고 아니할 수 없다.

　'하여간 감쪽같구먼. 그래 놓으니 내 언젠가 간통 문제를 꺼냈을 때 그답지도 않게 흥분한 것이로구나.'

　그런데 이 사건에 대한 내 아내의 반응이 이상했다. 한마디 말도 없을뿐더러 얼굴빛을 변하는 감정의 표시도 없었다. 모두철의 태도도 이상했다.

"이 연놈들을 찾아 침을 뱉아줘야겠다."

고 나서는 메리 엄마를 보고 모두철은

"암말 않기로 약속한 것 아뇨."

하며, 서툴게 굴면 생활비도 못 받아넬지 모른다고 은근히 그 기세
를 꺾어놓고 말았다. 나는 모두철의 그런 태도가 불쾌해서 대들었다.

"신 형이나 메리 엄말 왜 만류하는 거요. 해볼 대로 해보라지."

"안 형, 남의 일을 가지고 흥분하지 마시오. 박열기 씬 영웅이오.
영웅과 같이 살면 날벼락을 맞는 수도 있는 건데 일이 그쯤으로 끝
난 게 되려 다행이오."

딴은 모두철의 말대로인지 모른다. 그러나 사람의 오기란 게 어디
그럴 수가 있단 말인가. 모두철은 묘한 웃음을 짓고 나더니 말했다.

"분수에 넘는 훌륭한 아내를 가지면 그런 고약한 꼴을 당하는 거
요."

나는 웬지 모르게 화가 치밀었다. 그래 거칠게 말했다.

"모 형, 그걸 말이라고 하우? 분수에 넘는 아내라니, 무슨 뜻이우."

"나는 안 형이 하두 신 형 문제로 흥분하고 있기에 그저 지나가
는 말로 한 건데 그 말이 그렇게 신경에 거슬린다면 내가 사과하죠."

모두철의 이 수연한 말에 나는 나도 모르게 눈물을 흘렸다.

신거운이 일류신사가 되어 옹덕동에 나타났다. 그리고 대뜸 한
다는 소리가 자기가 있던 방을 복덕방에 내놓아야겠다는 것이었다.

"내 친구에게 물어볼 테니 복덕방에 내놓는 건 이삼 일 후로 하시죠."

메리 엄마의 말이었다.

"그렇게 하죠."

신거운이 싹싹하게 대답했다.

"그런데 신 선생님 멋이 있는데요. 뉴욕에서 어제 돌아온 신사 같애."

하고 메리 엄마는 눈웃음을 쳤다.

"괜히 사람을 놀리시느라구."

신거운은 그러나 싫지 않은 표정이었다.

"그만하면 멋진 색시를 구해 연놈들 보라는 듯이 살 수 있을 것 같은데요."

메리 엄마가 이렇게 말하자 신거운은

"그러기 전에 그 연놈들 맛을 좀 보여놔야겠소."

하고 무슨 각오가 있는 것처럼 말했다.

"어떻게요?"

"돈만 있으면 안 될 일이 있습니까. 깡패를 사가지고 감쪽같이 병신을 만들어놓을 참이오."

"그것 좋은 아이디어군요."

메리 엄마는 대환영이었다.

"미국 신사도 그런 보복을 하우?"

모두철이 물었다.

"미국 신사는 사람이 아니던가요?"

신거운이 대답했다.

"언젠가 신 형이 한 말인데, 미국 사람은 남녀 관계엔 추근추근
안 한다고 했잖소."

모두철의 말이다.

"사정에 따라서 다르겠죠."

"사정에 따라 다르다면 미국 신사나 한국의 비신사나 마찬가지
로구면."

"그렇지 않지, 박열기 같은 비열한 놈은 꼭 맛을 뵈줘야 해요."

"깡패를 시켜서?"

"그렇죠."

"이혼한 뒤인데두?"

모두철이 말끝을 흐렸다. 신거운은 흥분하기 시작했다.

"아주 지능적이란 말요. 미리 계획을 짜두었다가 이혼장에 도장
을 찍자마자 함께 붙어버렸거든."

"그걸 어떻게 알았수?"

"아나마나 아뇨. 그리고 알아보기도 했구요. 그 집의 계약은 한 달
전에 해두었더구면. 박열기와 그년이 나가자 박열긴 그날로 그 집으
로 들어갔고. 계집년은 이혼장에 도장을 받은 사흘 후에 그 집으로
갔더만요. 그런데 그 집을 산 돈은 처갓집에서 냈더란 말요."

"어머나."

하고 메리 엄마는 놀라며 물었다.

"그래 처갓집에서 그런 사실을 알구서 돈을 냈단 말예요?"

"속인 거죠. 내가 무슨 일을 한다구 구슬러 돈을 빼냈겠죠. 본래 나를 위해 처갓집에선 얼마간의 돈을 내기로 돼 있었거든요. 그걸 차일피일 미뤄오다가 그년이 쓱싹했단 말요. 두고 봐요, 세상이 그처럼 호락호락한지 안 한지를 보여줄 테니까."

나는 방안의 아내도 이런 말들을 듣고 있으리라 생각을 하고 덩달아 말했다.

"신 형, 그 각오 좋소. 병신을 만들든지 죽여버리든지, 그런 연놈들을 그냥 둬둘 순 없소. 사회 정의를 위해서는 없애버려야 해요, 그런 연놈들은."

"없앨 필요까지야 없지. 병신을 만들어놔야지."

"그 말만 들어도 후련하다. 병신 꼴이 된 연놈 바로 집 앞에서 나는 살 작정예요. 그러기 위해 돈을 벌어야죠."

하고 메리 엄마는 일어서며 신거운에게 자기가 요즘 다니고 있는 카바레의 명함을 건넸다.

"한번 놀러 오세요. 멋진 앨 소개할 테니까요. 전 17번이에요. 변두리라고 해서 깔봐선 안 돼요. 그만큼 순진한 애가 많아요."

그날 밤 나는 잠자리에 들면서 아무래도 신거운이 박열기와 윤 여사에게 대해서 만만찮은 보복을 할 것 같다는 말을 넌지시 건네 보

왔다. 그랬더니 아내는

"박 씨나 윤 씨나 각오없이 행동한 줄 아세요?"

하고 또렷이 말했다.

"각오라니, 병신이 될 각오?"

"죽느냐 사느냐 하는 각오가 돼 있을 거란 말요."

"그걸 당신이 어떻게 아우?"

"그런 각오없이 그런 짓을 했겠소? 그만한 각오없이 박 씨나 윤 씨가 그런 행동으로 나가겠소? 참 어이가 없어. 신 쓴 봉변을 주려다가 봉변을 당하고 말 테니까요. 박 씨나 윤 씨는 머저리가 아녜요."

들고 보니 아내는 그 문제를 두고 자기 나름대로의 생각을 하고 있었던 모양이었다. 그런 나머지 서슴없는 말이 된 것이다. 나는 괘씸한 생각이 들었다.

"흥, 두고 봅시다. 지렁이도 밟으면 꿈틀하는 거니까. 대비를 하면 또 어쩔 건데. 일 년 삼백육십오 일 매일 스물네 시간 호위 경관을 데리고 있을 텐가? 서울엔 그런 일을 전문으로 청부 맡고 있는 깡패들이 있다우."

"당신이 공연히 들떠 야단인데 그 까닭이 뭐죠?"

아내의 날카로운 반문이었다.

"남의 일이라도 분하지 않나? 그런데 당신은 이런 사건을 보아도 아무렇지도 않소?"

"오죽 생각하고야 그런 일을 했겠소. 당신은 당신 일이나 챙기시유. 그런 주제에 남의 걱정하게 됐수?"

"그런 주제라니, 무슨 뜻이지?"

"20만 원짜리 취직을 하고 나니까 코가 높아진 모양인데 당신 실속이나 챙기란 말요."

아내는 낱말 하나하나를 밉살스럽게 또렷또렷 발음했다. 나는 그 뒤통수를 갈겨주고 싶은 충동을 겨우 참았다.

나는 내 자신의 필요에 의해서 은근히 박열기에게 대한 신거운의 복수를 기다렸다. 그로써 불온한 생각을 품고 있을지도 모르는 아내에게 본보기로 할 작정이었다. 그러나 신거운은 차일피일 미루고만 있었다. 뿐만 아니라 복덕방에 내놓겠다던 방에 그냥 주저앉고 말았다.

신거운이 메리 엄마가 다니는 카바레에 드나들면서부터 간혹 메리 엄마의 동료들과 어울려 밤늦게 돌아오는 때가 있었다. 여러 여자가 번갈아 드나들었는데 어느덧 '장미'라는 이름의 젊은 아이가 신거운의 소위 고정 파트너가 된 모양으로, 그 여자만이 계속 나타나게 되었다. 무릎이 커 보이는 험이 있었으나 미니스커트가 잘 어울리는 장미라는 여잔 나이가 스물세 살이라고 했는데 나이보다는 훨씬 어른스러운 데가 있었다. 전라도 목포에서 왔다지만 말씨는 완전히 서울말이 익혀 있었고, 때론 무식한 티를 내보이면서도 깔끔한 간지(奸智) 같은 것이 번뜩이기도 하는 여자였다 신거운은 장미를 만난 것이 무척 기쁜 것 같았다. 술이 거나하게 취하면 장미의 어깨를 쓰다듬

으며 '인생은 살아볼 만하다'고 싱글벙글하기도 했다. 그러더니 하루
는 돌연 결혼 피로연을 한다면서 가까운 중국집으로 나오라고 했다.

중국집으로 가는 길에서 나는

"신거운 씬 복수니 뭐니 하더니 그것도 틀린 모양이죠."

하고 말했더니, 모두철의 말이

"그만한 뱃이 있으면 윤 여사가 왜 도망을 쳤겠소."

하는 것이었다. 나의 아내까지 초대를 받았으나 아내는 나오지 않
았고, 메리 엄마를 비롯한 장미의 친구들이 서너 명 끼인 자리는 벽
에 빗자국이 있는 우중충한 중국집에선 일찍이 볼 수 없었던 화려
한 분위기를 엮었다.

신거운은 백만장자의 관록을 보이며 제법 의젓하게 놀았다. 그
러고 보니 신거운을 돋보이게 하는 들러리로선 나와 모두철이 제격
이라고 아니할 수 없었다. 장미는 시집온 신부의 수줍은 동작을 닮
으려고 무척 애를 쓰는 눈치였으나 자기의 술잔이 비어 있으면 얼른
그것을 채워 후닥닥 마셔버리는 묘한 버릇을 감추지는 못했다. 카바
레에선 매상을 올려야 하기 때문에 기회를 이용해서 아가씨들이 애
써 술을 마셔야 하는데, 그게 버릇이 되어버린 것이로구나 하는 짐
작을 했다.

그러나 저러나 신거운은 자신의 말대로 인생을 재출발하게 되었
다. 우리는 우선 그 사실만이라도 축복할 마음이 되었다. 메리 엄마
가 술을 과하게 마셔 간혹 판을 깨는 언동이 있기는 했으나 신거운

161

의 결혼 피로연은 대체로 무난히 끝났다. 메리 엄마가 다시 놈팽이 하나만 물고 들어오면 옹덕동 18번지의 권속의 수만은 제대로 돌아서게 되었다.

5

출근을 한답시고 도시락을 싸들고 나오긴 했으나 도서관으로 직행할 기분이 나지 않았다. 나는 옹덕동 버스 정류소 근처의 다방에 들러 거리를 향한 창가에 우두커니 앉았다. 자릿값으로 한 잔의 커피를 마시고 있으니 조간신문을 파는 아이가 왔지만 나는 신문을 사지 않았다. 나완 아무런 관련없이 돌아가는 세상을 알아서 무엇 하겠느냐는 고집만은 여전하다.

다방 창가에 앉아 내려다보는 거리엔 또한 특수한 풍정(風情)이 있다. 늦은 봄의 아침, 태양이 깔린 거리 위로 사람들은 자기를 구경하고 있는 눈이 어느 창가에 있으리라곤 상상조차 않고 함부로 행동한다.

가래침을 탁 뱉고 지나가는 사람, 공연히 걸음을 멈추곤 핸드백 속의 거울을 꺼내 얼굴을 비춰보고 지나가는 여자, 권투의 트레이닝을 하는 것처럼 주먹을 휘두르며 걷는 젊은이, 세상의 걱정을 혼자서 도맡은 것 같은 우울한 얼굴, 정신이 살큼 돈 것처럼 싱글벙글하는

얼굴, 누구에게 쫓기는 듯 노상 고개를 이리 돌리고 저리 돌리며 게
걸음 걷고 있는 사람, 뒷걸음을 치는 아이가 있는가 하면, 뜀질을 하
며 가는 계집아이⋯⋯저마다 자기의 운명을 걷고 있는 인생의 모습
이, 짧은 시가의 관찰로써도 환히 느껴지는 그러한 공간과 시간⋯⋯.

그러자 나는 시골에서 온 듯한 할머니가 꽤 부피가 있는 보따리
를 이고 길을 건너오는 것을 보았다. 공장에서 일하며 자취하는 아들
이나 딸에게 두서너 되의 쌀을 가지고 오는 건지도 몰랐다. 나는 불
현듯 어머니를 생각했다. 지금은 이미 백골이 앙상하게 흙 속에 남아
있을 어머니를. 만일 어머니가 이처럼 처량하게 앉아 있는 아들의 꼬
락서니를 본다면 어떠할까 싶으니, 차라리 돌아가시고 안 계시는 게
얼마나 나은지 모른다.

할머니가 시야에서 사라진 바로 그 방향에서 돌연 낯익은 모습
이 나타났다. 아내였다.

'아내가 웬일루.'

생각하기에 앞서 가슴이 두근거렸다.

하얀 저고리에 크림색 치마를 입고 단정하게 머리를 빗은 아내가
손에 백만을 들고 길을 건너고 있었다.

아내가 제품을 싼 보퉁이를 들지 않고 거리에 나가는 것을 나는
아직 본 적이 없다. 그런데 오늘은 열 시가 될락말락한 이 시간에 핸
드백만을 들고 거리에 나섰으니, 우선 그 사실이 내겐 충격이었다.

아내는 길을 건너 약방으로 들어갔다. 공중전화 쪽으로 가는 것

이 보였다. 다이얼을 돌리는 동작, 이어 뭔지 열심히 말하고 있는 뒷모습이 차례차례로 시야에 들어왔다. 전화를 끝낸 아내가 도로 길을 건너왔다. 이번엔 얼굴이 정면으로 보였다. 봄날의 태양을 정면으로 받은 탓인지 아내의 화사한 얼굴이 우아하고 화려하게 빛나고 있었다. 세상의 행복이 그 얼굴에 응결되어 그대로 빛이 된 그런 얼굴이다. 나는 아내의 그런 얼굴을 처음으로 보았다.

아내는 버스 정류소의 푯말 근처에 섰다.

'어딜 가는 것일까.'

나는 고개를 빼어 정류소 쪽을 보면서, 당장에라도 그리로 쫓아가고 싶은 감정을 가까스로 억제했다. 버스가 왔다. 아내가 탔다. 나는 이미 나의 정신이 아니었다. 나는 자리에서 몽유병자처럼 일어섰다.

택시를 잡아타고 앞서가는 버스를 따르라고 운전사에게 이르기가 겨우였다. 나는 주위의 풍경이 핑핑 도는 것처럼 느꼈다. 그건 자동차의 속력 때문만은 아니었다.

'드디어……올 것이 왔다.'

등골에 싸늘한 전율이 스쳤다.

스스로의 불길한 예감이 맞아 들어가는 것을 확인하는 것처럼 고통스러운 일은 없다. 사람은 불길한 예감을 갖게 되면 그것이 단순한 예감이길 바라는 마음으로 그 예감을 분석하고 검토한다. 그런 마음의 작용은 목적과는 다른 방향으로 그 예감이 확실하다는 증거만을 쌓아올리는 결과를 만든다. 처음엔 증거라고 해보았자 막연한 심증에 불과하다. 그랬던 것이 사소한 것이라도 구체적인 사실이 심증과 일치하게 되면 공포가 시작되기 마련이다.

나는 그때 정녕 그런 상태에 있었다. 그런 상태에선 사람의 상상력은 다시없이 풍부해진다. 나는 별의별 공상과 억측이 구름떼처럼 뭉게뭉게 피어오르는, 두뇌와 가슴이 지금이라도 폭발하지 않나 하는 육체적인 고통마저 겹쳐 느꼈다.

버스가 멈추면 택시도 멈추고, 하는 식으로 뒤따르고 있었는데, 광화문 네거리에서 앞서가는 버스를 놓치고 말았다. 그렇게 되면 풀밭에서 수은(水銀)을 찾는 노릇일 뿐이다.

"아까 그 버스의 종점이 어디죠?"

나는 간신히 물었다.

"우이동일 것 같던데요."

운전사의 대답.

"그럼 우이동까지 가봅시다."

"그 자동차에 누가 타고 있었수?"

운전사가 물었다.

"하여간 종점까지 갑시다."

우이동 종점에 다다랐으나, 거기서 아내를 찾을 순 없었다. 나는 허탈한 사람이 되어 대합실의 벤치에 앉았다. 남대문 도매시장엘 가볼까 하는 생각이 일었으나, 나는 아내가 거래하고 있는 도매상이 어디에 있는지를 몰랐다. 게다가 남대문시장은 사람의 바다다.

그런 사정이고 보니 갈 곳이 없었다. 도서관에 가서 배영도를 만나보았자 별수가 없을 것이고, 집에 돌아가 아내를 기다리기도 싫었다. 아내가 나 몰래 외출한 것을 내가 알고 있다는 사실을 아내에게 알리기가 두려웠다. 무서운 파국(破局)이 그것을 계기로 해서 터질 것만 같았다.

목이 말랐다. 나는 수도를 찾아 꼭지에 입을 대고 꿀꺽꿀꺽 물을 마셨다. 그리고 하늘을 쳐다봤다. 하늘은 새파란 빛깔로 허허했다.

'우이동엔 숲이 많으니까 하늘이 저렇게 푸른 모양이로구나.'

사람은 엉뚱한 일을 당하면 터무니없는 생각을 하는 것인가 보았다. 그 생각 끝에 나는 겨우 갈 곳을 찾아냈다. 아까 내가 앉아 있었던 다방의 그 창가에 도로 가 앉는 일 외엔 할 일이 도무지 없을 것 같았다.

'거기서 아내가 돌아오길 기다리자. 몇 시에 어떤 얼굴을 하고 돌아오는지 그걸 지켜보자.'

나는 옹덕동으로 가는 버스를 탔다.

옹덕동 버스 정류소에 내렸을 때는 열병을 앓는 사람의 몰골이 되어 있었다. 허기증을 느꼈으나, 식사를 하고 싶은 식욕은 조금도 일지 않았다. 허겁지겁 길을 건너섰을 때 골목에서 나오는 구멍가게의 안주인과 마주쳤다. 구멍가게의 안주인은

"어머나."

하는 표정으로 나를 보더니

"어디 아프신 게 아녜유?"

한다.

나는 당장 대꾸를 할 수가 없었다. 그 대신 울상이 되었던 모양
이다.

"선생님, 어떻게 된 거유. 얼굴이 말이 아닌데유."

구멍가게의 안주인은 진심으로 근심스러운 표정이었다.

"아주머니."

나는 외마디소리를 지르고 눈물을 흘렸다. 파도처럼 엄습하는 슬
픔을 나는 억제하지 못했다.

"아주머니, 제발 생각을 고치시오. 양호기 씨가 불쌍하지 않으세
요? 아주머니, 그래선 안 됩니다."

엉뚱한 말이 내 입으로부터 터져 나오는 바람에 구멍가게의 안
주인은 어리둥절했다.

"알았에유, 빨리 집으로 돌아가세유. 아무래도 아프신 것 같애유."

"나는 괜찮소. 아주머니, 생각 고쳐 먹으시오. 양호기 씨가 불쌍
하지 않습니까."

나는 연거푸 이렇게 씨부렸는데 그건 구멍가게 안주인에게 한 말
이라기보다 어쩌면 내 아내에게 대한 호소였을지 모른다.

나는 어리둥절한 구멍가게의 안주인을 그 자리에 두고 도망치듯
다방으로 올라와버렸다. 그리고 아까의 그 자리에 앉아 우선 냉수 한

그릇을 청했다. 냉수를 마셔도 갈증은 남았다.

'앞으로 어떻게 하면 좋을까.'

이러한 물음이 머릿속에서 왕왕거릴 뿐 답안이 나올 리 없다.

'신거운에겐 천만 원이란 돈이라도 있지만.'

하는 마음도 떠올랐으나, 나는 천만 원이 생긴대도 아내와 헤어질 생각은 없다. 아내가 없어진다는 것, 그건 바로 내게 있어서 죽음을 의미하는 것이다.

'죽음, 아내를 죽이고 나도 죽고……'

나는 독약을 사서 아내에게 먹이는 광경을 상상해 봤다. 칼로 찔러 죽이는 장면도 공상했다. 그러나 어느 것 모두 실감이 나지 않았다. 나는 내 자신을 잘 알고 있다. 아내에게 칼을 휘두르지도 못할 것이고, 억지로 약을 먹일 수도 없을 것이다. 그런데 과연 나는 자살할 용기라도 가지고 있을까.

'그만한 밸이 있으면 윤 여사가 왜 도망을 갔겠소.'

신거운을 두고 한 모두철의 말이 생각났다.

'그런데 밸이란 뭘까, 밸이 없어 나는 이 모양일까.'

"아저씨, 얼굴빛이 좋지 않은데요, 어디 아프신 것 아녜요?"

레지 중 하나가 이렇게 중얼거리곤 지나갔다. 나는 대꾸할 마음도 없이 피로한 인간들의 먼지와 소음과 내리쬐는 태양 아래 신음하고 있는 것 같은 백주의 거리에 그냥 허황한 시선을 보내고 있었다. 현실감이란 조금도 없고 환상 속의 거리, 아니 바로 지옥으로 통하는 거리처럼 뵈는 거리에 시선을 쏟고만 있었는데, 얼마쯤 시간이 흘렀을까 길 건너편 정류소에 한 대의 버스가 멎자 거기서 낯익은 여자가 내려섰다. 분명히 내 아내였는데, 아내라는 실감과는 멀었다. '내 아내라고 불리는 여인', 이런 표현이 적당한 그런 감정이었다. 동시에 나는 내 자신도 놀랄 만큼 평정한 기분임을 깨달았다. 네댓 시간 동안의 연옥(煉獄)의 고통 끝에 나는 이상하게도 마음의 평정을 되찾은 것이다.

아내는 조심스럽게 좌우를 살피면서 길을 건너고 있었다. 바쁜 걸음도 아니고 느린 걸음도 아닌, 침착한 그 걸음걸이가 얄밉도록 차가운 그 여자의 심정을 그냥 나타내고 있었다. 자기가 하는 말, 하는 짓에 자신을 갖고 추호의 뉘우침도 없는 자족(自足)한 여자의 모습. 어쩌면 나의 죽음조차 원하고 있을지 모르는 비정한 여자……

길을 건너자 아내는 내 시야에서 사라져버렸다. 골목길로 접어든 것이다.

나는 줄잡아 한 시간은 더 다방에서 버티다가, 정각 다섯 시가 되는 것을 보고 자리에서 섰다. 그리고

"내일 와서 또 차 많이 마셔줄게."

하는 농담마저 하고 그 다방에서 나왔다.

어슬렁어슬렁 골목길을 걸어 구멍가게 앞까지 왔다. 구멍가게 안을 들여다봤다. 양호기가 장부를 앞에 놓고 주판을 튕기고 있었다.

"주판 놓는 걸 보니 수지 맞는 일이 있은 모양이죠."

하며 나는 구멍가게 안으로 들어섰다.

"아, 안 선생, 이리 앉으시우."

양호기는 둥글걸상을 내 앞에 놓으며

"수지가 맞아 주판을 놓는 줄 아슈? 장사치는 수지가 안 맞을 때 주판을 놓는 거라우."

하고 장부와 주판을 걷어치웠다. 그리고 내 얼굴을 자세히 보며

"얼굴빛이 나쁜데 어디 아픈 덴⋯⋯."

하고 걱정스럽게 말했다.

"일이 힘들어 지친 모양입니다. 소주나 한잔 주소."

"낮부터 술을?"

"피로했을 땐 한잔 하면 풀리거든요."

양호기는 소주병 마개를 빼어 유리 글라스에 소주를 가뜩 부었다.

"안주는 뭐로 할까?"

"오징어나 한 마리 내놓으쇼."

나는 단숨에 한 글라스 소주를 마시고 오징어 발을 씹었다.

"한 잔만 더 주소."

양호기는 말없이 술을 따랐으나 의아한 표정이었다. 나는 다시 그 잔을 들이키고 한 잔을 더 청했다.

석 잔을 거푸 마시고 나니 몸이 핑 도는 것 같았다. 갑자기 눈물이 쏟아져 나왔다. 나는 그 눈물을 숨기려고 고개를 돌렸다.

그럭저럭 여섯 시나 되었을까. 그래도 초여름의 해는 기울지 않았다. 나는 구멍가게에서 빼앗듯이 소주 한 병을 얻어들고 판자문을 차고 집으로 들어섰다.

"모 형."

나는 수도가에 서서 모두철을 불렀다.

내 방의 문은 반쯤 열려 있었으나 아내는 얼굴도 내밀지 않았다. 모두철이 방문을 열었다.

"모 형, 술 한잔합시다."

나는 혀가 꼬부라진 소릴 했다.

"낮부터 웬일이유, 술을 다 먹구."

"그렇고 그렇게 됐소. 모 형 마루로 나오시오."

모두철이 부스스 마루로 나왔다.

"안 선생님, 오늘 좋은 일이 있었던 모양이로구면요."

하고 메리 엄마가 외출할 치장을 하고 나서며 한마디 했다.

"좋은 일이 있고말고요. 천지가 뒤집힐 정도로 좋은 일이죠."

하며 나는 거칠게 웃었다. 그리고 내 방 쪽을 보고 소리를 질렀다.

"여기 술상 좀 봐 가지고 오시오."

그러나 아무런 반응도 없었다.

"술상 가지고 오라니까."

나는 다시 한 번 고함을 질렀다.

"술상은 무슨 놈의 술상, 내 고뿌 가지고 올게."

하더니 모두철이 방으로 들어가 유리 글라스 두 개를 가지고 나왔다.

"서방님이 술을 자시려고 하는데 여편네가 그러고 있기야?"

하고 나는 버럭 고함을 지르며 반쯤 열려 있는 방문을 홱 열어 제쳤다. 아내는 구석에 앉아 옷가지를 챙기고 있었다. 그러면서도 얼굴을 들진 않았다. 나는 맥이 풀렸다. 옷을 챙기고 있는 그 침착한 거동이 아무래도 심상치 않았던 것이다. 여기서 섣불리 서둘렀다간 당장 무슨 파국이 닥칠 것 같은 예감마저 들었다. 나는 고양이처럼 발소리를 숨기고 모두철의 곁으로 와서 앉았다. 위세당당했던 아까의 태도완 전연 달라져버린 내 표정을 들여다보면서 모두철은 빙그레 웃었다. 그리고

"그런데 낮부터 술을 마시다니 어떻게 된 거유."

하고 물었다.

"술에 밤과 낮이 있소, 내키면 마시는 거지."

"직장에서 무슨 일이라도 있었수?"

아무래도 모두철은 마음에 걸리는 게 있는 모양이었다.

"직장?"

나는 직장이고 뭐고 모두 거짓말이었다는 것을 탁 털어놓고 싶은 충동에 사로잡혔지만 꿀꺽 참았다.

"직장에 무슨 일이 있을 턱이 있소."

"그럼, 왜?"

"직장엔 아무 일도 없었지만 인생엔 무슨 일이 있었소."

"인생에?"

모두철이 웃었다.

"간혹 말할 줄 아는데."

"말할 줄 알지. 알고말고."

"그래 인생에 어떤 일이 있었수?"

나는 그 말엔 대답하지 않고 술잔을 들이켰다. 모든 것을 내뱉고 싶은 마음이 뭉게뭉게 일었지만 그럴 수도 없었다.

"안주가 있어야겠는데."

하고 모두철이 한줌의 비스킷을 쥐고 나왔다.

"제기랄, 소주 안주에 비스킷이라."

나는 의미도 없이 중얼거렸다.

그날 밤 이상한 일이 있었다. 내가 맹렬하게 아내에게 덤빈 것이다. 다짜고짜 저고리를 벗기고 치마를 벗기고 속옷을 벗기고 팬티도 벗겼다. 덤비는 폼이 너무나 거칠었던 탓인지 아내는 어이가 없다는 듯 반항하지도 않았다. 내 속의 남성이 실로 이 년 만에 멋지게 그 남성으로서의 구실을 다했다. 활발하게 끈덕지게 거칠게, 그리고 멋지게라고도 할 수 있을 정도로 아내의 육체를 마구 뒤흔들어 놓았다. 차돌처럼 도사리려고 하던 아내의 육체가 아내의 마음과는 딴판으로 반응하고 경련하고 불타오르는 것을 확신하자 나는 두 배, 세 배로 부풀은 자신(自信)으로 아내에게 덤볐다. 그리고 아내를 걸레짝같이 정복했다.

어떻게 된 영문인지 내 자신도 알 길이 없다. 입으로 내서 말하지는 않았지만 아내의 육체는 분명,

'어찌된 영문이죠?'

하는 질문으로 후끈 달아 있었다.

뜻하지 않은 기적을 이룩한 나의 남성과 술에 취한 나의 육체는 모처럼의 성공에 자족한 탓도 있어 이튿날 아침 아홉 시까지 잠에 빠졌다.

일어나보니 방 한구석에 밥상이 놓여 있고 아내의 모습은 보이지 않았다. 세수를 하고 밥상을 끌어당겼다. 밥상에 날계란 두 개가 놓인 것이 이채를 띠었다. 그 곁에 쪽지가 있어 펴보았더니, 국은 부엌에 있으니 갖다 먹으란 것과 자기는 도매상에 들러야겠다는 내용이 적혀 있었다.

국을 데울 생각은커녕 아침을 먹을 식욕도 나질 않았다. 두 개의 날계란을 둘러 마시고 상을 밀쳐버리곤 다시 자리에 누웠다. 두 개의 날계란이 마음에 걸렸다. 그게 애정의 표시일까, 또는 체면치레일까, 간밤의 행사에 대한 보상의 뜻일까. 이런 생각을 하다가 나는

'오늘 도매상엘 가는 걸 보니 어제의 외출은 틀림없이 간통을 위한 외출.'

이라고 단정하는 마음을 되씹게 되었다.

'그런데 내가 사내구실을 했으니까 혹시 마음을 돌이킬 수도 있지 않을까.'

하는 마음을 가져보기도 하고

　'질투란 위대한 것.'

이란 신념을 반추해 보기도 했다.

　아무래도 아내가 간통하는 장면을 상상하고, 그 상상이 질투의 불길로 화해 그것이 내 속의 남성에 불을 붙인 것이라고밖엔 지난밤의 기적을 해석할 수 없었던 것이다. 아내의 부정(不貞)에의 분노가 나의 시든 남성에게 활기를 불어넣었다는 사실!

　'그렇다면 아내의 부정을 그런 뜻으로서도 용서해야 되지 않을까.'

　그러나 이러한 감정이 석연할 까닭이 없다. 나는 오늘밤에도 그런 기적이 이루어질 수 있을까 하는 문제에 봉착하자 갑자기 불안해졌다.

　'불안은 남성을 불능케 하는 가장 큰 원인이라고 들었는데……'

　이런 생각을 하고 있는데

　"안 형, 오늘은 안 나가시오?"

하는 신거운의 소리가 들렸다.

　"몸이 좀 편찮아서요."

하고 나는 마루로 나가앉았다.

　"그럼 어때요. 오늘 우리 화투치기나 합시다. 나는 장미와 한편이 되고 안 형은 메리 엄마와 한편이 돼 가지고 점심 내기 화투나 치면 어때요."

신거운은 뭣이 그렇게 기쁜지 싱글벙글 웃으며 말했다.

지루하게 시간을 보내며 갖가지 망념(妄念)에 시달리는 것보다 짜장면 몇 그릇을 사는 손해를 보더라도 화투놀이가 낫겠다 싶어 나는 신거운의 제안에 응하기로 했다.

장미라는 아가씨는 미니스커트 밑으로 허벅다리와 그 속의 팬티까지 거침없이 드러내놓고 신이 나게 화투장을 내려쳤다. 메리 엄마와 더불어 거의 프로의 솜씨다. 나와 신거운은 차례가 되었을 때마다 핀잔을 받았다.

"화투는 보는 게 아니고 치는 거예요."

장미가 이렇게 말하면

"이 어른들 허구 화투놀이하다간 외손주 환갑 보게 생겼군."

하고 메리 엄마는 맞장구를 친다.

이편저편에 하나씩 프로가 끼어 있는 바람에 전과(戰果)는 시소를 벌여 좀처럼 판이 나질 않았다.

신거운은 이러한 분위기가 재미있어 죽겠다는 그런 표정으로 흥청거렸다. 계집과 맞바꾼 돈으로 흥청거리고 있는 꼴이 아니꼽기 짝이 없다. 그래 나는 화투장을 치는 틈을 타서 빈정댔다.

"신 형, 원수를 갚는다는 얘기는 어떻게 됐소?"

"세월에 좀이 쓰오. 천천히 하죠 뭐. 영어에 헤이스트 슬로울리란 말이 있지. 천천히 서둘러라, 멋진 말이 아뇨."

"소뿔은 단김에 빼란 속담이 있잖소."

"속담은 속담이구, 어어 그 오동."

하고 신거운은 메리 엄마에게 가로채인 오동을 아쉽게 바라봤다.

"세상이 호락호락하지 않다는 걸 뵈준다더니."

나는 거푸 말했다.

"세상은 호락호락하던데 뭐."

신거운이 싱거운 소리를 했다.

"복수고 뭐고 이편이 잘살고 볼 게 아뇨."

메리 엄마가 이렇게 끼어들자,

"떠나버린 여편네를 두고 이러쿵저러쿵 하는 사내처럼 치사한 게 어딨겠어요."

하고 장미도 거들었다.

"요담 네가 도망가도 치사하게 굴지 말란 얘긴가?"

신거운이 넌지시 말했다.

"엉뚱한 비약은 말아요. 내가 도망갈 사람으로 뵈요. 당신이나 도망치지 말아요."

장미는 정색을 하고 말했다.

"님을 두고 내가 도망을 가? 십리도 못 가서 발병이 나게?"

얘기는 씨알머리없는 방향으로 번져나갔다. 화투놀이의 결과는 신거운이 짜장면을 사야 하게 낙착되었다. 짜장면을 먹을 땐 모두철을 청했다.

신거운이 벌인 일수(日收) 돈놀이가 화제에 올랐다. 신거운은 장미와 메리 엄마의 권유로 카바레 아가씨 상대의 고리대(高利貸) 노릇을 시작하고 있었던 것이다.

"우리 카바레에선 신거운 사장, 신거운 사장 하면서 인기가 대단하다오."

메리 엄마의 말이다.

"그건 싱거운 사장님이란 뜻 아닌가요?"

하고 모두철이 웃었다.

아닌 게 아니라 일수놀이는 순조롭게 되어가는 모양이었다. 매일 밤 돈을 거두는데, 거둔 돈을 모아 다시 일수를 주고 하니 50만 원 자본이 두세 달이면 이삼백만 원으로 부풀어오를 것이라고 했다. 장미는 돈을 빌려주는 역할을 하고 메리 엄마는 돈을 받아들이는 역할을 하고 신거운은 장부를 하고……이런 식으로 분업적(分業的)으로 협동하고 있으니 더욱 성과가 좋단다.

"그래 신형도 매일 출근이우?"모두철이 물었다.

"우리 장미공주를 데리러 가는 거지."

신거운이 장미에게 살큼 윙크를 하며 한 말이다.

"아홉 시쯤 신 사장님이 나오시면 돈을 빌리고 싶은 웨이터들이 맥주를 두서너 병 슬쩍 갖다준다오. 신 사장님 팔자 틔었지 뭐요? 매일 밤 공짜 술을 자시구……."

메리 엄마가 이런 말을 하자 신거운은 자못 만족한 표정이었다. 그러나 말만은 의젓했다.

"맙소사, 공짜보다 비싼 것은 없단 말이 있잖소."

아내는 다섯 시가 넘어서야 돌아왔다. 아무것도 갖지 않은 빈손이었다. 도매상엘 다녀왔으면 새 옷감이나 천이 들은 보자기가 있어야 하는 것이다. 화투놀이에 지쳐 돌아와선 줄곧 잠자리에서 뒹굴고 있던 나는 누운 채로 아내의 모습을 쳐다보며, 그 사실만으로도 이상하다고 생각했다. 내게 등을 돌리고 경대 앞에 도사리고 앉은 그 등언저리에 묘한 기분이 감돌고 있었다. 무슨 망설임 같은 것이 느껴졌다.

"꽤 시간이 오래 됐는데 어딜 갔다 오우."

나는 조용하게 물었다.

"도매상엘 간다지 않았소."

차분한 답이 돌아왔다.

"도매상에? 그렇게 오래?"

"……."

아내의 왼손이 머리 위로 올라가 헝클어진 머리칼을 걷어올렸다. 그때 퍼뜩 눈에 띈 게 있었다. 반지가 끼워 있었다. 이때까진 보지 못했던 것이다.

콩알만한 진주가 박힌 백금반지였다.

'저게 언제부터 끼워져 있었을까.'

나는 어젯밤까지만 해도 보지 못했던 것이라고 단정했다. 아내의 몸치장에 나는 비상한 관심을 쏟고 있는 터였으니 그렇게 단정할 수 있었다.

'언제부터 가지고 있었던 건진 모른다. 그러나 낀 것을 보는 건 이번이 처음이다.'

하여간 그저 보아 넘길 순 없었다.

"그 반지 어디서 난 거유?"

내 마음의 탓인지 아내의 어깨에 가벼운 경련이 흘렀다.

"어디서 났느냐 말요."

나는 되도록 마음의 흥분을 가라앉히려고 애쓰며 다시 물었다.

"샀소. 나긴 어디서 나요."

"얼마 주고 샀소?"

"얼마면 뭣할 거요. 얼마 주었다면 반지값을 치러줄 셈요?"

끓어오르는 노여움을 나는 가까스로 참았다. 그러나 말은

"신기해서 물어본 건데 신경질까지 낼 필요는 없잖수."

하고 퉁명스러운 투가 되었다.

"흥, 반지 하나 사줄 주제도 못되면서 참견은 무슨 참견이우."

아내는 혀를 찼다. 그 순간 나는 아내의 입김에서, 아니 말투에서 술 냄새 같은 것을 맡았다. 나는 벌떡 일어나 아내의 입김이 닿는 곳에 코를 갖다댔다. 분명이 아내는 술을 마시고 있었다.

"술을 하셨구먼."

"그렇소, 한잔했소. 그게 어떻단 말요."

나는 다시 벌렁 드러누웠다. 그러나 머릿속은 바쁜 속도로 돌고 있었다. 술을 마실 줄 모르는 아내가 술을 마셨다면 마지못할 자리에 끼어 있었다는 얘기가 아닌가.

"왜 술을 마셨는지 얘길 할까요."

아내는 얼굴을 내 쪽으로 돌리며 또박 말했다. 나는 까닭도 없이 당황했다.

"누가 그런 얘길 듣자고 했나?"

"반지를 볼 줄 아니 눈도 멀쩡하고, 술 마신 걸 아는 걸 보니 코도 멀쩡하군요. 그만큼 멀쩡하면 대강은 짐작하겠죠. 여자가 대낮에 예삿일로 술을 마셨겠수? 평생에 끼지 않던 반지를 예삿일로 끼었겠수?"

서릿발이 서린 것 같은 말투였다. 뭔가를 각오한 여자가 아니면 못할 말이었다. 나는 본능적으로 그런 걸 직감했다. 그 다음에 이어질 말이 겁났다. 나는 황급히 방에서 뛰쳐나오고 말았다.

방에서 뛰쳐나온 나는 곧바로 행길에 나섰다. 얽힌 전선 너머로 해가 기울고 있었다.

해가 지자 거리엔 전등불이 피었다. 어떤 심정으로 보아도 초여름 밤의 불 켜진 거리는 평화롭다. 나는 그 평화로움에 눈물을 흘렸다. 이렇게 다소곳하고, 이렇게 정답고 평화로운 거리에 북풍과 같은 고민을 안은 사나이가 헤매고 있다는 건 얼마나 슬픈 일인가 싶었다.

나는 거리를, 골목을 두어 시간 가량 요량도 없이 헤매다가 박열기가 즐겨 들르던 천막 두른 목로술집에 들어섰다. 목로술집의 주인이 나를 반겼다. 이어

"요즘 박 선생님이 통 보이지 않는데 어떻게 된 거유?"

하고 박열기의 안부를 물었다.

"박 형은 옹덕동에서 떠났소."

"박 선생이 떠났어유?"

이번엔 주인 노파가 놀라며 되물었다.

"참 좋은 사람이었는데 섭섭하구랴. 근데 어디로 이사하셨수?"

"동대문 밖으로 간 모양입니다."

"그래유, 좋은 집 사가지고 간 게로구면요."

"남의 마누라 가로채가지고 도망갔다오."

나는 소주 한 잔 마시고 순대를 입에 갖다 넣으며 이렇게 말해 놓고 그들의 동정을 살폈다.

"농담도 심하시지. 아무렴 그런 일이 있으려구."

주인이 이맛살을 찌푸렸다.

"그래 내가 거짓말을 했단 말요?"

나는 거칠게 말했다.

"헌데 누구 마누라허구 그렇게 됐수?"

주인 노파는 주름 잡힌 얼굴에 잔뜩 호기심을 담고 물었다.

"신거운 씨 아시죠. 키가 큰, 종종 박열기 씨허구 같이 여기도 온

183

사람인데."

"알죠, 알구 말구요."

노파가 말했다.

"바로 그 사람 마누라허구 줄행랑을 놓았다우."

"어머나."

노파는 말문이 막힌다는 표정이다.

"어디 그럴 수가."

주인 영감은 혀를 찼다.

하나 둘 단골이 모여들었다. 자연 박열기 사건이 화제가 됐다.

"그렇게 얌전한 사람이……."

누군가가 한숨을 쉬었다.

"팔랑개비도 바람이 없으면 잠잠한 거라우. 바람이 강하면 바위
도 뒹군다우."

박열기를 국회의원감이라고 말하던 영감이 이렇게 말했다.

"그런데 신거운 씬 어떻게 됐소."

이번엔 다른 사람이 물었다. 아무라도 마누라를 가로채인 사나이
의 동정은 알고 싶은 대목이다.

"돈 천만 원 받고 이혼장에 도장을 찍어주곤 지금 댄서하고 살
고 있죠."

환성이 터졌다. 천만 원이란 숫자에 모두들 혼이 빠진 것 같았다.
천만 원이면 그 목로술집의 단골들에겐 신화와도 같은 얘기며, 상상

도 못할 돈이다.

"그랬다면 신거운 씨의 부인은 굉장한 부자였던 거로구면."

한바탕 감탄의 소용돌이가 지나자 누군가가 물었다.

"친정이 부자죠."

나는 덤덤히 답했다.

"하여간 신거운 씬 땡 잡았구면."

목로술집의 주인 영감이 말했다.

"그 대신 마누라를 가로채였는데 무슨 소릴 그렇게 하우."

노파가 핀잔하는 투로 말했다.

"백만 원 아니라 돈 십만 원만 생겨도 마누라 같은 건 누가 업어
갔으면 좋겠다."

주인 영감이 익살을 부렸다.

"그 말 한번 잘했소."

노파가 눈을 흘겼다.

"누가 너를 업고 간다지? 돈 백 원 끼워 버려두면 돈 백 원 빼먹
고 너는 남겨놓을 거여."

농담이 차츰 험상을 띠어가자 구석에 앉아 있던 노인이 점잖게
타일렀다.

"남의 일 갖고 싸움일랑 마슈."

이어 신거운이 땡 잡았다는 얘기로 돌아갔다. 나는 슬그머니 심
술이 났다. 그래 한마디 뱉았다.

"땅 잡은 건 신거운이 아니고 박 씨요."

모두들 의아한 표정이었다. 나는 언성을 높여 말을 계속했다.

"그렇지 않소. 부자 여편네를 가로챘으니 땅 잡은 건 박열기가 아뇨?"

돌연 주위의 분위기가 이상스럽게 가라앉았다.

'무슨 까닭일까?'

하고 두리번거리는데 그 가운데의 한 사람이

"그럼 박열기 씨가 돈이 탐이 나서 친구의 여편네를 나꿔챘단 말유?"

하고 힐문조로 나왔다.

"그럴는지도 모르지."

내 대답이 이렇게 나오자 구석에 앉은 노인이 거칠게 받았다.

"듣자듣자하니 형씬 너무하구먼. 친구의 중상을 이런 데서 하다니 그게 될 말이우?"

"중상이라뇨? 나는 사실을 말했소."

나는 기세를 꺾어 더듬더듬 이렇게 말했다. 또 한 사람이 나섰다.

"사실을 사실대로 말해도 중상이 되는 거유. 우린 무식하지만 그런 것쯤은 아우. 보아하니 당신도 픽이나 박열기 씨의 신세를 진 사람 같은데 불민한 일을 덮어줄 줄은 모르고 술집에 앉아 친구의 악담을 해요?"

"난 악담한 적 없소."

"남의 마누라를 가로챘느니 땡을 잡았느니 하는 말이 그럼 악담이 아니고 뭐요."

"주인 영감이 묻기에 그저……."

"의리도 없는 인간이로구먼."

누군가가 혀를 차며 말했다. 나도 화가 났다.

"남의 계집을 가로챈 사람을 가로챘다고 해서 나쁠 것이 뭐 있소. 그런 자를 욕 좀 했기로서니 그게 뭐 잘못했다는 거유."

"하여간 의리가 없는 놈이로군."

뒤통수에서 이런 말이 들렸다.

"놈이라니, 누구요? 그따위 소릴 한 놈이."

나의 언성도 높아졌다. 일시에 술기가 도는 모양으로 나는 제법 고함을 지르며 주위를 흘겨봤다. 이때 어디선가 술잔이 날아왔다. 그걸 피하려는 바람에 내가 깔고 앉은 자리가 뒹굴었다. 나도 몇 개의 발길이 있었던 것 같았다. 그 뒤의 일은 전연 알 수가 없다. 정신을 차린 것은 내 방에서였다. 머리에 붕대가 감겨 있고, 오른팔은 까딱도 할 수 없이 아팠다. 신음소리를 듣고 깬 아내가 나를 들여다보았다.

"몇 시지?"

"새벽 세 시쯤예요."

나는 목로술집에서 뭇매를 맞았다는 사실을 깨달았다.

어디서 얻어맞았느냐고 물어도 나는 술에 취해 영문을 모르겠다고만 대답했다. 그러나 서러웠다. 박열기에 관한 사실대로의 얘기 좀

했다고 그 목로술집의 단골들에게 얻어맞았다는 사실이 그저 서럽
기만 했다. 한편 보잘것없는 노동자들이라고 해서 깔볼 건 아니라고
생각했다. 나를 의리가 없는 놈이라고 나무라고 때릴 만큼 그들에겐
의리가 있다는 것일까.

나는 그 가운데 누구누구가 나를 때렸을까 하고 생각해 봤으나,
알 수가 없었다. 말린 사람도 있었을 텐데 그것도 모르겠다. 정면으
로 술벼락을 맞고 눈을 감은 뒤의 일이라 어림을 잡을 수가 없다.

'알면 또 뭣할까.' 난 동통(疼痛)이 느껴지는 팔다릴 조금씩 움직
여보며 생각했다.

'알면 고소라도 한단 말인가.'

그러나 그럴 생각은 전연 없었다.

나는 나흘 동안을 꼬박 자리에 누워 지냈다. 그동안 아내는 정성
껏 나를 돌봐주었다. 말은 없었으나 나를 측은히 여기는 마음의 갈
래갈래가 손끝 하나 눈짓 하나에 나타나 있음을 나는 느꼈다. 이렇
게 뜻하지 않은 일로 아내와 나 사이의 결렬이 일단 연기된 것만은
틀림이 없었다.

'연기지 해소는 아니다.'

나는 나흘 동안 누워 있으면서 아내가 재봉틀을 돌리는 일을 안
한다는 것과 하루에 두세 시간은 꼭 외출을 한다는 사실을 확인하고
이렇게 생각했다. 그러나 내 편에서 그런 말을 끄집어낼 필요는 없다
고 생각했다. 결말은 기다려야 하는 것이지 재촉할 건 못된다. 그러

고 보니 마누라의 친절도 멀지 않은 결말에 대비하기 위한 마음의 준비라고 이해할 수가 있다.

나도 마음의 준비를 해야겠다고 생각했다. 오고 말 것은 필연적으로 오고 말 텐데 꼴사납게 바득바득 서둘 건 없다. 이미 내 곁에서 떠난 아내의 마음을 붙들어둘 수단이라고는 없는 것이 아닌가.

'섣불리 수컷 노릇을 한 것이 화를 빨리 한 것이 아닐까.'

이런 생각마저 들었다.

섣불리 수컷 노릇을 한 것이 아내의 결단(決斷)을 재촉하지 않았나 하는 나의 추측은 다음과 같은 상상(想像)의 경로를 밟은 것이다.

도매상에 드나드는 동안, 아내는 어떤 사내를 알게 되었다. 성불구자(性不具者)나 다름없는 남편을 가진 젊은 여자의 육체는 드디어 남편 있는 여자란 의식을 굴복시키고 말았다. 어느덧 그 사나이와 아내는 육체적인 교섭을 갖게 되었다. 그러한 스스로의 부정(不貞)을 타당한 것으로 하자면 남편인 나를 형편없는 쓰레기통쯤으로 만들어야 한다. 말하자면 저런 쓰레기통을 데리고 살아야 하니 딴 사내와 외도라도 하지 않곤 배겨낼 수 있겠느냐는 심정을 조작할 필요가 있었다. 그런 재료로선 나는 궁한 데가 없다. 아내는 의식적, 무의식적으로 나를 멸시함으로써 그 사나이와의 교섭을 거듭하는 이유로 삼았을 것이다.

그러나 아내는 나를 버릴 수가 없었다. 상대편 사내에겐 나를 불구자라고 해놓고 서로의 사이를 자연스러운 것으로 만들어놓았다.

사내에겐 부양의 부담 없이 사귈 수 있는 여자처럼 편리한 건 없다. 그래 서로의 양해 위에 그들의 관계는 파탄 없이 진행되었다. 그러는 가운데 아내의 그 사나이에게 대한 애착은 커갔고, 이왕이면 같은 집에 살았으면 하는 마음도 생겼다. 내가 취직했다는 사실도 그 마음을 키우는데 도움이 되었다. 아무리 형식적인 부부라고 해도 내버려두면 금방 굶어죽을 사람을 팽개칠 정도로 아내는 매정스럽지가 못하다. 그런데 버려두고 가도 굶어죽을 걱정은 없게 되었으니 언젠간 결단을 내려야겠다고 아내는 그 시기만을 노리고 있었을 것이었다. 그러던 참에 돌연 내가 사내구실을 했다. 그로 인해 아내는 그 사내에게 마음의 가책을 느끼게 되었다. 자기의 부정(不貞)으로 내게 양심의 가책을 느낀 것이 아니라 나와의 성 행위(性行爲)로 인해 그 사내에게 가책을 느꼈다는 뜻이다. 그런 까닭에 이튿날 아내는 부랴부랴 그 사내를 찾아가 빨리 결단을 내려 같이 살아야겠다고 의논하고, 그 의논하는 자리에서 술을 마시고, 그 끝으로 반지까지 얻어 끼게 되었을 것이다……

이러한 어느 정도 적중한 것인진 알 수가 없으나 되풀이해서 생각할수록 상세한 부분은 다를망정, 그 대강은 틀림없을 것이란 짐작이 들었다. 가난한 자, 서글픈 자의 이런 방향의 상상과 추측은 놀랄 만큼 적중하기 마련이다. 서글픈 자는 눈치와 짐작으로 사는 것이다.

아내는 내가 남편 구실을 야무지게 한 바로 그 이튿날 결단을 내려고 하지 않았던가.

"왜 술을 마셨는지 그 까닭을 말해 볼까요?"

하며 도사리던 아내의 모습이 눈에 선하다. 나는 그 까닭을 듣지 않으려고 밖으로 뛰쳐나와 목로술집에서 뭇매를 맞았다. 뭇매를 맞고 돌아온 나를 향해 아내는 차마 결단을 내리지 못했다.

그러니 내가 완쾌하는 날, 직장엘 나간다고 거동하는 날 아내는 내게 결정적인 통고를 할 것이다.

무슨 까닭인지 나는 이런 나의 추측을 의심하지 않았다. 의심하지 않는 그만큼 두려움없이 사태에 직면할 수 있으리란 자신을 가졌다. 앞으로 어떻게 살 것인가 하는 문제는 그때 가서 결정할 일이다. 신거운을 따라 일수놀이에 한몫 끼기로 하든지, 엿장수 노릇을 하든지……. 하여간 죽을 때까지 살면 그만이 아니냐는 체관. 아니 배짱이 음달의 버섯처럼 마음 한구석에 돋아나고 있었다.

'제기랄, 요컨대 모두철의 철학(哲學)을 배우면 될 게 아니냐.'

오래간만에 도서관엘 나갔다. 배영도 씨는 언제나와 꼭 같은 몰골로 그 자리를 차지하고 있었다.

"무슨 일이 생겼나 하구 궁금했수."

배영도는 내 얼굴을 쳐다보며 물었다.

"일이야 많았지 모두 시시껄렁한 일들이지만요."

나는 한숨을 쉬었다.

"그 한숨 제발 쉬지 말고 얘기나 해보슈."

"여기선 안 되겠고 우리 밖으로 나갑시다."

나와 배영도는 열람실에서 나와 도서관이 뜰 한구석의 그늘진 곳을 찾아 앉았다.

"내 여편네가 말요, 아무래도 수상하단 말요."

"수상하다니?"

"사내가 있는 것 같애."

"사내라니, 사잇서방이란 말요."

"그렇소."

"확실한 증거라도 있수?"

"증거가 무슨 소용이우. 그렇게 판단이 내려졌다는 얘긴데."

"그건 안 될 말유. 내나 안 형같이 마누라 덕으로 사는 사람에겐 터무니없는 의처증 증세(疑妻症症勢)가 있는 거라우. 의신암귀(疑神暗鬼)라는 거죠. 그러니까 확실한 증거가 있기까진 그런 일은 없는 거라고 딱 믿어버리란 말요."

배영도의 말엔 일리가 있긴 하다. 그러나 내 경우는 그런 것이 아니다.

"사태는 그런 정도가 아뇨. 아내는 금방이라도 결판을 낼 생각으로 있소."

"그런 말 합디까."

"오늘밤쯤 그런 말이 나올 것 같애요."

배영도는 심각한 표정으로

"어떻게 그런 걸 아느냐."

고 했다.

"묘해, 참으로 묘하거든. 언짢은 일은 꼭꼭 내 추측대로 되어 나간단 말야. 내가 내 자신에게 놀랄 정도로 말요. 그런데 어떡하면 좋을까."

"어떡하다니, 고발이라도 할 참인가."

"고발?"

나는 공허하게 웃었다.

"고발은 해서 뭣 하겠수. 떠나간 마음이 고발한다고 돌아오겠수."

"그렇지."

어디서 라디오를 통해 연설하는 소리가 들려왔다.

'누구는 저렇게 당당한 연설을 하는데 나는 이처럼 쭈그리고 앉아 마누라의 샛서방 얘기를 하고 있다.'

고 생각하니 참으로 삭막한 기분이다.

배영도는 바지의 먼지를 털고 일어서며 중얼거리는 투로 말했다.

"떠나겠다면 고이 떠나 보내슈. 뭐더라, 김소월(金素月)이란 사람의 시(詩)에 그런 게 있지 왜. 말없이 고이 보내 드리오리다, 아름 따다 진달래꽃을 가시는 길에 뿌려 드리오리다, 하는 것 말요……. 그리고 잘 살아보라고 한마디만 하시유. 그게 깨끗할 거유. 사내구실 못한 사내라도 헤어질 때만은 사내답게 해야지."

배영도와 나는 그 길로 도서관에서 나와 일단 은행에 들렀다. 아내에게 마지막 선물을 하기 위해 돈 십만 원을 꺼냈다. 그래도 통장엔 백여만 원의 돈이 남아 있었다. 그것이 다 되도록 나는 굶어죽진 않을 것이었다.

남의 간통(姦通)을 목격한 탓으로 번 돈이다. 그 돈을 미끼로 아내에겐 거짓을 꾸며 사는 놈이 아내에게 배신당했대서 억울할 건 없다. 다만 슬플 뿐이다.

십만 원을 들고 반도 아케이드를 얼쩡거렸다. 떠나는 아내에게 선물을 주라는 아이디어는 배영도로부터 나왔다.

"진달래꽃을 뿌리진 못할망정 목걸인 걸어주우."

배영도는 이렇게 말했던 것이다.

나는 어떤 가게에서, 줄은 가느다란 백금(白金), 달린 건 자수정(紫水晶)으로 된 펜던트 하나를 골라 육만 원을 치렀다. 그리고 모양 좋은 꼬까주머니에 그 펜던트를 포장한 걸 포켓에 넣었다. 우리는 거리를 어슬렁거리다가 배영도가 단골로 간다는 순댓국집으로 갔다.

순대의 맛도 좋았고 국맛도 좋았고 술맛도 좋았다.

"자기를 배신하고 떠나는 여편네에게 선물을 주는 사내는 아마 이 세계에선 안 형 하나뿐일 거요."

배영도의 말이다.

"자, 그럼 세계에서 단 하나의 사내를 위해서 한잔."

하고 나는 잔을 들었다.

배영도가 자기의 잔을 내 잔에 갖다 댔다. 나는 슬픔 같기도 하고 안심 같기도 한 이상한 감정에 사로잡혔다.

인생이란 이상한 것이다. 사람의 감정도 이상한 것이다. 도끼를 휘둘러 몇 놈을 죽여도 풀릴 둥 말 둥한 감정이 마음가짐 하나로 고요한 호수처럼 될 수도 있는 것이다. 내게서 떠나려는 아내에 대해서 나는 이미 미움을 잊었다. 한없이 불쌍하고 불행한 여자란 생각만 들었다. 남자를 바꾼대서 곧바로 아내가 원하는 행복이 올 수 있을까. 나는 포켓 속의 펜던트를 가끔 어루만져보면서 이런 생각을 하고 있었다.

떠나는 아내를 위해 선물을 샀다는 행위, 단순한 그 행위가 내게 이런 평안을 준 것이라고 생각하니 그 아이디어를 낸 배영도 씨가 그저 고맙기만 했다.

"배 선생의 아이디어를 위해서 한잔!"

나는 다시 잔을 들었다.

"인생은 이별이 아니겠수. 사별하는 이별, 생별하는 이별, 이별이란 보통이우. 하늘에 구름 가듯 인생은 가는 거유."

배영도는 취기어린 눈으로 중얼거렸다. 고등고시(高等考試)에 청춘을 빼앗기고 거기서 시인(詩人)이 남았다는 느낌이다.

오후 다섯 시가 되었을 무렵, 그 순댓국집에서 나왔다. 배영도 씨는 파고다공원에서 술을 깨어 가지고 집엘 돌아가야 한다고 했다. 그만큼 그는 마누라를 두려워한다. 나는 옹덕동 18번지로 향해 걷기 시작했다.

나는 집으로 돌아오자 윗도리를 마루 위에 벗어놓고 낯을 씻었다. 발도 씻었다. 오랜 시간을 들여 손도 씻었다. 조금이라도 취기(醉氣)를 덜기 위해서다. 아내는 부엌일을 하고 있었다. 메리 엄마와 장미가 짙게 화장한 얼굴로 방에서 나왔다. 직장엘 가기 위해서다.

"그럼 당신은 아홉 시쯤 돼서 오슈."

장미가 방 안에 있는 신거운을 보고 한 말이다.

"그러지."

하는 신거운의 대답 소리가 있었다.

"안 선생도 한번 놀러 오세요."

장미가 뺨에 보조개를 지으면서 말했다.

"돈이 있어야죠."

나는 겸연쩍게 말했다.

"만 원쯤만 가지고 오세요, 우리집 양반허구. 그러면 적당하게 쓱싹할께요."

"만 원이 있으면 팔자라도 고치겠소."

나는 퉁명스럽게 말했다.

장미와 메리 엄마는 깔깔대며 판자문을 비집고 나갔다.

얼굴과 손발을 닦고 방에 들어선 나는 방안의 정돈 상태가 여느 때와 다르다는 것을 금방 알아차렸다. 재봉틀엔 얌전하게 덮개가 씌워져 있었고, 비스듬히 놓여 있던 고리짝이 야무지게 밧줄로써 묶여져 있었다. 한구석에 이불과 또 한 개의 고리짝이 그냥 그대로 있을 뿐, 그것을 제외하곤 지금 당장이라도 짐짝으로 나를 수 있도록 되어 있었다. 아무래도 하나의 여인이 어떤 각오를 했을 때 그 각오가 시켜 이루어진 정돈이란 건 틀림이 없었다.

나는 벽에 기대앉아 눈을 감았다. 어떤 상황에도 대응할 수 있는 마음먹이가 이미 되어 있었지만, 눈앞에 바로 그런 의미가 풍겨진 정돈 상태를 보니 가슴속에 회오리바람이 일기 시작했다.

'그러나 침착해야 한다.'

담배를 꺼내 불을 붙였다.

아내가 밥상을 들고 들어왔다. 나는 식욕을 잃고 있었지만 침착한 태도를 꾸미기 위해선 밥숟가락을 놀리지 않을 수 없었다. 보아하니 아내도 식욕을 잃고 있는 모양이었다. 두어 숟갈 밥그릇을 건드린 듯하더니 숟가락을 놓고 아내는 생각에 잠겼다.

'어떻게 말머리를 꺼낼까 하고 망설이고 있는 게로군.'

나는 그렇게 짐작하고 조금 크게 밥을 떠서 입안에 집어넣곤 숟갈을 놓았다. 숭늉을 마시고 식사를 끝냈다. 밥상이 물러나갔다. 나는 밥상이 들어올 때 꺼버린 담배꽁초에 다시 불을 붙여 아내가 들어오길 기다렸다.

술이 약간 취한 데다가 내키지 않은 밥까지 먹어놓았기 때문에 온몸이 나른했다. 만사가 귀찮아졌다. 밥이 되건 죽이 되건 빨리 결단이 났으면 했다. 지쳐 있는 의식에는 지쳐 있는 몸과 마음을 어떡하든 가눌 생각밖엔 없다. 동사(凍死)할지 모르는 위험을 예기하면서도 사람은 빙판(氷板) 위에서의 잠을 물리치지 못한다는 얘기를 들은 기억이 났다. 나는 아내를 불러들였으면 하는 충동을 가까스로 참았다. 나는 무슨 일이 날지라도, 어떻게 하든 이 일에 관해선 소극적(消極的)이어야 한다고 마음을 먹었다.

드디어 아내는 옷매무새를 고치고 내 앞에 앉았다.

"당신 월급이 얼마죠?"

아내의 입에서 뜻밖의 말이 나왔다.

"20만 원이라고 안합디까."

나는 조용히 대답했다.

"20만 원이면 혼자서 먹고 사는 덴 부족이 없겠죠?"

하하, 이 말을 하기 위해서였구나, 하는 마음으로

"되겠지."

하고 나는 담배연기를 내뿜었다.

아내는 저고리의 고름을 만지작거렸다.

"이 방 전세가 삼백만 원이에요."

"……."

"들으니까 복덕방에 알아보면 방 한 개에 백만 원 하는 것도 있대요."

나는 여전히 듣고만 있었다.

"그러니 혼자서 이 방이 너무 넓으면 백만 원짜리 방에 들고 나머지 돈은 필요할 때를 위해 저축해 둘 수도 있을 거니……."

"그러니까 어떻게 하잔 말이오?"

내 말은 내 의도를 벗어나 약간 거칠어졌다. 무거운 침묵이 방안의 공기를 억눌렀다. 모두철의 방으로부터 쿨룩쿨룩하는 기침 소리가 들려왔다.

'저 친구 감기에 걸린 모양인데 약이나 먹는지 모르겠다.'

이런 엉뚱한 생각이 들었다.

"내가 없어도 당신은 살아갈 수 있지 않아요?"

아내가 침묵을 깨뜨렸다. 나는 당장 대답할 수가 없었다. 아내의 말이 계속됐다.

"내가 있어도 아내의 구실은 못하는 판이고 이냥 계속해 봤자……."

말끝에 한숨이 뒤따랐다. 나는 역시 잠자코 있었다.

"참으로 미안하다고 생각해요. 그러나 할 수가 없는 걸요."

아내는 울먹였다.

"뭣이 할 수가 없단 말요."

나는 말소리가 떨리지 않게 조심하며 조용히 되물었다.

"난 팔자를 한번 고쳐보기로 했어요."

아내의 입에서 드디어 최후의 말이 나왔다. 아내는 그 말을 해놓고 지금이라도 벼락이 떨어질까 봐 겁을 먹은 모양으로 몸을 움츠렸다. 나는 할 말을 가렸다. 그리고 조용히 말했다.

"좋은 생각을 하셨소."

아내는 고개를 들어 나를 보았다. 뜻밖의 반응이 진정인지 가식(假飾)인지를 알아보려는 그런 눈치였다.

"나를 용서해 주시겠어요?"

"좋은 생각을 했다지 않소. 용서가 다 뭐요."

나는 물건을 팽개치듯 말을 던졌다.

"원래 팔자가 센 년이 고쳐본들 무슨 소용이 있겠소만……죄 많은 년이라고 생각하고 용서하세요."

아내는 다시 울먹거리며 말했다.

"용서를 빌 사람은 바로 나요."

나는 힘없이 말했다.

"당신은 정신만 차리면 장래가 있는 사람예요. 나 같은 건 잊고 당신도 팔자를 고쳐 보시우. 점쟁이 말을 들은 건 아니지만 당신과 나완 궁합이 맞지 않는다오. 궁합이 맞지 않는 사람들끼리 살면 피차에 손해라우. 내가 가는 건 당신을 위해서이기도 해요."

아내는 울음을 터뜨렸다. 울음을 터뜨린 아내를 나는 싸늘한 눈초리로 바라볼 수 있었다. 그리고 말했다.

"나를 위해서 간다는 말은 빼시오."

아내는 한참 동안 울고 있더니 눈물을 거두고 보자기에서 백만 원 다발 하나를 꺼내 내 앞에 놓았다.

나는 일어서서 벽에 걸어놓은 상의의 포켓을 뒤져 펜던트를 넣어둔 주머니를 꺼내들고 도로 자리에 앉았다. 그걸 아내의 무릎 가까이에 밀어놓으며 말했다.

"이것은 목걸이요. 보잘것없는 물건이지만 내 마지막이고 처음인 선물을 받아주슈. 나는 당신과 십 년 남짓 같이 살면서 실컷 고생만 시키고 반지 한 개 사주지 못했는데, 그게 마음이 아파 이걸 산 거요. 이걸 볼 때마다 나와 같이 살던 때의 그 지긋지긋한 고생이 되살아나 불쾌하겠지만, 그러나 내 마음의 정표라고 생각하고, 그놈은 무능하긴 했지만 악인(惡人)은 아니더란 마음만은 가져주기 바라오."

아내는 공포에 질린 듯한 눈으로 나를 멍청히 바라봤다.

"겁낼 것 없소. 순순히 받아두구려. 그리고 죄스럽게 생각할 것도 없소. 누군가의 말에, 사람은 언제든 한번은 이별해야 한다고 합디다. 그러니 생이별이나 사이별이나 다를 것이 없잖소. 백 년을 같이 지내지 못하는 건 내 죄지 당신의 죄는 아니오. 부디 앞으론 행복하게 사시오. 내 걱정일랑 말구요."

아내는 목석(木石)이 되어버린 양 앉아 있었다.

"그럼 가보도록 하오."

하고 백지를 꺼내 도장을 찍어 방바닥에 놓곤

"백지에 도장을 찍어놨으니 이혼 수속하는 데 쓰시오. 앞으로 또 도장이 필요하거든 언제든 사람을 보내요. 그런데 당신이 떠나는 걸 보고 앉아 있을 수가 없으니 두어 시간 밖에 나가 있겠소. 그동안에 떠나도록 하시오."

이렇게 말하고 나는 밖으로 나왔다. 그동안 아내의 입에선 한마디의 말도 없었다.

집에서 나온 나는 구멍가게에서 소주 한 병과 마아가린을 사들고 뭐라고 말을 걸어오는 양호기에게 경산 선생(耕山先生)을 찾아가는 길이라고 말하고 구멍가게를 나와 비탈진 골목으로 들어섰다.

6

경산 선생은 요즘 건강이 조금 나아진 것 같다면서 마루에 나와 앉아 있었다.

경산은 나를 보자,

"자넨 취직하고부턴 내 집에 발을 끊었는데 일이 그처럼 바쁜가."

하며 반겨주었다.

경산을 돌봐주고 있는 옆집의 아낙네를 부를 것도 없이 나는 부엌으로 들어가 잔을 들고 나왔다. 잔에 소주를 부어놓고 마아가린 봉지를 끌렀다.

"소주허군 마아가린 안주가 좋답니다."

"꼭 한 잔이면 돼. 그 이상은 거북해."

경산은 약그릇에 입을 대듯 소주잔을 입으로 가져갔다.

"술은 도연명(陶淵明)처럼 마셔야 하는 거여. 유연히 남산을 보며 시정(詩情)을 마시듯 술을 마셔야 하는 건데, 속인(俗人)의 술은 천지를 더욱 바보스럽게 만들기 위한 광수(狂水)란 말여."

경산은 회상에 잠기는 듯 술잔을 만지작거리며 이런 푸념도 했다.

"마음속에 불이 꺼지니 술맛도 함께 사라졌어. 그런 뜻으로도 도연명이란 사람 위대하지. 죽을 때까지 마음속의 불을 끄지 않았으니까."

"도연명이 그처럼 좋습니까?"

나는 건성으로 물었다.

"좋지. 난세를 도연명처럼 살 수만 있다면야! 이런 시가 있지. 동방(東方)에 선비 한 사람이 있었는데 그가 입은 옷은 남루나 다름이 없고 식산 삼순(旬)에 구식(九食)이라, 삼십 일 동안 아홉 번밖엔 식사를 하지 못한다는 뜻이지. 그리고 십 년 내내 꼭 같은 관(冠)을 썼으니 그 신근(辛勤)은 이를 데가 없지만 얼굴은 언제나 온화하더라, 나는 그 사람을 만나려고 아침 일찍 하관(河關)을 넘어서 갔는데 청송(靑松)은 길을 사이에 두고 푸르르고 백운(白雲)이 그 처마에 걸려 있더라, 내가 모처럼 온 뜻을 말해서 나를 위해 거문고를 타는데 상현(上弦)은 별학(別鶴)을 놀라게 하고 하현(下弦)은 고란(孤鸞)을 읊으는고녀, 원컨대 나를 이곳에 지금부터 세한(歲寒)까지 머물게 하소서, 원류취군주 종금지세한(願留就君住 從今至歲寒)이라."

시의 뜻을 알 수는 없었지만 '원컨대 지금부터 세한까지 이곳에 머물게 하소서'란 대목이 내 마음을 쳤다.

"선생님, 저를 선생님 곁에 있도록 해주십시오."

내 말이 울먹거린 것 같았다. 경산은 놀란 빛으로 나를 보았다.

그리고 말했다.

"궁한 건 그 동방의 선비와 같지만 그 시는 내 얘기가 아니다. 삼순(三旬)에 구식(九食)하고 십 년에 일관(一冠)하는 사정은 비슷하지만 신근무차비(辛勤無此比)한데 상유호용안(常有好容顏)은 아니거든."

"그런 게 아니구."

하고 나는 차근차근 얘기하기 시작했다.

취직했다는 것도 거짓말이란 것, 돈은 어떻게 마련되었다는 것, 그리고 아내와 방금 헤어지고 돌아왔다는 것…….

경산은 묵묵히 듣고만 있더니 내 손을 잡았다. 경산의 거친 살갗의 손의 감촉에 아늑한 옛날 잊어버린 아버지의 손길을 느끼게 했다.

"상심하지 말게. 인생엔 갖가지 고비가 있는 거여. 그 고비마다가 대목이지. 슬픔도 또한 기쁨에 못지않은 인생의 내용인 것이여. 상심할 것 없다네."

아무런 내용도 없는 말이라도 경산의 입을 통해서 나오면 영묘(靈妙)한 작용을 한다. 나는 두 뺨에 줄줄이 눈물이 흘러내렸지만 마음의 한구석에 푸른 하늘이 펼쳐지는 것 같은 감회가 없지 않았다.

"항상 마음속에 푸른 하늘을 가져야 해."

하고 언젠가 경산이 한 말이 되살아났기 때문도 있었다.

"그런데."

하고 경산이 말을 이었다.

"자네의 마누라는 착한 사람이다. 속을 썩이고 살 수도 있지만 그

렇게 하면 자기도 망치고 자네도 망치는 공기 속에 사는 꼴 이상이
될 것이 없다는 판단을 한 거다. 자네를 위하는 뜻으로 떠난다는 말
은 막상 거짓이 아닐 걸세. 자네의 입장에서 생각해도 그렇게 안 되
겠나. 사랑이 식은 아내의 눈치를 살피며 기를 죽이고 사는 게 얼마
나 고통스러운 건가 말이다. 사랑이 돌아오기를 기다릴 수밖에 없는
데 영영 되돌아올 수 없는 사면이라면 빨리 끝장을 내는 게 피차에
시원스러울 것 아닌가."

나는 그렇다고 생각했다.

"그리고 자네가 마지막으로 한 행동은 참으로 잘한 거다. 떠나가
는 아내에게 선물을 줘서 보낸다는 노릇은 결코 쉬운 일이 아니다.
자네 마누라는 틀림없이 감동했을 것이고, 그 감동이 사랑을 되살리
는 계기가 될지도 모르니……."

"설령 그렇더라도 모두 지나간 일이 아닙니까."

나는 한숨을 섞으며 말했다.

"지나간 일이라니, 이 사람아, 인생은 언제나 시작일세. 끝장이란
없는 거네. 나는 죽음마저 시작이라고 생각하고 있네."

한동안 경산은 말을 끊었다. 나는 경산의 시선을 따라 눈 아래 전
개된 시가의 야경을 봤다. 워낙 높은 곳에 있는 집이어서 경산의 말
에 의하면 집은 비록 궁색한 판잣집이지만 그 조망은 절품(絶品)이었
다. 나는 꽉 차게 수놓인 전등들을 보면서 불빛마다에 나름대로의 인
생과 그 애환(哀歡)이 있을 것이라고 짐작했다.

"박열기 군의 소식은 들었나?"

경산이 물었다.

"동대문 밖에서 살고 있다는 것 외엔 듣지 못했습니다."

"신거운은?"

"장미라는 이름의 색시와 지금 살고 있습니다."

"장미?"

"댄서이죠, 그러니까 본명은 아닐 겁니다."

"모두들 그렇게 그렇게 사는 거지."

나는 경산이 박열기에 대해 비난 같은 말을 하지 않는 것이 약간 불만이었다. 그래 물었다.

"선생님은 박열기 씨의 행동을 좋다고 보십니까?"

"좋다고 생각하진 않아. 그렇다고 해서 나쁘다고도 생각진 않구."

"그렇다면……."

"뭐, 선악(善惡)의 피안(彼岸)이란 말이 있잖나. 선이니 악이니 할 수 없는 영역에서의 일 아닌가. 남녀 간의 사랑이란 그런 거야. 생명이란 게 또 그런 거구. 남의 마누라를 빼앗아야 할 정도로 강한 사랑이라면 도덕이고 뭐고가 참견할 틈서리가 없어. 자네의 아내도 마찬가지다. 남편을 버려야 할 정도로 강한 사랑을 따른 것이라면 거게 할 말이 뭐 있노. 그러나……."

경산은 망설이더니 또 한 번

"그러나."

하고 다시 한 번 되풀이하곤 중얼거렸다.

"자네의 아내는 어쩐지 돌아올 것만 같네."

"……."

"사랑을 안곤 영영 떠나갈 순 없는 거여. 그리고 여자는 한꺼번에 두 남자를 사랑할 순 없는 거고……."

나는 묵묵히 듣고만 있었다.

"두고 보렴. 그런데 아내가 돌아오면 자넨 어떻게 할 텐가?"

"글쎄요."

"글쎄요가 뭐야. 똑바로 말해 봐."

"돌아오면 그만이지 제가 어떻게 하겠습니까."

"됐어. 그래야지. 가는 사람은 말리지 말고 오는 사람은 쫓지 말구. 광풍명월지심이란 거다. 그게 됐어."

됐고 안 됐고가 없었다. 나의 기분은 가는 것을 붙잡지 않은 그만큼 오는 것도 거절하지 않는다는 그런 기분일 뿐이다. 그러나 나로선 그 여자가 돌아오리란 생각은 할 수가 없었다. 매사에 신중한 그 여자가 보통으로 생각하고 일을 결정하지 않았을 것이니 말이다.

"떠나보면 자네 좋은 줄을 알게 된다, 이 말이지. 세상에 자네 같은 사람 쉽지 않거든."

"저같이 무능하고 그런 데다 거짓말이나 하고 남의 약점을 잡아서 등이나 치고 이런 놈은 그렇게 쉽지 않겠죠."

자조(自嘲)도 자학(自虐)도 아니었다. 이게 나의 본심이었다.

"세상의 탓이지 자네 탓은 아냐."

"그러나 저러나 그 여자는 돌아오지 않을 겁니다. 그 여자는 무식하지만 의지가 강합니다."

"만일 자네 아내가 상대방에게 속았다는 것을 깨달았으면?"

"그 여자는 속을 여자가 아닙니다. 영리하기도 하니까요."

"영리한 사람은 그 영리함 때문에 속을 수도 있는 거여."

"설사 속았다고 해도 제게는 돌아오진 않을 겁니다."

"그건 또 왜."

"자존심이란 게 있거든요."

"자네 같은 사람에게 자존심을 부려? 자네의 좋은 점은 누구도 억지 감정으로 대할 수 없는 그런 데 있어."

"어쨌건 전 그 여잔 돌아오지 않을 사람으로 치고 있습니다."

"그건 그래, 그러나 마음 한구석엔 돌아오면 따뜻하게 맞이하겠다는 생각을 간직해 두게."

"그런 게 미련이라는 것 아니겠어요?"

"미련이면 어때. 십 년 넘어 같이 산 부부지간인데, 미련을 없애려고 애쓰는 것보다 자연스럽게 미련을 가지고 있는 편이 나을 수도 있어."

이어 경산은 젊었을 때의 얘기를 했다. 충청도 어느 절간에서 공부하고 있었던 십대 소년 시절에 만났던 어느 처녀 얘기였다.

"그 처녀가 지금쯤 살았으면 증손자쯤은 봤을 할머니가 돼 있을 거야. 그러나 내겐 영원한 소녀로서 새겨져 있거든. 미련이래두 좋구, 추억이래도 좋아. 인생이란 그저 그렇구 그런 거니까."

나는 아까부터 준비하고 있었던 말을 꺼냈다.

"그런데 선생님, 내려가서 저하고 같이 살지 않으시렵니까. 제가 이리로 올라와도 좋구요."

경산은 한동안 생각하는 표정으로 묵묵하더니 뚜벅 말했다.

"자네 마음은 알겠네. 그러나 당분간은 그냥 그 집에 있게. 빈자리를 그대로 비워두게. 도루 그 자리에 차도 부자연하지 않게 말야."

자정이 지나서야 나는 집으로 돌아왔다. 내 방 앞마루에 모두철, 신거운, 메리 엄마, 장미 등 옹덕동 18번지의 주민들이 모여 앉아 있었다. 모두들 나를 기다리고 있는 눈치였다.

"안 형, 어떻게 된 거유?"

신거운이 나를 보자마자 물었다.

"뭣이 어떻단 말요."

나는 마루에 걸터앉으며 말했다.

"아주머니가 집을 나갔다며?"

"나갔지."

"그게 어떻게 된 거냐 말요?"

신거운은 잔뜩 호기심에 겨워 있는 모양이었다.

"친정엘 다녀온다고 합디다."

엉겁결에 둘러댄 말이지만 그 대답이 썩 내 마음에 들었다. 나는 앞으로 그런 대답으로 일관하리라 하고 마음을 먹었다.

"친정엘 갔어요?"

메리 엄마가 반신반의하는 표정으로 말에 끼었다.

"예."

"그런데 왜 갑자기?"

이번엔 장미가 나섰다.

"낸들 아우, 친정에 당분간 가 있겠다고만 하고 갔소."

"영 가버린 건 아니구먼."

신거운이 흥미의 절반이 꺾였다는 투로 말했다.

"우린 참으로 걱정했어요."

메리 엄마는 마음을 놓았다는 시늉으로 한숨을 쉬었다.

"그래 언제쯤 오실 거예요?"

장미의 말이다.

"조금 오래 걸릴 거라고 합디다. 하여간 워낙 못난 남편을 데리고 살다 보니 친정에 갈 생각도 났겠죠."

"오늘밤부터 쓸쓸하겠수."

메리 엄마가 일어섰다. 장미도 신거운도 자기네들 방으로 건너갔다. 모두 철만 남았다.

"안 형 한잔할까?"

"합시다."

나는 구멍가게의 닫힌 문을 두드렸다. 이제 막 잠이 들 참이었다

면서 양호기는

"참, 아주머니가 짐을 싸가지고 가던데 어떻게 된 거요?"

하고 물었다.

"친정엘 갔어요."

"아아, 그렇군."

양호기는 수월하게 내 말을 믿는 모양이었다.

"두 홀애비가 남았군."

모두철이 술잔을 들었다.

"홀애비 팔자도 괜찮지?"

나도 술잔을 들었다.

"그러나 안 형, 너무 낙심하지 마우. 아주머니가 가시면서 날 보고 신신당부를 합디다. 잘 지내달라구, 그런 걸 보니 도루 돌아올지도 모르오."

나는 잠자코 술만 마셨다.

모두철의 얘기는 이랬다. 자기의 아내도 자기의 무능에 염증을 느껴 집을 뛰쳐나갔는데

"당신처럼 무능하고 그러면서도 마음씨 고운 사람을 영영 버릴수는 없다."

면서 되돌아오더라는 것이다. 그리고 지금과 같은 상태가 계속되고 있다면서

"사람의 팔자는 가지각색 아뉴. 우리 같이 견디어봅시다."

하면서 모두철은 술잔을 쑥 내밀었다.

적막강산이다.

인구 구백만이 붐비는 서울에서의 적막강산은 심심산골의 적막
강산보다 더욱 슬픈 빛깔이며 더욱 쓸쓸하고 기막힌 고독이다.

나는 나를 버리고 간 아내를 괘씸하다고 생각했지만 어쩔 수 없
는 일이라고 체관했다. 사내노릇을 제대로 못한 주제에 떠나간 아내
를 원망한들 무슨 소용이 있겠는가 싶어서다. 나는 아내의 새로 시작
한 팔자가 좋게 풀려나갔으면 하고 진심으로 빌었다.

내가 뭐라고 얼버무려도 사정을 알아차린 메리 엄마는 내게 돈
이 있다는 눈치를 챘음인지 같이 바 걸 상대의 일수 노릇에 한몫 끼
이라고 한다.

십만 원을 내면 한 달에 착실히 일만 오천 원의 이자가 불어나온
다는 권유는 내게 큰 유혹이 아닐 수 없었으나 바 걸 상대의 돈놀이
란 일견 화려해 뵈는 장사가 아무래도 내겐 어울리지 않을 것 같았다.

모두철에게 의논을 해보았더니

"차라리 도둑질이 낫지 돈놀이란 할 짓이 아니라오."

하고 모두철답지 않은 억센 투로 반대했다.

거짓을 바랄 필요가 없으니 출근하는 척 꾸밀 필요도 없었다. 실
컷 늦잠을 자다가 내키면 배영도를 만나러 도서관에 들러보는 게으
른 나날이 계속되었다.

그랬는데 어느 날 구멍가게 양호기가 동회 서기(洞會書記) 자리
가 비었는데, 물론 임시직원의 자린데 해볼 마음이 없느냐고 말을
걸어왔다.

"경산 선생이 안 선생 걱정을 해가지고 구청장을 찾은 모양이우.
독립투사의 말이라서 구청장도 예사로 들어 넘길 수 없었던 모양이
죠. 동회 임시직원이라면 자리를 만들겠다고 하더래요."

나는 우선 고마움에 가슴이 저렸다.

이력서를 달라고 하기에 얼른 이력서를 서너 장 꺼내 양호기에
게 주었다.

"이렇게 많이 필요 없을 텐데."

양호기는 나의 이력서를 만지작거리며 말했다.

"뭘요, 이력서는 풍부하게 써놓았으니까요."

하고 나는 웃었다. 풍부하게 써놓은 이력서란 생각이 정말 나를 웃
겼다.

이력서를 가지고 간 그 이튿날 나는 옹덕동 동회로 나오라는 전
갈을 받았다. 보증인으로 양호기와 경산 선생이 서기로 하고 나는 그
날로 채용이 되었다.

내가 할 일이란 간단했다.

주민등록증의 사본을 만들고 인감증 같은 것을 만들어주는 그런
일이었다. 월급은 십오만 원 정도라고 했다. 메리 엄마에게 백만 원
을 맡기면 공짜로 매달 들어올 수 있다는 바로 그 액수였다.

내일부터 근무하기로 하고 돌아오는 길에 경산 선생을 찾아 감사를 드렸다.

"자네 인덕이지 내게 무슨 힘이 있었겠나."

경산 선생은 아내의 출분으로 내가 심한 충격이나 받지 않았나 하는 걱정스러운 눈빛으로 나를 바라보았다.

나는 용기를 내어 말했다.

"안심하십시오 선생님, 제 인생은 지금부터라고 생각하고 성실하게 일하겠습니다."

"자리가 크고 작고는 문제가 안 되느니, 세상에서 제일가는 동회 서기가 되도록 힘쓰게."

경산 선생의 말은 항상 이렇게 크다. 세계에서 제일가는 동회 서기란 어떤 것일까 하고 나는 속으로 웃었다.

박열기가 옹덕동 동회에 나타난 것은 내가 그곳에 근무하게 된지 열흘쯤 뒤가 아니었을까 한다.

밝은 바깥을 등지고 내 앞에 선 그를 곧 알아볼 수가 없었다. 그도 역시 그랬던 모양이다. 분명히 나를 닮았는데 내가 그런 곳에 앉아 있을 줄은 꿈에도 상상할 수 없었던 때문이었다. 하도 나를 유심히 바라보는 것 같아서 나도 그를 똑똑히 보게 되었는데 상대가 박열기임을 알자 나는 적이 놀랐다.

"박 형 아뇨?"

215

하기가 바쁘게

"안 형 이게 웬일이오?"

하는 소리가 나왔다.

그에게 대한 기왕의 감정은 어디론지 사라져버리고 반가움만 남았다. 피차에 하고 싶은 말이 있었으나 뒤로 미루기로 하고 우선 용건부터 물었다. 박열기는 아직 주민등록이나 인감대장을 옹덕동 동회에 남겨놓고 있었다. 그날은 그것을 신선동 현주소로 옮기기 위해 온 것이었다.

대충 일을 끝내고 보니 점심시간이 돼 있었다. 나는 박열기를 데리고 동회 사무소 가까이에 있는 설농탕 집으로 갔다. 나는 경산 선생의 주선, 양호기의 협력으로 동회에서 근무하게 되었다는 사정을 대강 설명하고 박열기의 근황을 물었다.

"집 가까운 데 조그만 공장을 차렸지."

박열기의 답이었다.

"무슨 공장?"

"수출용 포장지와 포장함을 만드는 공장이야."

"수지가 맞는 거요?"

"마누라의 아이디어인데…… 아는 회사가 많아서 생산이 주문에 못 따라갈 정도지."

"그럼 큰돈 벌겠구먼."

"그럴지도 모르지. 그러나 마누라가 주로 하는 일이라서 나는 별반 간섭도 안 해."

"박 형은 뭣하구."

"신문사에 나오지. 그리고 소설을 쓸 작정으로 있어. 사업은 마누라가 하는 거구, 나는 아무래도 글을 써야겠어."

박열기의 그 '마누라' '마누라' 하는 말이 나의 귀에 거슬렸다. 박열기가 말하는 그 '마누라'란 얼마 전까지만 해도 신거운의 마누라였던 것이니 그 말이 석연하게 내 귀에 들릴 리가 만무했다. 그래 굶어 방천 말뚝 밑에 혀를 박아 죽는 일이 있어도 너를 부러워하진 않을 거다 하고 고함을 질렀으면 속이 후련하겠다고 생각했다. 그러나 참기로 하고

"생활이 퍽 재미있는 모양이지."

하며 넌지시 눈치를 살폈다.

"억지로라도 재미가 있어야 하지 않겠소. 이만저만한 각오로서 만든 환경이 아니니까. 그런데 모두철 씬 잘 있소?"

"십년 여일이죠."

"신거운 씬?"

"그 사람도 요즘은 팔자가 늘어졌소. 젊은 미인을 아내로 맞아 깨가 쏟아지는 판이라오."

나는 고의로 그 여자가 댄서라는 것과 신거운이 일수 노릇을 한다는 얘긴 하지 않았다.

"그것 참 잘됐구면."

박열기의 얼굴에 밝은 표정이 돌아났다. 한시름 놓았다는 그런 표정이다.

나는 박열기의 가슴을 찌르는 한두 말쯤은 해야겠다고 별렀지만 그럴 수는 없었다. 어떻게 따져도 마음으로부터 그를 미워할 수가 없으니 이상했다. 나는 박열기 때문에 얻어맞은 기억이 났다. 그 얘긴 안 할 수가 없었다. 얘기를 듣고 나더니 그는

"그런 일이 있었수?"

하고 놀라며

"어떤 이유를 붙이든 내가 잘못한 건 잘못한 건데 미안하게 되었구려."

하며 진심으로 말했다.

"그러나⋯⋯."

하고 박열기는 조심조심 말을 이었다.

"나라에는 때와 사정에 따라선 혁명이 필요하듯이 개인의 생활에도 혁명은 필요한 거요. 스스로의 이기주의(利己主義)를 조절해 가며 사는 게 도덕이긴 하지만 이기주의에 발언권을 주어야 할 경우도 있는 거요. 적어도 사람에겐 행복에의 의지만은 있어야 한다고 나는 생각해요."

"남을 희생시키고도 행복할 수 있을까요?"

"그러니까 시련이죠. 나는 전부냐 낫싱이냐 하는 데 걸어본 거요. 희생을 당하는 자는 자기는 결코 희생될 수 없다고 버텨볼 수도 있겠

죠. 그때 그 사람은 나를 죽일지도 모르죠. 나는 죽어도 어쩔 수 없다고 다짐을 했소. 질투나 복수의 감정, 또 자존심을 깎였다는 감정이 얼마나 두려운 것인가는 형무소에 있어 본 내가 누구보다도 잘 알고 있소. 나는 그 질투의 칼, 복수의 권총에 맞아죽을 각오를 한 거요. 말하자면 그런 위험을 걸고 지금의 마누라를 선택한 거요. 내 마누라도 마찬가지죠. 죽느냐 사느냐 걸어본 거죠."

나는 뭐라고 대꾸할 수가 없었다. 아닌 게 아니라 생명을 걸고 막가는 사람에겐 할 말이 있을 수 없다.

"그런 각오까지 하셨는데 연극은 싱겁게 끝난 모양이구먼요."

겨우 나는 이렇게 말했다. 박열기는 말의 뜻을 채 알아듣지 못하겠다는 표정이었다. 나는 고쳐 말했다.

"신거운 씬 새 마누라를 얻었고 메리 엄마는 옛날의 쾌활을 되찾아 직장엘 나가게 됐고……. 그럭저럭 해결이 된 것 같으니 질투의 칼이니 복수의 도끼니 하는 걸 겁낼 필요가 없게 되었으니 그 비장한 각오임에도 불구하고 결말이 싱겁게 됐단 말요."

박열기는 허허 하고 웃었다.

나는 말을 이었다.

"아무쪼록 잘 살아보시오. 신거운 씨도 메리 엄마도 돈 많이 벌어 박 형 집 앞에 가서 산다고 합디다. 나도 어쩌면 그 동네에 가서 살아볼까 하지요. 잘살 자신은 없으나 그렇게들 사는 걸 구경이나 할까 해서요."

"안 형도 변했는데."

무슨 뜻으로인지 박열기는 이렇게 말했다.

"내가 변했다구요? 그럴 테지, 세상이 다 변했는데 나만 안 변한 대서야 말이 되겠소."

말하다가 보니 슬그머니 울화가 치밀었다. 나는 음성은 낮추었으나 그러나 거칠게 뱉었다.

"내 마누라도 도망을 갔소."

박열기의 얼굴에 놀란 표정이 돋았다.

"박 형의 그 행복의 철학을 배운 모양이죠. 행복에의 의지를 포기해선 안 된다는 박 형의 철학에 감화를 받은 겁니다. 그런 뜻에서도 나는 박 형에게 감사를 드려야 할 처지에 있지요……. 행복에의 의지, 참 좋은 철학입니다."

박열기는 비어 있는 설농탕 그릇을 응시하는 자세로 앉아 있더니 덥석 내 손을 잡았다. 그걸 뿌리칠 힘이 내겐 없었다.

"내 스스로 행복에의 의지를 가꾸지는 못할망정 남의 행복에의 의지를 방해할 생각은 없소."

이렇게 중얼거리고 나는 자리에서 일어섰다. 박열기는 뭔가 말하고 싶었던 모양이지만 잠자코 따라 일어섰다. 서먹서먹하게 나와 박열기는 설농탕집 앞에서 동서로 헤어졌다.

―아내를 잃고 직장은 얻었다.

해가 질 무렵 동회 사무소에서 나와 비탈길을 천천히 걸어 집으로 돌아오면서 이런 생각을 나는 가끔 해본다.

어제 그제 그끄제하고 거슬러 올라가면 동회에 근무한 지도 꽤 오래되는 것 같다.

동회에서 보고 듣는 것은 하나같이 우울하기만 한 사건들이다. 나는 그 우울한 사건들을 보고 듣고 하는 바람에 자신의 시름을 잊을 수가 있었다.

—청천 하늘에 잔 별도 많고 우리네 가슴엔 수심도 많다—
는 노래가 실감이 난다. 세상엔 헤아릴 수 없는 불행과 비참이 득실거리고 있는 것이다.

남편이 중동쪽에 가 있는 동안 부인이 바람이 났다. 돌아와 보니 여자는 정부와 도망쳐버리고, 그 힘에 겹도록 아껴서 보낸 돈은 온데간데없다는 상황 속에 사나이는 미쳐 동회에 덤벼들었다.

"중동까지 간 사람의 가족을 동회에서 감시 감독하지 않았기 때문에 이런 일이 생겼다."
면서 야료를 부렸다. 동회에서 야료를 부린들 아무 소용이 없다는 걸 번연히 알면서도 그렇게라도 발광해 보지 않을 수 없는 그 심정을 이해할 때 참으로 딱하다는 생각이 든다.

"며느리가 내쫓는 바람에 있을 곳이 없다."
면서 찾아오는 노파도 있다.

이와는 반대로 시어머니에게 내쫓긴 며느리가 어디 식모살이라도 할 데가 없는가고 찾아오는 경우도 있다.

"시집을 보내놓고 와보니 그놈이 내 딸을 팔아먹었다."

고 호소해 오는 시골의 영감도 있었다.

"가족을 죄다 죽이고 자기도 죽겠다고 식칼을 마구 휘두르고 있으니 말려 달라."

는 청도 있었다.

"사흘을 굶다가 견딜 수가 없어서 왔는데 구호양곡이 없느냐."

고 찾아온 사나이도 있었다.

이 밖에 헤아릴 수 없는 기묘한 사건들이 사흘이 멀다 하고 찾아들었다.

합의 이혼을 하겠다고 해놓고 이제 와서 딴소리냐고 사무소에서 싸움을 벌이는 부부가 있는가 하면, 주민등록대장을 찾아보고 사내에게 아내와 가족이 있다는 걸 확인한 처녀가 마룻바닥에 뒹굴며 울부짖는 광경도 있었다.

그런데 그 수없이 떼어가는 주민등록증 사본은 어디에 쓰이는 것인지, 그 무수한 인감증은 또 어디에 소용되는 것인지……동회 사무소에 앉아 있으면 이 세상이 바로 지옥이며 동회는 그 지옥의 한구석을 담당하는 사무소일 뿐이란 감회를 일게 한다.

이런 틈바구니에 끼어 살며 박열기는 '행복에의 의지'라고 했겠다. 행복에의 의지, 참으로 뻔뻔스러운 소리다. 얼굴에 철판을 쓰고 심장에 고슴도치를 기르는 놈 아니고서는 어떻게 감히 그런 말을 할 수 있을까 말이다.

불행의 단애(斷崖) 위에 행복의 꽃이 위태롭게 피어 있다면 그것을 꺾으려고 올라가다가 그 단애에서 뒹굴어 죽은 누누한 시체를 보는 느낌이 곧 비탈길을 걸어 내려오며 보는 시가의 인상이다.

'그런데도 행복에의 의지?

나는 아내가 이 서울의 그 헤아릴 수 없는 골목 가운데의 어느 골목엔가에서 새로 맺은 사랑에 도취한 채 살고 있다는 사실을 쓸쓸하게 상상했다.

나는 나의 불행을 누구의 행복과도 바꿔주기 싫다고 생각했다. 불행이 알맞은 게 나의 신상(身上)이다.

나는 박열기를 만난 그날, 동회 사무소에서 돌아오면서 구멍가게의 양호기를 만나 박열기에 관한 얘기를 했다.

"안 돼, 안 되지, 안 되구말구."

양호기는 밑도 끝도 없이 이렇게 중얼거리기만 했다.

이제 생각하니 그때 양호기를 본 것이 마지막이었다.

그 이튿날 아침 아직 잠결에 있는데 판자문 두드리는 소리가 요란하게 들렸다. 신거운, 메리 엄마, 장미 등은 그래도 잠을 깨지 않은 모양이었고, 모두철은 방문을 열고 고개를 내밀어 밖을 내다보고 있을 뿐이었다.

내가 뛰어나갔다.

이웃집 황 노인의 말이 들렸다.

"빨리 여슈, 큰일났쉬다."

나는 황급히 판자문을 열었다. 황 노인이 숨을 헐떡거리며 말했다.

"양호기 씨가 양호기 씨가, 죽었소."

나는 내 귀를 의심했다.

"양호기 씨가 죽었어요."

나는 구멍가게 앞으로 달려갔다.

구멍가게의 문은 아직 닫힌 채 있었고 귀문이 열려 있을 뿐인데 동네사람들이 그 귀문을 들여다보려고 붐비고 있었다.

나는 그 군중들 틈을 비집고 들어서려고 했다.

"시체는 집에 없소."

황 노인의 말이다.

"그럼 어디에."

"경찰병원으로 갔소."

내가 되물으려고 하자 황 노인이 앞질러 말했다.

"양호기 씬 오늘 새벽 청과시장엘 가다가 고갯마루의 언덕에서 굴러 떨어져 철길에서 치어죽었소."

"장보러 가다가? 고갯마루에서?"

"자전거를 타고 가다가 미끄러진 모양이오."

고갯마루라고 듣자 나는 이상한 예감이 들었다. 동회 사무소에서

오는 도중 어느 날엔가 나는 구멍가게의 안주인과 밀통(密通)하고 있
는, 그 짐승 같은 인상의 사나이가 그 근처에서 서성거리고 있는 걸
본 적이 있었다. 양호기의 죽음이 그 사내와 연결이 되어 내 뇌리에
한 점의 의혹이 생긴 것이다.

"아주머닌 있소?"

"같이 경찰병원으로 갔나 봐요."

귀문 근처에 얼쩡거리고 있는 사람들은 저마다 낮은 소리로 지
껄이고 있었다.

"세상에 이 일을 어쩌나."

"매일 다닌 길인데 어쩌다 그런 실수를 했을까."

"요즘은 다섯 시면 날이 밝은 시간일 텐데."

"쯧쯧, 가엾어라."

"그런, 살고제비가."

"사람의 운수란 모르는 거여."

나는 군중들 틈에서 빠져나와 길가의 담벼락에 기대섰다.

출근하는 사람, 등교하는 학생들이 나타나기 시작했다. 그들은
잠깐 머물곤 지나갔다.

나는 마음의 갈피를 잡을 수가 없었다. 주위의 풍경이 꿈속의 풍
경처럼 느껴졌다.

"안 돼, 안 되지, 안 되구말구."

하고 흥분하던 양호기가, 바로 그 양호기가 죽다니…….

나는

"안 돼, 안 되지, 안 되구말구."

하고 중얼거리고 있었다.

어느 틈엔가 모두철이 내 곁에 와서 있었다. 무감동한 것 같은 얼굴에도 거친 충격의 흔적이 있었다.

양호기의 집안에서 무슨 소리가 들렸다. 어린아이의 울음소리였다. 두부집 할머니가 눈시울을 껌벅거리며 중얼거렸다.

"저 어린 새끼를 두고…… 애비없이 저 애두."

나도 모르게 나의 양뺨에 눈물이 흘러내리고 있었다.

물끄러미 구멍가게를 바라보고 눈물을 흘려보았자 될 일이 아니었다. 나와 모두철은 집으로 돌아와 마루 끝에 걸터앉았다.

"상처가 심한가?"

모두철이 혼잣말처럼 물었다.

"난들 어떻게 알겠소."

그러자 모두철은

"경찰병원엘 가보았으면."

했다.

나는 모두철의 말뜻을 알았다.

"그럼 가봅시다."

나와 모두철은 집을 나섰다.

경찰병원에 가서 양호기의 시체를 보고 심히 그 시체가 상해 있으면 복원 수리(復元修理)를 하자는 모두철의 생각이었다.

"양씨에게 입은 은혜를 그렇게라도 해서 갚아야지."

아닌 게 아니라 모두철도 양호기에겐 만만찮은 신세를 지고 있었다. 모두철의 아내가 소식을 끊었을 때 외상으로 이것저것 갖다먹은 바람에 아사(餓死)를 면한 것이다.

경찰병원에 도착했으나 어디로 가야 할지 알 수가 없었다. 수위에게 물어도 가르쳐주지 않았다. 하는 수 없이 이곳저곳 골마루를 기웃거리며 돌아다니는데 어느 음침한 골마루 끝쪽 벽에 혼자 기대서 있는 여자를 발견했다. 구멍가게의 안주인이었다.

막연한 의혹으로 그 짐승 같은 사내를 범인이라고 생각하고 있는 나는 그 여자의 모습을 보자 주먹을 휘두르고 싶은 충동을 느꼈다. 그 여자는 나를 보자 겁에 질린 사람처럼 멈칫하더니 온몸을 바르르 떠는 것이 육안으로도 뚜렷이 보였다.

나는 짐승 같은 그 사나이와 이 여자가 공범(共犯)일 것이란 짐작을 굳게 했다. 그러나 말만은 정중히 했다.

"양 씬 영 희망이 없습니까?"

"죽어 있는 걸 끄집어 올렸는데유."

안주인은 눈물을 닦았다.

우는 눈에 재를 뿌렸으면 하는 심술이 일었다.

"시체를 보았으면 하는데요."

모두철이 중얼거렸다.

"아무도 방에 못 들어오게 해유. 제까지두유."

나는 시체 검사(屍體檢査)를 하고 있는 것이라고 생각했다. 그래 그런 뜻을 물었더니

"해부까지 한대유."

하고 여자는 울먹거렸다.

"상처가 심하던가요?"

"심해요, 머리가 박살이 났세유."

"아아."

하고 나는 신음했다.

"그런데 깨진 골편(骨片)을 죄다 담아왔을까요?"

모두철이 물었다.

"그건 모르겠에유."

나와 모두철은 구멍가게의 안주인과 같이 기다리기로 했다. 그 동안 장례를 치르는 절차 얘기가 나왔다. 가까운 친척들이 양구(楊口)에 있다는 것도 알았다. 아직 누구에게도 연락을 못했다는 얘기도 있었다.

검시실에서 경찰관 한 사람이 나왔다. 모두철은 시체를 보여달라고 간청했다.

"지금은 안 돼요. 검시가 완전히 끝나면 시체를 내드릴 테니 그때 보도록 하시오."

경찰관은 그 이상 어떤 말도 할 수 없다면서 걸어가 버렸다.

7

　시체의 검시란 단순한 작업이 아닌 모양이었다. 특별히 위촉된 의사라고 보이는 사람이 둘, 정복경관의 안내를 받고 방안으로 들어갔다.

　나는 멍청하게 눈을 뜨고 그 굳게 닫힌 방문을 바라보곤 곁에 서서 억지로 눈물을 짜내고 있는(내겐 그렇게밖엔 보이지 않았다) 구멍가게의 안주인을 훔쳐보다가 했다. 그러는 동안, 그 철둑이 있는 고개 근처를 서성거리고 있던 짐승 같은 사나이의 모습이 뇌리를 떠나지 않았다. 자꾸만 양호기의 죽음과 그 짐승 같은 사나이가 연결지어지는 것이다.

　몇 년을 두고 그 길을 왕래한 양호기가 실수로 떨어져 죽었다고는 아무래도 생각할 수 없었기 때문이다. 가파른 길이고 절벽쪽에 난간이 없는 위험한 길이기는 했지만, 자동차가 서로 피해 갈 만한 노폭인데 술에 취해 곤드레가 돼 있었다면 몰라도 새벽에 일어난 맑은 의식으로 거기서 실수할 까닭이 만무하다는 느낌이 들었다.

'저 여자가 범인이다.'

하는 생각에

'저 여자가 짐승 같은 사내를 시켜 저지른 노릇이다'

하는 생각이 잇따랐다.

그럴 경우, 아니 그렇다고 단정할 수 있을 땐 나는 어떻게 행동해야 옳을까.

'경찰에 신고를 해야지.'

'아냐, 모르는 척해 둘까.'

그러나 모르는 척해 둘 순 없는 일이었다. 모르는 척해 두는 것은 내 스스로 공범이 되는 일이다. 그렇다고 해서 짐작만으론 신고할 수 없는 노릇이 아닌가.

복잡한 상념이 내 머리를 어지럽게 했다. 양호기란 사람을 잃은 것이 얼마나 큰 충격인가를 나는 새삼스럽게 되뇌이기도 했다. 급할 때, 궁할 때, 쓸쓸할 때 양호기는 언제나 좋은 벗이었다.

눈앞의 방문이 탕하고 열리더니 정복을 한 경찰관과 사복을 한 형사, 그리고 의사들이 나와 빠른 걸음으로 복도를 걸어갔다. 방으로 들어갈 수 있지 않을까 하고 나와 모두철은 한 걸음 문쪽으로 다가섰다. 그랬는데 마지막으로 나온 경찰관이 방문의 열쇠를 잠그며 말했다.

"아무도 이 방엔 못 들어가게 됐소. 모두들 물러가시오."

나는 그 까닭을 물었다.

"상부의 지시로 그렇게 되었소."

순경의 대답은 간단했다.

"그럼 언제쯤 시체를 볼 수 있을까요?"

모두철이 물었다.

"그건 모르겠소."

순경의 대답은 역시 간단했다.

"장사를 치러야 할 텐데유 언제쯤."

양호기의 아내가 주저주저 물었다.

"그것도 모르겠소."

하고 순경은 빨리 그 자리를 뜨라고 강경한 태도를 보였다.

할 수 없이 우리들은 그 자리에서 물러나지 않을 수 없었다. 복도를 걸어 뜰로 내려서려는 참인데 형사로 보이는 사람이 우리를 불러세웠다. 그리고는

"피해자의 부인이죠?"

하고 양호기의 아내에게 물었다. 그렇다고 하자 형사는

"같이 경찰서로 가야 하겠소."

하며 구멍가게의 아내에게 따라오라는 시늉을 하고 앞장을 섰다.

그날 오후 신문을 보고 놀랐다.

옹덕동 고갯마루의 사건이 대대적으로 보도되어 있었는데, 검시 결과 단순한 사고사(事故死)가 아니고 타살로 밝혀졌다는 것이다.

"어떤 놈이 이런 끔찍한 짓을……."

모두철이 혀를 찼다.

"원한에 의한 살인일 것이라고 했는데 어떤 놈이 양호기 씨 같은 사람에게 원한을 품었을까."

신거운은 고개를 갸우뚱하며 한마디 했다.

나는 구멍가게 근처에서 서성거리다가 동회에 나가지 않은 사실을 발견했다.

'동회구 뭐구, 나를 취직시켜준 양호기가 죽었는데.'
하며 생각하다가 경산 선생이 어떻게 하고 계실까 싶어 그리로 가 보기로 했다.

경산은 얼빠진 사람처럼 마루에 우두커니 앉아 있더니 나를 보곤 그 주름잡힌 얼굴 위로 눈물을 굴렸다.

"내 자식이 죽었다는 소리를 들어도 이렇게 슬프진 않았어."

나는 양호기의 죽음이 타살로 판명되었다는 이야기를 하고 이어 구멍가게 안주인의 부정 사실(不貞事實)과 아울러 그 짐승 같은 사내에게 대한 나의 짐작을 말했다. 경산은 놀란 표정으로 듣고만 있었다. 너무나 엄청난 일이라 말문이 닫혔다는 그런 표정이었다.

"이 일을 경찰에 알려야 되지 않겠습니까?"

경산은 한참 동안 묵묵한 채 있더니 신음하듯 말했다.

"짐작이 생사람 잡는다는 말이 있으니……."

"그럼 잠자코 있을까요?"

"……."

"그 짐승 같은 놈허구 구멍가게 안주인허구 공모한 것이라면 가만둘 순 없잖아요?"

"사실이라면 벌을 받아야지, 그러나 짐작만으로 증인이 된다는 건 위험한 일이여."

"그럼 여자의 부정 사실만이라두!"

"서둘 것 없어, 자칫 잘못하면 무고가 되는 거여, 무고는 못써. 사태를 보아가며 하두룩 해. 그러나 자기만 알고 있는 사실을 입증(立證)하기란 여간 곤란한 일이 아니니 주의해야 하네."

경산은 땅이 꺼져라 한숨을 내쉬었다.

그날 밤, 자정이 훨씬 지났을 무렵, 세차게 판자문을 두드리는 소리가 났다. 동시에 나를 부르는 소리가 들려왔다. 나가보니 구멍가게의 안주인이었다.

"빨리 문 좀 여세요."

판자문을 열었다. 구멍가게의 여자가 성큼 들어섰다. 손엔 큼직한 보따리가 들려져 있었다.

"방으로 갑시다요."

여자는 나직하게 말했다.

밤중에 여자가, 그것도 이제 막 남편을 여읜 여자가 남자의 방으로 가자고 하다니 해괴했다.

"말씀이 있으면 여기서 하소."

내 말이 조금 퉁명스러웠는지 모른다.

"아녜유, 긴히 의논드릴 일이 있어서 그래유. 잠깐만유."

나는 하는 수 없이 그 여자를 내 방으로 들어오게 했다. 여자는 이 것 보라는 듯이 보따리를 방 한구석에 놓았다. 술병, 과자, 오징어 등 보아하니 닥치는 대로 가게의 물건을 싸들고 온 것임이 틀림없었다. 나는 어이가 없어 잠자코 지켜만 보고 있었다.

"부인이 안 계셔서 쓸쓸하겠에유."

이제 막 남편을 여읜 여자가 남의 쓸쓸함을 걱정하게 됐나 하고 쏘아주고 싶은 충동이 일었다.

내가 여전히 가만 있자 여자는 양손으로 내 허벅다리를 흔들며

"선생님, 사람 하나 살려야겠에유."

하고 울먹거렸다.

"사람을 살려달라니, 그게 무슨 소리요, 양호기 씨를 다시 살릴 수 만 있다면 난 무슨 일이라도 하겠소."

"경찰에서 금방 돌아왔는데유, 그런데 경찰서에선 우리 주인에게 원한을 품고 있을 만한 사람을 자꾸만 대라고 하데유, 없다고 했더니 만 그래도 생각해 내라면서 여태껏 붙들어놓고 있었에유."

"원한은 아니라도 양호기 씨가 없어졌으면 하고 원한 사람은 있 을 것 아뇨."

내가 이렇게 말하자 여자의 몸이 멈칫하는 것 같았다. 그러나 그 건 순간의 일이었고,

"어디 그런 사람이 있겠에유, 그런 사람 없에유."

하고 몸부림쳤다.

'바로 너와 그 짐승 같은 사내다.'

라고 말이 입밖에 나오려는 것을 겨우 참고 나는 대신

"타살이라고 밝혀진 이상 누군가가 죽인 건 분명하지 않소. 그렇다면 그를 죽일 만한 이유를 가진 사람이 있었을 것 아뇨. 경찰은 그 점을 추궁하는 거요."

하고 싸늘하게 말했다.

"타살일 턱이 없에유, 간밤에 술을 많이 마셨거든요. 새벽에 나갈 때에도 다리가 휘청거린다고 했구유. 그러니께 실수로 굴러 떨어져 죽은 거에유, 그건 확실해유."

"의사들이 셋이나 모여 타살이라고 판정을 내렸는데 아주머닌 무슨 근거로 그렇게 우깁니까, 또 우긴다고 될 일입니까."

나는 끓어오르는 분노를 참을 수가 없었다.

"선생님, 주인은 보험에 들어 있에유, 그 돈이 천만 원이에유, 그 천만 원을 드릴께유, 사람 하나, 불쌍한 여자 하나 살리는 셈치구 도와주세유. 은혜, 잊지 않을께유, 선생님, 선생님……."

구멍가게의 여자는 양손으로 마구 내 허벅다리를 문지르고 내 몸에 자기의 몸을 바짝 밀착시켜 놓고 수선을 떨었다. 내가 마음만 내면 온몸을 내맡기겠다는 그런 태도다.

나는 여자를 탁 밀쳐버렸다. 겁을 먹은 여자는 밀쳐진 그 자세대로 앉아 내게 애원하는 시선을 보냈다.

'보험금? 천만 원? 흥, 그게 바로 살인의 동기였구나.'

나는 되도록 냉정을 잃지 않으려고 애쓰며 말했다.

"아주머니 빨리 집으로 돌아가시오. 이러다간 큰 오해 받겠소. 그리고 아주머니가 공범이란 게 탄로가 나면 보험금을 받기는커녕 사형장으로 끌려가야 할 게요."

"내가 왜 공범이 돼유? 내가 왜 사형장으로 가유?"

여자는 본래의 기걸을 보이며 내게 대들 듯 외쳤다.

"그렇다면 걱정할 게 없지 않소. 빨리 나가시오. 그러나 대한민국의 경찰이 그렇게 호락호락하진 않을 거요."

여자의 입장이 금방 달라졌다. 아까의 기걸은 온데간데없이 사라지고

"그러니께 선생님께 애원하는 것 아네요? 생사람 잡지 못하게 말유, 정말 내겐 죄가 없어유."

하는 꺼져들어가는 듯한 애절한 표정이 되었다.

"그럼 누구한테 죄가 있는 거요?"

나는 여전히 쌀쌀하게 말했다.

"몰라유, 나는 주인은 실수로 죽었는데 죄인이 있을 까닭이 없잖아유?"

"또 그런 말을 합니까? 양호기 씬 분명히 타살되었다고 신문에까지 나 있는데."

"그러니께 선생님께 이렇게 빌고 있는 거 아녜유?"

여자는 눈물을 흘렸다. 나는 어이가 없었다. 여자의 말엔 도무지 맥락이 없는 것이다. '그러니께'라고 되풀이 되는 말을 어떻게 이해해야 하느냐 말이다. 그러나 나의 심증은 굳어졌다.

'이 여자와 그 짐승 같은 사내가 양호기의 재산과 보험금을 노리고 범행을 한 거다.'

나는 자리에서 벌떡 일어나

"사람은 실수로 죄를 저지를 수도 있겠지만 후회하고 죄를 보상할 줄도 알아야 하오. 아주머니가 안 나가면 내가 밖으로 나가겠소."

하고 밖으로 나가려고 하자 여자는 황급히 내 아랫도리에 매달렸다.

"살려주세요, 선생님. 선생님만 아무 말 안하면 우린 억울한 누명을 쓰지 않게 돼유. 정말 그래유. 선생님이 알고 있는 일을 경찰이 알게 되면 우린 터무니없는 누명을 쓰게 돼유. 뭐든 선생님 시키는 대로 할께유. 그 사내를 다신 만나지 않을게유. 살림을 몽땅 팔아 선생님께 다 드릴께유. 참으로 억울해유. 나는 전혀 모르는 일에유. 참말에유, 나는 전연 몰라유."

매달린 여자를 걷어차고 싶은 충동도 일었지만 혹시 여자의 말이 진실이 아닐까 하는 생각이 들어

"염려마슈, 내 누구에게도 그런 말 않을 거니까요."

해버렸다.

여자는 고맙다며 머리를 조아렸다. 그리고 품에서 신문에 싼 것을 방바닥에 내놓으며 울부짖었다.

"우선 이거라도 받아두세유, 또 갖다드릴께유."

나는 그 돈을 받지 않겠다고 우겼지만 구멍가게의 여자는 군이 그 돈을 놓고 가버렸다. 돈을 사이에 놓고 옥신각신하다간 무슨 오해를 받을까 겁이 나기도 해서 그냥 둬두기로 한 것인데

'그 돈을 가지고 모두철을 시켜 양호기의 시체를 수리하는 비용으로 하자.'

는 아이디어가 떠올랐다.

나는 그날 밤 맥락이 없는 꿈을 무수히 꾸었다. 원망스러운 표정의 양호기가 나타나서 원수를 갚아 달라는가 하면 이 다음 쉬는 날 어디로 소풍가자고 권하는 장면도 있었다. 그런가 하면 짐승 같은 사내가 도끼를 들고 나를 위협하는 꿈도 꾸었다.

꿈과 꿈 사이엔 망상이 끼었다. 그년과 놈을 날이 새는 즉시 고발해 버릴까 하는 생각도 들었다. 그러나 이 사건에 관해선 그년과 놈이 관련하지 않은 것이 아닐까 하는 생각이 잇따랐다.

'허지만 양호기의 죽음이 타살이라면 그놈을 제외하곤 달리 범인이 있을 까닭이 없다.'

이러고 보니 거의 뜬눈으로 밤을 새우게 되었다.

아침 수돗가에서 모두철을 만났다. 그도 또한 잠 한숨 이루지 못했다고 했다.

'그렇다면 구멍가게의 여자가 온 줄을 알겠구나.'

싶어 나는

　"어젯밤 구멍가게의 안주인이 왔던데."

했더니

　"그런 것 같드면. 도대체 상가의 여자가 밤중에 남의 집엔 왜 왔

답디까."

하고 되물었다.

　"그러니까 이상하단 말이죠."

　"남편이 죽자마자 남자 생각이 난 건 아닐 테구."

　모두철이 텁텁하게 하는 소리에

　"모형두 참."

하고 얼버무렸다.

　"그렇지 않다면 그게 무슨 짓이냔 말요."

하고 의아한 눈초리를 보냈다.

　"경찰이 묻거든 불리한 말을 하지 말아주었으면 하는 부탁이드

면요."

　"뭐 그런 사실을 안 형은 알고 있수?"

　"내가 그런 걸 알 까닭이 있소."

　"그렇다면?"

　모두철이 이처럼 의아해 하는 것도 당연한 일이다.

　"그러나 저러나 상가에 가봅시다."

하고 내가 앞장을 섰다. 모두철이 따라왔다.

상가엔 소식을 듣고 달려온 친척들과 친지들로서 붐비고 있었다.

"사실이야 어떻건 장례를 치러야 할 게 아닌가."

하고 누군가가 투덜댔다.

"사진을 찍고 기록만 보존하면 증거 인멸의 걱정은 없을 텐데……범인이 잡히도록까지 그럼 시체를 내주지 않을 건가?"

하며 맞장구를 치는 사람도 있었다.

"하여간 경찰에 가서 교섭이나 해봐야겠어."

하고 나서는 사람이 있었다. 모두철이 따라가겠다고 나섰다.

나는 이틀이나 동회 사무소를 결근할 수가 없었다. 동회 사무소에서도 양호기의 변사 사건은 커다란 화제가 아닐 수 없었다. 단순한 강도 살인으로 보는 사람도 있었다. 젊은 마누라에게 정부가 있지 않았나, 하는 말도 돌았지만 모두 추측에 지나지 않는 얘기들이었다.

나는 하루 종일 일이 손에 잡히질 않아 엉뚱한 실수만 되풀이 했다. 주민등록증 사본이니 인감증명이니 하는 일은 아무런 기술도 재간도 필요 없는 기계적인 일에 불과하지만 정신이 엇갈려 있으면 틀리기가 일쑤다.

시간이 되기가 바쁘게 상가로 달려갔다. 양호기의 시체가 인계되었다는 것이었다. 나는 경찰병원으로 달려갔다.

모두철은 시체가 놓여 있는 그 방을 세 시간만 더 빌어 시체 수리와 시체 화장을 했으면 하는 의향을 말했지만 경찰측에선 방을 빌려주는 것도, 시체에 수정을 가하는 것도 허락하지 못하겠다고 했다.

나는 경산 선생을 모시고 와서 경찰과 교섭을 시켰다. 경산은 매장한 시체를 도로 파내야 할 필요가 있으면 매장할 수 없다고 말하고 매장해도 좋다면 시체 수리를 해서 뭐 나쁠 것이 있느냐고 경찰을 납득시켰다.

모두철이 시체 수리와 시체 화장을 하려면 상당한 재료비가 있어야겠다고 하기에 나는 어젯밤의 돈을 쓸 양으로 말했다.

"돈 걱정일랑 말고 재료를 구합시다."

모두철과 나는 택시를 타고 약방을 돌며 약품을 사 모았다. 그리고는 모두철이 자기 방의 다락에서 네모진 금속제 트렁크를 끄집어 냈다.

그 트렁크 속엔 크고 작은 칼, 톱, 끌, 기타 형형색색의 기구들이 꽉 차 있었다.

약품과 기구를 들고 시체실로 들어선 모두철은 무참하게 해부된 시체의 가봉(假縫)을 풀고 이곳저곳에 포르말린을 들이부어 포르말린 투성이를 만들었다. 그게 방부 처리라고 했다. 그 다음엔 부서진 골편(骨片)을 주워 모아 두개골의 제자리에 붙이고 익숙한 솜씨로 어떤 물질로써 땜질을 하고는 피부의 상처를 고쳐나갔다.

나는 숨도 쉬지 못하고 모두철의 손끝을 지켜보았다. 입회한 순경도 감탄을 금할 수 없다는 표정이었고 병원의 의사도 몇몇 달려와서 모두철의 시체 처리 기술을 견학했다.

모두철은 꿰맬 데는 꿰매고 씻을 곳은 가제에 알코올을 묻혀 씻어내고 큼직한 주사기로 뭔가 색소(色素)가 있는 액체를 주입하니 양호기의 얼굴에 살아 있는 사람 같은 생기가 돋아났다. 거기다 가루분 같은 분말을 뿌리고 부드럽게 솔질을 했다. 그리고는 준비해 둔 시의를 입혔다. 아까 보았던 무참한 시체는 평화롭게 잠자고 있는 양호기의 얼굴이 되었다. 나는 비로소 고인에게 대한 조용한 슬픔 속에 잠길 수 있었다. 무참한 채 그대로 매장하는 것보다는 그것을 수리해서 평화로운 잠자는 모습으로 만들어 보내는 것이 살아 있는 사람의 추억을 위해서 월등 좋은 일이라고 생각하며 미국에 시체 화장이 발달한 이유를 알 것만 같았다.

일을 끝내고 모두철은 소독액으로 손을 씻었다. 그 옆얼굴엔 명장(名匠)의 얼굴을 방불케 하는 광채가 보이는 듯했다.

"사람의 기술도 갖가지다."

입회하고 있던 누군가의 말이다.

그 이튿날 양호기의 장례가 있었다. 옹덕동 근처의 사람들은 거의 변사한 양호기와의 영결을 슬퍼했다. 이렇게 시정인(市井人) 양호기의 일생은 끝났다. 그러나 사건은 끝나지 않았다.

양호기의 장례가 있고 사흘쯤 지난 뒤 아침밥을 먹고 동회 사무소에 나갈 준비를 하고 있는데 낯선 사람이 둘 나를 찾아왔다.

"안인상이란 당신이요?"

그 가운데의 하나가 이렇게 말했다.

그 말투가 건방진 것 같아

"그렇소. 그런데 당신들은 누구요?"

하고 되물었다.

하나가 포켓에서 경찰수첩을 꺼냈다. 나는 그들이 경찰관이란 사실을 알자 까닭도 없이 당황했다.

"같이 좀 가야 하겠소."

형사가 말했다.

"무슨 일로 내가 가야 합니까?"

"경찰서에 가보면 알 거요."

나는 그 이상 할 말을 몰랐다. 경찰관이 와서 같이 가자고 하면 무조건 가야 하는 것이지 달리 도리가 없는 것이다.

나는 모두철에게 출근이 조금 늦겠다고 동회 사무소에 알려달라는 부탁을 해놓고 뒤를 따라나섰다.

행길로 나왔을 때 구멍가게의 여자가 가게 앞에 서 있더니 형사와 있는 나를 보자 기겁을 한 표정으로 사라져버렸다.

형사실은 살풍경했다.

찌그덕거리는 탁자가 몇 개 놓여 있고 먼지가 햇빛에 부옇게 떠오르는 을씨년한 방이다. 아무리 빈약한 방이기로서니 사람이 거처하는 방 치고 그 형사실처럼 정서가 메말라 있는 방은 아마 없을 것이라고 나는 생각했다.

이런 감상을 계속할 틈도 주지 않고 정 형사라고 불리우는 사람이 창가의 의자에 걸터앉으며 내게 둥근 의자를 턱으로 가리켰다. 앉으라는 시늉이다. 나는 그 둥근 의자에 앉았다. 그런데 둥근 의자는 불안했고 내 마음도 심히 불안했다.

"우리 신사적으로 합시다."

정 형사가 담배를 피워 물고 말했다. 나는 뭣을 신사적으로 하자는 건지 알 수가 없어서 그저 잠자코 있었다.

"양호기의 살해자가 누군지 알고 있죠?"

정 형사가 돌연 말했다.

"내가 어떻게 그런 걸 알겠습니까."

"신사적으로 하자고 했는데 그렇게 하기요?"

정 형사의 표정에 싸늘한 웃음이 지났다.

"신사적이고 비신사적이고 간에 나는 모르는 일이니 어떡하우."

"다 알고 묻는데 시침떼?"

정 형사의 말이 거칠어졌다.

"다 알고 있으면서 내게 왜 그런 걸 묻소."

나는 어이가 없다는 듯 말했다.

"이것 봐라?"

정 형사는 노려보는 자세로 담배를 뻐끔거렸다.

"동회에 출근을 해야 하는데요."

나는 어름어름 말해 보았다.

"동회? 동회 좋아하네."

정 형사는 담배를 신경질적으로 비벼 끄곤 뱉듯이 말했다.

"당분간 우리와 같이 지내야겠소. 동회 걱정은 하지 말고 사내답게 각오나 하시오."

그때야 나는 이 사람들이 내게 막연하나마 무슨 혐의를 걸고 있다는 사실을 눈치챘다.

'천하에 이럴 수가.'

눈앞이 캄캄했다. 그 동회의 그 직장도 그만이로구나 하는 생각이 선뜻 들었다. 그래 염치불구하고 빌었다.

"나는 모르는 일입니다. 나를 놓아주시오. 양호기 씨는 나의 은인이오. 나도 범인을 잡고 싶소. 그러나 나는 지금 곧 동회에 가서 일을 봐야 합니다."

그러나 정 형사의 태도는 바위와 같았다. 엄동설한에 보는 차가운 바위였다.

"살인범이 호락호락 자백하는 걸 보진 못했으니까."

그때 험상궂게 생긴 얼굴을 한 형사가 저편에서 무언가를 쓰고 있더니 정 형사에게 말을 걸었다.

"정 형사 그까짓 딱하면 칵인데 우물쭈물 할 게 뭐 있소."

"세월이 좀 먹나, 어디 천천히 슬로우 슬로우 퀵퀵으로 하지 뭐."

정 형사는 웃으며 이런 대꾸를 했으나 내 얼굴을 스쳐간 시선엔 칼날과 같은 잔인함이 있었다.

"하여간 시간을 줄 테니 잘 생각해 봐. 자백을 하면 죄가 감일등(減一等)된다는 걸 알아둘 필요도 있지. 우린 장난삼아 당신을 붙들어온 건 아냐."

그리곤 정 형사는 내 팔에 수갑을 채우고 또 하나의 수갑은 책상 다리에 채워놓고 밖으로 휭 나가버렸다.

늦은 봄의 하늘이 건너편 집의 지붕 위로 펼쳐져 있었다. 수갑을 채인 나의 몰골이 아무래도 현실같이 생각되질 않았다. 어쩌면 백일몽을 꾸고 있는 건지도 몰랐다.

아득히 소년 시절이 생각나기도 했다.

아지랑이가 먼 산에 끼이고 산과 들은 신록의 의상을 둘렀다. 그 들길을 걸으며 새침한 제비가 나는 양을 보기도 하고 파뜩파뜩 보이기 시작한 잠자리를 쫓아보기도 한다……

그러한 소년이 자라 지금 수갑에 채여 살풍경한 방안에 이렇게 앉아 있다. 이런 생각을 하니 가슴이 죄어드는 것 같았다. 그런데 공포감은 사라지고 있었다.

'양호기의 죽음과 나와는 아무런 관련도 없다. 양호기가 만일 살아나서 이런 꼴을 보면 그 거무스름한 얼굴이 온통 입이 되어 허허하고 웃을 것이다. 그런데 경찰이 내게 혐의를 걸게 된 그 동기가 뭣일까.'

그 동기가 궁금하기만 했다.

'내가 그럴 사람으로 보였을까.'

싶으니 기분이 상했다.

'무슨 밀고가 있었을까.'

그렇다면 일은 만만치가 않을 것이다.

'양호기가 죽는 시간 나는 분명히 자고 있었으니까.'

해보았지만 옹덕동 18번지에 사는 주민들이 적극적으로 그 알리바이를 증명해 줄 순 없을 것 같았다.

모두철이나 신거운은 그때쯤 내가 잠자고 있었을 것이란 말은 할 수 있을지 모르지만 "네가 네 눈으로 보았느냐."고 따지고 들면 모두들 말문이 막혀버릴 것이란 생각마저 들었다.

도적의 누명을 쓴 사람이 그 누명을 벗기란 힘들다는 말을 들은 적이 있다. 알리바이를 자기 혼자 증명할 순 도저히 없다. 이렇게 생각하니 절망감이 들었다.

간혹 형사들이 드나들며 더러는 무관심한 얼굴로, 더러는 야유하는 눈치로 나를 흘끔흘끔 보았다. 수갑에 채여 궁색스럽게 앉아 있으면 아이젠하워인들 영락없는 범인의 몰골이 되고 말 것이 아닌가.

'그러나 아이젠하워가 수갑을 채일 까닭이 없구.'

나는 이런 꼴을 아내가 없는 지금에 당하는 것을 불행 중에도 다행한 일이라고 생각했다. 그러지 않아도 잔뜩 나를 경멸하고 있는 아내가 나의 이런 꼴을 보면 경멸은 고사하고 벌레를 보는 것과 마찬가지인 혐오감을 느낄 것이기 때문이다.

한편 나는 내가 범행을 안 했더라도 이런 꼴을 당하기에 알맞은 사람이란 느낌을 가졌다. 자존심 하나 제대로 가꾸지 못하는 사람, 아내 하나 거뜬히 간수하지 못하는 사내, 말하자면 사람의 구실을 못하는 나 같은 인간은 엉뚱한 누명이나 쓰고 박해를 받기에 알맞은 그런 존재인 것이다.

어느덧 나는 울고 있었다. 그 눈물이 부끄러워 손등으로 황급히 닦아버렸지만 눈물은 샘물처럼 다음다음으로 흘러내렸다.

언제 왔던지 정 형사가 곁에 서 있었다.

"눈물을 흘리는 걸 보니 참회의 감정은 마르지 않은 모양이구먼."

내겐 할 말이 없었다. 그저 멍해서 정 형사의 얼굴을 바라보았을 뿐이다.

늦은 봄의 하늘은 창밖이 허허하고 맑았다.

점심시간이 되자 정 형사는 우동을 한 그릇 시켜주었다. 터무니없는 정황에서도 식욕만은 살아 있어 나는 그 우동을 국물 한 방울 남기지 않고 먹었다. 곧 사형 집행을 받을 사람이 음식을 먹고 있는 광경을 보는 것처럼 기막힌 일이 또 있을까 하는 사념이 뇌리를 스쳤다. 얼토당토않은 솔개미를 걸어놓고 먹이를 먹이는 형사의 심정은 어떨까 하는 생각도 해보았다.

"바른 말 안 할래?"

우동 그릇을 치우고 난 뒤 정 형사가 시작했다.

"무슨 말을 하라는 거요. 바른 말이구 거짓말이구 간에 나는 할 말이 없소."

각오 비슷한 것이 생겨 나는 이렇게 말했다.

"버틸 때까지 버티어 보자는 배짱이로구먼."

이렇게 말하곤 정 형사는 또 자리를 떴다. 하는 수 없이 나는 다시 신세타령을 마음속에서 되뇌이지 않을 수 없다.

그러면서 나는 그 짐승 같은 사내와 구멍가게 여자와의 밀통(密通)을 말해 줄까 하는 마음을 다듬게 되었다. 그러나 자발적으로 내가 걸어와서 그런 말을 한다면 또 모르되 끌려온 처지에서 그런 말을 한다는 건 어쩐지 비겁하다고 여겨졌다. 뿐만 아니라 믿어줄 것 같지가 않았다. 자기 발을 빼기 위해 엉뚱한 소리를 한다는 것으로 취급받기가 고작일 것 같았다.

"짐작이 생사람 잡는다."

고 한 경산 선생의 말이 되살아났다.

'끝까지 모른다고 버틸 수밖에.'

나는 내가 붙들려갔다고 듣고 옹덕동 사람들이 어떻게 생각했을까 싶으니 얼굴이 붉어졌다. 혐의를 받았다는 그 사실만 가지고서도 나는 고개를 들고 옹덕동 골목을 걸어 다닐 수 없을 것 같았다. 이 생각이 또 나를 초조하게 했다.

'빨리 각단을 냈으면!'

공허한 시간과 잡다한 상념에 겨워서라도 단지 빨리 각단을 냈으면 하는 상념만으로 사람은 엉뚱한 소리를 할 수 있을 것이란 짐작에 사로잡혔다.

'이게 바로 함정이다. 이 함정을 조심해야 한다.'

맑은 하늘이 회색으로 변해 갔다. 긴 하루가 저물기 시작하는 모양이다. 지붕들의 윤곽이 황혼의 하늘을 배경으로 뚜렷이 금 지어졌다.

그리고는 시간은 지겹게 흘러 드디어 건너편 건물에 전등이 켜졌다. 내가 앉아 있는 형사실에도 불이 켜졌다.

방 꽉 차게 형사들이 모여들어 이제 막 잡아왔다는 좀도둑을 사이에 두고 거친 말이 한창 오갔다.

"이놈아 어디 훔칠 것이 없어서 그따위 라디오를 훔쳐?"

하고 형사 하나가 좀도둑의 이마에 꿀밤을 먹였다.

"이걸 고물상에 가서 팔면 한 오백 원이나 받나."

다른 형사가 트랜지스터 라디오를 건드려보며 말했다.

좀도둑은 푹 고개를 숙인 채 마룻바닥에 꿇어앉아 어깨를 들먹거렸다. 들먹거리는 그 빈약한 어깨가 안타깝기 짝이 없다.

정 형사와 같이 아침에 나를 데리러 왔던 김 형사가 들어왔다. 김 형사는 나를 경찰서에 데려다놓고 나간 뒤 그때 처음으로 돌아온 것이다. 이를테면 방증(傍證)을 모으러 다녔을 것이었다.

김 형사는 입술을 쭈볏, 시니컬하게 웃으며 나를 보고 말했다.

"당신 빽, 굉장하더구나. 애국지사가 빽이드먼. 그러나 안심해요, 애국지사 아니라 애국지사 할애비가 와도 어림없을 긴께."

"애국지사면 그 사람 국물 좋아하는 모양이지?"

누군가가 이런 익살을 했다.

'경산 선생이 오신 게로구나.'

나는 갑자기 서글픈 생각이 새삼스럽게 들었다.

취조는 밤중부터 시작되었다.

내 방을 수색한 모양으로 맥주 두 병, 사이다 세 병, 오징어, 비누 등이 싸인 보자기를 펴놓고 김 형사가 따졌다.

"이걸 누가 가지고 왔어."

나는 사실대로 대답했다.

"언제 가지고 왔지?"

"삼사 일 전의 일이었소."

"양호기가 살해된 그날이지?"

"그렇소."

"남편이 살해된 바로 그날 밤, 그 아내가 이걸 싸들고 밤중에 찾아왔다, 그 말이지."

"……."

"그 여자와 당신과의 관계를 말해 봐!"

"관계요? 그런 건 없소, 그저 이웃이라서 서로 안다는 것뿐이오."

"흥, 안다는 것뿐으로 남편이 살해된 바로 그날 여편네가 너를 찾아와? 이런 걸 싸가지고? 밤중에?"

"뭣이 있지?"

"뭣이 뭡니까."

"요놈 봐라, 묻고 있는 건 나야. 너희들은 간부와 간부지?"

"어림없는 소리 마슈."

"어림도 없어? 그래 상주가 된 여편네가 바로 그날 밤 술과 안주를 싸가지고 아무렇지도 않은 사이의 외간남자를 찾아, 통행금지 시간에? 바른대로 대지."

"그저 아는 사이일 뿐이라니까요."

"그저 아는 사이라니, 젖통과 사타구니만은 안다 이 말인가?"

"그런 일 없대두요."

"이건 누굴 천치로 아나, 바보로 아나? 양호기는 죽고 간통죄로 고발할 사람도 없으니 안심하고 말해도 되는데 왜 이 고집이야."

"남편이 죽고 했으니까 여러 가지 도움을 받아야겠다고 그런 뜻으로 가지고 온 것뿐입니다."

"제기랄, 간에 두드러기가 솟을 지경이로구나. 그게 말이 돼? 그럼 왜 문간방에 부부가 살고 있는데 그 부부에게 부탁을 안 했을까? 아랫방엔 여자 혼자 살고 있는데 왜 그리론 안 갔지? 거짓말을 꾸며도 그럴싸하게 꾸며!"

김 형사는 벽에 기대 세워 놓았던 막대기를 들더니 그걸로 책상을 쾅 쳤다. 이번엔 정 형사가 나섰다.

"상식적으로 생각해도 그렇지 않나. 밤중에 찾아갔을 땐 꼭 그만한 이유, 아니 중대한 이유가 있었을 것 아냐? 남이 알아선 안 될 이유가 말이다."

아무리 따져도 내겐 할 말이 없다. 그러니 꼭 같은 답을 되풀이 할 수밖에. 눈에 불이 번쩍했다. 김 형사가 내 뺨을 갈긴 것이다.

"파리 하나 못 죽일 것 같은 꼬락서니를 해갖고……이런 놈이 끔찍한 범죄를 한다니까."

맞은 나보다 때린 김 형사가 더욱 흥분하는 것이 야릇했다.

'아아, 나는 평생을 억울하게 살다가 억울하게 죽어야 하는가보다.'

될 대로 되라는 자포자기하는 마음이 일었다. 다시 덤벼들려는 김 형사를 만류해 놓고 정 형사가 입을 열었다.

"양호기를 감쪽같이 죽여 버렸으니 앞으론 둘이서 정답게 살자, 그런 의논을 했을 테지, 그렇지? 흠, 그렇게 세상이 남자들 뜻대로 될 줄 알았나? 미안하지만 우리 경찰은 눈 뜬 장님 노릇하는 사람만 모인 곳은 아냐. 너같이 뻔뻔스러운 놈 첨 봤다. 이놈아, 하늘이 무섭지 않느냐. 설사 일시 잘못 생각하고 죄를 지었다고 하자. 그러나 이왕 걸려들었으니 순순히 자백을 해야 할 것 아닌가. 네가 버틴다고 경찰이 속아 넘어갈 까닭도 없구 버티면 사형이구, 순순히 참회하면 목숨은 건질 수가 있다. 마음 고쳐먹어 보지, 어때!"

나는 구멍가게의 여자에게 그날 밤 했던 말을 상기했다. 나는 정 형사가 내게 말한 것과 비슷한 말을 그 여자에게 했던 것이다.

8

신문(訊問)은 새벽 세 시까지 계속됐다. 그러나 꼭 같은 물음과 꼭 같은 답의 반복이다. 나는 몇 번이고 구멍가게의 여자가 나를 그 밤 중에 찾은 이유를 말해 버릴까도 했지만 끝내 그럴 기분이 내키지 않았다. 형사들이 무슨 수작을 꾸며도 나는 범인이 아니란 배짱이 있는 때문도 있었고, 형사들 앞에 호락호락 비굴한 꼴을 드러내기 싫은 까닭도 있었다. 보다도 사람을 마구 넘겨짚고 다루는 그들의 태도에 반감이 일었다.

나를 변소에 다녀오게 하곤 다시 책상과 내 팔목에 수갑을 채워 놓은 채 숙직하는 형사들에게 눈짓을 하고 정 형사와 김 형사는 밖으로 나가버렸다.

어느덧 나는 잠에 빠져들었던 모양이다. 깨어보니 아침이었다. 아홉 시쯤에 나타난 김 형사가 탕반을 한 그릇 시켜주었다. 입안이 까칠해서 맛은 없었으나 탕반 한 그릇을 다 비웠다. 지켜보고 있던

김 형사가,

"놈, 먹성만은 좋구먼."

하고 입술을 삐죽했다.

동정을 보니 구멍가게의 여자도 불려온 모양이었다.

'그 여자 입에서 무슨 말이 나올까.'

나는 하여간 그 여자가 제대로 불지 않는 한 내 편에선 얘기하지 않기로 결심했다.

그날의 취조는 좀 더 가혹했다. 대뜸

"양호기가 죽은 날 새벽 옹덕동 고갯마루엔 뭣 때문엔 갔더냐."

고 김 형사가 물었다.

"거게 간 일 없소."

"본 사람이 있는데 잡아떼?"

김 형사는 버럭 고함을 질렀다.

"본 사람이 있으면 그 사람을 데리고 오소."

나는 볼멘소릴 했다.

"데리고, 오라고 안 해도 데리고 올 거다. 너는 왜 거게 갔던가, 그 이유나 말해."

"간 일일 없다니까요."

"그럼 그 시간에 어디 있었지?"

"집에 있었소."

"집에? 홍길동이 같은 놈이로구나. 한 놈은 집에 있구 한 놈은 고

255

갯마루에 가 있구."

"난 그때 집에서 자고 있었소."

"집에서 자고 있는 것을 본 사람이 하나도 없는데 그런 거짓말이 통할 것 같애?"

참으로 어이가 없는 일이다. 분명히 그 시간은 내가 집에서 자고 있었는데도 그것을 본 사람이 없으니까. 알리바이를 세울 수가 없는 것이다. 알리바이를 세운다는 건 일이 묘하게 꼬이면 참으로 힘든 일이다.

김 형사와 나와의 응수가 험한 고비에 다다르고 있을 때 어떤 허술하게 차린 초로의 사나이를 정 형사가 데리고 들어왔다.

"이 사람 본 적이 있죠?"

정 형사가 나를 가리키며 그 사람에게 물었다.

지친 표정으로 그 사람은 나를 보았다. 어디서 본 적이 있는 얼굴이다. 그 사람이 주저주저하고 있으니까 이번엔 김 형사가 위압적으로 소리를 질렀다.

"이 사람이 틀림없지. 그날 아침 고갯마루에서 본 사람은?"

긴장된 순간이었다. 방안에 있는 사람들의 시선이 일제히 그 사람의 입언저리에 쏠렸다. 그 사람은 나를 자세히 훑어보았다. 나는 일순 겁에 질렸다. 겁에 질리면서도 어디선가 꼭 본 적이 있다는 생각을 지워버릴 수가 없었다. 그런데 그 어디서 본 적이 있다는 그 사실이 두렵기만 했다.

그 사람이 고개를 정 형사 쪽으로 돌려 무슨 말을 하려는데 정 형사는 겁을 먹이려는 듯 고함을 질렀다.

"똑바로 말해요, 분명히 이 사람이지?"

바로 그 순간, 나는 그 사람이 박열기가 잘 갔던 목로주점의 단골손님이란 걸 깨달았다.

'그런데⋯⋯.'

그 입에서 무슨 말이 튀어나올지, 나는 숨을 몰아쉬었다. 그 사람의 입이 움직였다.

"저 사람은 아닙니다. 새벽이라서 밝지는 않았지만 내가 본 사람은 저 사람이 아니란 건 틀림없습니다."

"서툴게 굴지 말고 자세히 한 번 더 봐요. 거짓말을 했다간 위증죄에 걸려 혼이 날 테니까. 똑똑히 보고 말하란 말요."

김 형사의 말투는 노골적인 불만을 표출하고 있었다.

"아닙니다, 저 사람은 아닙니다. 저 사람은 나를 모를는지 모르지만 나는 저 사람을 잘 알고 있거든요. 그러니까 사람을 잘못 봤을 까닭이 없습니다. 만약 저 사람이었다면 난 인사라도 했을 거니까요. 저 사람은 아닙니다."

허수룩한 차림과는 딴판으로 그 사람의 말은 또록또록 명료했다.

"당신이 그 고개를 넘어간 것이 몇 시 몇 분쯤이라고 했죠?"

정 형사가 물었다.

"시계가 없었으니까 몇 분인가까진 모르겠소. 통행금지 시간이 풀리자마자 지게를 지고 나섰으니까 고갯마루까진 십 분쯤 걸렸을 것이오."

"그때 어떤 괴한이 그 근처에 서성거리고 있더라고 했죠?"

"그렇습니다."

"바로 가까이에서 봤소?"

"바로 그 사람 옆을 지났소. 가등 빛으로 그 옆얼굴을 봤죠."

"키는 어때요, 이 사람 비슷하던가요?"

"키, 비슷한지 어쩐지 잘 모르겠소만 아주 단단하게 생긴 것 같은 몸집이드면요."

"손에 든 것은 없던가요?"

"모르겠소, 호주머니에 손을 집어넣고 있었던 것 같던데요."

"꼭 이 사람은 아니죠?"

정 형사가 한 번 더 다짐을 했다.

"내가 본 사람은 이 사람이 아닙니다."

"그럼 가시오. 또 연락할 일이 있을지 모르니 행선지를 근처 파출소에 알려놔야 하오."

정 형사는 이렇게 말하고 그 사나이를 돌려보냈다.

"그 사람이 본 게 당신이 아니라고 해서 당신이 그 자리에 없었다는 것으로 되는 건 아니니 으쓱하진 말아요."

김 형사는 대단히 못마땅한 표정을 지으며 말했다. 이래 놓고 밖으로 나가더니 김 형사가 또 한 사람을 데리고 왔다.

모두철이었다. 모두철이 나를 보자 어이가 없다는 듯 얼굴을 찌푸렸다.

김 형사가 물었다.

"당신 이 사람과 같은 집에서 살고 있다죠?"

"예 그렇습니다."

모두철이 답했다.

"사건이 난 그날 새벽 이 사람이 집에서 자고 있는 걸 못 봤다고 했죠?"

"그 시각에 나도 자고 있었으니까 안 형이 자고 있는 것을 보지는 못했지만 자고 있었을 것이 틀림없다고 말했지 않습니까."

"여보, 뚱딴지같은 소리 작작해요. 자고 있던 사람이 옆방에 사람이 자고 있었다는 것을 어떻게 틀림없이 알 수 있느냐 말야."

"짐작이죠."

"짐작 가지고 말이 돼? 장난하는 줄 아나? 수수께끼 놀음하는 줄 알아? 이 사람은 그 시각에 고갯마루에 숨어 있었단 말야. 아까 그 사람이 본 사람은 범인이 아냐. 범인이 가등이 비치는 곳에 서 있을 턱이 없거든."

"……."

김 형사는 모두철을 쏘아보며 물었다.

"이 사람이 고갯마루에 있지 않았다는 걸 당신이 어떻게 증명하지?"

모두철이 기가 막힌다는 듯 입을 삐쭉하더니 퉁명스럽게 말했다.

"안 형이 그때 고갯마루에 있었다는 걸 형사 나으리가 증명해 주기만 하면 내 모가지를 내놓겠소. 세상에 그런 질문이 어딨단 말유."

양호기가 살해된 새벽 내가 옹덕동 고갯마루에 있었다는 사실이 불분명하게 되고, 내가 집에서 자고 있었다는 사실을 거짓이라고 단정하지 못하게 되자 취조는 다시 원점(原點)로 돌아갔다.

"남편이 죽은 바로 그날 밤, 여자가 술과 안주를 싸들고 외간 남자를 찾아간 행동의 이면엔 반드시 범행을 암시하는 곡절이 있는 것이 아닌가."

하는 문제였다.

이 문제에 관해선 모두철의 답이나 신거운의 답이나 경산의 답이 모두 신통치 않았던 모양이다.

김 형사와 정 형사는 구멍가게의 여자를 족쳐대는 눈치였는데, 거기서도 석연한 답을 얻을 수 없었던지 초조한 기색을 보이기 시작했다. 아닌 게 아니라 경찰로서는 바로 그 점에 신경을 곤두세우고 수사의 중점을 두지 않을 수 없으리란 추측은 충분히 할 수 있었다. 그리고 범죄는 있었는데 범인을 체포하지 못하고 있었기 때문에 신문들이 경찰의 무능을 비난하고 있었던 것이니, 경찰로서도 비상수단을 쓸 수밖에 없었다. 그런 판국에 나와 구멍가게의 여자가 공교롭게도 걸려든 것이다.

나는 아까의 그 허술한 차림의 사나이가 보았다고 한 그 사내의 인상을 좀 더 상세하게 알았으면 했다. 몸집이 단단하더란 점은 짐승 같은 그 사나이를 닮고 있었다. 그렇다고 해서 그 사나이를 범인이라고 단정할 순 없는 것이 아닌가. 김 형사의 말대로 흉의(凶意)를 품고 있는 자가 가등에 모습을 비추도록 서툴게 굴진 않았을 것이니 말이다.

그랬는데 뜻밖에도 구멍가게의 안주인이 밤중에 나를 찾은 것은 나를 좋아했기 때문이라고 해버린 모양이었다.

그날 밤 정 형사와 김 형사는 바른대로 말하라고 족쳐대더니 내가 계속 구멍가게의 안주인과는 아무런 관계가 없다고 버티자 대질 신문을 해야겠다고 나섰다.

형사에게 이끌려 들어온 구멍가게의 여자의 몰골은 처참하다기보다 한마디로 말해 추악했다. 빗질을 하지 못한 머리는 수세미와 같았고 화장을 못한 얼굴엔 앙칼만 남아 있었다. 흔히들 범죄형(犯罪型)이란 말을 쓰는데 그때 구멍가게 안주인의 얼굴은 영락없이 범죄형의 표본같이만 보였다. 하나 누구라도 경찰서에 끌려와 한 이틀 시달림을 받고 나면 그 몰골이 범죄형을 닮을 것이 아닌가 하는 짐작이 들었다. 지금 누군가가 나를 보면 나의 몰골에서 범죄형을 발견할 것이란 생각도 일었다.

구멍가게의 여자는 나를 보자 딴으로는 미안하다는 시늉을 보였다. 그 눈치가 하도 야릇하기에 제삼자가 보면 나와 그 여자 사이에 어떤 밀약이 있는 것이 아닌가 하는 의혹을 가질 것이었다.

"똑바로 말해 봐요. 그날 밤 당신은 무엇 때문에 이 남자를 찾아 갔소?"

"……."

"말을 해. 까닭이 있을 것 아뇨? 술과 안주까지 들고, 금방 과부가 된 여자가 까닭없이 그런 짓을 했겠느냔 말야."

"……."

"아까 한 말을 다시 한 번 해봐요."

정 형사가 책상을 치며 고함을 질렀다. 구멍가게의 안주인은 사냥개에 쫓긴 토끼눈처럼 해가지고 나를 보았다. 그리고 간신히 입을 열었다.

"그냥 간 게라유."

"그냥 가다니, 아무 까닭도 없이 갔단 말인가?"

"예에."

김 형사와 정 형사는 무서운 눈초리로 구멍가게 안주인을 노려보았다.

"이 여편네가 아무래도 죽으려고 환장을 한 모양이로구먼. 말을 이랬다저랬다 하니……."

정 형사가 거칠게 중얼거리더니

"바른대로 말해. 이젠 빠져나갈 구멍이라곤 없어. 우리들의 동정을 사야지, 그렇게 뻔뻔스럽게 나가면 없어, 없단 말야."

하고 다시 한 번 책상을 쾅 쳤다.

　"모가지에 삼줄이 감겨야 알겠나?"

하고 김 형사도 쏘아붙였다.

　"왜 갔지?"

　"그냥 갔에유."

　"그냥이 또 뭐야, 이 여편네야. 당신은 아까 이 사나이가 좋아서 갔다고 안 했나?"

　"그래유."

　"그렇게 순순히 말해. 그럼 언제부터 당신들 관계가 시작했지?"

　"관계가 시작했다니유?"

　"언제부터 눈이 맞았느냐 말야."

　"그런 일 없에유."

　"뭐라구?"

　김 형사가 신경질을 냈다.

　"아무 관계도 없었는데 하필이면 그날 밤 술이랑 안주를 싸가지고 가?"

　"내만 좋아했에유."

　"이년아, 네만 좋아 해가지고 일이 되냔 말이다."

　"그래도 그런 걸유."

　"그래도 그런 걸이라니, 눈이 맞아 그것과 그것을 마구 비벼대긴 했는데, 좋아한 건 너만 좋아했단 말야?"

김 형사가 빈정댔다.

"아니에유, 제만 좋아하고 있었을 뿐예유. 안 선생님헌텐 책임이 없에유."

"그런 정돈데 밤중에 사내를 찾아가?"

정 형사가 거들었다.

"남편이 죽고 난께 하두 처량해서유, 잠도 안 오구유."

"이년아, 남편이 참혹하게 죽었는데 그날 밤 잠이 안 와 걱정이 있어?"

김 형사가 억지웃음을 지었다.

"그것만 가지고라도 네년 모가지에 삼줄을 감아야겠다."

"잘못했에유. 그러나 그게 사실인 걸유. 잠도 안 오고 앞일은 막막하고, 장사를 지낼 걱정도 해야 했어요. 그래서 안 선생님을 찾은 건데유."

"문간방엔 부부가 살고 있고, 건넌방엔 여자가 살고 있는데, 하필이면 이 사내를 찾아간 이유가 기껏 그런 거였다 이 말이지?

정 형사는 이렇게 말하고 이어

"범인을 달리 찾을 필요가 없을 것 같애. 바로 이 여편네가 남편 뒤를 밟아가서 낭떠러지에 밀어넣은 거야. 이 능글능글한 꼬락서니를 보면 알아. 천하의 독녀 같으니라구."

그러나 가혹한 신문을 받아 경황이 없는데도 이 여자는 필사적으로 나의 시선을 쫓고 있었다. '살려달라'는 애원보다도 더 애달픈

소리가 그 눈에서 울려 퍼지고 있었다. 그것이 보기 싫어서 나는 눈을 감아버렸다.

새벽녘까지 심문이 계속되었으나 구멍가게의 안주인은 나를 짝사랑한 탓도 있어 곤란을 당한 마당에 안절부절 술과 안주를 사들고 나를 찾았다는 내용의 말을 되풀이할 뿐이었다.

아침이 왔다. 또 지루하고 가혹한 날이 시작되는 것이다. 나는 유치장에라도 넣어주었으면 하고 바랐다.

콘크리트 바닥이건 흙바닥이건 등을 붙이고 길게 누워보고 싶었다. 삐걱거리는 의자에 앉아 이틀 밤을 새우고 나니 온몸이 나사가 빠진 기계처럼 흐느적거렸다. 나른하고 뻐근하고 뼈마디가 쑤시고 목덜미가 아프고……. 내 몸을 내 자신이 어떻게 할 수 없을 때 느끼는 그 이를 데 없이 귀찮은 감각과 관념, 잠속도 꿈속도 아니고 그렇다고 해서 깨어 있는 것도 아닌 몽롱한 시야에 유리창 건너편의 아득한 환상처럼, 아니 환상의 그림자처럼 어떤 모습이 떠올랐다. 확실히 눈에 익은 모습 같긴 한데 그게 뭔지 판단할 순 없다. 나는 정신을 집중시키고 시점(視點)을 통일하려고 애썼다.

'아내의 모습이다.'

하고 생각하니 아내의 모습이 닮아왔다. 취조실 창 너머엔 뜰이 있고 그 뜰은 건너편 건물의 벽으로서 한계가 되어 있는데 아내는 그 담벼락을 등지고 하염없는 얼굴로 서 있는 것은 무엇을 보고 있는 것이 아니라 무언가를 골똘히 생각하고 있는 자세였다.

'분명히 아내다.'

하다가도

'그럴 리가 없다.'

는 생각이 뒤따랐다.

'꿈일까?'

싶었지만 이곳이 경찰서의 취조실이며 형사들이 우글거리고 있다는 것을 확인할 수 있으니 분명히 꿈은 아니었다.

'그런데 어떻게 저기 아내가 와 있을까! 나를 버리고 간 여자가 어떻게 저곳에 와 있을까!'

아래 두 장쯤이 불투명한 유리창이 돼서 저편에서 이쪽을 볼 수는 없겠지만 나는 나의 이처럼 초라한 몰골을 내 곁에서 떠나버린 아내에게 보이기 싫어 몸을 움츠리고 고개를 떨구었다. 동시에 나는 환각이라고 생각했다. 깨어 있을 때도 환각은 있다고 하지 않는가. 환각이 아니면 아내는 설령 보이진 않을망정 내가 있는 이 방 쪽으로 시선을 돌릴 줄도 알아야 할 게 아닌가. 그런데도 그런 기미가 없으니 틀림없이 환각이다.

나는 다시 고개를 뻗어 그쪽을 봤다. 시각에 비친 그 모습은 틀림없이 아내였다.

'환각이 이처럼 선명할 수 있을까.'

이런 동안에 나는 잠깐 존 모양이다. 그것이 오 분쯤인지 십 분쯤

인진 모른다. 잠에서 깨어나 황급히 그쪽을 봤다. 아내의 모습은 온 데간데없었다.

'역시 환각이었구나.'

어느덧 나는 울고 있었다. 눈물이 샘솟듯 나의 뺨을 적셨다.

'아아, 나는 어떤 운명을 타고난 사람일까. 억울한 꼴을 보다가보 다가 끝내 억울하게 죽을 운명!'

나는 이때처럼 내 스스로의 생(生)에 저주감을 느껴본 적은 없었 다. 양호기를 죽인 범인임을 자처하고 하루빨리 교수형을 받고 양호 기가 있는 저승으로 가버렸으면 하는 충동마저 일었다.

'억울하게 맞아죽은 양호기와 그 때문에 억울하게 사형을 받은 내가 저승에서 만나면 어떻게 될까. 서로 부둥켜안고 서로의 불운을 안타까워하겠지 그런데 저승이란 있을까!'

이런 생각에 휘말리고 있는 내 앞에 정 형사가 나타났다.

"안 선생, 미안하오. 당신에 대한 혐의가 풀렸소."

하며 책상다리와 내 왼팔에 채워둔 수갑을 풀었다.

나는 멍청히 그를 바라보고만 있었다.

"자 나가시오. 공연히 고생만 시켜 미안하오. 어려운 직무를 맡아 있고 보니 간혹 이런 실수를 할 때도 있습니다. 양해하시오."

내겐 할 말이 없었다. 언제 왔는지 김 형사가 내 어깨를 두드리 며 말했다.

"인생을 살자면 이런 일 저런 일이 있는 거요. 미안하오."

김 형사의 말엔 진정 미안하다는 느낌이 묻어 있었다.

"자 어서 나가시오. 가족들이 기다리고 있습니다."

가족들을 들먹이는 김 형사의 말에 의아심을 품으면서 나는 휘청거리는 다리를 끌고 취조실을 나왔다.

경찰서 문 앞에 경산 선생과 아내와 모두철, 그리고 박열기가 서 있었다.

"고생했네, 고생했어. 사람이 살자면 공연히 똥벼락을 맞는 수도 있는 거여."

경산은 나의 등을 쓰다듬었다.

박열기가 잠자코 악수를 청해 왔다.

"박 군이 꽤 노력을 했네."

경산의 말이었다.

나는 눈이 부셔 아내 쪽을 볼 수가 없었다. 아내는 고개를 숙이고 있었다.

한길에서 택시를 잡았다.

"다음에 만나 얘기나 합시다."

박열기는 거기에 남고 우리는 택시를 탔다.

차창으로 스쳐가는 거리의 풍경이 그저 정답고 아름답기만 한 까닭이 무얼까 하는 엉뚱한 생각을 했다. 곁에 앉아 있는 아내의 체온을 어떻게 해석해야 하나 하고 얼떨떨한 마음이기도 했다. 모두들 말이 없어 주는 게 고마웠다.

옹덕동 골목 입구에서 택시를 내렸다. 택시 값을 치르는 아내의 섬세한 손을 지켜보았다.

'아내는 어쩌자는 것일까.'

머뭇머뭇하고 있는 나를 보고

"왜 그러고 있어. 집으로 가서 얘길 하자."

고 경산 선생이 말했다.

나는 잠자코 걷기 시작했으나 신경은 등 뒤에 있었다. 아내가 뒤따라오는 것을 확인할 수 있었다.

'도대체 아내는 어쩌자는 것일까.'

"목욕을 하고 한숨 자게. 저녁나절 오겠네."

경산을 이렇게 말해 놓고 갔다.

선 김에 나는 목욕탕엘 갔다. 목욕을 하고, 들고 간 보따리를 끌러보니 내의는 전부 새 것이고 양복은 세탁소를 들러 나온 것이었다. 나는 아내의 호의를 느꼈다. 그러나 아내가 나의 불행을 듣고 잠깐 와본 것인지 영영 돌아온 것인지 분간할 수가 없었다. 두려움이 앞서 사실을 미리 알고 싶은 마음도 내키지 않았다.

목욕탕에서 돌아와 처음으로 방에 들어갔을 때 나는 비로소 아내가 내 곁으로 돌아왔구나 하는 짐작을 했다. 양철로 된 트렁크와 고리짝이 눈에 띄었기 때문이다. 잠깐 와본 것이라면 저런 거추장스러운 짐을 도로 갖고 올 턱이 없는 것이다.

안도(安堵)도 아니고 기쁨도 아닌, 뭐라 형용할 수 없는 감정을 소화시키지도 못한 채 나는 깔아놓은 이불에 누웠다.

잠을 깨었을 때는 벌써 전등이 들어와 있었다. 마루에 나가보니 경산 선생과 모두철이 얘기를 하고 있었다.

"실컷 잤나?"

경산이 웃으며 내 얼굴을 봤다.

아내가 술상을 차려왔다. 수두룩이 안주가 놓인 꽤 잘 차려진 술상이었다.

"한 이틀 고생을 해보니 기분이 어떤가?"

경산이 물었다.

"이틀이 이 년쯤 된 기분입니다."

"하여간 전화위복이 됐으니 이처럼 반가운 일이 어딨겠나."

경산은 부엌 쪽을 힐끔 돌아보며 말했다.

양호기를 살해한 자가 누굴까 하는 얘기와 더불어 구멍가게의 사정이 딱하다는 얘기도 나왔다. 나는 아내가 돌아온 사실을 그저 예삿일로 치고 화제에도 올리지 않는 두 사람의 태도를 대견하게 생각하고, 고맙기도 했다. 그런데 신거운과 메리 엄마가 보이지 않는 게 이상했다.

"헌데 신거운 씬 집에 없소?"

모두철이 들은 척도 않고 있더니 내가 계속 의아하다는 표정을 지니고 있자,

"당분간은 안 형 자신의 걱정이나 하라구. 차차 알 테니까."
하고 술잔을 내게 내밀었다.

술이 어지간히 되었을 때 경산이 일어섰다. 그리고 나더러 자기
집으로 같이 가자고 했다. 거기서 경산이 다음과 같은 얘기를 했다.

양호기 사건이 신문에 나고, 이어 내가 유력한 용의자로 잡혔다
는 기사를 읽자 아내는 경산을 찾아왔다. 집을 떠난 즉시 돌아오고
싶었지만 그럴 수도 없어 시일을 끌고 있었는데, 내가 그렇게 억울한
꼴을 당하고 있다는 사실을 알곤 안절부절 견딜 수가 없다고 아내는
호소했다. 경산은 단순한 혐의에 불과하니 그 일에 관해선 그다지 걱
정하지 말고 돌아올 수 있는 사정이면 빨리 돌아오라고 했다. 그래서
아내는 그날로, 그러니까 바로 어제 집으로 돌아왔다.

경산이 한 말을 종합해 보니 아내는 어떤 사내에게 속았다. 같은
도매상과 거래하고 있는 사내였는데, 꽤 큰 상점을 가지고 있고 상처
한 지도 이미 오래이니 아내가 승낙만 한다면 정처(正妻)로서 모시겠
다고 꾀었던 모양이다. 나와의 생활에 절망을 느끼고 있던 터라 아내
는 자기만이라도 팔자를 고쳐볼 생각을 했다. 게다가 그 사내는 허우
대가 좋고 구변도 좋고, 얼핏 보기엔 진실이 있는 것 같기도 했다. 그
랬는데 일단 그 사내 곁으로 가보았더니 꽤 큰 상점이긴 했으나 다
섯 사람의 동업이었고, 그런 주제에 이곳저곳에 여자를 걸머들여놓
아 그 여자들 사이에 벌써 정실(正室) 싸움이 벌어지고 있었다. 집을

나간 그날 아내는 그 사내의 본댁으로 가는 줄만 알았는데 사내는 우선 그 밤은 여관에서 자고 내일 셋집이나 셋방을 찾자고 했다. 하는수 없이 여관으로 갔으나 덤비는 사내를 본댁에 들어가지 않는 한 몸을 허락할 수 없다고 사내를 방에서 쫓아버렸다. 그리고 이삼 일 동안 아내는 그 사내의 정체를 파악했다. 그 사내는 돈이 있을 성싶은 여자를 꾀는 상습자였다. 아내에게도 돈을 천만 원만 준비하면 동업자들로부터 상점을 인수할 수 있으니 돈을 빌려달라고 하고, 그러기만 하면 당장 본댁에 정실로서 맞이하겠다고 했다.

"그래 자네 부인은 당장 돌아온다고 했다네. 그러나 그럴 수도 없고 해서 셋방을 얻어 혼자 살았다더면. 그러던 차에 자네의 사건이 신문에 났으니 오죽이나 마음이 아팠겠나, 아무 말 말고 따뜻하게 맞아주게."

경산의 말은 간절했다. 나는 아무 거리낌없이 아내를 받아들이겠다고 했다.

"비 온 다음에 땅이 굳어진다는 말도 있지 왜. 자네 말을 들으니 안심이 되누만. 그럼 어서 가보게."

경산의 활달한 표정을 보니 나의 마음도 한결 가벼워졌다.

"동회 사무소엔 계속해서 나가도 되죠?"

"암, 되구 말구. 자네가 뭐 죄 지었나."

그날 밤, 아내는 내게 죄를 빌었다. 내겐 무어라 할 말이 없었다.

'떠날 때 붙들지 않았으니 돌아왔을 때 거절하지 않는다.'

이런 대범한 생각으로서가 아니라 나는 그저 기쁘고 반가웠던 것이다. 남자의 자존심이니 위신이니 하는 것을 내세워 조금쯤 빼겨볼 그런 마음의 여지도 없었다.

"죄가 있었다면 내게 있었지 당신에게 있는 것은 아니오."

이렇게 말할 수 있는 활달함이 내게 있었다는 것은 다행한 일이다.

반갑다는 감정, 기쁘다는 감정처럼 생명력을 북돋우는 계기란 없다. 그것은 바로 성적인 충동으로 통하기도 한다. 나는 오래간만에 남성이 되어 아내의 몸을 정답게 애무했다.

'이 하아얀 배 위로 어떤 사내가 지나갔을지 모른다.'

는 상념이 알코올에 불붙은 파란 불길처럼 가슴속에 나풀거릴 때 아련한 질투 같은 감정으로 괴롭기도 했으나 그 불길이 더욱 나의 남성을 자극했다.

"살아난 것 같애요."

아내가 신음하듯 말했다.

나는 아내의 그 말이 정직한 감정의 표현일 것이라고 짐작했다. 나 역시 정녕 그런 기분이었으니까.

"우리 오래오래 살아요."

아내는 오래간만에 황홀한 기분이 되어 여태껏 들어보지 못한 말까지 하기에 이르렀다.

긴 시작의 애무가 끝나도 아내는 나를 안은 팔을 풀지 않았다. 아내가 이처럼 정열적일 수 있다는 걸 안 건 큰 발견이었다. 그러나 그 발견은 곧 질투의 고통으로 번졌다. 이러한 정열이 나 아닌 다른 남성을 둘러쓰기도 한 정염(情炎)일 때도 있었을 것이란 상상은 고통이었다.

아내는 이어 띄엄띄엄, 아까 경산 선생으로부터 내가 전해들은 얘기를 대충 되풀이하더니 다시 죄를 빌곤

"무서운 세상이에요. 예사로 살다간 큰일 날 세상이에요."

하고 한숨을 쉬었다.

"무서운 세상이란 걸 인제야 알았나?"

나는 대범하게 말하려고 했지만 목구멍을 무엇이 틀어막는 것 같은 충격을 느꼈다. 내가 세상이 무섭다는 것을 안 것은 교원노조에 가입했다고 해서 파면된 때도 아니고, 직장을 찾으라고 서울거리를 헤매고 다닐 때도 아니고, 살인 혐의로 경찰서에 끌려갈 때도 아니고, 바로 지금 '세상이 무섭다'고 말한 아내가 내 곁을 떠나려고 할 때였다는 사실이 불현듯 뇌리를 스쳤던 것이다. 그러나 나의 이러한 상념은 아랑곳없이 아내의 말은 계속되었다.

"십 년 넘어 살아온 부부란 각각 다른 사람이 아니고 같은 사람이데요. 돌아누우면 남이라지만 그렇게 쉬운 일이 아니드면요. 꼭 헤어져야 한다면 어딘가에 정을 송두리째 옮겨놓고야 될 일이지 그러지 않고선……."

나는 아내의 말을 예사로 들어 넘길 순 없었다. 아내가 돌아온 것은 정으로서도 아니고 애착은 더더구나 아니고, 오직 우연(偶然)이란 생각이 들었다.

'정을 옮길 데가 없어서 돌아왔을 뿐이다.'

나는 부부라는 것과 이별이란 것을 생각해 보지 않을 수 없었다.

보통의 경우 여자는 딴 곳에 정을 옮겨놓고 남편과 헤어지기를 작정한다. 그런데 아내는 나와 헤어지기를 작정한 후에 딴 곳으로 정을 옮기려고 했다. 그것이 그렇게 쉬운 일이 아니더란 얘길 아내는 하고 있는 것이다.

이럴 때 사내는 어떤 반응을 보여야 옳을까.

'만일 그 사내가 곧바로 자기 집으로 아내를 데리고 갔더라면 아내는 이렇게 지금 내 곁에 누워 있을 순 없다. 그 사내에게 진실이 조금이라도 있었을 경우도 그렇다. 분명 아내는 그 사기꾼과 나와를 바꾸려고 했다. 그러니 이미 아내는 나를 배신한 거나 다름이 없다. 아니다, 아내는 나를 배신하기 전에 자기 자신을 배신한 거다……'

상념은 꼬리에 꼬리를 물고 쓰디쓴 고즙(苦汁)처럼 가슴속에 스며 퍼졌다. 나는 눈을 감았다.

'배신 없는 인생이 있을까. 배신 없는 나날이 있을까.'

어떤 이유이건, 어떤 사정이건 아내가 돌아왔다는 사실만을 긍정하면 되는 것이었다.

감정이 평정할 수는 없었으나, 일종의 안도감이 피로감과 어울려 나는 어느덧 잠길에 들었다. 꿈속에서 구멍가게 안주인의 정부(情夫), 그 짐승 같은 사나이를 만났다. 뭐라고 외치면서 주먹을 휘두르는 바람에 가위에 눌려 잠을 깼다. 곁에서 아내의 고른 숨소리가 들려오고 있었다.

나는 그 잠자는 아내의 얼굴에 평화(平和)를 보고, 평화란 결국 이런 것일 수밖에 없는 것이라고 마음속에서 중얼거렸다.

9

 옹덕동 18번지에 사건이 끊어질 날은 없는가 보다. 태평한 기분으로 잠자리에서 일어나 부엌에서 일하는 아내의 동정을 살피고 세수하러 나갔다.

 문간방 문턱에 신거운이 걸터앉아 있었고 모두철의 방 앞마루엔 수세미처럼 헝클어진 머리칼 그대로 메리 엄마가 앉아 있었다. 둘 다 심각한 얼굴이었다. 그런데도 신거운은 나를 보자

 "공연한 고생을 했소 그려."

하고 건성으로라도 인사말을 보냈는데, 메리 엄마는 내게 시선조차 보내지 않았다. 수다스런 메리 엄마로선 이해하기 곤란한 태도란 생각이 들었다.

 나는 칫솔질을 하면서도 두 사람 쪽을 슬금슬금 훔쳐보는데 아무래도 심상치가 않다. 그렇다고 해서 물어볼 수도 없다.

 "하여간 메리 엄마께서 책임을 져야 할 것 아니오!"

 신거운의 거친 말투에 나는 귀를 쭈볏 세웠다.

"내가 왜 책임을 져요? 신 선생님이 애지중지하던 장미가 책임을 져야죠."

메리 엄마의 말은 그 표정을 닮아 뾰로통했다.

"장미가 없어졌으니까 하는 말 아니오. 장미를 내게 소개한 건 메리 엄마 아뇨? 그것까지 책임을 지시오."

"서로들 좋아했지, 누구 소개한다고 남녀 간에 그런 사이가 되우?"

"계획적으로 내게 장미를 붙여준 것 아뇨?"

"계획적으로라뇨? 듣다 보니 이 양반 사람 잡겠네."

메리 엄마의 음성이 날카로워졌다.

"계획적으로 사기를 놓은 거 아니란 말요?"

신거운의 말투도 발끈했다.

"계획적으로 사기를 놓다니, 그런 말을 누구에게 대고 하는 거요. 나도 그 애 때문에 손해를 봤소."

금방이라도 달려들 듯 메리 엄마는 험상궂은 표정을 하며 손을 저었다.

나는 그렇게 오가는 말을 등 뒤로 빼놓지 않고 들으며 세수를 끝내고 낯을 닦았다. 낯을 닦고 방으로 들어가려는데 메리 엄마가 나를 불러 세웠다.

"안 선생님, 얘기 좀 들으세요."

나는 신거운 쪽을 봤다.

"안 형, 거기 좀 앉으시오."

신거운도 이렇게 말했다.

나는 흐지부지 마루 끝에 앉았다.

"안 형, 이럴 수가 있소."

신거운이 말하려고 하자

"제 말부터 들어줘요."

하고 메리 엄마가 나섰다.

"아침부터 왜 이러시유."

모두철이 방문을 홱 열어젖히고 말했다. 나의 아내도 부엌에서 나와 서성거렸다. 이럭저럭 옹덕동 18번지의 회의 모양이 되어버렸다.

사정 얘기를 들어보니 다음과 같았다.

신거운이 일수놀이를 한다고 가진 돈 거의 전부인 오백만 원 가량을 털어 넣었는데, 회수된 돈은 다시 일수를 놓는다며 법석을 떨고 하더니, 그 돈을 몽땅 들고 장미가 어디론지 행방을 감추어 버렸다. 신거운은 문자 그대로 탈탈가보가 되었다. 그 사건의 책임 추궁을 신거운은 메리 엄마에게 하려고 든 것이다.

"신 선생도 거의 매일 밤 같이 나가지 않았나."

모두철이 말했다.

"나는 나가서 도장이나 찍어줬지. 그것도 처음 얼마 동안이었지, 사내놈이 어디 그런 노릇을 하고 있겠어? 그래 난 장미와 메리 엄마에게 일임해 버렸던 거요."

"내 말은 빼세요."

메리 엄마가 날카롭게 소리를 질렀다.

"어떻게 메리 엄마를 빼요? 같이 있으면서 장미의 속셈을 알아차리지 못했단 말요?"

신거운의 반박이었다.

"명색이 부부라고 살을 섞고 산 신거운 씨가 짐작 못한 일을 내가 어떻게 알 수 있단 말요."

"아무래도 나는 장미가 메리 엄마와 짜고 한 짓이라고 보오."

"뭐라구요? 이 양반이 참말로 생트집이구먼. 나도 그 계집을 만나기만 하면 찢어놓고 싶은 심정이라우."

말과 감정은 오가는 동안 가열(加熱)되기 마련이다.

그러나 아무리 치열한 입씨름을 해보았자 장미가 나타나지 않는 한 해결될 성질의 일이 아니다.

"이렇게 싸운들 무슨 소용이 있겠수. 장미 씨나 찾아보두룩 하소."

모두철이 샌들을 발에 걸치고 수돗가로 갔다. 내겐들 좋은 방안이 있을 까닭이 없다. 아침밥을 먹고 동회 사무소엘 나갈 준비를 해야 했다.

아침 밥상은 성찬이었다. 동태찌개가 있고, 내가 좋아하는 피문어무침도 있었다. 그런 밥상을 받아보는 것이 내겐 꿈만 같았다.

"교육위원회 일허구 동회의 일허구 어느 편이 낫죠?"

밥상머리에서 아내가 물었다. 나는 얼떨한 김에 교육위원회에 다

넜다는 건 거짓말이라는 고백을 할 기회를 놓쳤다.

"그야 동회 일이 낫지, 우선 가까우니까."

"월급은 어느 쪽이 많은데요?"

"동회 월급은 겨우 15만 원밖엔 안 돼. 그러나 걸어서 갈 수 있으니까 교통비가 안 들고 커피값이니 뭐니 하는 잡비가 절약되니까 실속은 이편이 나아."

아무튼 거짓말을 발라넘기는 것처럼 힘드는 일은 없다. 나는 얼른 그 자리를 피해야만 했다. 도시락을 들고 밖으로 나왔다.

구멍가게의 문은 닫힌 채 있었다. 골목에 불이 꺼진 것 같았다. 구멍가게가 물건을 가득 채운 채 문을 열어놓고 있으면 살아있는 것처럼 골목에 생기가 있었다는 느낌이 새삼스러웠고 거무스름한 양호기의 얼굴은 그대로 골목의 기둥 같은 인상을 풍기고 있었다는 생각이 들자 나는 슬퍼졌다.

'괘씸한 년!'

나는 속으로 구멍가게의 안주인에게 대해 이를 갈았다.

'그 짐승 같은 놈 얘길 당장에라도 경찰에 가서 말해 버릴까.' 하는 노여움도 치솟았다.

동회 사무소 직원들은 모두들 나를 위로해 주었다. 직장(職場)이란 그런 점으로써도 좋은 곳이란 인식이 새로웠다.

사무를 보기 시작하기 전 나는 신문을 펴들었다(동회에 나가면서부터 나는 신문을 보게 된 것이다).

신문엔 양호기 사건의 속보가 나 있었다. 구멍가게의 안주인을 구속하고 심문을 계속하고 있으나 기소할 만한 근거가 박약하다는 요지였고, 그러나 불원 범인을 밝혀낼 수 있는 단서는 잡았다고 했다.

'단서라니, 단서가 무엇일까.'

단서고 뭐고 범인은 그 짐승 같은 사내이고 구멍가게의 안주인은 엄연히 공범일 것이다. 그러나 그런 심증만을 가지고 경찰에 고해바칠 순 없는 노릇이 아닌가. 나는 다시 고민하기 시작했다.

일을 막 시작하려는 판인데 신거운이 허둥지둥 동회 사무소에 뛰어 들어오더니 나를 불렀다.

"뭐요?"

간막이 가까이로 가서 물었다. 신거운은 잠시 밖으로 나오라고 했다. 나는 밖으로 나가 골목 후미진 곳까지 그를 따라갔다.

"안 형은 박열기의 주소를 아신다고 했죠?"

"박열기의 주소는 왜 묻는 거요?"

"사생결단을 내야겠소. 이대론 내 앞날이 너무나 막막하단 말요."

"앞날이 막막하다고 해서 어쩔 거요, 박열기를 찾아서……"

"내가 이 꼴인데 즈그만 잘살아? 안 되지 안 돼."

신거운의 표정은 푸르락붉으락했다. 장미에게 돈을 뺏기고 그 화풀이를 박열기를 상대로 할 작정인가 보았다.

그런 의도를 번연히 알면서 나는 신거운에게 박열기의 주소를 가르쳐줄 수 없었다. 몇 달 전만 하더라도 이편에서 박열기의 주소를 알리고 다부지게 해치우란 선동을 했을지 모를 일이었다.

"지금 당장은 알 수가 없는데…… 집에 돌아가 있으면 알아가지고 가겠소."

하고 나는 우선 신거운을 돌려보냈다.

동회 사무소로 돌아와 나는 박열기에게 전화를 걸었다. 박열기는 없고, 지금은 박열기의 아내, 옛날엔 신거운의 아내였던 윤 여사가 나왔다.

"오래간만입니다."

했더니

"참으로 오래간만입니다."

하는 수줍은 윤 여사의 말이 흘러나왔다.

"사업 잘되십니까?"

"그냥저냥요."

"박 형은 잘 있습니까?"

"별 탈은 없으신 것 같습니다. 그런데 하실 말씀이 있으면 제게 하세요. 그대로 전하겠습니다."

나는 잠깐 망설였다. 그러나 윤 여사에게도 알려두는 것이 나을 거란 생각으로

"신거운 씨 일인데요."

하고 말을 시작하자 마음의 탓인지 숨을 머금은 것같이 긴장하는 표

정이 수화기를 통해서도 느껴졌다.

"뭔데요?"

윤여사의 목소리는 분명 떨렸다.

"신 형과 같이 살고 있던 장미란 여자가 신 형의 돈을 몽땅 가로채 가지곤 도망을 쳐버린 모양입니다."

"어머나!"

"그래 신 형은 지금 환장한 사람 모양이 되어 있습니다."

"그렇다고 우리에게 어떻게 하란 말이죠?"

갑자기 윤 여사의 말이 쌀쌀해졌다. 나는 약간 무안한 생각이 들었다.

"어떻게 하시란 그런 얘기가 아니라, 이제 막 신 형이 제게로 와서 박 형 주소를 묻지 않겠소."

"주소를 알아서 뭣 하려구요."

"그러니 말입니다. 그런데 보통의 정신 상태가 아니어서 걱정이거든요. 내가 전화를 하는 건 그쯤 알아두시란 뜻이죠."

"주소를 가르쳐줬어요?"

"아직 가르쳐주진 않았습니다. 그러나 꼭 알려고 들면 내가 가르쳐주지 않아도 알게 될 것 아니겠습니까."

"제발 이리론 오지 말도록 해주세요. 우리가 할 일은 다했으니까요. 벌써 남이에요, 남, 남의 집에 뭣 하러 와요."

나는 웃었다.

"어떤 장수가 그 사람의 행동을 막을 수 있겠습니까. 나는 사실을 알려드리는 것뿐입니다."

하고 전화를 끊었다.

'장미가 도망친 게 박열기와 윤 여사에겐 큰 재앙이다.'

하는 생각이 일었다.

신거운이 보복을 단념한 것은 순전히 장미라는 아가씨의 덕택이었다. 이제 장미도 가고 돈도 없어졌으니 이런 분노 저런 분노가 합쳐 폭발할 것이 뻔했다.

퇴근해 돌아와보니 신거운은 거의 미친 사람처럼 되어 있었다. 극도로 흥분한 데다가 낮부터 소주를 들이키고 있었다는 것이니 그 광란의 정도는 짐작이 갈 만도 했는데 그런 상태에 있는 사람에게 박열기의 주소를 더더구나 알려줄 순 없었다.

"안 형, 이러기요?"

신거운이 마루를 치며 고함을 질렀다.

"박열기의 주소를 왜 못 대주겠다는 거요?"

그래도 나는 모른다고 잡아뗐다.

"그럼 나와 같이 갑시다. 한 번 가본 일이 있다고 하잖았소?"

"내가 언제 가보았다고 합디까, 대강 어디 있다는 소릴 들었다고 했지."

"대강만이라도 말해 보슈."

"동대문 밖 신설동이란 얘기만 들었달 뿐이라니까요."

신거운이 일어섰다가 도로 주저앉았다. 술에 취해 아랫도리가 말을 듣지 않는 것이다.

"신 형."

모두철이 신거운을 끌어 일으켰다.

"방으로 가서 우선 한잠 자시오. 정신을 차리고 난 후에 박열기 씨를 찾든지 말든지 할 일이지, 이래 가지곤 안 되겠소."

신거운이 모두철의 팔을 뿌리쳤다.

"전부 내 원수다. 이 세상이 모두 내 원수다. 나를 그렇게 깔보아봐라, 철저하게 복수를 하고 말 테다. 나는 지금 박열기를 찾아간다. 찾아가서 그놈의 대가리를 돌로 쳐놓고 말 테다."

신거운이 비틀거리며 일어섰다.

"지금 찾아야 할 사람은 장미 씨지 박열기 씨가 아니지 않소."

"장미 씨? 그년도 박열기의 꾐에 빠졌을 거야. 내가 아름다운 젊은 여자허구 사니까 샘이 나서 그놈이 빼돌렸을 거야. 틀림없어. 내게서 마누라를 빼앗아 놓으면 평생에 내가 여자 구경 못할 줄 알았는데 장미 씨 같은 색시를 만났다니까 샘이 난 거야. 그 연놈이 합작해서 장미를 꾀어 도망치게 한 거야. 틀림없어. 그런 연놈들을 가만 둬?"

모두철이 어이가 없다는 표정으로 신거운이 지껄여대는 소릴 듣고 있더니

"이 친구, 완전히 돌았구먼."

하고 중얼거렸다. 신거운이 취기로 핏발이 선 눈으로 모두철을 노려보며

"내가 돌았다구? 내가 어째서 돌았느냔 말야. 돈 것은 세상이다, 네놈들이다. 나는 희생자란 말야. 선량하니까 이런 꼴을 당하는 기여."

하고 판자문 쪽으로 비틀거리며 걸어 나갔다. 그러더니 홱 돌아서면서

"저 백여우 같은 년은 어디로 갔어."

하고 메리 엄마의 방 쪽을 향해 고함을 질렀다. 나는 금방이라도 아랫방의 문이 탕 열려 메리 엄마의 앙칼진 표정과 함께 앙칼진 말이 튀어나올 줄 알았다. 그랬는데 아랫방은 조용했다. 메리 엄마는 출타 중인 모양이었다.

신거운이 숨을 몰아쉬고 한바탕 할 듯 제스처를 취하더니 상대가 없고 보니 겸연쩍었던지 횡 밖으로 나가버렸다.

"그냥 둬둘 순 없는데."

모두철이 황급히 그를 뒤따라나갔다. 나는 멍청하게 아내의 얼굴을 쳐다봤다.

신거운이 시야에서 사라지자 갑자기 그에 대한 동정이 내 가슴속에 고였다. 뭐니뭐니해도 신거운과 나와는 비슷하게 불쌍한 처지에 있는 사람이다. 그러면서도 나는 하마터면 그 일수놀인가 하는 데 끼

어들 뻔했던 일을 상기하고 불행 중 다행이란 문자를 생각하고 있었다. 그리고 술취한 신거운을 모두철에게만 맡겨놓을 수 없다는 심정으로 밖으로 나가려고 했다.

"어딜 가려우?"

아내가 물었다. 신기한 일이다. 내가 밖으로 나갈 때 이 몇 해 동안 아내가 '어딜 가느냐'고 물어본 일이란 없었던 것이다. 그래 나는 그렇게 묻는 아내의 얼굴을 말끄러미 바라보지 않을 수 없었다. 아내는 눈이 부신 듯 웃었다.

"신 형을 데리고 와야지, 모 형 혼자선 힘들 것 같아서."

하고 나는 밖으로 나왔다.

웬지 가벼운 기분이었다. 내게도 가정이 있고 아내가 있다는 느낌처럼 흐뭇한 건 없다.

땅거미가 끼기 시작한 여름의 저녁나절, 사람들은 골목길에 쏟아져 나와 길가에 자리를 잡고 한가하게 부채질을 하고 있었다. 아이들은 그 사이를 누비며 웃고 뛰놀고 야단이다.

나는 어슬렁어슬렁 걸어 버스 정류소 근처로 나갔다. 모두철과 신거운이 거기서 승강이를 벌이고 있었다. 모두철이 나를 보자,

"신 형이 전에 장미 씨가 나가던 비어 홀로 꼭 가야겠다는데."

하면서 난처한 표정을 지었다.

"가야 돼."

신거운이 모두철의 팔에서 벗어나려고 했다.

"내일 가면 되잖소."

모두철이 한사코 신거운을 말렸다.

"오늘 가서 장미의 친구들을 만나야 해. 내일이면 늦어."

나는 신거운의 말에 일리가 있다고 생각했다. 그래 나는

"서둘러 알아볼 일도 있을 테니까 그 비어 홀로 가보는 것도 좋
지 않을까요."

하고 의견을 말했다.

"이런 꼴을 하구?"

모두철이 신거운의 벌겋게 술취한 얼굴을 턱으로 가리켰다.

"택시를 타고 갑시다, 내게 택시 값은 있으니까."

나는 택시를 불러 세웠다.

"비어 홀로 갈 테니까 정신 똑바로 차려요."

모두철이 신거운의 등을 툭 쳤다.

"걱정 말아요, 정신은 말짱하니까."

신거운이 앞자리 시트 위로 머리를 기대면서 신음하듯 말했다.

초저녁의 혼잡 속을 택시는 경쾌하게 빠져나갔다.

"덕택으로 택시라는 걸 타보는구먼."

모두철이 애매하게 웃었다.

혹을 떼러 갔다가 혹을 한 개 더 붙여 돌아왔다는 옛이야기가 있
다. '로빈후드' 비어 홀에 신거운을 데리고 간 우리들의 꼴이 꼭 그

런 꼴이 되었다.

먼저 메리 엄마를 찾았다.

며칠 전부터 그 비어 홀엔 안 나온다는 대답이었다.

다음에 장미와 가장 친한 아가씨를 보자고 했다. 아직 초저녁이라 손님이 뜸한 시간인 탓으로 얼굴의 생김새가 족제비를 닮은 야무지게 생긴 아가씨가 나타났다.

"왜 나를 찾죠?"

거는 말부터가 시비조다.

"장미가 어딜 갔어? 너는 알 게 아냐?"

신거운이 혀가 꼬부라진 소릴 했다.

"너라니, 그게 무슨 말버릇이유? 장미가 어딜 갔느냐구? 그 애가 어딜 갔는질 왜 내가 알아야 하우?"

그 아가씨는 홱 돌아 안으로 들어가 버렸다. 밖에서 이럴 것이 아니라 안에 들어가서 차근차근 물어보자는 신거운의 주장이 있어 우리는 촌닭 장에 온 시늉으로 비어 홀 안으로 들어가 아무 데나 자리를 잡고 앉았다.

"뭣을 드릴갑쇼?"

재빠르게 보이가 나타나 물었다.

"우리는 사람을 만나러 왔소."

모두철이 무뚝뚝하게 말했다. 그리고 장미를 잘 아는 아가씨를 데려다 달라고 일렀다. 저편에 아까의 족제비 같은 여자가 어른하는 것 같더니 나이가 들어 보이는 조금 뚱뚱한 여자가 나타났다.

"장미를 찾으신다구요?"

점잖게 말하고 그 여자는 우리의 앞자리에 앉았다.

"그렇소."

신거운의 말이 있자 그 여자의 인상이 돌연 험상궂게 바뀌었다.

"왜 찾는 거죠?"

"그년이 내 돈을 몽땅 갖고 도망쳤단 말야."

신거운이 거칠게 말했다.

"얼만데요?"

"본전만으로도 육백만 원이야."

"장미허구 몇 달이나 살았수?"

"그건 왜 묻지?"

"대답이나 해 봐요."

"반 년 넘어 살았어, 왜."

"반 년이면 백 팔십 일이라……."

그 여자는 무언가를 계산해 보는 눈치더니

"육백만 원에 백 팔십 일이면 하루 삼만 원꼴이구먼. 그년 헐케도 팔았다."

하고 일어섰다.

"어딜 간 줄 모르오?"

신거운이 다시 물었다.

"몰라요, 그년이 어딜 갔는지 죽었는지."

"당신은 알고 있을 것 같은데."

"알아도 못 가르쳐주겠소."

"왜요?"

"싫다고 도망간 년을 찾아서 뭣할 거요. 사내답지 못하게."

여자는 선 채 쏘았다.

"돈을 받아내야지."

신거운이 거칠게 말했다.

여자의 표정엔 '흠' 하는 냉소가 돌았다.

"돈? 하룻밤 삼만 원씩에 판 돈을 도루 받아내? 그년의 ×은 고무제품이던가? 개울가에 파놓은 구멍이던가? 치사하게 사내가 왜 이러노."

"팔다니, 뭣을 팔았단 말야."

신거운이 흥분했다.

"이 양반이 알고 이러나, 모르고 이러나. 세상에 공짜가 있겠수? 장미가 반해서 당신허구 살았겠수?"

얼굴에 찬물을 끼얹는 듯한 말을 뿌려놓고 그 여자는 사라져버렸다. 비위 치레한 신거운으로서는 할 말을 잊은 모양이었다.

"나갑시다."

하고 내가 일어서려는데 재앙은 그로써 끝난 것이 아니었다. 지배인이란 친구가 나타나더니 신거운 앞에 턱 버티고 섰다.

"그러지 않아도 찾아갈 참이었는데 오늘 참 잘 오셨소."

지배인은 계산서로 보이는 쪽지를 신거운 앞에 놓았다. 신거운은 정신이 바짝 차려지는 모양으로 정색을 하고 그 쪽지를 집어 들었다. 어두워서 잘 보이지가 않아 고개를 이리저리로 돌리고 있는데 지배인이 라이터를 탁까닥 켜더니 그 쪽지를 비춰주었다. 구십 칠만 원의 액면이 적힌 쪽지였다.

"이게 뭐요?"

신거운이 놀란 표정이 되었다.

"임자가 잡수신 술값을 몰라요?"

지배인이 냉소를 섞어 말했다.

"나는 서비스를 받았다고 생각했는데."

신거운이 우물쭈물했다.

"서비스? 서비스 좋아하시네. 우리가 어쩌자고 임자에게 서비스하겠소. 한강에서 그저 퍼온 물이라고 해도 운반비가 있을 텐데, 하물며 비싼 술 갖고 당신에게 서비스를 해요?"

신거운은 말문이 막힌 모양이었으나

"그렇다면 장미가 지불할 건데."

하고 중얼거렸다.

"장미가? 장미가 당신 술값을 지불할 거라구? 여보소, 그 애들이 놈팽이 술값 치르려고 이런데 나와 웃음을 파는 줄 아우? 그런 치사스런 소리 작작허구 빨리 돈이나 내슈."

"그래도 장미가⋯⋯."

신거운은 완전히 맥이 풀렸다.

"장미가 맡아놓은 거니가 장미에게 받아야겠죠. 당신이 안 낸다면 말요. 그러나 장미는 온데간데없으니 우린 당신에게 받겠단 말요."

이렇게 말할 때의 지배인의 태도는 차분했다.

"돈이 없는 걸 어떡허우."

신거운이 퉁명스럽게 말했다.

"돈이 없다구? 그러니 어떡하느냐구? 배짱 한번 좋구나. 그렇지만 그렇게 간단하겐 안 될 걸."

지배인은 완전히 깡패의 태도로 나왔다.

"지금 없는 걸 당장 어쩔 수 없는 것 아뇨. 이담에 내도록 합시다."

모두철이 조정 역할을 할 셈으로 나섰다.

"이담에?"

지배인은 코웃음을 쳤다.

"어디에 사는 어떤 말뼉다군지 알고 이담을 기다려."

"그러나 없는 걸 어떻게 받을 거유. 자, 신 형 나갑시다."

하고 모두철이 일어섰다. 나와 신거운도 따라섰다. 구석구석에 아가씨들이 모여 킬킬거리며 이 광경을 보고 있다는 느낌이 아니꼬웠다.

그런데 지배인이 막아섰다.

"못 가, 무슨 각단을 내지 않곤 한 발자국도 여기서 못 나가."

"이담에 준다지 않소."

애원하는 투로 말하자 비집고 나가려는 신거운의 어깨를 지배인이 탁 쳤다. 신거운이 비틀거렸다.

"못 간다면 못 가."

"그럼 어떻게 하자는 거유?"

모두철이 말했다.

"당신들이 나설 대목은 아니라구. 당신들이 대신 술값을 못 갚아 줄 바에야 잠자코나 있어요. 아예 입을 열지 말구."

"내일이라두 다만 얼마라도 만들어갖고……."

나는 어물어물 지배인의 동정을 구할 양으로 말을 꾸며보려고 했지만 되질 않았다. 뿐만 아니라 지배인의 감정만 더 상해 놓은 것 같았다.

"내일에라도? 당신들 꼴 보니 내일이 아니라 십 년 후의 싹도 노랗소. 주제에 입은 가졌다고 내일을 들먹여?"

지배인은 턱으로 보이 두셋을 부르더니 명령했다.

"얘, 이자의 옷을 벗겨버려. 팬티 한 장만 남겨놓고 홀딱 벗기란 말여. 저리로 데리고 가서 홀딱 다 벗기곤 뒷문으로 내쫓아! 여름철 고마운 줄이나 알아라. 홀딱 벗고 거리를 한번 뛰어보시지. 뒤는 파출소에서 맡아 국영호텔로 모실 테니까. 야, 뭣하고 있어. 빨리 끌고 가서 내 시키는 대로해. 이왕 술값은 떼인 거지만 버릇만은 가르쳐 놓아야겠어."

보이들이 신거운을 끌고 가려고 했다.

"세상에 어디 이럴 수가 있소."

모두철이 빌다시피 했으나 막무가내였고, 내 역시 호주머니의 푼돈을 털어 애원했지만 들은 척도 안 했다. 부득이 신거운이 끌려가게 되었는데, 두어 발 끌려가다가 팔을 들며 비명을 질렀다.

"이 시계라도 풀어 줄께요. 이 시계는 로렉스요."

지배인이 곁으로 가더니 보이들의 손을 풀게 하고 신거운이 바쁘게 풀어놓은 시계를 들여다보았다.

"그건 로렉스란 고급 시계요. 놓쳐선 안 되는 시계요. 요담에 와서 술값을 갚고 찾아갈 거니까 그걸 잡아두소."

신거운이 연신 머리를 조아리며 빌었다.

"놔줘, 이거라도 반 본전은 찾겠다."

이렇게 말하고 지배인은 시계를 호주머니에 집어넣고 돌아서 버렸다.

신거운에 있어서 그 시계는 잘 살았던 옛날을 기념하는 유일한 물건이었다. 얼마나 그것을 소중히 하고 있었던가는 곤란과 궁핍이 칠팔 년을 연속해도 그것만은 간직하고 있었던 사실로 미루어 알 수가 있다.

그 비어 홀에서 나온 우리들은 묵묵히 버스 정류소를 찾아 옹덕동 행 버스를 탔다.

"참으로 그놈의 비어 홀 로빈후드로구먼. 도둑놈의 소굴 아냐? 도둑놈의 소굴······."

중얼거리고 있는 신거운의 옆얼굴을 보며 나는 이자가 실성해지지 않았나 하는 의혹을 갖기조차 했다.

신거운은 완전한 빈털터리가 되었다. 하루 종일 방안에 누워 있다가 이따금 밖으로 나와선 수도꼭지를 틀어놓고 물을 들이키곤 했다.

그런 걸 그냥 봐 넘길 수가 없어 아내는 끼니때가 되면 방안에 처박혀 있는 신거운을 부르라고 했다. 그럴 때 모두철을 그냥 둘 수 없어 함께 청하게 되는데 어느덧 나의 가난한 터전으로 식객을 둘이나 거느리는 꼴이 되었다. 나는 그게 또 아내에게 죄송스러웠다. 그래 변명 비슷한 말을 하면 아내는

"먹는 건 그렇게 많이 드는 게 아니라요. 잘 먹으려고 할 때가 문제지."

하며 대견스러운 태도를 보였다.

신거운은 닥치는 대로 전당포에 물건을 갖다 날랐다. 그럴 때면 으레 술이 취해 곤드레가 되었다. 곤드레가 되어선 한바탕 고함을 질러 세상을 저주하고, 박열기를 저주하고, 윤 여사를 저주하고, 메리 엄마를 저주한다. 그런데 우연히 알아차린 일이지만, 장미를 저주하는 경우는 보이지 않았다. 저주하지 않을 뿐 아니라 장미의 이름을 들먹이길 꺼려했다.

어느 날 모두철이

"저 꼴을 그냥 볼 수 없으니 박열기 씨를 찾아가 의논이나 합시다."

하고 제안해 왔다.

"박열기 씨에게 뭐라고 하겠소?"

나는 반문했다.

"그냥 두면 죽게 마련이오. 그렇게 되면 박열기 씬들 뒷맛이 좋을게 있겠소. 그러니까 의논이라도 해보자는 거유."

이런 까닭으로 나와 모두철은 박열기 씨를 한번 찾을 작정을 하고 있었다. 그랬는데 박열기 씨가 동회 사무소로 나를 찾아왔다. 신거운 씨 일이 마음에 걸려 왔다는 것이다. 이럭저럭 얘기를 듣고 나더니 박열기는 호주머니에서 돈꾸러미를 꺼냈다.

"이거 백만 원인데 이걸 신거운 씨에게 주시오."

그리고 종이를 꺼내놓곤 말했다.

"앞으로 다신 신세를 지지 않겠다는 서약서를 한 장 받아주슈."

"그런 걸 받아서 뭣하게요?"

내가 반박하자 박열기의 답은 이랬다.

"나는 이런 거 소용없다고 했는데 아내가 기어이 고집을 해요. 이런 거라도 받아두어야 조금이라도 후환을 던다구요."

나는 그 말의 내용보다 서슴없이 아내라는 말을 쓰는 박열기에게 흥미를 느꼈다.

"그래 박 형, 살림 재미는 어떻소?"

"그저 그렇고 그렇지. 허나 뭔가 보람은 있어요. 뭐든 의논해서 하니까."

박열기는 헤어지면서 말했다.

"백만 원 주었다고 앞으론 모르는 척한다는 얘긴 아니오. 또 무슨 일이 생기거든 연락해 주소. 힘 닿는 데까진 해야 할 테니까."

"박 형도 여러 가지로 걱정이 많구먼."

"책임을 느끼는 거죠. 미안하다는 생각을 쉽게 지울 수가 있겠소."

나는 그날 밤 신거운에게 박열기가 말한 서약서를 쓰겠느냐고 물었다. 한참 동안 눈을 껌벅거리고 있더니

"그걸 쓰면 돈 얼마 준답디까?"

하고 물었다.

"우선 백만 원 준답니다."

"그럼 쓰죠."

신거운은 백지에 볼펜으로 굵다랗게 다음과 같이 썼다.

'지금이나 다음이나 연놈들이 붙어사는 덴 일체 상관하지 않기로 서약함.'

나는 그걸 들여다보고 한바탕 웃음을 터뜨렸다.

"멋이 있는 문장이우."

모두철도 한마디 거들었다.

"사나이 글을 배워 기막힌 문서 하나 만들었구먼."

신거운은 씁쓸하게 한마디 하곤 돈을 호주머니에 집어넣더니 밖으로 후딱 나가버렸다. 모두철이 중얼거렸다.

"또 만수판 벌어지겠수."

10

구멍가게의 안주인이 풀려나왔다. 수상하다는 심증만으론 경찰도 어떻게 할 수 없는 모양이었다. 사건은 다시 오리무중(五里霧中)으로 들어갔다고 신문들은 보도했다.

"이런 걸 완전 범죄라고 하는 거야."

신문을 펴들고 동회 직원 하나가 중얼거렸다.

"요즘 경찰은 너무 무능해."

또 다른 친구의 말이다.

"빨갱인 잘 잡아내던데."

하는 말이 있었고

"강력범 같은 덴 그다지 중점을 안 두는 모양이지."

하는 말도 나왔다.

"증거가 없는데 중점을 둔대서 범인이 잡히겠어?"

신문을 들고 있는 사람의 말이다.

"증거가 왜 없어, 현장 근처에 망치가 있더라던데."

"그게 단서가 되나?"

"그런 단서라도 가지구 범인을 잡아야지, 경찰도 기술 아닌가배."

이런 응수를 들으며 가슴의 한구석이 쓰렸다.

"양호기 씬 죽어 눈도 못 감겠구나, 하늘도 무심하지."

"죽은 사람에게 눈이 있나 뭐."

"뭐니뭐니 해도 죽은 사람만 불쌍하지, 과부는 시집 다시 가면 될 거구."

그날의 업무가 끝난 시간이라서 직원들은 계속 그 사건 얘기에 열중했다. 업무는 끝났으나 아직 햇살이 더운 터라 모두들 자리를 뜰 생각도 하지 않았다.

나는 찌는 듯한 집으로 돌아가는 것보다 덩그렇게 높은데 자리 잡고 있고 선풍기까지 있는 동회 사무소에 머물러 있는 편이 낫다고 싶어 그냥 앉아 있는 터였다.

"이럴 때 히야시 맥주를 한잔쯤 했으면."

누군가가 중얼거렸다.

"하시지, 염려말구."

다른 하나가 받았다.

"쥐꼬리도 채 못 되는 월급을 받는 주제에 맥주를 들먹여?"

신문을 팽개치며 아까의 직원이 말했다.

맥주 소리를 들으니 슬그머니 군침이 돌았다. 내 호주머니엔 그만한 돈은 있었던 것이다. 그러나 직원 전부와 어울린 순 없고 그 가운데서 몇 만을 골라낼 수도 없어 나 혼자 동회 사무소를 빠져나왔다. 동회의 건물이 보이지 않는 지점에 와서 나는 얼음집을 찾아들었다.

차디찬 맥주를 들이키니 살 것만 같았다. 이렇게 맥주를 마실 수 있는 것도 따지고 보면 아내의 덕분이다.

두 잔째는 천천히 마셨다. 양호기는 이런 맥주도 못 마시게 되었구나 하는 엉뚱한 생각이 일었다.

석 잔째를 비우고 나니 얼큰해지는데, 양호기의 아내의 그 이즈러진 얼굴이 눈앞에 떠올랐다.

'그년을 그냥 둘 수 있을까?'

나는 혼자서 흥분했다.

구멍가게의 문은 닫힌 채 있었다. 나는 당장에라도 그 여자를 찾아 야료를 부리고 싶은 충동을 느껴 가게문을 두드릴까 하다가 한참 동안 노려보기만 하고 그만두었다.

'이제 막 풀려나온 사람에게 덤빈다는 건 뭣하니 이틀쯤 지내고 하자.'

나는 이렇게 마음먹고 집으로 들어섰다. 아내는 수돗가에서 빨래를 하고 있었다.

"빨리 해치운다는 게 일이 바빠서 그만."

아내는 변명조로 말하며 일어섰다.

"내가 대신 해줄까?"

"그만두세요, 한 번만 더 헹구면 되는걸요."

나는 아내를 위해서가 아니라 더운 김에 물장난을 하고 싶은 터였다.

모두철이 마루로 나왔다. 나는 그를 보며

"오늘 신문 안 보았소?"

하고 말을 걸었다.

"내가 언제 신문 봅데까. 그런데 무슨 일이 났던가요?"

"구멍가게의 안주인이 풀려나왔어요."

"아까 왔습니다. 아마 안 형을 찾는 모양이던데요."

"그 여잔 왜 자꾸 당신을 찾죠? 그 여자 때문에 당신이 고생한 것 아뇨?"

빨래를 짜며 아내가 중얼거렸다.

나는 뭐라고 대답할 수가 없었다. 그래 말머리를 돌렸다.

"신거운 씬 집에 없나?"

"아직 안 돌아왔소. 아마 그 돈을 다 쓰고 나야 돌아올 걸."

모두철이 하품을 씹으며 말했다.

나는 웃옷을 벗어젖히고 몸과 얼굴을 씻었다. 아무래도 구멍가게의 안주인이 마음에 걸렸다.

'찾아오기까지 했다니까, 다시 그 여자가 오기 전에 오늘밤 내가 찾아가봐야겠다.'

사양하는 모두철을 청해 함께 저녁 식사를 하고 아내가 설거지하는 틈을 타서 나는 그에게 대강의 사정 설명을 했다. 그러나 돈을 받겠다는 대목은 빼버렸다.

이야기를 듣고 나더니 모두철이 심각한 표정을 하고 띄엄띄엄 말했다.

"소이를 생각하면 괘씸하지만 어디 그렇게야 할 수 있겠소. 증거가 불충분하면 풀려나올 걸……. 그렇게 되면 원한을 사는 결과밖에 더 될 것이 있겠소."

마루 끝에 멍청하게 앉았다가 어두워지길 기다려 나는 구멍가게를 찾았다.

"그렇게 고마울 수가 있겠시유. 전 선생님 덕택으로 산 거에유. 선생님의 덕분이 아니었더면 전 생판 누명을 쓸 뻔했시유."

구멍가게의 안주인은 손이 닳도록 빌어 올리며 이런 말을 되풀이했다.

단단히 각오를 하고 그 여자를 대했던 것인데 이렇게 되고 보니 그 각오가 꺾이고 말았다. 그러나 다음과 같이 말해 보지 않을 수 없었다.

"나는 아무래도 그 사람이 저지른 일일 거라고 생각하고 있죠. 그걸 알면서 가만히 있기가 참으로 난처하단 말입니다. 양호기 씨로부터 이만저만 신세를 진 게 아닌데……."

내가 말한 그 사람이란 물론 짐승처럼 생겼다는 사내 말이다.

"그 사람에게 무슨 죄가 있어요. 그 사람관 아무런 상관도 없어유.

그런 말씀은 말씀만이라도 생사람을 잡아유."

나는 속으로 냉소했다.

"내가 잘 아는 지게꾼이 있는데요. 그 지게꾼이 양호기 씨가 변을 당한 그 무렵에 고갯마루에서 그 사람을 만났다는데 또 할 말이 있어요?"

나는 경찰에서 대질한 지게꾼 생각을 하고 좀 부풀게 말을 꾸며 보았다. 아니나 다를까 안주인은 새파랗게 질렸다. 그리고는 어물어물

"그럴 리가, 그럴 리가 없을 텐데유."

하고 신음하듯 말했다.

"그럴 리가 없다는 것과 그런 사실이 있다는 것과는 말이 다르죠."

나는 여자를 쏘아보았다.

"아녜유, 아녜유. 그런 일은 없에유."

여자는 애걸하는 말투였으나 단호하게 버텼다.

"그럼, 좋소. 결코 그런 일이 없었다는 자신이 있다면 나는 그 지게꾼을 데리고 경찰서로 가서 정보나마 알려야 하겠소."

여자의 눈에 공포의 빛이 돌았다. 나는 말을 이었다.

"꼭 범인을 잡아야 한다기보다 내 마음의 부담을 덜기 위해서는 그렇게 해야겠습니다. 내가 범인을 대강 짐작하고 있으면서 입을 다물고 있는 건 고통입니다. 더욱이 양호기 씨를 죽인 범인을요. 그런데 아주머니께 누가 미칠까 봐 애써 덮어두었던 것인데 아주머니는

305

절대로 그런 일이 없다는 자신이 있는 모양이니 누를 미칠 까닭도 없지 않습니까. 그렇다면 내 양심의 부담이나 덜어야 하겠어요. 경찰에 가서 흑백을 가리도록 아는 데까진 얘기할 작정입니다."

구멍가게의 안주인은 덥석 내 무릎을 안았다.

"절대로 그런 일은 없지만 그런 걸 경찰이 알면 사람 하나 억울한 꼴만 당해유. 사람 살리는 셈치구 가만히 계셔만 주시유. 가만히 계셔만 주시면……"

"가만히 있기만 하면 어떻게 하겠단 말요?"

"뭐든 시키는 대로 하겠에유, 뭐든."

"그럼 좋소. 앞으론 절대로 그 사람을 만나지 않겠다고 약속할 수 있소?"

"약속하구말구요. 지긋지긋해유. 다시는 만나지 않겠에유."

"그렇다면 생각해 봅시다."

하고 나는 일어섰다. 여자는 황급히 따라 일어서며 숨가쁘게 말했다.

"꼭 은혜를 갚을께유, 이 집을 팔아서래두유."

구멍가게에서 나와 나의 집, 판자문을 열려는 찰나였다. 검은 그림자가 저편 전신주 그늘에서 나타나더니 성큼 내 곁으로 다가섰다.

"안인상 씨죠?"

나지막한 말투에 위엄 같은 것이 느껴졌다.

"당신은 누구요?"

내가 되물었다.

"나와 같이 좀 가야겠습니다."

그자가 말했다.

"도대체 당신은 누구요?"

"경찰이오."

"경찰이 왜?"

"물어볼 말이 있소."

"가면 어디로 간단 말요. 경찰이면 난 싫소."

"경찰서로 가잔 얘기는 아니오, 밤이 깊어 적당한 곳도 없으니 우선 파출소로 갑시다."

"파출소는 경찰이 아니오?"

"경찰에 가는 것도 여러 가지가 있잖소. 끌려가는 것과 모시고 가는 것과……."

"곧 통행금지 시간이 될 텐데."

"내가 바래다드리죠. 염려마오."

그렇게까지 나오는 데야 군이 거절할 수가 없었다. 나와 그자는 인근에 있는 파출소에 갔다. 파출소 뒤편에 있는 숙직실에서 냉 사이다 두 병을 청하더니 그때야 그자는 신분증을 꺼내놨다. 민(閔)이란 형사였다.

민 형사가 말했다.

"오늘 양호기의 마누라를 석방했소. 그로써 수사가 일단락된 셈인데 그러나 끝나진 않았소. 각도를 달리해서 수사가 시작되는 거죠. 지금부턴 내가 맡기로 했소."

"계속 수사를 한단 말이죠?"

"그렇소."

"수고가 많겠습니다."

"그러니까 협력을 해달라는 말입니다."

"협력이라니, 내가 무슨."

민 형사는 나의 표정을 살피는 듯하더니 천장으로 시선을 옮기곤 사이다를 따랐다.

"안 선생이 알고 있는 사실을 솔직하게 말씀해 주시면 그게 협력이 되는 겁니다."

나는 조금 불쾌해졌다.

"솔직하게 말씀하십시오. 민 형사는 나를 의심하는 거요?"

"천만의 말씀, 대강 조사한 결과 안 선생이 그런 짓을 할 사람이 아니란 건 판명이 되었소."

"그렇다면?"

"양호기의 부인에게 정부가 있는 걸 안 선생은 아시죠?"

"그걸 내가 어떻게 알겠소."

내 말투에 약간 당황하는 빛이 있었을는지 모른다. 민 형사의 표정이 굳어졌다.

"안 선생, 왜 그러시유. 아는 대로 말하시면 됩니다."

"……."

"양호기의 마누라에겐 정부가 있소. 그걸 안 선생만은 알고 있을 것 같애. 그 확증만 잡으면 될 텐데."

민 형사는 내게 담배를 권하고 자기도 피워 물며 나직이 말을 이었다.

"오늘밤 안 선생은 뭣 하러 그 집에 갔었죠?"

"그 여자가 경찰에서 풀려나온 길로 나를 찾아왔다기에 무슨 일인가 하고 찾아본 거요."

"인사 겸 찾았다, 이 말씀이구먼요."

민 형사는 담배연기를 길게 내뿜었다.

"그렇소."

"그렇진 않을 텐데."

"양호기 부인의 성격은 여간 깐깐하지 않다고 합디다. 인색하구 인정머리가 없구."

"그게 어쨌단 말요?"

"그런 여자가 안 선생에게만 인정스럽게 구니…… 이게 이상하단 말인데……."

"……."

"그 이유가 뭣일까, 나는 그걸 생각하고 있단 말입니다."

"그래, 내가 그 여자의 정부란 말요?"

"아아뇨, 그렇지 않다는 것도 잘 알고 있소."

"그렇다면 내게 이러쿵저러쿵 물어볼 게 없을 것 아뇨."

"아니지."

"뭣이오?"

"그런 인색한 여자, 예의도 모르는 여자, 이웃 간에 욕설만 얻어 먹는 여자가 왜 안 선생에게만 그렇게 다정하게 구는지, 그게 이상 하단 얘기요."

"나도 모를 일이오."

"모를 일이라구요?"

민 형사는 냉소를 입가에 띠었다.

"모르는 것을 모른다고 할 수밖에요."

민 형사는 자세를 고쳐앉더니 다시 심문조로 시작했다.

"지금 안 선생 집엔 누구누구가 살고 있죠?"

"모두철 씨, 신거운 씨, 메리 엄마, 그리고 우리 부부요."

"양호기의 부인이 그런 사람들에게 과자 한 개라도 갖다주는 걸 봤소?"

"글쎄요."

"글쎄요가 아니라 그런 일이란 없죠."

"본 일은 없소."

"본 일이 없었달 뿐 아니라 그 이웃사람들에게 물어본 결과 그런 일은 전연 없었답니다."

"그게 어떻다는 거요?"

"그쯤 되니까 대강 짐작이 가지 않습니까."

"무슨 짐작?"

"안 선생이 그 여자의 비밀을 쥐고 있다는 짐작이죠."

민 형사는 이렇게 말해 놓고 내 얼굴을 똑바로 봤다. 나는 엉겁결에 얼굴을 돌려버렸다. 무서운 안력(眼力)이다 싶었다. 민완형사(敏腕刑事)란 이런 자를 두고 말하는 것이로구나 하는 생각도 들었다. 민형사의 말은 계속되었다.

"상식적으로 생각해 보시오. 안 선생이 그 여자의 정부(情夫)였다면 문제는 간단하게 풀리오. 또 그 여자가 안 선생을 연모하고 있다고 해도 문제는 간단하오. 그런데 그 여자가 안 선생을 연모할 까닭도 없고 그런 연모를 용인할 안 선생도 아니고……. 그렇다면 결론은 뻔하지 않소. 안 선생이 그 여자의 비밀을 쥐고 있다, 그 비밀의 탄로가 겁이 나서 그 여자는 안 선생에게 약을 쓴 게다. 이렇게밖엔 될 수 없단 말요. 틀림없죠?"

내 발로 걸어가 바로 그 사실을 털어놓을까도 생각한 일이었지만 교묘한 유도 심문에 걸려든다는 것이 역겹고 한편 그 여자와의 약속도 염두에 떠오르고 해서 끝까지 버티어볼 생각이 일었다. 그래

"무슨 소린지 도무지 알 수가 없소."

하고 퉁명스럽게 말했다.

민 형사는 고함이라도 한 번 지를까 하다가 그 충동을 가까스로 참는다는 시늉을 하며 말했다.

"좋소, 그럼 한 번 더 말해 보소, 그 여자에게서 어떤 물건을 받았는가."

"그런 걸 어떻게 내가 일일이 기억하고 있겠습니까."

민 형사는 포켓에서 수첩을 꺼내 펼쳐들더니

"맥주가 일곱 병, 소주가 다섯 병, 비누가 열 개, 국수다발이 열 개, 오징어가 열세 마리, 과자가 두 상자."

하고 읽곤

"이건 그 여자가 진술한 그대로요."

하며 나를 노려보았다. 나는 잠자코 있었다. 그 여자의 기억력에 놀랐던 것이다.

'그토록 허겁지겁 물건을 싸오면서 일일이 계산을 했단 말인가……. 무서운 여자로구나.'

민 형사는 수첩을 도로 챙겨 넣고 거친 어조로 말했다.

"구멍가게 안주인으로서는 대단한 선물이오. 푸짐한 인심이오. 이런 푸짐한 선물을 하게 된 동기와 목적을 알고 싶단 말요. 그걸 알기만 하면 범인을 찾아낼 수 있는 단서를 잡는 겁니다."

그래도 나는 침묵을 지켰다.

"듣자니 당신은 양호기로부터 대단한 은혜를 입었다고 합니다. 지금 동회에 다니는 것도 양호기의 덕택이라죠? 그런 은인의 원수를 갚아주기 위해서라도 범인을 잡는 데 협력해 주셔야 할 게 아뇨. 또 당신은 지금 공무원인데 공무원끼리 협조가 있을 만도 하잖소. 보다도 사회 정의를 위해서 그런 흉악범은 꼭 잡아야 할 게 아뇨."

일일이 옳은 말이었다.

"협력할 수만 있다면야 얼마라도 협력하겠습니다. 그러나……."

"그러나구 뭐고 당신이 쥐고 있는 그 여자의 비밀을 대란 말요.
협력을 해달란대서 삼각산을 떼메고 오란 말도 아니고 한강물을 다
퍼내란 얘기도 아니오. 당신이 알고 있는 사실 그것만 말하면 돼요."

"내겐 그런 게 없소. 그러니까 말할 건덕지가 없단 말입니다."

민 형사는 정색을 했다. 그리고 자세도 고쳐 앉았다.

"꼭 그러기요? 당신은 그 여자의 밀통(密通)을 알고 그 정부도 알
고 있소. 그걸 또 내가 알고 있소. 당신이 그 여자의 밀통을 알고 있다
는 사실, 그게 바로 인색한 그 여자가 당신에게만 푸짐한 선물을 갖
다 나르는 이유란 말요."

"그렇게 잘 알면서 왜 행동하지 못합니까."

"짐작이지 증거를 포착한 판단은 아니거든. 그러니까 당신의 협
력이 필요하단 말입니다."

"정부(情夫)가 곧 범인이라고는 단정할 수 없는 것 아뇨."

나는 허둥지둥 이렇게 말했다.

"정부가 범인인지 아닌진 우리가 가려낼 일이오. 대만 주면 된다
는 거요. 누구죠?"

"글쎄 나는 모른다니까……왜 그러시오. 왜 그렇게 추근추근하
오."

이렇게 말하면서도 나의 등엔 식은땀이 흐르고 있었다.

"꼭 그러시기요?"

민 형사의 표정은 굳어지고 눈은 차갑게 빛났다.

"모르는 걸 어떡합니까. 꼭 그런 짐작이 간다면 바로 그 여자에게 물을 일이지 왜 나를 붙들고 이러십니까."

"좋소. 그럼 오늘밤 당신과 그 여자는 무슨 말을 했죠?"

"그저 인사를 한 것뿐인데요."

민 형사는 담배를 피우려다가 말고 도로 담배가치를 포켓에 집어넣곤 감정을 억제하는 투로 말했다.

"보아하니 당신은 경찰을 어지간히 얕잡아보는 모양인데 뒤에 후회는 하지 마시오."

통행금지 시간의 거리를 걸어보는 것은 신기한 경험이다. 어두운 하늘만 있고 어둠 속에 웅크리고 있는 집만 있고 자동차의 소음 없는 거리만 있다. 그처럼 붐비고 웅성대던 사람들은 모두들 갈 곳이 있었나 보다.

민 형사는 방범대원들에게 나를 집에까지 데려다주라고 일렀는데 그들은 골목이 빤히 보이는 데까지 와선 돌아가 버렸다. 호젓한 골목에 나만이 있었다. 민 형사가 마지막으로 한 말을 되뇌어 봤다.

"어떤 수단을 써서라도 나는 범인을 잡고 말 테니까. 그때 가서 당신의 태도도 검토할 거요. 범인 은닉죄로 고발할지도 모르지. 미리 각오를 해두시오. 범인 은닉죄는 범인을 직접 숨겨준 사람만 걸리는 게 아뇨. 범인이란 짐작을 하면서도 모른다고 버틴 행동도 범인 은닉 죄가 되는 거란 말이오."

나는 그 말이 공갈에 지나지 않는다고 생각하면서도 한편 섬뜩했다. 보다도 양호기를 살해한 범인이 그 짐승 같은 사내라면 법률적인 문제는 고사하고 나는 분명히 범인 은닉죄에 해당한다고 생각하니 가슴이 쓰렸다. 그러나 그 사나이가 범인이라고 단정할 근거란 어렴풋한 짐작뿐이지 확증이란 건 없다. 아무튼 민 형사의 추리는 무섭다. 사건 이래 구멍가게의 안주인과 그 짐승 같은 사내는 서로의 사이가 폭로되지 않도록 극도로 조심하고 만나지도 않는 모양인데 민 형사는 그런 추리를 해낸 것이다.

집에 도착했다. 판자문은 열린 채 있었다. 아내가 마루 끝에 앉아 있었다. 메리 엄마와 모두철도 있었다. 모두들 나를 기다리며 걱정하고 있었던 모양이다.

"어떻게 된 거유?"

모두철이 물었다.

"파출소에 갔다 오는 길이오."

"파출소엔 왜?"

"양호기 살해범을 잡는 데 협력해 달라드만."

"어떻게 협력을 하랍디까?"

"구멍가게 안주인의 정부(情夫)가 누군지 그걸 가르쳐 달라드만."

"그래서요?"

메리 엄마가 호기심에 잔뜩 빛나는 눈초리로 내게 물었다.

"알아야 답을 하죠."

"그런 사내가 있는가요?"

메리 엄마의 거듭된 질문이다.

"글쎄요, 남의 일을 어떻게 알겠소."

"경찰이 무슨 냄새를 맡았길래 그러는 것 아니겠수?"

메리 엄마는 알고 싶어 안달이 나는 모양이다.

"경찰이야 별의별 추측을 다해 보겠지요."

"그래도 뭔가 있길래 그러겠죠. 아니 땐 굴뚝에 연기가 나겠수?
요즘 여염집 여자들이 더한 것 같애."

메리 엄마의 말투엔 화류계에 나다니는 여자보다 가정에 들어앉
은 여자가 더욱 부정(不貞)을 저지른다는 뜻이 풍겨 있었다. 나는 이
런 말들이 아내의 불쾌감을 자아내지 않을까 해서 겁났다.

"남의 일 가지고 이런저런 얘길 하고 있을 게 아니라 밤이 깊었
으니 잡시다."

하고 모두철이 털고 일어섰다.

나는 불이 꺼진 아랫방을 바라보며 화제도 돌릴 겸 중얼거렸다.

"그런데 신거운 씬 오늘도 들어오지 않는 모양이네."

"사람치고 그렇게 싱거운 사람이 또 있을까."

메리 엄마가 투덜댔다.

"싱겁지 않은 사람이 그렇게 흔하겠수, 싱거운 세상인걸."

이런 말을 남기고 모두철이 방으로 들어가 버렸다.

"헌데 아주머닌 또 직장을 바꾼 모양이데요. 지금 있는 데가 전에 있었던 곳보다 좋습디까?"

좀처럼 잠이 올 것 같지 않아 나는 이렇게 말해 보았다.

"좋구 나쁘구가 어딨겠어요. 죽도 살도 못해 하는 것이지. 장미가 난도질을 쳐놨으니 어디 그곳에서 배겨낼 수 있어야죠. 그래서 바꾼 것 뿐예요."

아내가 일어서서 내게 눈짓을 하고 방으로 들어갔다. 빨리 자라는 신호다. 그래도 나는 마루에 눌러앉은 채 넌지시 한마디 던졌다.

"장미 씨 있는 곳을 메리 엄마께서도 모르세요?"

"안 선생님도 나를 의심하우? 나도 피해자예요. 이년을 만나기만 해봐라. 내가 가만 안 둘 테야."

메리 엄마는 이렇게 투덜대면서 딴 곳으로 이사를 해야겠다고 덧붙였다.

지난밤 잠을 설친 탓으로 동회 사무소의 자리에 앉자마자 졸음이 왔다. 그래도 하품을 참으며 수십 장의 인감증명서(印鑑證明書)를 써 주고 나니 기름기가 빠진 기계처럼 온몸이 나른하다.

이 무수한 인감증이 뭣 때문에 필요할까 하고 생각해 본다. 서양 사람들은 사인 하나로 계약이건 뭐건 다한다고 하는데 그렇다면 그들은 사인증명서라는 걸 필요로 하는 것일까. 그 때문에 공증인(公證人)이라는 게 있다고 들었는데 우리나라에선 인감증명을 하고도 또 공증인 사무소로 가야만 하는 경우가 있다.

인감증 한 장을 내는 데도 수속은 까다롭다. 신청서를 내야 하고 발급부(發給簿)에 등재해야 하고 그것을 또 결재받아야 한다. 종이의 낭비, 시간의 낭비가 이만저만이 아니다. 좁다란 카드에 도장을 찍어 오면 그것을 동회에 비치된 대본과 대조해서 그 자리에서 그 카드를 인정하는 사인을 해주면 되는 그런 방법으로서도 충분히 효과를 나타낼 수 있을 것인데 말이다. 사기 행위를 막기 위해서, 위조를 방지하기 위해서 할 수 없는 노릇이라 하겠지만 사기와 위조는 이렇게 하고 있는 제도 속에서도 범람하고 있는 것이 아닌가.

이런 생각을 하며 하품을 하다가 참다가 하고 있는데

"안 선배 아닌기요."

하는 소리가 들렸다. 번쩍 고개를 들어보니 창구 저편에 낯이 익은, 그러나 누군진 확실히 분간할 수 없는 얼굴이 웃으며 나를 내려다보고 있었다.

"안 선배가 여기 계실 줄은 몰랐구만요."

상대방의 사내는 퍽 싹싹하게, 그리고 다정스럽게 말을 건네왔다. 나도 알은 척을 안 할 수 없었다.

"어떻게 오셨소. 이 동에 살고 계시오?"

"아닙니다. 지나치는 김에 들여다보았더니 안 선배가 계셔서 하두 반갑길래…….”

그 사나이는 연신 웃고 있었다. 그러자 차츰 기억이 났다. 고향 초등학교의 후배라는 것을 알았다. 나이는 열 살쯤 차이가 있었지만 어떤 겨를에 한동안 가까이 지낸 사이이기도 했다.

나는 시계를 힐끔 봤다. 십 분쯤 있으면 점심시간이 된다.

“조금 기다려요. 이따 점심이나 같이 하게.”

“그럽시다.”

하고 그 사내는 벤치에 가 앉았다.

나는 도시락을 들고 근처의 음식점으로 그를 데리고 갔다. 그리고 그에겐 국밥을, 내겐 국만을 시켰다. 김동조란 이름의 후배는 국밥 한 그릇을 삽시간에 먹어치웠다. 배가 고팠던 모양이다. 그러고 보니 옷차림이나 얼굴이 영양실조에 걸린 사람의 몰골이었다.

주변에 손님들이 없어지자 김동조는 무슨 말을 할 듯 망설이는 표정을 보였다.

‘돈을 빌려달라는 걸까.’

나는 겁을 먹었다. 내겐 그 자리에서 먹은 음식 값을 겨우 치를 돈밖에 가지고 있지 못했다. 그런데 모처럼 와 청을 거절하기란 마음이 아팠다. 기왕에 당해 본 일들이 다시 터진 상처처럼 기억 속에서 되살아났다.

“저, 선배님.”

동조는 비굴한 웃음을 떠었다. 그리고 포켓에서 종이 한 장을 꺼내며 덧붙였다.

"전 이런 장사를 하고 있습니다."

돈 달라는 게 아니었구나 하고 나는 안도의 한숨을 내쉬며 그 종이쪽지를 받아쥐었다.

"다른 사람 보이지 않게 펴보시죠."

동조가 속삭이듯 말했다.

나는 조심스럽게 그 종이를 폈다. 순간 눈앞이 아찔했다. 그건 성기확대기(性器擴大器)의 선전 삐라였다. 일 년 전 내가 들고 다니던 바로 그 선전 삐라였다. 나는 갑자기 홍당무가 된 얼굴을 들 수가 없었다. 내 스스로의 치부를 남 앞에서 들여다보는 그런 느낌이었다.

"그렇게까지 부끄러워할 물건은 아니지 않습니까."

동조의 그 말은 내 심정을 꿰뚫어보고 하는 말처럼 들렸다. 나는 아무 말 없이 그 종이쪽지를 접어 그에게 돌려주었다.

"뭐니뭐니해도 행복의 근원은 여기에 있는 것 아닙니까. 선배님께 필요가 없으시다면 아는 사람에게 권하기라도 해주시면 고맙겠습니다."

나는 그 말을 뻔뻔스러운 말로 듣지 않고 애원하는 말로 들었다. 그 언젠가의 내 모습을 그에게 발견하고 울고 싶은 심정이 되었다.

"자네 사기에 걸린 것 아냐?"

나는 겨우 이렇게 물었다.

"사기라뇨?"

"아무래도 그 물건은 가짜 같애."

"가짜가 아닙니다. 연구소에서 다년간 연구 결과 나온 건데요."

"아냐, 그건 사기다. 내가 잘 알아요."

그리고 하마터면 고백할 뻔한 마음을 가다듬고 말을 이었다.

"그런 걸 팔려고 하지 말고 고향으로 내려가게. 고향에 가서 농살 짓든지 직장을 구하든지 하게. 서울이란 있을 곳이 못돼."

내 심정으로선 그런 걸 팔고 다닐 정도라면 서울 생활에 바닥이 난 것이니 고향으로 돌아가라고 하고 싶었던 것이다. 그런데 그의 대답은 엉뚱했다.

"이 꼴로 고향으로 어떻게 돌아갑니까. 고향에 돌아가려면 금의환향(錦衣還鄕)해야죠."

나는 울 수도 웃을 수도 없는 기분으로 그의 얼굴을 바라봤다. 성기 확대기를 팔고 다니는 주제에 금의환향을 들먹일 수 있는 심장을 가졌다는 게 우습기도 했고 어리둥절하기도 했다.

"그러나 저러나 내겐 그걸 살 돈도 없고 권할 사람도 없네……. 금의환향을 꼭 하고 싶거든 오늘부터라도 그 짓을 그만두게."

그러자 김동조는 계면쩍은 웃음을 띠우면서

"선배님은 꽤 보수적이십니다. 나는 이래봬도 행복을 파는 사람으로 자처하고 있는데요."

하고 그 종이쪽지를 소중하게 안 포켓에 접어 넣었다. 동회 사무소 앞에까지 와서 나는 그와 헤어졌다. 비탈길을 내려가는 그 쓸쓸한 뒷모습은 결코 행복을 파는 사람으론 보이지 않았다. 불행을 팔려는 불행의 모습일 수밖에 없었다.

그리고 그건 바로 어제의 나, 또는 내일의 나일지도 몰랐다.

11

그 무렵 신거운이 홀연 돌아왔다. 안색은 초췌하고 입은 옷은 남루했다. 물어보나마나 노름판에 유연황망(流連荒亡)하다가 옷까지 탈탈 털리고 돌아왔음이 분명했다.

그날 밤 아내는 저녁을 지어 모두철과 신거운을 청했다.

"이 각박한 세상에 아주머니처럼 인정 많고 착하신 분은 드물거요."

하고 신거운답지 않은 말을 하곤 맛있게 밥을 먹었다. 당신이 숭상하는 미국풍(美國風)과는 반대되는 태도인데 어떻게 생각하느냐고 비꼬아보고 싶었으나 차마 그럴 순 없었다.

"도대체 신 형은 돈을 딸 생각으로 노름을 하는 거요, 또는 돈을 잃을 작정으로 하는 거요?"

모두철이 점잖게 물었다.

"어떤 씨알머리없는 놈이 잃을 작정으로 노름을 한답디까."

신거운이 뱉듯이 말했다.

"그래 신거운 씨는 씨알머리가 있어서 자꾸만 돈을 잃고 다뉴?"

모두철이 빈정댔다.

"요즘은 재수에 옴이 올랐나보오. 여편네가 둘이나 도망간 주젠데 재순들 있겠소."

"그런 걸 알면서 왜 자꾸 노름판엔 가우. 제발 신 형 그 짓 좀 그만두슈."

모두철이 심각하게 말했다.

"그럼 뭣을 해야겠소. 엿판을 메고 엿장수를 할까요?"

"엿장수면 어떻소. 영어 단어깨나 씨부리며 가위를 찰깍찰깍하면 애들이 많이 모여들 것 아뇨."

내가 한마디 이렇게 거들었더니 신거운의 눈이 사납게 빛났다. 그러나 밥을 얻어먹는 형편이란 걸 깨달았던지 꿀꺽 참는 모양이었다.

"하여간에 신 형, 앞으로 어떻게 할 거유."

모두철은 어디까지나 진지했다.

"우선 한 이틀 잠을 자고 봐야겠소."

신거운의 처량한 대답이었다.

"그렇게 하슈. 그리고 우리 의논을 합시다. 내나 신 형이나 앞으로 살아갈 길을 생각해 봐야 할 것 같소."

"뭣을 한 대도 돈이 있어야 될 게 아뇨."

신거운이 시무룩하게 말했다. 그리고 다음과 같이 덧붙였다.

"이젠 마지막이다 하고 박열기를 다시 한 번 찾아봐야겠어."

"그건 안 되우."

모두철의 말투가 강했다.

"왜요, 내가 그 말짱한 서약서를 썼다고 그들을 찾지 못한다는 거요?"

"서약서가 문제가 아니라, 사람에겐 최소한도의 체면은 있어야 하지 않겠소."

"남의 여편네를 뺏어 그만큼 잘살고 있으면 그만한 보상은 해야 죠."

"그게 안 된다는 거유."

모두철이 강하게 나오자 신거운은 풀이 죽어 숟가락을 놓더니

"그럼 나는 어떻게 해야 한단 말요."

하고 훌쩍훌쩍 울기 시작했다.

"그러질 말고, 우리 내일부터라도 공사판을 찾아나섭시다. 인부 노릇이라도 해야죠."

"인부 노릇을?"

하며 신거운은 소리마저 내어 울어댔다.

'사느냐, 죽느냐, 이것이 문제로다.'

이러한 생각을 몇 번이나 하다가 모두철은 드디어 살기를 결심하고 일자리를 구하러 나섰다. 그러고 보니 모두철의 부인이 집을 나간 지 어언 석 달 이상이 되는가 보았다. 그동안 모두철은 빵 한 조각과 물로만 매일을 연명했다고 하는데 아무 벌이도 안 한 처지치고는

꽤 오래 지탱한 셈이다.

"한 달을 만 원으로 산다면 이 나라에선, 아니 세계에서 제일 값싼 생활비로써 사는 꼴이 된다."

고도 하고

"단돈 만 원어치의 인생이니 아까울 것도 없다."

는 철학을 가진 모두철이 완전한 빈털터리가 되자 일어선 것이다. 사흘을 굶으면 세 길의 담을 뛰어넘는다는 속담이 생각나기도 했다.

밤에 돌아온 모두철이 내게 한 말은 이랬다.

"연탄공장에서 오라지만 그 임금이 검정을 씻을 수돗물값도 안 되겠기에 집어치웠고, 돌아다니다가 온돌방의 구들을 신안 발명(新案發明)한 어떤 사람을 만나 하루 삼천 원을 받기로 하고 취직을 했소."

나는 그것 참 잘되었다고 했다. 모두철은 허허하게 웃었다.

"헌데 그 사람 가난하기가 내게 털이 난 정도니까 며칠 갈지 모르지."

"그렇게 가난하다면 돈은 어떻게 주나."

나는 근심을 표명했다.

"구들이 팔리면 준다는 거여."

"안 팔리면."

"그만이지 뭐."

그런데 모두철의 추측으론 구들이 잘 팔릴 것 같다는 것이고, 사람의 손이 모자라는 판이니 신거운을 데리고 갈까 한다고도 말했다.

그러나 신거운은 모두철의 제안을 단호하게 거절했다.

"나는 이래봬도 미국 유학생이오. 그따위 구들쟁이의 인부 노릇은 못해."

"미국 유학생 우는 꼴 좋더라."

내가 빈정댔다.

"사람이란 기뻐할 때가 있고 슬퍼할 때가 있고 웃을 때가 있고 울 때가 있는 거요. 구약성서의 전도서(傳道書)에 쓰여 있는 말이오."

"미국 유학생답게 유식하긴 한데, 그런데 성서에 노름을 하라는 구절도 있습디까."

모두철의 말이었다.

"노름은 사나이의 모험이야. 사람이 되려면 노름을 해야 하고 유부녀 간통도 해야 하고, 그리고 뭐라더라 또 한 가지 있었는데, 하여튼 그런 걸 해야 된다고 돼 있어요."

"조금 배가 부르면 저 모양이니."

모두철은 할 수가 없다는 표정이었다. 그리고 물었다.

"그러나 저러나 먹고 살 궁리를 해야 할 것 아뉴. 언제까지건 안형 댁 신세만 질 생각이오?" "조금 있어 봐요, 내게도 계획이 생겼소."

"무슨 계획이우?"

"결과를 봐요, 곧 신통한 수가 터질 테니."

"신통한 수?"

모두철도 물었다.

"사람 굶어죽으란 법 없소. 궁하면 통한다는 말이 있잖소."

신거운이 싱글벙글 했다.

뭣일까, 무슨 꿍꿍이속이 있는 것일까, 하고 궁금했지만 굳이 물어볼 생각까지는 일지 않았다. 굿만 보고 떡만 먹으면 되는 것이다.

신거운의 꿍꿍이속이란 별게 아니었다. 구멍가게의 안주인을 녹여 드디어는 구멍가게의 바깥주인으로 눌러앉겠다는 속셈이었다. 그걸 알고 모두철은

"신거운다운 싱거운 작전이구먼."

하고 웃었다.

신거운이 어떤 작전을 펼 것인지는 몰랐으나 백 번 찍어 넘어가지 않을 나무란 없다는 것이 그의 신념이었고, 아직도 핏기와 바람기가 왕성한 여자이니까 멀잖아 그 육체가 달아오를 것이니 그 기회만 노리고 있으면 된다는, 자기 딴으론 확실한 예상이고 내가 보기는 막연한 계획이었다.

신거운의 일과는 매일을 구멍가게에서 지내는 일이 되었다. 눈만 뜨면 세수를 하고 머리를 빗곤 구멍가게 앞에서 서성거리다가 안주인과 눈만 마주치면 뭔가 말을 걸어가곤 구멍가게로 들어가선 둥글의자에 앉아버린다. 그리고는 싱거운 소리를 늘어놓는다.

그러한 어느 날 나는 신거운을 붙들고 물었다.

"도대체 하루 종일 무슨 얘길 하고 지내는 거요?"

"미국 얘길 하지."

"무슨 반응이 있었소?"

"반응이야 없으려구. 그러나 이편이 신중을 기하는 거요."

나는 속으로 웃었다. 신중 좋아하네, 백날을 가봐라 성사가 되는
가, 하는 생각이었다. 나는 웬만한 일 같았으면 통사정을 했을 것이
다. 구멍가게의 안주인에겐 이미 정부(情夫)가 있다는 사실을 알려주
었을 것이다. 그러나 나는 그렇게 할 수가 없었다. 신거운이 실망할
까 봐서가 아니라 그 비밀을 미끼로 무슨 엉뚱한 짓을 꾸며댈까 두
려워서였다. 그러나

"생각하기보단 단단한 여자지?"

하고 넌지시 물어보았다.

"그래요. 생각키보다는 단단해. 나는 단번에 굴러들어올 줄 알았
는데 좀처럼 틈을 주지 않거든."

"계속 노력해 봐요."

"노력하구말구. 이를테면 일석양조(一石兩鳥)가 되는 건데."

"일석양조라."

적시에 적당한 말을 뽑아내는 신거운이 역시 유식한 인간이라고
감탄하면서 나는 내가 궁금해 하는 일을 물었다.

"구멍가게를 팔 생각은 없습덧까?"

"어림도 없는 소리, 장사가 잘되는데 뭣 때문에 팔겠수. 만일 팔겠
다고 해도 내가 말릴 참인데."

"아냐, 안주인에겐 구멍가게를 꼭 팔아야 할 사정이 있을 거요."

"그 사정이 뭔데요?"

"글쎄요. 내일에라도 한번 물어보시구려. 내게서 들었다고 하고."

"그렇게 하지. 그러나 나는 팔지 못하도록 말릴 테야. 팔아 가지고 어디로 훌쩍 떠나버리면 십 년 공부 나무아미타불이 되거든."

"따라가면 될 것 아뇨."

"그럼 또 사정이 달라지지."

"허나 신 형, 그 여자가 이 골목 안에 있는 한 신 형의 목적 달성은 어려울 거요. 아무리 뻔뻔스러운 여자이기로서니 체면 문제가 있지 않겠소."

"그건 그래, 그러나 그 여자의 매력은 구멍가게에 있는 것인데, 구멍가게가 없어지고 나면 그 여자 어디다 써먹겠소."

"그 논리도 그럴싸하오."

하면서도 나는 그 여자가 이 골목 안에 살고 있는 한 신거운의 목적 달성은 어려울 것이란 점을 거듭 강조하고 그에게 만만찮은 자극을 주었다.

밤중이었다. 이웃방 모두철 씨도 잠이 들었을 무렵이었다. 요란하게 판자문을 두드리는 소리가 났다. 내가 뛰어나가려니까 아내가 말렸다. 자기가 동정을 살펴보겠다는 것이다.

밖으로 나간 아내가 판자문을 여는 모양이었다. 구멍가게 안주인의 소리가 떠들썩하게 들렸다. 그때야 나도 밖으로 나갔다.

"챙피스러워 견딜 수가 없에유."

구멍가게 여자는 가쁜 숨을 몰아쉬며 말했다.

"뭡니까?"

내가 물었다.

"글쎄 선생님, 신거운이란 사람이 술에 취해 가지고 안방에 들어와 누워버리지 않겠에유."

나는 올 것이 왔다는 생각을 했다.

"그래 아무리 돌아가라고 타일러도 막무가내에유."

구멍가게의 여자는 단단히 화가 난 모양이었다. 모두철이 부스스 일어나 마루로 나왔다. 그를 보자 여자는 모두철을 보고 호소를 했다.

"글쎄, 죽은 양반의 체면을 봐서도 그럴 수가 있에유. 나가라고 해도 나가기는커녕 내 치마를 벗기려고 야단이니 말에유. 기가 막혀서, 창피해서."

나는 모두철을 보고 빙그레 웃었다. 모두철은 무표정이었다. 모두철이 물었다.

"그래 술은 어디서 마셨는데요?"

"몰라유, 어디서 잔뜩 마시고 왔에유."

"댁엔 언제쯤 갔는데요?"

"한 시간쯤 됐에유. 문을 두드리기에 나가봤더니 신거운 씨가 아니겠에유? 밤중에 웬일이냐고 했더니 급한 일이 있다면서 문을 열라는 거에유. 그래 문을 열었더니 성큼 들어오지 않겠슈? 그리곤 붙들 사이도 없이 안방으로 들어와 버렸단 말유."

이때 아내가 내 소매를 끌었다.

"가서 신 씨를 데리고 오세요."

모두철과 나는 구멍가게로 갔다. 그땐 신거운이 코를 곯고 있었다. 방안이 난잡한 것을 보니 꽤나 승강이가 심했던 모양이었다. 신거운은 양복바지를 벗어 윗목에 팽개쳐놓고 팬티 바람으로 축 늘어져 자고 있는 것이었다. 나는 본래 희었을 신거운의 팬티가 몇 달을 물구경을 못한 채 거무티티하게 때 묻어 있는 것을 보았다.

미국 유학생이 때묻은 팬티 차림으로 남의 여자의 방에 늘어져 누워 있는 것은 참으로 꼴사나운 일이다. 모두철은 신거운의 어깨를 잡아흔들었다. 그래도 신거운이 좀처럼 깨어나지 않자, 어깻죽지를 쾅 쳤다. 그때야 신거운이 비시시 눈을 떴다.

"일어나슈!"

모두철이 고함을 질렀다.

신거운은 나와 모두철이 내려다보고 있는 얼굴을 우중충한 눈으로 쳐다보고 있더니 중얼중얼

"여기가 어디지?"

하고 일어나 앉았다.

"여기가 어딘지도 모르겠소?"

내가 웃으며 말했다.

신거운은 팽개쳐진 양복바지를 끌어당겨 입었다. 그러면서 한다는 소리가

"내가 왜 여기 있을까? 술이 되게 취한 모양이지?"

"아주머니 미안했수."

모두철이 대신 인사를 하고 신거운을 데리고 집으로 돌아왔다.

그러한 일이 있고 며칠인가 되어서다. 일터에서 돌아오던 모두철이 피투성이가 된 신거운을 데리고 들어왔다.

저녁밥을 먹고 한참 된 때라 나는 마루에 앉아 바람을 쐬고 있었는데 그 신거운의 모습을 보고 질색을 했다.

"어떻게 된 일이우?"

"나두 몰라."

모두철이 신거운을 마루 위에 올려놓고 한숨을 쉬었다.

"글쎄, 버스 정류소에 내려 골목으로 들어오는데 어귀에 뭣이 뻗어 있단 말요. 무언가 하고 보았더니 신 형이야. 누군가에게 모질게 얻어맞은 모양이야."

나는 우선 수건을 물에 적셔 신거운의 피투성이 된 얼굴을 닦기 시작했다.

"병원에 안 가도 될까?"

"공짜로 치료해 줄 병원이 어디 있겠소. 그리고 피는 멎은 모양

아뉴? 말랐으니."

하고 신거운을 들여다보면서 모두철이 중얼거렸다.

"딴 곳을 다치지나 않았으면 괜찮을 것 같긴 헌데."

"응, 응."

신거운은 신음소리를 냈다.

"모 형 저녁을 드시지."

모두철은 일하러 나가면서부터 쌀을 팔아 우리 집에 대어놓고
있었다.

"신 형허구 같이 했으면 하는데."

"신 형이야 어디 되겠소. 조금 있다 정신 차리면 하기로 하고 모
형이나 먼저 드시지."

아내가 밥상을 들고 나왔다. 그리고 마루에 누워 있는 신거운을
보더니 놀란 표정으로 외마디 소릴 질렀다.

"어머나."

모두철이 대충 설명을 하자 휴우하고 한숨을 지으며

"모 선생님 먼저 진지를 드세요. 신 선생을 위해서 죽이라도 쒀
놓겠어요."

하고 부엌으로 들어갔다.

모두철이 식사하는 동안 침묵이 흘렀다. 집 앞 골목에서 아이
들 뛰노는 소리가 들려왔다. 한없이 평화스런 여름밤의 한때다. 그
런 만큼 신거운이 뻗어 있는 몰골을 보는 것은 가슴 아픈 일이 아닐

수 없었다.

'설상가상'이란 생각이 났다.

'모질게 운수가 사나운 사람이다.' 하는 동정심도 있었다.

'그런데 누가 신거운을 이런 꼴로 만들었을까.'

신거운이 누군가에게 싱거운 짓을 했을 것임에 틀림이 없었다.
그렇지 않고서야 아무리 무서운 세상이기로서니 사람을 저렇게 두
들겨 팰 순 없는 것이 아니겠는가. 그렇더라도 너무 심하다. 사람이
사람을 저렇게 할 순 없다.

"음, 음."

하고 신거운이 몸을 꿈틀거리며 손을 저었다.

"신 형, 정신이 드오?"

모두철이 밥상을 밀어놓고 신거운을 봤다.

"물, 물."

신거운이 신음했다.

수돗물을 받아 내가 신거운에게 물을 먹였다. 눈을 감은 채 목 언
저리에 물방울을 질질 흘리면서 꿀꺽꿀꺽 신거운은 한 사발의 물을
비웠다. 그러고서야 겨우 눈을 떴다. 두툼하니 부어오른 눈두덩이 사
이로 서글픈 눈깔이 나타났다. 우리는 안심을 했다.

신거운의 얘기를 종합하면 이렇다.

먼 친척을 찾아 얼마간의 용돈을 얻어가지고 소주를 한잔 하고
집으로 돌아오는 판인데, 버스에서 내려 골목으로 들어서자마자 돌

연 눈이 번쩍하더라는 것이다. 어두운 골목이라, 누가 누군지 분간할 수가 없었다. 분간할 겨를도 없이 정신을 잃었다. 몽롱한 의식 가운데 지금 나는 무수히 얻어맞고 있구나 하는 생각만 들었다. 그러나 곧 그것도 의식하지 못하게 되었다.

"사람이 많았수?"

모두철이 물었다.

"확실힌 몰라. 그러나 여러 사람 같지는 않았어."

"누군지 전혀 짐작을 못 해요?"

이번엔 내가 물었다.

"짐작할 수가 없어."

"덩치도 못 보았소?"

"덩치는 상당히 컸어."

"그밖에 뭐 단서가 될 만한 게 없었소?"

"글쎄, 뭔가 씨부리는 소릴 들은 것 같애."

"뭐라구 했어요?"

"앞으로 또 데데한 짓을 하기만 해라, 라던가 뭔가 그런 소린 성 싶어."

"신 형, 남에게 원한을 살 만한 일이 있수?"

모두철이 물었다.

"그런 일이 있을 까닭이 있소."

"장미 씨가 있던 비어 홀의 깡패들이 아닐까."

"아닐 거요. 시계까지 끌러주었는데……. 그리구 비어 홀 애들 같으면 돈을 내라는 말이 있었을 것 아뇨."

"그것도 그렇군."

모두철이 입맛을 다셨다.

"혹시 장미 씨가 시킨 일이 아닐까. 다신 찾지 말라구."

이건 나의 짐작이다.

"그럴 거야, 돈까지 빼내가고……아무리 독한 여자라도 그렇게까진 안 할 거요. 그러니까."

하고 모두철이 무릎을 안았다.

"장미에겐 깡패가 하나 붙어 있다 하잖았소, 메리 엄마가."

하다가 나는 선뜻 구멍가게를 생각했다. 구멍가게 안주인의 정부가 염두에 떠오른 것이다. 그래 나는 물었다.

"키가 작고 그러면서도 어깨가 딱 바라진 그런 덩치의 사람 같지 않던가요?"

"자세히는 몰라. 키는 그다지 큰 편은 아니더면, 그러나 몸덩치는 큰 것 같았어."

나는 마음속으로 신거운을 때린 건 그 짐승 같은 사내일 것이라고 짐작했다. 그러고 보니 그 짐작에 어긋남이 없을 것 같았다. 그놈을 두고 그런 짓을 할 자가 있을 까닭이 없었다.

그러나 나는 어쩐지 그 말을 하기가 망설여졌다. 신거운 앞에 함부로 할 말이 아니란 생각도 들었다.

신거운은 고발을 하겠다고 나섰다. 먼저 진단서를 떼 가지고 경찰서에 고발하겠다는 것인데, 진단서를 떼려면 돈이 있어야 했다. 신거운이 친척집에서 얻어온 돈으로썬 요금이 되질 않았다. 진단서 떼는 건 뒤로 미루기로 하고 우선 파출소로 가보기로 했다.

파출소에 가길 잘했다. 거긴 두세 사람이 순경들과 얘기를 하고 있더니 우리들이 들어서자

"아까 버스 정류소 앞 골목에서 행패를 당한 사람 아뇨?"

하며 그 가운데의 한 사람이 말했다.

"그렇소."

모두철이 대신 대답했다.

"우린 어떤 사람이 이 사람을 때리는 것을 보고 그 길로 파출소엘 와서 연락을 한 거요. 순경을 데리고 갔더니 벌써 없어지지 않았겠소. 그래 이 순경 나으리는 우리가 장난질을 했다고 야단하고 있는 거요."

순경은 신거운의 상처를 대강 살펴보곤

"어디 뼈나 부러진 곳이 없소?"

하고 물었다.

"뼈 부러진 곳은 없는 것 같습니다만 상당한 중상입니다."

모두철이 설명했다.

"우린 정말 맞아죽는 줄 알았죠."

"그렇지 않고서야 뭣 땜에 파출소에 신고를 했겠소."

아까의 그 사람이 애매한 때를 벗었다는 투로 말했다.

"그런데 당신은 이 사람을 때린 놈을 똑똑히 보았다죠?"

순경이 물었다.

"자세히 보구말구요. 그 버스 정류소 근처에서 몇 번인가 본 사람이던데요."

순경은 대강의 사유를 적어놓고 되도록 그 범인을 찾아보겠노라고 했다. 그리고는 아까의 그 사람에게 범인의 인상착의를 차근차근 묻기 시작했다. 나는 그 사람의 답을 통해 범인이 그 짐승 같은 사내, 즉 구멍가게 안주인의 정부라는 자신을 굳게 했다.

몇 가지의 약을 사가지고 우리들은 집으로 돌아왔다. 신거운을 자기 방에 뉘어놓고, 나는 모두철의 방으로 가서 나의 짐작을 그에게 알렸다.

"그럴싸한 말이우."

하고 모두철이 고개를 끄덕이더니

"안 형은 그놈 집을 안다죠?"

했다.

그리고는 순경에게 그놈의 집을 가르쳐주자는 것이었다. 경찰에 데리고 오기만 하면 아까의 그 목격자가 인정할 것이니 문제는 간단하지 않을까 하는 의견이다.

하지만 내 발로 걸어가긴 싫었다. 내일 아침 신거운의 기운이 돌아오면 신거운을 시켜 그 짐승 같은 사내의 소행 같다는 것과 그 사내의 주소를 경찰에 알리도록 하자는 의견으로 나와 모두철은 합의를 보았다.

"그렇게 되면 조그마한 힌트로써 그놈이 양호기의 살해범인지 아닌지도 알 수 있게 되겠지."

이러한 모두철의 말을 듣고 나는 그럴싸하다고 생각했다. 그날 밤 나는 흥분해서 좀처럼 잠을 이룰 수가 없었다.

'흉악한 놈은 그 흉악한 소행으로 망한다. 양호기를 감쪽같이 해치웠다고 생각하고 있을지 모르나 엉뚱한 사건으로 단서가 잡힐 것이니 말이다.'

잠을 이루지 못하는 밤은 사람을 철학자로 만든다는 말이 있다. 나는 그 밤처럼 갖가지 일들을 생각한 적은 없다.

신거운이 우리가 이른 대로 파출소에 신고를 했다. 그런데 그 짐승 같은 사나이가 경찰에 붙들린 것은 사흘 후의 아침, 공교롭게도 구멍가게의 안방에서였다. 경찰이 어떻게 그 사나이가 구멍가게에 있다는 것을 알았는지도 수수께끼이다. 아마 그의 숙소로 가서 여러 가지 수소문을 한 결과가 아니었을까 한다. 뒤에야 안 일이지만, 그 무렵 그 사나이는 밤중에 구멍가게에 와서 아침에 빠져나가곤 했던 모양이다.

그 짐승 같은 사나이의 이름은 편수길(片守吉)이라고 했다. 편수길을 보자 신거운은 그가 가해자란 것을 당장 알 수가 있었고, 목격자도 그렇게 증언했다. 신거운의 진단서는 사 주일의 치료를 요한다는 것이어서 편수길은 잡힌 그날로 구속이 되었다.

편수길이 붙들리자 구멍가게의 안주인은 사색이 되어 내게로 뛰어왔다. 혹시 내가 밀고한 게 아닐까 하고 달려온 모양이었다. 나는 냉랭하게 대했다.

"아주머니, 아직도 그 사내와 관계가 있는 모양이죠!"

"천만에유, 우연히 오늘 아침 집에 들렀에유. 나가라고 해도 막무가내고 방에 들어앉아 버티는 걸 어떻게 해에유. 그런데, 그런데……."

여자의 말엔 두서가 없었다.

"그런데 어떻게 하겠다는 말요?"

"그 사람이 경찰에 붙들려갔어요."

"그 사람이 경찰에 붙들려간 것이 대단한 일이오? 나도 경찰에 붙들려간 일이 있는데요."

"그렇지만 그 사람은……."

"아주머니, 그 사람이 왜 경찰에 붙들려갔는지 아세요?"

"모르겠에유."

"그 사람이 신거운 씨를 죽으라 하고 때렸답니다."

"그런 까닭이 없을 텐데유."

"까닭이구 뭐구, 그 사람이 신거운 씨를 때리는 걸 본 사람이 있는 데 어떡합니까."

"……."

"못써요. 그런 사람은 용납할 수가 없어요. 물론 신거운 씨가 안주인 방에 술에 취해 가지고 들어간 것은 잘못이지만 그렇다고 해서 사람을 그토록 때려서야 됩니까."

"그럴 리야 없을 텐데유."

"그럴 리가 없다니, 그게 사실로 나타났는데 무슨 소릴 하는 거요. 그러니까 아주머니도 틀려먹었단 말요. 그 사람에게 아주머니가 무슨 소릴 했기에 그 사람이 신거운 씨에게 행패를 한 것 아뇨."

"나는 그런 소리 하지 않았에유."

"그럼 어떻게 그 사람이 신거운 씨를 알게 되었죠? 왜 신거운 씨를 때렸죠?"

"……."

"이번엔 아마, 그 사람 단단히 욕을 볼 거요."

"어떡하면 좋을까유?"

구멍가게의 안주인은 굶주린 개 같은 눈을 하고 나를 바라보았다.

"신거운 씨의 치료비를 물어주고 사과를 해야 우선 고발이 취하될 게구, 취하가 되면 육 개월쯤 콩밥을 먹을 정도겠죠. 잘하면 곧 풀려날 수도 있을 게구요."

"치료비는 얼마나 하면 될까유?"

"그걸 아주머니가 물 작정이우?"

"아녜요. 그렇진 않지만, 대강이라도 알아둬야쥬."

"그건 신거운 씨에게 직접 물어보시오."

나는 퉁명스럽게 말했다.

"내가 어떻게 물어보겠에유. 안 선생님께서 물어주슈. 그럼 내가 그 사람헌테 전할 테니까유."

구멍가게의 안주인은 이렇게 애원했다.

"그렇게 해보죠. 그러나 아주머닌 조심해야 하오. 이번 사건을 도화선으로 엉뚱한 데까지 사건이 번질지 모르는 일이니까."

"엉뚱한 사건이라뇨?"

"알고 있지 않소. 양호기 씨 사건에까지 파급될는지도 모른단 말이오. 붙들린 곳이 아주머니 집이니 경찰에서 그만한 의심은 해볼 것 아니겠소."

"그 사건은 끝났다고 하더군요."

나는 어이가 없어 피식 웃었다. 그리고 말했다.

"사건이 끝나다니, 사건이야 물론 끝났죠. 양호기 씨는 죽고 말았으니까. 그러나 그 수사는 끝나지 않았단 말이오. 범인이 잡혀야 끝이 나지, 범인을 잡지도 못했는데 무슨 끝이 나겠소."

"어떡허면 좋쥬?"

여자는 울상이 되었다.

"그 사람이 저지른 일이면 벌을 받아 마땅하지."

나는 냉정하게 말했다.

"그 사람에겐 죄가 없에유."

"죄가 있는지 없는지는 경찰이 가려주겠죠."

"경찰에서 그걸 듣고 나올까유?"

"두고 봐야 하겠지만 경찰은 일단 그 문제까지 파고들 거요."

"선생님, 살려줘유. 그 사람에겐 죄가 없답니다유."

"내가 어떻게 헌단 말요. 허나 나는 입을 다물고 있죠. 입을 열기만 하면 곤란할 테니까요."

"정말 고마워유. 은혜는 평생 잊지 않겠에유."

"보다도 아주머닌 빨리 딴 곳으로 떠야 하오. 앞으로 무슨 일이 생길지 모르는 것 아니오. 진작 그러했어야 할 일인데."

"그래유, 참말로 그래유. 그런데 신 씨 치료비는 어떻게 할까유? 한번 물어봐 주세유."

"그렇게 하겠소."

"부탁해유."

구멍가게의 안주인은 황망히 자기 집으로 돌아갔다.

그 여자가 돌아가고 난 뒤 아내가 물었다.

"보아하니 당신이 말을 하기만 하면 무슨 각단이 날 모양이군요."

"그렇지."

"그런데 왜 당신은 그러고 있죠?"

"어떡허면 좋겠소."

"이실직고해야죠."

이실직고(以實直告)라니 아내는 무던한 문자를 알고 있다.

아마 라디오 드라마에서 얻어들은 문자일 게다.

나는 동회 사무소를 갈 양으로 털고 일어서며 아내에게 다음과 같이 말했다.

"내가 이실직고 안 해도 일은 제대로 풀리기 시작하는 것 같소. 그러니 내가 서둘 필요는 없을 성싶소. 내가 서툴게 터뜨려놓으면 경찰이나 검찰에서 오너라 가너라 할 거니 그게 귀찮단 말이오."

아내는 알아들었다는 뜻으로 고개를 끄덕였다.

나는 동회를 향해 가면서 '천망(天網)은 회회(恢恢)하여 소이불루(疏而不漏)'라는 말을 생각한다. 서양엔 또 '섭리(攝理)의 맷돌은 서서히 갈되 가늘게 간다'는 말이 있다는 걸 상기했다.

'편수길이란 놈, 사람을 죽이고 네가 빠져나갈 줄 알았더냐.'

속으로 중얼거리며 나는 동회를 향해 걸었다.

12

신거운은 "사 주일 진단이니까 하루 십만 원씩 쳐서 280만 원은 받아야 할 게 아뇨." 하고 나섰다. 이 280만 원은 너무 심한 금액이다. 경찰이 사이에 서고 우리도 거들고 해서 백만 원만 받기로 했다. "그러고 보니 전화위복이로구먼." 하고 모두철이 웃었다. 그 정도로 얻어맞고 백만 원씩 받아낼 수 있다면 수지가 맞는 일이란 익살이다.

구멍가게의 여자가 가게를 인수하지 않겠느냐는 의논을 해왔다. 대금은 천천히 치러도 된다는 얘기라서 아내는 후끈 몸이 달았다. 경산 선생과 상의를 했더니 자기의 오두막을 팔아 협력하겠다는 고마운 말이 있었다. 경산은 집을 복덕방에 내놓았다. 아내가 가진 돈으로 계약을 하고 신거운이 치료비도 받고 한 일주일쯤 뒤에 나는 경찰에 출두하라는 소환장을 받았다. 언젠가 밤중에 만난 형사가 나를 부른 것이었다.

"편수길을 잘 압니까?"

"모릅니다."

"편수길과 양호기의 처와 불의의 관계가 있다는 건 알고 있죠?"

"그것도 자세히는 모르겠습니다."

"자세히는 모르다니…… 어느 정도는 알고 있단 말이지."

"어느 정도라고 하기에도……."

"어디 그런 말이 있소. 똑바로 말해 보시오."

"내가 직접 본 것은 아니니까."

"허참, 이 사람도. 년과 놈이 부둥켜안고 뭣 하는 걸 보아야만 그런 관계를 인정할 수 있단 말요?"

"그런 것 아니겠소."

"답답해 죽겠네. 하여간 그런 관계가 있다는 걸 어렴풋이나마 짐작은 하고 있죠?"

"그건 내 마음속에선 그렇게 짐작할 수 있을지 모르나 이런 데 와서 증언할 정도로는 확인을 하지 못했단 말입니다."

"이 양반 되게 까다롭게 구느먼. 당신이 그런 짐작을 할 만하니까 양호기의 처가 당신에게 푸짐한 선물을 한 것이 아니겠소. 그러고 보니 그 수수께끼가 풀려진단 말요."

나는 할 말이 없었다.

"그런데 당신은 왜 전번 경찰에서 물었을 때 그 정도의 얘기도 하지 않았소."

"……."

"그런 정도라면 범인 은닉죄에 걸린다는 걸 알아야 할 텐데."

347

"만일 편수길인가 하는 사람이 범인이 아닐 땐 무고죄가 되리라는 것도 알고 있죠."

"꽤 법률 상식에 능통하구먼요."

형사의 얼굴엔 조소하는 듯한 웃음이 있었다. 나는 무고죄니 뭐니 하는 지식은 고시공부를 하고 있는 배영도로부터 배운 것이다. 편수길과 양호기의 처 사이에 불의의 관계가 있다는 것은 짐작을 했으나 경찰이나 검찰, 또는 법정에서 증언할 수 있을 정도로 자신 있는 확인은 아니라는 내용의 진술을 서면화해서 거기에 손도장을 찌고 나는 풀려나왔다. 내가 경찰에 간 줄을 알고 있던 구멍가게의 여자는 내가 돌아오자마자 나를 찾아왔다.

"뭐라고 했어유, 무슨 말을 들었어유."

신거운을 상해한 죄목으로 편수길을 구속하고 있었으나 수사의 방향은 양호기의 살인 사건으로 바뀌었다. 그러나 경찰의 그런 태도를 당분간 편수길에겐 눈치 채지 않게 할 필요가 있었다. 그러기에 앞서 충분한 방증을 수집해야 하는 것이다. 그런데 그 수사를 위해서 편수길이 신거운을 구타한 사건이 대단히 편리하게 작용했다. 수사하는 방법과 시간에 그만큼 여유가 생긴 것이다.

경찰은 구멍가게의 안주인과 편수길과의 관계를 확인했다. 목욕탕 옆에 있는 하숙집 주인의 증언은 구멍가게의 여자가 사흘에 한 번씩은 나타나 두어 시간을 편수길과 지내고 갔다고 했다. 또 경찰은 양호기가 살해된 새벽 고갯마루에서 수상한 사람을 보았다는 인부를 시켜 그 인부가 본 것이 편수길과 닮았다는 증언도 청취했다. 편수길은 양호기를 살해한 용의자로서 정식으로 취조하기 전에 형사가 나를 동회 사무실로 찾아왔다.

"객관적 조건으로 구멍가게 안주인과 편수길이 공모한 사건이라고 단정할 수가 있는데 심증만 있지 물적 증거가 없거든. 안 선생, 이쯤 되었으니 안 선생이 알고 있는 사실이 있거든 모조리 털어놔 보시오."

이렇게 말하는 것이었지만 경찰이 구멍가게의 여자와 편수길과의 밀통 사실을 확인했으면 그 이상 덧붙일 사실은 나에겐 없었다. 그런 뜻을 말하자 형사는

"구멍가게의 여자가 양호기 몰래 짊어진 부채가 없는지 그걸 알았으면 해. 나는 반드시 부채가 있다고 보거든. 편수길이란 사내에게 상당한 돈을 쓴 것만은 사실이야. 밥값은 물론 하숙비, 거기다 옷을 해 입혔고 용돈까지 내야 했으니 한 달에 삼십만 원은 쓰였을 거요. 그걸 구멍가게에서만 끌어내진 못했을 거야. 그러니 부채가 있을 거란 말요. 그 부채가 탄로 나지 않을까 겁이 나서 양호기를 살해케 했다고 하면 살인의 직접 동기는 설명이 되거든. 안 선생은 그걸 알아내줄 수 없겠소."

귀찮아서 나는 그렇게 해보겠노라고 약속은 했다. 그러나 내가 보고 듣는 범위에선 구멍가게의 안주인이 빚에 쪼들리는 것 같진 않았다.

"구멍가게의 안주인을 공범으로 몰 작정이유?"

내가 물었다.

"공범이면 공범으로 취급하는 거지 몬다는 것은 또 뭐요."

하고 형사는 웃었다. 그리고 이어

"편수길이란 자는 틀림없이 범죄형이야. 물적으로 반증을 세울 수 없는 일은 뭐든 부인해 버리거든. 하여간 만만치 않은 피의자야. 그러나 빠져나갈 도리도 없을 걸."

하며 야무진 표정을 지었다.

"그럼 구멍가게의 안주인도 곧 구속하겠구만요."

나는 구멍가게의 인수 문제가 있었기 때문에 이렇게 물어보지 않을 수 없었다.

"섣불리 구속해 버리면 증거가 날아가 버릴 테니까 구속만은 신중을 기해야지. 그러나 확신이 들면 물론 구속해야지."

나는 구멍가게의 인수를 서둘러야 하겠다고 생각했다. 집으로 돌아가는 길에 구멍가게에 들러 나는 오늘 형사가 찾아왔다는 얘기를 안주인에게 했다. 그러나 구체적인 얘기는 하지 않고

"편수길 씨 문제는 앞으로 더욱 복잡하게 될 가능성이 있으니 그리 아시오."

하고 한방 침을 놓아주었다.

바람처럼 모두철의 마누라가 나타났다. 골목에 미군 지프차가 몇

더니 키가 일곱 자쯤 되는 흑인 병사가 먼저 내렸는데, 모두철의 마누라는 나를 보자 "오오 미스터 안……." 하고 기성을 질렀다. 이른바 아프로스타일의 머리, 눈언저리는 검게 칠하고 입술은 야릇한 빛깔로 칠했다. 미국 극장의 무대에서 이제 빠져나온 듯한 화장과 의상에 나는 우선 놀랐다. 레이스를 달아 치렁치렁 발 끝에 끌릴 듯 길다란 '코트'의 앞쪽이 틔어져 '핫팬츠' 밑으로 허벅다리가 거침없이 노출되기도 했다. 당황해서 채 답도 못할 판인데 키가 일곱 자나 크고 배가 불룩 튀어나온 흑인의 손을 끌면서 내게 인사를 시킨다. 뭐라고 지껄이는지 알 수가 없다. 다만 알아들은 것은 '헤이 하니야' 하는 말이다. "헤이 하니야, 인사해라, 디스 미스터 안." 하니라고 불린 흑인이 솥뚜껑처럼 두툼하고 크고 검은 손을 내게 불쑥 내밀었다. 그러면서 뭐라고 하는데 역시 알아들을 수 없다.

"미스터 안. 이편은 미스터 스미스예요. 미스터 스미스는 어질고 착해요. 나의 귀엽고 귀여운 하니예요."

검은 병사는 하얀 이빨을 드러내 보이며 싱글벙글 웃는데, 가끔 "미스 노, 다알링." 하고 모두철의 마누라를 돌아봤다. 저녁나절이라 학교에 갔던 아이들이 돌아와 있어 순식간에 동네의 아이들이 그 지프차 근처에 모여들었다. 모두철의 아내가 내게 다가와 귀엣말을 했다.

"우리 집 양반 집에 있겠죠?"

"글쎄요. 아직 일자리에서 돌아오지 않았을지 모르죠."

"일자리라니, 그 사람 일자리를 얻었어요?"

"그럼요. 벌써 두세 달 되는데요, 일하러 나가는 지가."

모두철이 일자리를 얻었다고 듣자 노 씨의 얼굴이 조금 흐려지는 것 같았다. 자기가 먹을 것을 대주지 않았기 때문에 일자리에 나가게 되었구나 하고 생각하니 미안한 마음이 드는가 했지만 "사람이 달라진 것 아녜요?" 하고 불안해하는 것을 보면 흑인병사 스미스를 데리고 온 사실이 마음에 걸려서 그런 모양이다. 말하자면 언제나와 같이 방안에 드러누워만 있는 남편 같으면 딴 사내를 데리고 와도 무방함직 생각했던 것인데, 제법 사람 구실을 남편이 하고 있다는 얘기를 듣자 마음이 꺼림칙해진 것일 게다. 그러나 모두철의 아내 노 씨는 그만한 정도를 가지고 우울해 할 여자가 아니다. 금시 표정이 아까의 상태로 돌라가더니 판자문을 활짝 열어젖히고 "하니야 캄인." 하며 스미스를 집으로 맞아들였다. '스미스'는 '레이션' 상자 두 개를 안고 성큼 걸어갔다. 모두철은 집에 있지 않았다. 놀란 표정인 나의 아내에게 쉴 새 없이 애교를 떨어 보이며 모두철의 아내가 하는 말은 "스미스에겐 오빠 집에 온다고 했어요. 그러니까 그렇게 알아두세요잉."

모두철이 돌아왔다. 데운 물로 스미스의 발을 씻어주고 있다가 노 씨는 모두철이 뒤에 와 선 줄을 알고 기겁을 하며 일어서선 "당신 일자리를 구했다구요? 나는 매일매일 걱정만 했어요. 빨리

와봐야겠다고 서둘렀지만 어디 돈이 모여야죠. 요즘 양키들은 모두 약아 빠져서유, 돈 모으는 게 그렇게 쉽지 않답니다. 그러나 저러나 인사나 해유. 나의 하니 스미스. 그런데 당신을 오빠라고 해놨으니까 그리 아세요. 내 오빠 미스터 모"

하고 연신 지껄여댔다. 무표정한 모두철도 일이 이쯤되자 어떤 표정을 지어야 할지 모르는 모양이다. 이지러진 듯한 웃음을 입가에 띠고 스미스와 악수를 하는 것이었는데 그 속은 짐작하고도 남음이 있다.

"우리 오늘밤 파티해요. 조니워커도 가지고 왔고 버본도 두 병이나 가지고 왔어요. 버터도 있고, 치즈도 있고, 쇠고기 통조림도 있구, 멋진 파티가 될 거예요."

거리낌 없이 씨부러 제치는 아내의 말에 세찬 탁류를 받고서 말뚝처럼 서 있다가 모두철은 도시락이 든 보따리를 마루에 놓고 수돗가에 가서 손을 씻었다. 그걸 보고 모두철의 마누라가 하는 말은 더욱 기가 막히다.

"하니야. 우리 오빠, 우리말로는 브라더를 오빠라고 한단다. 우리 오빠 일터에서 돌아와 손 씻을 줄 아니 젠틀맨이지?"

"발까지 씻었더라면 젠틀맨 할배 되겠구만."

어이가 없어서 한 모두철의 말이다. 때마침 신거운이 돌아왔다. 얻어맞은 상처는 이미 나았고, 그 덕으로 얻은 돈으로 깔끔하게 차려입은 신거운이 그 장소에서는 가장 빛나는 존재였다. 신거운은 검

은 병사를 보자 도마에 오른 물고기가 물을 만난 것처럼 금방 생기
가 돌았다.

"헤이 조, 하우두유두."

하며 손을 내밀었다.

"이 사람 조가 아네유, 스미스에유."

노 씨는 신거운에게 스미스를 소개하곤 얼른 덧붙였다.

"모두철 씰 오빠라고 해놨으니 신 씨 실패하면 곤란해유."

"오케 오케, 하우두유두 미스터 스미스."

신거운이 고쳐 말하고 악수를 다시 한 번 되풀이하고 이어 스미
스와의 얘기가 벌어졌다. 신거운과 스미스가 얘기하는 것을 보니
한국인 신거운이 미국 사람 같고 미국인 스미스가 한국 사람 같다.

"이 친구, 고향은 버지니아래."

하고 신거운이 설명했다. 그리고 노 씨에겐 이런 말도 했다.

"아주머닐 사랑하느냐고 물었더니 굉장하게 사랑한대요. 그 때문
에 한국까지 사랑하게 되었다구요."

"스미스는 좋은 사람이에유. 흑인은 모두 하나님의 아들이라지만
그 가운데서도 스미스는 좋아요. 그리고 나를 끔찍이도 사랑하고요.
휴가를 받자마자 우리 집엘 가보자고 하잖아요. 그렇게 고마운 마음
씨가 어디 있겠어요. 스미스가 나타나지 않았으면 나는 영영 집에도
오지 못할 뻔했어요. 미스터 신, 이 얘기 스미스에게 전해 줘요. 나도
스미스를 사랑한다구요."

모두철의 아내와 스미스가 만난 것은 불과 일주일 전이라고 한다. 그때까진 노 씨는 이렇다 할 봉을 잡지 못해서 기막히게 곤란한 생활을 했다는 것이다.

"그러니까 이 양반이 고생하는 줄을 번연히 알면서도 잠깐이나마 집엘 올 수가 있어야쥬."

술이 한잔 들어가니 모두철의 마누라는 찔끔찔끔 눈물을 짜기 시작했다.

"미스 노 다알링"

하며 스미스는 모두철의 마누라의 등을 쓰다듬곤 뭐라고 지껄였다. 신거운이 다음과 같이 통역을 했다.

"오래간만에 오빠를 만나니 눈물도 나겠지만 자기가 있으니 그처럼 서러워 말래요."

그러자 스미스와 신거운의 사이에 얘기가 한참 계속되었다. 나는 그 얘기의 내용이 궁금했다. 그래

"뭐라는 거요, 신 형?"

하고 물었다.

"이 친구 날 보고 하는 말이 당신은 그처럼 영어를 잘하는데 어느 정도로 출세를 했느냐는 거야. 출세고 뭐구 목하 룸펜 신세라니까, 한국에선 영어만 잘하면 돈도 잘 벌고 출세도 한다는데 왜 그러냐는 얘기였어."

"그래 뭐라구 했지?"

355

내가 거푸 물었다.

"영어를 잘해도 빽이 있어야 출세를 하고 돈도 번다고 했지."

그나마 말이 없는 모두철이 더욱 말을 잃었다. 부어주는 대로 술만 마시고 눈을 깜박거리고 있을 뿐이다. 스미스가 신거운에게 뭐라고 하니까 신거운도 뭐라고 대답해 놓고 모두철을 돌아보곤 말했다.

"이 친구 누이동생이 오랜만에 돌아왔는데 오빠는 그다지 기쁘지 않은 모양이니 어찌 된 셈이냐고 해."

"나와 같은 오빠의 처지가 되면 너는 기뻐하겠느냐고 물어봐."

모두철이 스미스를 똑바로 보고 천천히 말했다. 처음엔 무슨 말인지 못 알아들은 듯한 노 씨는 뒤미처 그 말뜻을 알곤 질겁을 했다.

"신 씨. 그런 소린 통역하지 말아요."

"내가 뭐, 세 살 먹은 아인가?"

하며 신거운이 스미스에게 뭐라고 하곤 이어 다음과 같이 번역을 했다.

"하두 오래간만에 만나놓으니 어떨떨해서 그렇다고 해두었지."

그러나 모두철은 굳은 표정을 풀지 않았다. 스미스가 또 말을 했다. 신거운이 통역했다.

"미스 노의 오빠는 왜 결혼하지 않는가 하고 묻는데."

"있는 여편네도 양놈에게 내돌려야만 살 수 있는 형편인데 또 결혼하면 어떻게 하겠느냐고 말해 주슈."

모두철이 눈썹 하나 까딱 않고 이렇게 말했다. 신거운이 영어로 뭐라고 지껄여놓고 다시 그것을 우리말로 옮겼다.

"돈이 없어 결혼할 팔자가 못된다고 했지."

스미스가 또 뭐라고 했다. 그것은 이랬다.

"한국에선 삼백 불만 있으면 계집자식 먹여 살리는 모양인데 한 달에 삼백 불을 못 버는 남자라면 그건 여간 무능한 사람이 아니다."

"그렇지. 무능하기 짝이 없는 놈이지."

모두철이 중얼거렸다. 나는 선뜻 이웃방에 신경을 보냈다. 아내가 듣고 있지나 않을까 해서다. 스미스의 말이라면서 신거운은 다음과 같이 통역을 했다.

"뭐니뭐니해도 한국처럼 좋은 나라는 없다. 자기 월급이 한 달에 팔백 불인데 팔백 불 가지고 미국에서 살려면 여간 힘들지 않다. 그 돈을 전부 아내에게 갖다 주어도 환영을 받지 못한다. 그러니 미국 남자는 대부분 죄인처럼 산다. 그런데 한국에선 한 달에 오백 불만 주면 귀염 받아 가며 버젓이 아낼 데리고 살 수가 있다. 뿐만 아니라 오 불만 가지면 담배 한 갑, 오징어 두 마리, 사과 세 개, 소주 한 병 사 가지고 제법 오붓하게 원맨파티(一人宴會)를 할 수가 있다. 고무제품 하나 가지면 십 불로 하룻밤 여잘 살 수도 있다. 일 불 정도면 동두천에서 서울까지 오는 버스를 탈 수 있으니 혼자서 살려면 삼백 불 정도로 꽤 호사를 할 수도 있다. 이렇게 좋은 나라에서 잘살지 못한다니 그게 될 말인가. 세계에서 이렇게 좋은 나라는 아마 없을 거다."

나는 무슨 꾸지람을 듣는 것 같은 기분이었다. 신거운도 동감이

었던 모양으로

"이 친구 꽤나 똑똑한 척하는데, 흑인치고는 인색도 하겠구. 그런데 아주머니, 이 친구에게서 돈을 얼마나 받아요."

하고 노 씨에게 물었다.

"앞으로 잘살기 위해서 돈을 저축한대요. 그래서 한 달에 삼백 불만 받아요."

모두철의 아낸 처량하게 말했다.

"그럼 이 친구 표준액이 오백 불이라고 하던데 그 표준액에 이백 불 미달이군요."

하면서 신거운이 입을 삐죽했다.

"그러나 인심이 좋은 편예요. 백인들은 대부분 그들의 짝에게 현금을 주는 법이 없어요. 주로 배급품을 줘요. 그걸 팔아서 먹으라고요. 어떤 놈은 배급품을 주어놓고 그걸 판돈을 대강 예상하고는 반쯤 도로 받아가는 놈도 있거든요. 우리 스미스는 배급품은 그대로 주고, 또 삼백 불을 주거든요. 삼백 불이면 우리 돈으로 25만 원이 넘습니다. 밥은 공짜로 먹고 한 달에 십만 원, 거기다 배급품을 팔면 20만 원은 되거든요."

노씨의 말투엔 자랑하는 빛깔마저 섞였다.

"복이 뒹굴었구먼."

모두철이 중얼거렸다.

"복이 뒹굴지 않았으면 어떻게 할 거유."

노 씨가 싸늘하게 대꾸했다.

"그래 앞으로 이 친구는 믿을 수 있다고 생각해요?"

신거운이 노 씨에게 물었다.

"믿고 안 믿고가 어딨어요. 요즘 젊은 아이가 쏟아져 들어오는데 나 같은 늙은 년이 발이나 붙이겠어요? 그런데도 우리 스미스는 나를 좋아하니까 말에요, 고맙지 뭐유."

"삼백 불과 오백 불의 차이겠죠."

신거운이 싱거운 소리를 뱉었다. 나는 신거운 역시 싱거운 사람이라고 속으로 핀잔하지 않을 수 없었다.

"신 선생 가끔 말씀 한번 잘하시는구면."

이렇게 말하는 모두철은 벌써 과거의 모두철이 아니었다.

기왕엔 어떤 경우가 있어도 마누라의 비위를 상하는 소릴 하지 않았다.

"일자리를 얻었다더니 제법 콧대가 생긴 거로구면."

노 씨의 콧대도 만만치 않았다. 나는 그들 부부 사이의 위기를 느꼈다. 버본 한 병이 비워졌다.

자야 할 시간이 되었다. 나는 슬그머니 걱정이 되었다. 밖으로 나가 노 씨를 불러냈다.

"스미스 씨를 어디에 재울 겁니까. 여관으로 보내는 게 어떨까요?"

"왜 여관으로 보내요? 집을 두구."

"그럼 모 형은 어떡헙니까?"

"같이 자면 어때유?"

"같이 자다니."

"오빠 집에 왔는데 여관으로 보내면 수상하게 여기지 않겠어요? 그러니까 같이 자는 편이 훨씬 자연스럽지 않겠어유?"

"스미스의 감정만 생각하구 모형의 감정은 전연 생각지 않아도 된단 말입니까?"

"할 수 없죠."

나는 노 씨를 들여보내고 신거운을 불러냈다. 신거운은 내 얘길 듣자

"모 형은 일체의 체관을 해버린 사람 아뇨, 그러나 같이 자건 뭣 하니 모 형은 내 방에 자도록 하지 뭐."

하고 태연하게 말했다.

"그럴 수밖에 없지."

나는 중얼거렸다. 이때 모두철이 밖으로 나왔다.

"신 형, 오늘밤 신 형 방에서 신세를 져야겠소."

모두철이 한 말이다.

"그럽시다."

"우리 신 형 방에 가서 술을 한잔 더 합시다."

모두철이 제안했다. 그렇게 하자고 하고 스미스와 인사를 나눈 뒤 우리는 신거운의 방에 모였다. 아내더러 안주를 갖다달라고 나

는 일렀다.

"우리 소주 사 먹읍시다."

모두철이 이렇게 말했지만 신거운이 듣지 않고 노 씨에게로 가서 조니워커를 얻어왔다. 나는 모두철의 괴로운 입장을 이해하고 되도록 위로의 말을 찾았으나 그게 그렇게 쉬운 일이 아니었다. 그래

"모 형, 마음을 푹 가라앉히고 우리 술이나 마십시다."

했더니 모두철은 태평하게 웃으며

"안 형, 쓸데없는 신경일랑 쓰지 마슈. 나는 이런 문제에 대해선 이미 도가 통해 있는 사람이우. 내나 저 여자는 꼭같이 미군 부대의 기생충(寄生蟲)이었소. 기생충끼리, 서로가 기생충인 줄 알면서 사귀어온 거유. 방을 하나 얻어 살며 저 여자가 검둥이를 데리고 오면 나는 방에서 나와 추운 겨울이라도 밖에서 벌벌 떨며 기다렸소. 그런 사이유, 우리는. 그러니 내게 생각이 있다면 기생충의 생각이 있을 뿐이고 내게 생리가 있다면 기생충의 생리가 있을 뿐요. 저 여자도 그걸 잘 알고 있소. 그러니까 저렇게 검둥이를 데리고 올 수도 있는 것 아니겠소."

"그래도 아까 저 방에선 모 형의 표정이 범상하지 않던데요."

"차츰 기생충에서 탈피를 하는 모양이죠. 그러나 내 손으로 벌어 먹을 수 있으니까 이런 밸도 생기는가 하고 아까 그런 걸 생각하고 있었죠. 여편네에게 신세를 질 땐 낙지처럼 뼈 없이 굴다가 푼돈이라도 버니까 이 꼴이 된다 싶으니 내 스스로가 얄팍하단 느낌이 들

기도 합디다만 아마 이게 사람이란 것의 본체인 모양이지. 아마 기생충으로부터 사람이 되는가 보지. 차츰 사람 노릇을 해볼까 하는 마음도 생기구."

스미스가 이왕 휴가를 얻었고 서울에 나온 김에 하룻밤을 더 묵어가야겠다고 나서는 데는 정말 난처했다. 스미스와 노 씨가 모두철의 방에서 식사를 하고 있을 때 모두철은 나와 함께 우리 방에서 아침을 먹고 있었는데 이 문제를 어떻게 했으면 좋을까 하는 의논이 나왔다.

"그럴 수는 없잖겠어요? 하룻밤은 그랬다고 하더라도 남의 눈도 있고 하니 오늘은 딴 곳으로 가라고 이르세요."

내 마누라의 의견이었다.

"마찬가지 아닙니까. 이러나 저러나."

이건 모두철의 말이었다.

"모 형은 아주머니와 헤어질 생각이유?"

내가 물었다.

"본인의 생각에 달렸소. 내겐 의견이 없소."

모두철의 답이다. 한동안 우린 말없이 밥만 먹었다. 모두철이 불쑥 이런 말을 했다.

"아주머니, 나도 이제부턴 사람이 되고 싶은데 사람이 되자면 이런 일은 앞으로 없애야 되겠죠? 도덕이니 뭐니 하는 걸 문제 삼는 건 아니지만 사람의 꼴이 아니라고 보거든요."

아내는 머뭇거리는 눈치더니 그러나 잠자코 있었다. 모두철의 말이 계속됐다.

"노상 신세만 지고 있을 때는 아무 말 없다가 푼돈이나마 벌게 되니 이런 소릴 한다 싶으니 웬지 쓸쓸한 마음이 들지 않는 바는 아니지만, 사람이 되자면 각단을 내야 하겠어요."

"어떻게?"

하고 내가 물었다.

"그런 짓을 그만두고 집에 남으면 부부로서 같이 살겠구, 그런 짓을 계속한다면 앞으로 인연을 끊어야겠다고 말을 해볼까 해서 그래요."

"아주머니가 그렇게 한 것이 어디 자기 때문만이었던가요."

아내가 한마디 했다.

"그러니까 하는 말예요. 살기 위해서 그랬다면 지금은 내가 가난하게나마 굶어죽지는 않을 정도로 돈을 버니까 그런 짓 그만두라고 할 수는 있지 않습니까. 어젯밤 들으니 한 달에 기껏 십만 원 정도, 배급품을 팔아서 20만 원 정도라니 지금 내가 버는 건 기껏 15만 원밖엔 안 되지만 앞으로 더욱 노력할 각오를 하고 결단을 내려 보아야겠소."

나와 아내는 그저 잠자코 있었다. 모두철의 가슴속엔 각오가 익어가는 것 같았다.

"인연을 끊는다고 하지만 뒤에 아주머니가 돌아오면 어떻게 할 게요?"

내가 이렇게 물었더니 모두철은 신중하게 생각한 끝에

"글쎄 그때가 되어봐야 알겠지만 도로 내게 돌아온 사람을 어떻게 하겠소, 받아들여야지."

하고 무겁게 말했다.

"그렇다면 좋소."

나도 한숨을 쉬었다. 결심을 하고 난 마음이 한결 가벼워진 모양으로 모두철은 스미스에겐 영어로 뭐라고 말하고 노 씨에겐

"재미있게 놀아유."

하고 일터로 나갔다.

"모 형도 영어를 꽤 잘하는데……"

수돗가에 서 있던 신거운의 말이었다.

"미군 부대 군속 노릇을 십여 년이나 했는데요 뭐."

하며 모두철의 마누라는 자랑스럽게 말했다. 나는 동회 사무소를 향해 걸었다. 가을바람이 꽤 시원하게 느껴지는 아침이었다.

서울 구경을 하겠다는 스미스를 신거운이 데리고 나섰고 모두철의 아내는 집에 남아 빨래를 한 모양이었다. 흑인 병사를 남편이 있는 집으로 끌어들인 여자에게도 남편에 대한 한 가닥 정성은 있었던 모양으로 "둘러보니 빨래할 게 꽤 많이 있어요. 다니러 온 김에 그거라도 깨끗이 해놓구 가야겠어요. 신 선생이 통역 삼아 서울 구경을 시켜주세요. 나는 오빠 일을 봐주기 위해 남는다고 스미스에게 일러

주구요." 하고 신거운에게 부탁을 했다는 것인데, 그 말을 듣자 신거운 자신도 콧등에 새끈함을 느꼈다는 것이다. 그날 밤 나와 모두철과 신거운이, 신거운의 방에 모여들어 모두철 씨의 처신 문제를 의논하게 된 자리에서 신거운이 한 말이다.

"생각하면 어처구니가 없는 인생이지."

모두철이 씁쓸한 표정으로 말했다.

"우리에게 인생이란 게 있나 뭐."

신거운이 격에 맞지 않게 철학적인 발언을 했다.

"1·4 후퇴 때 이북인 고향을 떠나 어쩌다 보니 미군 부대에 일하게 되었고, 또 어쩌다 보니 시체 처리장에서 십 년 넘어 일하게 되고, 그러다 보니 폐인이 되었는데, 만일 나는 그때 그 사람을 만나지 않았더라면 지금쯤 굶어죽고 없었을 거유."

막상 헤어지려고 하니 모두철의 가슴에 이상한 감회가 이는 모양이었다.

"이대로 지내는 거지, 각단을 낼 건 뭐 있소."

신거운의 말이다.

"나를 위해서가 아니라 그 사람을 위해서지. 그 사람으로부터 나라는 부담을 덜어주고 싶어. 내가 없으면 어쩌다 마음씨 좋은 흑인병사를 만나 국제결혼이라도 할 수 있을지 모르는 일 아니겠수."

"오늘 스미스와 같이 다니며 눈치를 살펴보았더니 댁의 아주머니와 결혼하고 싶은 의향 같은 건 전혀 없던데."

"스미스만 흑인병사유 어디. 그리고 내 마누라는 흑인이 꼭 마음에 드는가 보니까 나라는 부담만 없으면 혹시."

모두철의 이 말을 들으면서 나는 그의 마누라가 과연 그를 부담으로 여기고 있을까 하는 생각을 해보았다.

"어디에 어떻게 되어 있어도 내겐 평생 나를 버리지 않을 남편이 있다."

는 의식이 흑인병사를 상대로 하고 사는 처참한 환경을 견디게 하는 마음의 지주(支柱)가 아닐까 하는 마음이었던 것이다.

"어차피 나도 의뢰심을 청산해야 하겠수. 아내를 그 꼴로 만들어 놓고도 태평한 척하는 아니꼬운 마음을 없애야겠단 말유. 그러자면 이번 기회에 분명히 말해 둘 필요가 있지 않을까 해. 어쨌든 나도 사람의 구실을 해봤으면 한단 말이지."

분명히 모두철이 깊이 생각한 끝의 말이었다.

"그럼 내일 떠나다니까 말할 기회는 오늘 밤 밖엔 없지 않소."

신거운이 말했다.

"안 형 미안하지만 그 사람을 이리로 오라고 해주시오."

나는 건넌방 창문 앞에 서서 노 씨를 잠깐 나오라고 했다. 모두철의 마누라는 잠옷 바람으로 나와 신거운의 방으로 들어왔다. 모두철의 희망으로 나와 신거운이 같이 그 자리에 남아 있게 되었다. 모두철이 말을 꺼냈다.

"여보, 당신은 내일 그 흑인병사허구 같이 갈 작정이우?"

"같이 가야지 안 가면 어떻게 해유?"

"먹고 살기 위해서 그렇다면 그럴 필요는 없을 것 같은데."

"당신 돈 얼마나 벌죠?"

"지금은 한 달에 기껏 15만 원 가량이지만 좀 더 노력하면 20만 원은 벌 것 같애."

"그러니까 나를 앉혀놓고 먹여 살리겠다는 말씀이구료."

"대강 그런 거지."

"흥."

하고 노 씨는 웃었다. 그리고 말을 이었다.

"요조숙녀는 개 물어갔고 이왕 내친걸음인데 한 나이라도 젊을 때 돈 좀 벌어봅시다. 한 달에 20만 원 갖고 저축하긴 틀렸고 그것을 믿고 살다가 또 무슨 꼴을 당할지 알게 뭐요."

"그러니까 꼭 저 흑인병사와 같이 간단 말이지."

"그렇죠. 당신의 마음이 고맙긴 하지만 당신만을 믿고 앉아 있을 순 없거든유."

모두철은 곰곰이 생각하는 모양이더니 뚜벅 다음과 같이 말했다.

"꼭 그렇다면 앞으로 내 걱정은 마슈. 나는 이 이상 당신의 부담이 되기가 싫소."

노 씨는 이렇게 말하는 모두철의 얼굴을 물끄러미 쳐다보고 있더니,

"나와 헤어지자는 말이군요?"

하고 약간 어색한 표정으로 말했다.

"헤어지고 안 헤어지고가 어딨어. 남자까지 끌고 온다는 건 일에 결판을 보자는 그런 뜻 아니었어?"

자기도 모르게 모두철은 흥분한 말투였다. 노 씨의 얼굴이 질린 듯 찌푸려졌다.

"보아하니 당신 질투하고 있는 거구면유."

"질투! 그런 건 없어."

"그럼 새삼스럽게 이게 뭐유."

"우리도 사람 구실을 하고 살아야 할 게 아뇨."

"푼돈을 벌고 보니 사람 구실 찾게 되었구면."

모두철은 묵묵히 앉아 있었다. 노 씨가 말을 이었다.

"좋으실 대로 하세요. 사내놈이란 모두 그런 모양인가 보죠. 궁할 땐 꿈쩍도 않고 있다가 조금 싹이 뵐 듯하면 심통을 부리기 마련이지."

"내 말을 오해하는 것 같군."

"오해가 뭐예유, 나는 양갈보 노릇을 할망정 오해는 안 해요. 푼돈이나 벌다 보니까 양갈보의 기둥서방 노릇을 하기가 싫어졌다 이 말 아니유? 그게 오해유?"

"그런 것이 아냐. 당신이 필요할 땐 언제든지 돌아오면 돼. 그러나 나를 부담으로 생각하지 말라는 거야."

노 씨는 드디어 눈물을 흘리기 시작했다. 모두철이 아무리 타일러도 소용이 없었다. 아니 말을 할수록 노 씨는 서러워지는 모양이었다. 울음소리가 커지면 스미스가 눈치를 챌까 겁도 났다. 나와 신거운은 두서없는 말을 지껄여가며 노 씨를 위로하고 겨우 스미스가 있는 방으로 돌려보냈다. 바람소리가 일고 있었다. 모두철의 표정은 황량하기 짝이 없었다.

그 이튿날, 스미스를 따라 노 씨는 떠났다. 떠나기에 앞서 노 씨는 아내의 방에 와서 실컷 울었다. 신거운은 그들을 따라 동두천으로 갔다. 양공주들이 미국으로 돌아간 애인들에게 쓰는 편지를 대필만 해주어도 먹고 살기가 힘들지 않다는 얘기에 매력을 느낀 모양이다. 떠날 때 신거운이 이런 말을 했다.

"미국 유학까지 해가지고 돌아와 양갈보 연애편지 대필하게 되었으니 이만하면 출세를 한 거지."

"편지를 잘 써준 덕분으로 그들에게 행운이 돌아올 수 있다면 그것도 좋은 일 아니겠소."

내가 이렇게 말했더니 그의 대답은 "꿈보다 해몽이 좋구나." 하는 것이었는데, 막상 옹덕동 18번지를 떠나려고 하니 감회가 벅찬 모양으로 내 마누라에게 눈물을 글썽하면서 그동안 신세가 많았노라고 절을 몇 번이나 했다. 그러고는 경산 선생까지 찾아서 인사하길 잊지 않았다.

"두 푼 생기면 한 푼은 저축하도록 하게. 미군은 언제나 있을 건 아니고 자네도 항상 젊어만 있을 건 아니니까."

경산 선생이 신거운에게 준 마지막 충고는 이랬다. 신거운이 싱거운 사람이니 뭐니 했었지만 막상 떠나고 보니 서운했다.

"따져보면 모두들 좋은 사람인데……. 호강으로 자란 사람은 끝끝내 그 환경이 지탱되지 못하면 저런 꼴이 되기 쉬운 거유. 나나 신거운 씨나 당신이나 모두 이 자갈밭에 돋아난 잡초나 마찬가지지."

모두철의 푸념이었다.

나는 동회 사무소에서 일이 한가한 틈을 타서 박열기에게 전화를 걸어 신거운이 동두천으로 떠났다는 사실을 알렸다. 처음은 대답이 없더니

"뭐니뭐니해도 내가 이 세상에서 가장 미안해 할 사람은 그 사람이오."

하면서 침통한 감회를 말했다.

"그곳에서나마 안정을 해야 할 텐데…… 또 무슨 소식이 있으면 전해 주시유."

나는 불원한 장래 구멍가게의 주인이 될지 모른다는 말을 덧붙였다.

"그거 반가운 소식인데요. 언제 이사를 하고 신장개업을 할 건지 알려주면 꽃다발이라도 보내겠소."

하고 박열기는 반겼다. 이어 박열기는 볼 상자를 만드는 일과 곁들여 금속 인쇄의 작업을 시작했다고 전하고, 그 새로운 사업이 유망하며 지금도 썩 재미를 보고 있다고 전해 왔다. 동시에 다음과 같

은 말을 했다.

"그러나 중소기업이란 건 내일이 언제나 불안해. 대기업이 팽창해 가는 과정에 어떤 일이 유리한가 하고, 시장 조사를 하곤 대뜸 대대적으로 시작해서 상품의 덤핑을 해선 소기업을 무너뜨려 버리거든. 그러니까 소기업으로서 재미를 볼 때 조금만 만심하면 당장 파멸한다는 것을 잊어선 안 되는 거요. 그래 적당하게 지반만 굳혀놓으면 안심하고 공부나 해볼까 했는데 어림도 없어. 재미를 못 보면 그때문에 악전고투를 해야 하고, 재미를 보면 보는 대로 기업의 안전을 위해 몇 곱절 신경을 써야 하니 말이오. 이렇게 살아 뭣 하겠느냐는 회의가 생기는 때가 한두 번이 아닙니다."

나는 그래서야 되겠느냐고 제법 대견한 충고를 했더니 박열기는 쾌활하게 한 번 웃어 보이곤 이렇게 말했다.

"허니까 인텔리는 사업을 못해요."

아침저녁의 바람에 가시가 느껴질 무렵이 되었다. 샛노란 국화꽃의 빛깔에 눈을 빼앗기는 그런 순간이 간혹 있게 되는 계절, 스모그가 갠 날엔 드높이 하늘이 푸르러 속된 일에 얽매인 사람도 가을을 느낀다. 그런데 가슴에 걸리는 일이 나타났다. 우리가 구멍가게를 인수하고 그리로 이사 갈 날을 받아놓은 바로 그날에 구멍가게의 안주인이 정식으로 검찰에 구속되었다. 그 여자가 구속되었건 어떻게 되었건 우리의 구멍가게 인수와 이사하는 일엔 아무런 지장이 없었지만 하필이면 계약이 성립되어 이사까지 가기로 결정한 날 그런 사건이 났다는 것은 뒷맛이 쓴 일이 아닐 수 없었다. 구멍가게를 인수하기까지는 얼버무려 놓았다가 그 일이 결정되자 고자질을 해서 그런 사태를 만든 것 같아서였다. 재판정에서의 결과는 어떻게 될지 알 수는 없으나 경찰과 검찰이 조사한 바에 의하면 양호기를 살해한 범인이 편수길이란 사실은 움직일 수 없는 성싶었다. 구멍가게의 장부를 살펴본 경찰은 그 수입의 대부분이 용도불명으로 씌어졌고, 그 용도불명의 금액은 여자로부터 편수길에 흘러간 것으로 단정했다. 그러니 경찰은 살인의 동기가 멀지 않아 여자의 낭비가 탄로날까 봐 두려워한 나머지 한 짓이라고 보고 있었다. 그렇게 되니까 부득불 구멍가게의 여자는 공범으로 취급되지 않을 수 없었다. 나는 다소 마음에 걸리지 않는 바는 아니었으나 구멍가게 여자가 편수길과 공모해서 남편을 죽인 것이 사실이라면 그 여자를 용서할 수 없다고 생각하고 미안하다는 마음을 대상(代償)할 수가 있었다.

"천망회회(天網恢恢) 소이불루(疏而不漏)라, 하늘의 그물은 크고 넓어 뵈기는 어설픈 것 같아도 빠뜨리진 않느니라, 하는 말이 있지. 남편을 죽인 여자를 어찌 용서할 수야 있을까마는 만일 억울한 일이라도 있으면 곤란하니 나머지 금액도 빨리 맞추어 그 여자의 변호사 비용에 궁하지 않도록 해줘야 한다."

는 경산 선생의 말도 있고 해서 나와 아내는 다시 돈을 만들 계획을 세우지 않을 수 없었다. 그랬는데 모두철이 자기가 세 들어 있는 방의 전세를 보태주겠다고 나섰다. 다행히 구멍가게의 방이 세 개가 있어 경산 선생이 하나를 쓰고 우리 부부가 하나를 써도 모두철이 들어앉을 방이 있었기 때문에 그 제안을 받아들이기로 했다. 그래 경산 선생의 집을 판 돈과 모두철의 전셋돈과 우리가 내놓은 방의 전세를 합쳐 일 년 후로 미루기로 했던 잔액을 한꺼번에 치를 수 있게 되었다. 경산 선생이 이 사실을 확인하고 양호기의 마누라를 만나러 갔다. 그 여자의 대답은 이랬다고 한다. 돈은 경산 선생이 맡아두고 어린애는 친정집으로 데리고 가는데 친정집엔 한 달에 오만 원씩만 보내달라는 것이다. 그리고 경산에게 그 여자가 한 말은
"남편을 두고 그런 짓을 한 건 죽어 마땅한 일이지만 남편을 죽이라고 그 사나이에게 부탁한 일도 없고 그런 의논을 받은 적도 없다. 그러나 남편을 배반한 죄값으로 어떤 벌이라도 받겠으니 변호사를 댈 필요는 없다."
는 것이었다고 한다.
"하지만 변호사를 대줘야겠어."
경산은 한숨을 크게 쉬었다.

13

동두천엘 간 신거운으로부터 나와 모두철 공동명의 앞으로 편지
가 왔다. 그러고 보니 신거운이 떠난 지도 어느덧 반 달이 넘었다. 우
리는 반갑게 편지봉투를 뜯었다. 사연은 다음과 같다.

　모 형과 안 형!
　곁을 떠나고 보니 새삼스럽게 그리운 정을 느끼오. 십 년 가까운
세월, 편지 한 장 쓴 일이 없는 내가 불현듯 두 형에게 편지를 쓰고
싶은 생각이 나는 걸 보면 내 감정이 어떻다는 것을 대강 짐작할 수
있지 않겠소. 그리고 편지를 쓸 곳이 두 형을 두곤 없다고 생각하니
한편 쓸쓸하기도 하지만, 내게도 편지를 쓸 곳이 있다 싶으니 또한
흐뭇하지 않은 바도 아니오. 이러고 보니 옹덕동 18번지는 두고 온
고향의 옛집일 수밖에 없소. 슬픈 일도 있고 고된 일도 있었지만 나
의 옛집일 수밖에 없다는 심정은 안타까우리만큼 절실하오. 아버지
가 자유당 시절 떵떵 울리고 살았던 돈암동의 집은 전연 생각이 안

나는데 옹덕동 18번지만은 자꾸만 생각이 나니 하는 말이오. 생각해 보면 돈암동의 그 화려한 시절은 썩어가는 육체와 마음이 겉으로 분을 바르고 설친 도깨비 시절이란 느낌이 들어요. 악한 권세(權勢)에 붙어, 말하자면 돼지새끼가 호랑이의 위세(威勢)를 빌어 환통을 치고 살았다는 그 추악한 기억은 참으로 견딜 수 없어요. 옹덕동 18번지에서의 나는 그 유취(遺臭)를 풍기며 산 동물에 불과했는데 그러나 그때 나는 인생을 배웠는가 봅니다. 돈암동의 옛집이 천당의 의관을 가진 지옥이었다면 옹덕동 18번지는 신거운을 인간답게 만들기 위한 연옥(煉獄)이었는가 보오. 그렇다고 해서 지금 신거운이 인간다운 인간으로 되었다는 얘긴 아닙니다. 아직도 사람의 탈을 쓴 동물, 아니 도깨비일 뿐이죠. 영원히 사람 구실 한번 못하고 끝날지도 모르죠. 그런데 왜 내가 이런 잠꼬대를 하고 있는 것인지 모르겠소. 그건 그렇고 안 형의 부인에겐 뭐라고 감사드려야 좋을지 할 말이 없구려. 분명 옹덕동 18번지의 천사였는데……그 천사의 은혜가 아니었다면 나는 굶어서 죽었든지, 그렇게까진 안 되었더라도 영양실조에 걸려 폐인이 되었을 것이오. 보다도 그 따뜻한 인정 때문에 나도 사람이 되어 볼까 하는 다소곳한 마음을 가져 본 것이니 이 얼마나 고마운 일이오. 부디 이 말과 아울러 안부 전해 주시기 바라오.

모 형의 부인에게 관해서 말씀 드리자면 지금 나는 그분에게 많은 신세를 지고 있소. 그분의 소개로 매일 단골손님이 십수 인씩이나 몰려드는 판이오. 덕분에 수입이 하루 평균 삼만 원이나 되오. 뿐만 아니라 잃어버린 영어를 도로 찾아내기도 하니까 이 이상 더 고마운 일이 어디 있겠소. 이러다간 불원간 장래 S재벌을 능가하는 갑부가 되지 않을까 해서 지레 겁이 날 지경이오. 떠나올 때 경산 선생이 충고하신 말씀, 두 푼 벌면 한 푼 저축하라는 분부 잊지 않고 실천하고 있다고 선생님께 전해 주시오.

미군기지(美軍基地)의 생활 풍속은 참으로 어처구니가 없소. 극북(極北)의 세계란 표현이 가능할는지 모르죠. 미군은 자기들이 기지의 주인인 양 생각하고 있을지 모르지만 사실 이곳의 주인은 양갈보, 아니 양공주님들이오. 그분들의 육체를 유전(油田), 또는 광산(鑛山)으로 치고 이곳의 생활이 이루어져 나간다는 뜻이오. 그분들의 그 구멍을 중심으로 음식점, 술집, 잡화상 등 온갖 사업이 번창하고 있고 수많은 입들이 끼니를 굶지 않고 살고 있으니 대단한 일이라고 할 수밖에 없지 않소. 인간의 성욕은 갖가지의 문화를 만들고 갖가지의 예술을 만들고 갖가지의 희극을 만들고 갖가지의 비극을 만들고 갖가지의 병을 만들고, 그 밖에도 수없는 부산물로 만드는 마력을 지니고 있다는 말은 새삼스럽게 들릴지 모르나, 미군들의 성욕이 동두천의 일각에 펼쳐놓은 생활도(生活圖)를 직접 보면 어떤 둔감한 놈이라도 나름대로의 감상을 가질 것이오. 어느 도학자(道學者)가 그런 꼴을 보고 개탄했다고 하는데 어처구니없는 개탄은 하나마나 한 것 아니겠소. 이곳 주민의 최대의 걱정은 미군이 떠나는 일이오. 강가에 사는 사람이 홍수를 겁내듯 이곳 주민들은 미군이 떠날까 봐 겁을 먹고 있소. 개탄하는 도학자가 상상도 못할 일이오. 미군이 떠나는 날 양공주들은 일시에 실직을 하고, 양공주와 미군을 상대로 하는 사업은 일시에 망하게 되오. 하기야 병이 있으니까 의사가 사는 것 아니겠소. 죄인이 있으니까 경찰이 사는 것 아니겠소. 빨갱이가 있으니까 직업으로서의 반공(反共)이 성립되는 것 아니었소. 동두천에 문란한 성 풍속(性風俗)이 있어 그것에 편승해서 수천 명의 사람이 굶어 죽지 않고 산다는 것이 이상할 것도 없죠. 불초 신거운도 그 덕분에 매일 양담배를 피우고 양주를 마시고 삼만 원의 수입을 확보하고 있으니 나로선 기지 만세(基地萬歲)를 부를까 하는 기분이오.

나의 근황을 설명하자면 이렇게 되오. 매일, 어떻게 생겨 먹었는지도 모르는 미국 병사에게, 양공주를 대신해서 나는 당신을 사랑하오, 달을 보며 당신을 생각하고 꽃을 보아도 당신을 생각하고, 별을 보고도 당신을 생각하고 새가 울어도 당신을 생각하고……하는 따위의 달콤한 편지를 수없이 쓰죠. 이런 달콤한 편지를 자꾸만 쓰고 있으니 내 몸뚱아리 전체가 달고도 단 초콜릿이 되어버리는 것 같은 기분이오. 게다가 약간씩 에로티시즘을 섞어야 하니까 더욱 야릇하죠. 당신의 손길을 지나간 엉덩이가 당신의 손길에 향수를 느껴 매일 밤 경련을 일으켜요라느니, 당신이 이빨로 문 자국이 아직도 남아 있는 당신을 향한 나의 미소를 닮았다느니, 당신의 뜨거운 정열의 몸뚱아리가 그처럼 정열적으로 드나들었던 그 동굴에 지금은 가을바람이 불고 있다느니, 하는 식의 문구를 창안해 내면 나의 단골인 양공주들은 좋아 미쳐 날뛴답니다. 그러니 장사가 번창할 수밖에 없죠. 하나 이곳엔 너무나 애화(哀話)가 많아요. 전세로 방을 빌려 양공주와 살다가 본국으로 귀환 명령이 나면 그 전셋돈을 친구로부터 받고 자기가 데리고 살던 양공주를 그리로 넘겨주어 버리는 예는 비일비재하고, 미국에 가서 초청장을 보내어 국제결혼을 하겠다는 약속을 미끼로 양공주의 돈을 몽땅 털어가는 얌체도 있소. 너무나 순진한 아이들은 들대로 든 정을 떼지 못해서 울부짖고 있는데 그 순정을 이용해서 사기를 하는 놈까지 있으니 기가 막히죠. 자기가 병을 옮아놓고 되려 양공주에게 뒤집어씌워 손을 끊는 비열한 놈도 있구요. 그러나 대체로 양공주들도 직업의식이 발달해서 '내가 상대방을 속이고 있다는 것을 상대방이 알고 있다는 것을 나도 알고 있다'는 식으로 헤프게 웃음을 웃고 '사랑해요, 하니' 한 말을 난발하고 더러는 한국인 정부(情夫)까지 마련하는 경우도 있으니 피장파장이라고 하겠죠. 그런 만큼 순진한 아가씨들이 딱해 순진도 또한 병인지 백여우가 다 된 선배들이 철저한 코치를 하는 데도 스스로의 순진한 심정의 희생이 되는 아가씨가 많으니까 하는 말이오.

이런 감상(感傷)을 빼버리면 나날은 그저 재미가 있소. 이른바 그룹 섹스라는 것을 구경할 수도 있고 더블 섹스란 풍경도 볼 수가 있고…… 하여간 미국아이들은 못하는 것이 없으니 검열만 없으면 애로 소설을 써서 한 재산 만들 수 있는 재료는 얼마라도 구할 수 있다, 이 말씀이오.

홍에 겨워 엉뚱한 얘기를 늘어놓았습니다만……모 형! 모 형의 부인은 모형을 잊지 못해 가끔 울고 있습니다. 어느 비오는 날엔 대 필 편지를 쓰고 있는 내 곁에 앉아 훌쩍훌쩍 울면서 '뭐니뭐니해도 우리 남편이 제일'이라고 합디다. 미운 정, 고운 정, 다 들었는데 그 정을 어떻게 뗄 수 있겠느냐는 푸념이었어요. 머잖아 모 형 곁으로 꼭 돌아갈 것입니다. 그땐 따뜻하게 맞이해 주십시오. 부인 말마따 나 미운 정, 고운 정 다 들어갔고 어떻게 달리 방도가 있을 수 없지 않습니까.

빠른 시일 내로 한 이틀 짬을 내서 양담배, 양주 들고 두 형을 찾아 가리다. 좋은 일 있거든 통지하시오. 경산 선생님께 부디 몸조심하셔 서 오래오래 사시도록 하시라고 전해 주시오. 곁을 떠나고 보니 어쩐 지 아버지처럼 할아버지처럼 모정(慕情)이 간절해집니다. 그분이야 말로 진짜 애국자라는 느낌, 진짜 지도자라는 느낌과 아울러 실컷 어 리광을 피워보았으면 하는 마음 또한 절실해요. 건강하소서. 안녕!

×月×日

동두천에서 신거운 올림

나는 동회 사무소에 사표를 냈다.

구멍가게의 의젓한 주인 노릇을 하기 위해 이사하기 전에 단골집 의 거래선(去來先)을 두루 돌아놓아야겠다고 생각한 때문이다. 그런 데 직장에서 쫓겨나는 것하고 스스로 의사로써 사표를 써놓고 나오

379

는 것하곤 경찰서 유치장에 가기 위해 집을 나서는 것하고 잔칫집에 가기 위해 집을 나서는 것만큼이나 다르다. 월급 일금 15만 원에 매여 있을 내가 아니라는 의사 표시를 하는 것만 해도 대단한 일이다. 동회장과 동료들에게 인사를 할 때 나는 그들의 눈초리에 선망의 빛을 보고 당황하기까지 했다. 내가 선망의 대상이 된 것은 어릴 적 사범학교에 입학했을 때, 초등학교 동기생으로부터였는데, 그리고는 지금이 처음 있는 일이다. 보잘것없는 구멍가게를 하기 위해 사표를 내는 사람을 부러운 눈으로 바라보아야 하는 그들을 생각하면 가슴이 쓰리다. 동시에 호기 있게 사표를 쓴 내 자신이 부끄럽기도 하다.

나는 그날부터 소채는 어디에서 사고, 청과는 어디에서 사고, 건어물과 잡화는 어디에서 사야 하는 등의 지식을 익히기 위해 사방으로 뛰어다녔다. 그렇게 하면서 기껏 필생(筆生)이나 하고, 동회 사무소에서 인감증명사본이나 만드는 주변밖에 없었던 내가 작은 규모나마 장사를 할 수 있으리란 자신을 갖게 되었으니 사람을 홑으로 볼 건 결코 아니다.

그러한 어느 날 오후 나는 우연히 국립도서관 앞을 지나게 되었다. 문득 배영도 씨 생각이 났다. 지난 초봄에 보곤 만나지 않았으니 거의 반 년이 지난 셈이다.

열람실에 들어서서 언제나 배영도 씨가 차지하고 있던 자리를 보았다. 거겐 없었다. 방 전체를 둘러보았다. 그의 모습은 보이지 않았다. 신문 열람실을 찾았다. 그 밖의 방도 두리번거려 보았다. 아무데도 그는 없었다.

'도서관에 나오지 않게 되었는가? 혹시 고시에 합격한 것이 아닐까? 병에라도 걸렸을까?'

이런 마음으로 도서관을 빠져나오다가 행여나 싶어 건물 뒤쪽으로 돌아가 보았다. 그랬더니 배영도는 식당 앞쪽 양지바른 곳에 놓인 벤치에 앉자 햇볕을 쪼이며 졸고 있었다.

"배 선생."

하고 앞으로 다가서자 배영도는 스르르 감은 눈을 뜨고 부신 듯 내 얼굴을 쳐다봤다. 이마의 주름이 더 깊어진 것 같고 머리칼은 거의 반백인 완전히 노인의 몰골이었다.

"안 형 아뇨, 이거 오랜만이요."

하고 그는 나를 곁에 앉으라는 듯 자리를 조금 비켜 앉았다.

"배 선생은 조금도 변하지 않으셨네요."

무척 늙었다는 말 대신 나는 이렇게 꾸몄다.

"변할 건덕지가 있어야지. 태양이 서쪽에서 뜨는 일도 없으니……."

"그런데 왜 여기 나와 있소?""열람실이 추워서 견딜 수가 있어야지, 가을이 깊어진께 추워."

"나이 탓이겠죠, 아직 추운 계절은 아닌데."

"춥고 안 춥고 간에 공부할 생각도 없은께 햇볕이나 쪼이고 있는 거요."

"그렇다면 뭣 하러 도서관엘 나옵니까, 집에 계실 일이지."

"몰라서 묻나?"

그는 쓸쓸하게 웃었다.

"갑시다."

"어디로?"

"이 뒤에 있는 뚝배기집에나 갑시다."

"낮부터 술을?"

"술에 낮과 밤이 있습니까."

나는 그를 데리고 미도파 쪽으로 걸어 소공동으로 접어드는 곳의 오른편 골목 안에 있는 뚝배기집으로 갔다.

뚝배기와 소주를 청해 놓고 물었다.

"아직도 고등고시를 단념하지 않으셨소?"

"나는 벌써 단념했어. 여편네가 단념 안 했다뿐이지."

"금년 고시는 보았소?"

"보았지."

"또 낙방입니까?"

"물론이지, 한 자도 답안을 안 썼으니까."

"왜 안 쓰니까?"

"전부 아는 건데 쓰면 합격할라구?"

"합격이 싫습니까?"

"그렇지."

"그럼 왜 시험을 봅니까?"

"여편네가 보라니까 보는 거지."

"합격할 생각이 없는데두요?"

"여편네 꼴보기가 싫어서도 절대로 합격은 안 할 끼다."

"이상한데요."

"이상할 것도 없지. 내가 고등고시에 합격이라도 해봐, 여편네는 제 힘으로 되었다고 더욱 기고만장할 끼고 그 뒤의 성화는 말도 못 할 끼고……."

"꼭 그렇다면 집어치우슈."

"안 돼, 난 죽을 때까지 고시를 미끼로 공밥을 먹을 작정인께."

나는 허허, 웃었다. 누군가 끼어서 우리의 대화를 들었더라면 정신병자끼리의 대화인 줄 알 것이었다.

한동안 말없이 술잔이 오갔다.

"배 선생의 인생도 별난 인생이오."

"별난 인생 아닌 인생이 있겠소?"

"허기야 그렇죠."

"안 형의 요새 인생은 어떻소?"

"난 구멍가게의 주인 노릇을 하게 됐소."

"그것도 별난 인생이구먼."

"……."

"헌데 용케 자본을 장만했구먼."

나는 경산 선생과 모두철 씨와 동업하는 것이라고 구멍가게를 산 경위를 설명하고 덧붙였다.

"그러니까 주식회사 같은 거죠. 경산 선생이 회장, 내가 사장, 모두철 씬 전무가 되는 거죠."

"재미있겠는데. 조그마한 구멍가게에 회장, 사장, 전무까지 다 갖추었다면…… 여편네 성화만 없으면 난 거게 가서 수위 노릇이나 했으면 좋겠다."

"수위가 아니라 법률 고문으로 모시지요, 뭐."

"법률 고문이야 도서관에 앉아서도 되는 거니까, 그건 그렇고 회장은 뭣하고 사장은 뭣하며 전무는 또 뭣하는 건가?"

"말이 그렇지 할 일이 있겠소. 경산 선생은 방 한 개 차지하고 밥만 먹여주면 그만이란 말씀이고, 모두철 씬 전세를 내고 방을 얻은 건데 동업이 뭐냐고 하지만, 내 요량으론 어디까지나 동업이라고 생각하고 해나갈 참이죠."

"근래에 드문 미담을 들었는데."

"미담이 또 뭐요."

"그런 게 미담이지 달리 어떤 미담이 있겠소."

술에 취하자 배영도 씨의 얼굴에 파릇파릇 반점 같은 것이 선명히 나타났다. 늙었다는 증거다. 나는 배영도 씨에 대한 측은한 정을 감당할 수가 없어 위로가 될 만한 말을 찾았다.

"배 선생, 너무 낙심 마시오. 합격은 안 해도 공부를 그만큼 하셨으면 지식은 풍부해졌을 것 아닙니까."

"고시공부를 해서 얻은 지식은 고시에 합격하지 않으면 아무짝에도 쓸 데가 없는 지식이오."

"그래도 지식은 지식 아닙니까. 아는 것이 힘이라는데요."

"모르는 소리 마오. 고시 공부는 사람을 만드는 수양도 못되고 교양도 안 되는 거라오. 내가 그동안 불경 공부를 했더라면 도를 통해도 통했을 것이고, 철학 공부를 했더라면 인류의 철학자가 되었을 거여. 육법전서는 아무리 뒤져봐도 아무것도 나오지 않아, 사기꾼이라면 법망을 뚫는 꾀나 배울까. 도대체 법률 공부란 학문이 아니니까 사람의 생활과 행동을 얽어매는 법률 고문을 외우고 해석해 보는 게 그게 뭐란 말인가. 기껏 그따위를 익혀 고시에 합격했다고 해서 사람의 생명과 운명을 다루는 직책을 맡긴다는 제도 자체가 모순이여. 사람을 다루고 재판하는 직책을 가지려면 인생의 기미(機微)에 통달한 지혜와 철리(哲理)를 가져야 하는 건데 고시를 위한 법률 공부는 그런 것을 가꾸기는커녕 인간으로서의 정(情)마저 메마르게 만들어 버리거든. 그런 뜻에서 경학(經學)과 시문(詩文)에 중점을 두고 인재를 등용한 과거(科擧)가 훨씬 합리적인 제도일지 몰라. 하여간 나는 고스란히 이십 년을 허송한 셈이여."

"지금이라도 늦지 않으니 다른 방편을 찾아보면 어때요."

"안 돼."

"합격할 의사가 조금도 없으면서도?"

"여편네가 죽고 나면 합격할 작정이야. 작정하면 자신이 있거든. 내가 모르는 문제가 있을 까닭도 없고 답안을 쓰는 요령에도 통해 있으니까."

"부인이 죽고 난 뒤에 합격하겠다는 건 또 뭡니까?"

"여편네가 죽고 나면 일주기(一週忌)쯤에 합격증서를 그 무덤에 묻어줄 참이여."

"글쎄, 그게 뭐냐 말입니다."

"내 고집이지, 내 보복이지, 여편네에게 대한 내 나름대로의 사랑이지."

"부인이 먼저 돌아가시지 않으면?"

"그럼 그뿐인지 별수 있소."

나는 아무래도 배영도의 심리를 이해할 수가 없었다. 하기야 말과 마음과는 다를 수 있는 것이니 말만으로 그의 심리를 짐작할 건 아니지만, 배영도가 본심을 속이고 그런 말을 한다고는 생각할 수가 없고 그렇다고 해서 그 말을 그대로 믿을 수도 없는 것이다.

"하여간 어떻게 달리 방도를 취해 보도록 하시오."

나는 그에 대한 나의 안타까움을 이렇게 되풀이했지만 배영도의 반응은 전연 엉뚱했다.

"달리 방도를 취하다니, 달리 방도를 취한다고 무슨 뾰족한 수가 터질 거라구? 안 될 말이여, 세상엔 운이 좋은 사람과 나쁜 사람이 있는 거요, 운이 나쁜 사람은 홍시를 먹다가도 이빨을 상하고, 보도(步

道)를 걷고 있는데도 자동차가 덮치거든. 며칠 전의 신문 안 봤소? 운전수 없는 시청의 똥차가 난데없이 환갑잔치하는 집에 뛰어들어 그 집 독자(獨子)를 죽이고 집을 부셨다는 기사 말야. 운이 나쁜 놈은 허는 수가 없느니……."

어느덧 그런 시간이 되었는가. 회사원일 듯싶은 젊은 남녀들이 모여들어 이때까지 한산하던 식당이 떠들썩하게 꽉 차게 되었다. 독신 남녀들이 퇴근길에 저녁식사를 하러 모여든 것이다. 배영도 씨는 술기에 흐린 눈으로 그 젊은 남녀들을 둘러보더니 나직이 말을 이었다.

"저 젊은이들을 보라우. 지금은 꼭같이 이 식당에서 저녁밥을 먹고 있지만 십 년쯤 지나면 엄청난 차이가 생길 거야. 아무리 노력해도 안 되는 놈이 있고, 수월하게 바람을 타고 영달하는 놈도 있을 거구, 더욱이 젊은 여자들을 보면 어쩐지 한심스러운 생각이 들어. 저 꽃 같은 얼굴들이 야차(夜叉)처럼 이지러질 날이 있을 게거든. 난 내 여편네의 관상을 닮은 젊은 여자를 보면 진절머리가 처지면서도 눈물이 나. 권세욕(權勢慾)은 강한데 남편에겐 능력이 없구, 그러니까 히스테리가 늘어 드디어는 고질이 되구, 남편을 망치고 자기를 망치고……불쌍한 여자들이여. 내 여편네와 닮은 관상을 가진 젊은 여자를 보면 왠지 호소라도 하고 싶은 심정이 든단 말야."

하곤 돌연

"안 형은 『유재지이(柳齊志異)』란 책 읽은 적이 있나?"

하고 물었다. 나는 그 책을 읽지 못했다. 그래 그대로 대답했더니 배영도는 다음과 같은 얘기를 했다.

『유재지이』는 명(明)나라의 포송령(蒲松齡)이란 사람이 쓴 책인데 그 책엔 과거시험(科擧試驗)에 낙제한 사람들의 원한이 가득 담겨 있다. 작자 포송령은 어릴 적에 현시(縣試), 부시(府試), 원시(院試)의 삼 단계 시험에 수석으로 합격했는데 십구 세 때 향시(鄕試)에 낙방한 것을 시작으로 칠십여 세가 되도록 응시했는데도 계속 낙방을 거듭한 사람이라고 했다. 포송령은 낙방을 거듭함에 따라 초인간적(超人間的)인 운명의 힘이 그를 사로잡고 있다고 느끼게 되고 드디어는 요괴(妖怪)나 유귀(幽鬼)의 존재를 믿게까지 되었다. 유재지이는 포송령의 실망과 불안을 그대로 적은 것이라고 해도 과언이 아니다.

"그런데 나는 요즘 그 포송령의 꿈을 꾸게 됐어."

배영도는 취기는 있으되 조금도 장난기 없는 얼굴로 말했다. 나는 뭐라고 말할 수가 없어 다음과 같이 물었다.

"그 포송령인가 하는 사람이 꿈에서 뭐라고 합디까?"

배영도는 애매한 웃음을 띠곤 이런 말을 했다.

"너는 나보다도 더 불쌍한 놈이다. 내 마누라는 내가 오십 세가 넘어서 시험을 보려고 하니까 한사코 말렸다. 그래 나는 마누라에겐 숨어서 시험을 봤다. 그런데 넌 그 나이가 되어도 네 마누라는 자꾸만 들볶아대지 않느냐."

"그게 포송령인가 하는 사람이 한 말입니까?"

"그렇지."

"그 밖에 말은 없습디까?"

"그러나 실망하진 말라고 하드먼. 자기가 마지막으로 시험을 본 칠십이 세가 되려면 내겐 아직 이십 년쯤 남았으니까."

"징그러운 말씀 그만하시죠."

소주 두 병째가 빈 것을 기회로 나는 자리에서 일어섰다. 사실 배영도의 말은 듣기가 거북했다. 그와 헤어져 집으로 돌아오면서 나는 배영도 씨가 차츰 실성하게 되어가는 것이 아닐까 하는 걱정을 안 해 볼 수가 없었다.

배영도 씨의 처량한 모습은 가끔 내 마음 위로 검은 구름처럼 스쳤다. 그러나 사람이란 이웃이나 친구의 불행으로 인해 따라 불행할 순 없다. 게다가 나는 갑자기 왕성해진 나의 남성(男性)으로 해서 흐뭇한 행복감을 느끼게 되었다. 아내의 여성(女性)도 같이 왕성해진 모양으로 온몸에 윤이 흘렀다.

나이 사십에 우리 부부는 다시 청춘을 맞은 셈이다. 좁은 집에 어른을 모시고 살아야 할 것이니 부부의 희락(戲樂) 소리를 외부에 내보내지 않도록 하는 연구(研究)도 있어야 했다. 그 소리를 방 밖으로 내보내지 않아도 충분히 열렬할 수 있게 연구한다는 일도 흥겨운 일이다. 소리를 방 밖으로 내보내지 않으려면 둘이 다 같이 실오라기

하나 걸치지 않고, 요 말고는 이불을 완전히 거둬차 버려야 한다. 이불이 움직이는 소리를 우선 없애야 하기 때문이다. 그 다음엔 라디오를 중 정도의 음향으로 틀어놓아야 한다. 라디오의 소리엔 악센트가 있기 때문에 여타의 소리를 캄플라치하는 기능이 있다. 그 다음의 절차는 항상 머리맡에 깨끗한 손수건을 준비해 두었다가 아내의 입에서 억제할 수 없는 소리가 새어나올 판국이 되면 그 손수건으로 얼른 그 입을 틀어막아야 한다.

나는 이와 같은 과정을 통해서 성애(性愛)가 남자에게 대한 이상의 결정적 의미를 여자에게 대해 가지고 있다는 것과, 여자에겐 커다란 활력소(活力素)가 된다는 사실을 알았다. 지난밤의 성희(性戲)가 지나쳤으면 남자의 경우엔 다음날 피로의 원인이 되는데 여자의 경우엔 되려 원기를 왕성하게 하는 방향으로 작용한다. 여자가 히스테리가 걸린다거나 권태증에 걸리는 경우 그 특효약을 병원에 구할 것이 아니라 침실에서 구해야 한다는 충고를 뭇 남성들에게 하고 싶다.

나는 또한 간통의 진상을 알았다. 자기 남편으로부터 얻지 못하는 황홀감을 딴 남자로부터 얻을 수 있었을 때 여자는 어떤 위험을 무릅쓰고라도 그 기회를 놓치지 않으려고 할 것이란 짐작을 똑똑히 가졌다. 그 인색한 구멍가게의 여자가 그러한 환희를 얻기 위해서 동물 같은 사내에게 꽤 많은 돈을 썼고 내게까지 푸짐한 마음을 썼다. 보다도 의처증이 강한 남편의 가혹한 폭행을 감내하면서까지 그 버릇을 버리지 못해 드디어는 살인에까지 사태를 몰고 가선 철창신

세가 되었다. 여자에게 있어서 성애(性愛)란 이렇게 무서운 것이다.

그럼에도 불구하고 나의 아내는 거의 성불구자가 되다시피 한 한 때의 나를 참으로 잘 견디어주었다. 그런 일을 생각하면 나는 아내에게 뭐라고 감사해야 할지 모른다. 그런데 가끔 엉뚱한 생각이 나를 괴롭힌다. 그런 아내도 나와 아내와의 사이가 파국 직전(破局直前)에 이른 날 밤에 당돌하게 발동한 나의 남성 능력을 확인하지 않았더라면 과연 도로 나를 찾아 돌아왔을까 하는 마음이다. 이에 곁들여 어쩌면 아내의 육체를 지나간 사나이가 있었지 않았을까 싶으면 미칠 것 같은 마음의 갈등을 억제할 수가 없다. 그럴 때면 나는 밤이 되길 기다려 잔인하게 아내의 옷을 벗겼다. 어리둥절하는 아내의 표정엔 아랑곳없이 미치광이처럼 덤볐다. 그런데도 아내의 몸은 후끈 달아오른다.

어느 밤이다. 나는 하마터면 아내의 바른편 젖꼭지를 물어뜯어버릴 뻔했다. 나는 아내의 그 젖꼭지를 물고 신음했다.

"아프지?"

"안 아파요."

"이래도?"

"안 아파요."

나는 드디어 물었던 이빨을 풀 수밖에 없었다. 아내의 숨결은 가빠지고 있었다. 나는 사랑 같은 미움에 미움 같은 사랑을 걷잡을 수가 없었다. 아내의 가슴팍에 바른손을 짚고 아내의 왼쪽 허벅다리를

번쩍 들면서

"이년 죽일 거다."

했더니

"죽여요, 죽여."

하는 신음소리가 잇따랐다.

"이 배 위를 어느 놈이 지났지?"

나는 미친 사람처럼 되었다.

"아녜요, 아녜요."

아내는 계속 신음소리만 냈다.

나는 냅다 내 남성에 힘을 주어 세찬 공격을 퍼부으면서

"바른대로 말해, 어떤 놈이 지났지?"

"아무도 아무도 지난 일이 없어요. 아무도 아무도 그런 일이 없어요."

아내의 신음소리는 흐느끼는 울음소리로 변했다.

"참말이지?"

"참말이에요."

그건 아내의 입이 말하는 것이 아니고 아내의 몸뚱아리가 부르짖고 있었다.

"내가 좋지?"

"좋아요, 좋아요. 참말로 좋아요, 나도 좋죠?"

"좋아!"

"얼마만큼?"

"말할 수가 없어."

"그래도 말해 봐요."

"이 세상만큼."

"그렇게 좋아요?"

"음."

질투란 흥분한 의식이 아니고 깨어 있는 의식이란 것도 나는 그때야 알았다. 질투가 정염(情炎)의 다시없는 염료가 된다는 것도 동시에 알았다.

정염이 식어 황홀한 피로를 느끼며 아내의 목을 가볍게 안고 누워서도 질투의 불길은 좀처럼 사라지지 않는다. 이런 대화를 나눈 것도 그날 밤의 일이다.

"정말 딴 사내하고 잠자리 한 적이 없지?"

"없어요."

"당신을 믿어. 그런데도 마음이 답답해. 당신이 나가 있는 동안이 궁금해서 견딜 수가 없어."

"아차, 실수할 뻔한 적은 있었어요. 그러나 내 몸을 더럽히진 않았어요."

"마음은 이미 간통을 하고?"

"망칙스럽게 그런 말이 어딨어요. 그 말 취소하세요."

"취소야 몇 번이라도 하지. 그러나 그 실수할 뻔한 곳에까지 갔다는 게 마음에 걸려."

"그러니까 잘못했다고 하잖아요?"

"앞으론 그런 일 없지."

"전에도 그런 일 없었어요."

"앞으로의 맹세만 해."

"그런 일이 있을 턱이 없대두요."

이런 말은 언제까지 계속되어도 사람에게 안심을 주지 않는다.

"혹시 구멍가게가 실패하고 다시 옛날과 같은 꼬락서니가 되어도 그런 일이 없겠지?"

"여보."

하고 아내는 드디어 울음을 터뜨렸다. 나는 얼른 사과하고 다신 그런 얘기를 꺼내지 않기로 마음을 먹었다.

그러나 눈물로써도 해소될 수 없는 건 의혹이고 질투다.

나는 가까스로 기왕의 나의 몰골을 회상했다. 아내가 떠난 날의 심상을 더듬어보았다. 어쩌다 형편이 좋아져가니까 뿔을 돋우기 시작한 의혹이며 질투가 아닌가. 나는 내 스스로가 쑥스럽다고 느꼈다.

'치사스런 녀석!'

나는 아내를 안은 팔에 힘을 주었다. 그리고 속삭거렸다.

"다시는 다시는 옛날 같은 일 없을 거요. 맹서하지 맹서해."

아내는 흐느낌을 계속하더니 한참 만에 나직이 말했다.

"여보, 전 구멍가게에 내 재봉소를 겸할래요. 이 동네엔 화류계 여성이 꽤 많아요. 그들은 모두 한복을 입거든요. 그리고 아이들 옷 같은 것도 만들어 진열할까 해요. 시장이나 백화점 것보다 훨씬 싸게 팔면 될 거 아니겠소. 시장이나 백화점에서 파는 물건도 전 만든 일이 있어요."

"됐어, 됐어. 수지 문제는 고사하고 당신이 도매상인지 뭔지에 다니지 않아도 된다면 그로써 만족이오."

나는 다시 한 번 아내의 가슴팍에 키스의 흔적을 남겼다. 하느님은 뭐니뭐니해도 천재적인 창조자다. 남자에게 있어선 여자가, 여자에게 있어선 남자가 다시없는 노리개가 될 수 있도록 만들었다는 그 아이디어만 하더라도 기막히지 않은가.

14

내일 구멍가게로 이사하게 되었다. 경산 선생도 같이 이사를 오고, 모두철은 방이 나가는 것을 기다려 우리 집으로 옮길 예정이다. 메리 엄마는 이미 떠나 그 방엔 딴사람이 들어와 있었고, 신거운은 동두천엘 갔으니 옹덕동 18번지는 이제 완전히 해산을 하는 셈이다. 구멍가게는 옹덕동 17번지이니 18번지에서 17번지로 옮길 따름이었으나 일말의 애수(哀愁)가 없을 수 없었다.

보다도 앞으로 옹덕동 18번지의 그 집 주민(住民)이 될 사람에게 대한 호기심(好奇心) 섞인 관심이 컸다.

신거운이 거처하던 방에 들어 온 사람은 화장품 행상을 하는 부부였는데 평안도 출신인 여자는 억세고 황해도 출신이란 남잔 항상 무엇에 쫓기고 있는 사람처럼 불안한 얼굴을 하고 있었다. 메리 엄마의 방엔 어떤 개인회사의 부장을 한다는 젊은 사람이 들고 있었다. 부장이라고 하면 꽤 높은 벼슬인데 회사 자체가 부실한 모양으로 월급을 제대로 받지 못하는 형편인 것 같았다. 그 집은, 아니 그

방은 매일 밤 가계부(家計簿)를 놓고 싸움질이다. 이백 원의 행방이 없다고 밤을 새워 다투고 파 값이 틀리다고 법석이다. 술이라면 술독 근처를 지나도 취한다는 사람이고 워낙이 꼬장꼬장한 성격이라서 매사를 따지고 드는 버릇이 있는데 요즘은 일이 없어놓으니 가계부를 가지고 트집을 잡는다고 그 아내는 울상을 하고 아내에게 호소하는 소리를 들었다.

우리 방에 들어올 사람의 정체는 아직 모르기는 하지만 젖먹이를 업은 그 아내의 꾀죄죄한 몰골로 봐서 궁색한 사나이임에 틀림이 없다. 그러나 저러나 비좁은 집에 네 가구가 어울려 살 판이니 앞으로 옹덕동 18번지는 파란을 안고 있다고 말할 수 있다.

그런데 그날 밤 옹독동 18번지의 그 집에 진짜 주인이 나타났다. 토건업 하청(下請)을 하다가 부도수표(不渡手票)를 내고 일가가 이산(離散)한 채 행방을 몰랐던 집주인이 돌연 나타난 것이다. 집주인한테도 나에겐 초면이었다. 우리는 집주인과는 관계없이 먼저 세 들어 있던 사람에게 전셋돈을 주곤 바꿔들고 바꿔나가곤 했던 것이다.

집주인의 나이는 오십 세 안팎으로 보였다. 저녁식사를 마친 뒤 내일 할 이사에 관한 의논을 하고 있는데 그는 통장(統長)을 동반하고 들어왔다. 자기 집엘 들어오면서 통장을 앞장세우고 와야 하는 사정도 우스꽝스럽다.

그는 전셋돈만 받으면 모두철이 이사하게 되어 있다는 사정을 알자 대단히 반가워했다.

"이번에 모든 문제를 해결하고 다시 가족이 모여 살아야 하는 판인데 자기 집 두고 남의 집에 세 들어 갈 수밖에 없어 딱하다고 생각했는데 그것 참 잘되었습니다."

하고 통장을 증인으로 하고 집주인은 즉석에서 전셋돈을 모두철에게 치렀다.

우리는 소주를 사와 돌아온 집주인의 환영연을 열었다. 통장도 그 자리에 끼었다.

"그러나 저러나 그 많은 빚을 용이하게 갚으셨소."

주인을 보고 하는 통장의 말이다.

"죽을 고생을 했소. 인부 몇을 모아가지고 무주구천동 같은 곳에 있는 공사장을 찾아다니면서 하청을 맡았는데 어려운 일만 맡아했습죠. 만일 고속도로를 닦는 일이 시작되지 않았더라면 나는 영원히 빚을 갚지 못하고 다신 세상에 얼굴을 내밀지 못할 뻔했소."

집주인은 감회가 서린 어조로 말했다. 통장을 비롯해서 우리들은 감탄했다. 집주인의 빚이 팔천만 원을 훨씬 넘는다고 들었기 때문이다.

"그 많은 돈을 어디 전부 갚을 수야 있었겠소. 대강 삼분의 이쯤으로 해결했습죠."

삼분의 이라도 대단한 일이다. 주인은 이런 말을 했다.

"완전히 떼어먹힌 거라고 생각하고 있었던 판에 현찰을 준비해 갖고 나타나서 백배사죄하며 삼분의 이 정도로 해결해 달라니까 두어 사람 빼놓곤 순순히 수표와 어음은 돌려줍디다. 검찰에까지 같이 가서 탄원을 해주는 사람도 나왔습죠. 그래서 살아왔습죠."

우리는 팔천만 원이 넘는 부채를 오 년의 신고(辛苦) 끝에 갚아 넘겼다는 주인을 영웅처럼 우러러봤다. 우선 그 성격의 성실함과 강인한 노력에 놀랐고, 세상을 올바르게 살아가려는 태도와 의지에 감복하지 않을 수 없었다. 그런 뜻을 모두철이 말했더니 집주인은 뚜벅 말했다.

"세상이 험하다 해두 이편 마음만 옳게 쓰면 그다지 어려운 세상은 아닙디더이."

이어 집주인은 지금 세 들어 있는 사람들의 사정을 짐작해서 적당한 시기에 온 가족이 이 집에 모여 살 작정이라고 했다.

집주인 이야기는 어떤 모험담을 듣는 것보다도 흥미가 있었다.

수표가 부도(不渡)나자 채권자들이 모여들어 온갖 행패를 부렸다. 그 행패를 감당할 수가 없어 가족들은 뿔뿔이 이사하지 않을 수 없었다.

어린아이들은 할머니를 따라 이모집, 고모집 등을 전전하기도 하고 마누라는 어떤 병원의 세탁부로 취직을 해서 거기 입주(入住)한 채 호구(糊口)를 하며 돈을 벌어선 손주를 데리고 이 집 저 집으로 전전하는 시어머니에게 보냈다.

중간 아들은 대학엘 다니다가 군에 자진 입대하여 중동으로 가고 큰아들과 자기는 전국의 후미진 공사장을 찾아 돌아다니며 하청 공사(下請工事)를 했다. 그래 가지고 푼푼이 모은 돈으로 빚을 갚을 만하자 서울로 올라와 채권자들을 찾아다녔다.

하청 공사의 일을 잘했다는 신용을 바탕으로 올림픽 고속도로의 꽤 큰 구간을 하청 받았는데 지금 큰아들은 그 공장에서 일을 하고 있다는 것이다.

집주인이 통장(統長)과 함께 자리를 뜨고 난 뒤 우리들은 한참동안 서로의 얼굴만 멍청하게 바라보고 있었다.

모두철이 뚜벅 말했다.

"저런 사람이 진짜 영웅이라."

"그래 근래에 드문 미담이다."

나도 맞장구를 쳤다.

"인생이란 호락호락 내동댕이칠 게 아니구먼."

모두철의 이 말엔 자기도 일대 용기(一大勇氣)를 내어 인생을 살아야겠다는 다짐 같은 것이 풍겨 있었다.

"그럼 모형도 내일 같이 이사를 합시다."

"그럽시다."

모두철은 힘있게 말했다. 그리고 다음과 같이 이었다.

"노력만 하면 살길은 터지는 거고 찾아보면 훌륭한 사람도 많아. 지금 내가 일을 거들고 있는 사람은 일제 때 고등농림(高等農林)을 나온 사람인데, 숱한 실패도 하고 고생도 많이 했더면. 그래도 지치지 않았거든. 나이 육십에 가까운데도 뭔가를 고안(考案)해 내선 무(無)에서 유(有)를 만들어낸단 말유. 그리고 돈이 들어오면 그 돈을 전부 방바닥에 내놓구, 이만큼 돈이 남았으니 서로 나눠가집시다, 하고 공개적으로 배분(配分)을 하거든. 그게 기분이 좋단 말유. 쓰이는 사람이란 의식이 아니라 동업자란 의식이 생기고 자기 일처럼 성의를 다하게 된단 말유. 민주주의니 뭐니해도 인격(人格)이 되어 있지 않으면 안 되는 거야. 나는 그 사람으로부터 인생을 배우게 되었는데 오늘밤 또 집주인으로부터 많은 것을 배웠구면."

나는 그렇게 말하는 모두철로부터 강렬한 교훈을 얻었다.

모두철은 또 이런 말을 했다.

"돈을 번다, 못 번다가 문제일 수 없을 것 같애. 더욱이 내 경우는 한 사람 먹고 살면 그만이니까, 대단한 돈이 들 것도 아니구, 중요한 건 성실(誠實)이야. 성실하게 인생을 산다, 남의 짐이 되지 않고 겸손하게 산다, 그로써 그만이 아닐까. 나도 어쩌면 살 수 있을 것 같구면."

나는 비로소 내일이 있다는 사실을 느끼고 감동했다. 보다도 기다려볼 내일을 가진 사람으로서의 스스로를 느끼고 부드럽게 웃었다.

이사를 하는 날의 아침, 그날 양호기 살해 사건의 제1회 공판이 있다는 것을 알았다.

그날 일을 쉬고 이사를 도우기로 한 모두철과 나는 경산 선생을 찾았다.

"오늘 양호기 사건의 제1회 공판이 있다고 합니다. 이사는 저희들이 할 터이니 선생님은 재판소엘 가셔서 방청을 하고 오시면 어떻겠습니까?"

내 말을 듣자 경산 선생은

"이사하는 데 노인이 방해가 될까 봐 내쫓는 좋은 구실을 찾았구나."

하고 웃으며 말했다.

"공판이 있다면 가봐야지."

그리고 책상이며 찬장이며 병풍을 어떻게 놓아야 한다고 이르고 경산 선생은 재판소엘 나갔다.

경산 선생의 이삿짐을 먼저 나르고 다음에 나의 집 이삿짐을 날랐다. 모두철의 이삿짐은 볼 상자 다섯 개밖에 안 되는 단출한 것이어서 문제도 안 되었다.

그래도 이사를 하고 집을 정돈하고 나니까 긴 하루해가 걸렸다. 해질 무렵 동회장이 보냈다는 화분이 빨간 리본에 '축 개업'이란 글자를 새겨 넣고 가게 한구석에 놓였다. 조금 있으니 이번엔 큼직한 화환이 날아들었다. 생화로 만든 큰 화환 복판에 '축 새출발'이란 글자가 보였는데, 보낸 사람의 이름은 없다.

"누가 보냈을까?"

하고 나와 모두철이 고개를 갸웃하고 있는데 경산 선생이 돌아왔다.

"이건 선생님이 보내신 겁니까?"

하고 내가 물었다.

경산이 물끄러미 그 화환을 들여다보더니

"제 집에 제가 화환을 보내는 놈 봤나."

하곤 중얼거렸다.

"흠, 이건 박열기 군이 보낸 걸 거여."

"그렇습니다. 박열기 씨가 보낸 게 틀림없습니다."

모두철이 맞장구를 쳤다.

박열기가 보내온 화환이 신호가 된 듯 통장을 비롯한 이웃사람들이 모두들 한 개씩 화분을 안고 와서 뒤뜰과 구멍가게 안은 노랑, 파랑, 하얀 꽃으로 온통 덮였다.

나는 눈시울이 뜨거워짐을 느꼈다.

생각하니 이때까지의 나는 화환, 화분은커녕 한 다발의 꽃도 받아본 적이 없다. 보다도 이 세상에 피어 있는 꽃이 내 자신과 관계가 있으리라곤 생각해 본 적이 없다.

나는 변소간에 들어가 변소의 취기도 잊고 변소의 벽에 이마를 대놓고 하염없이 울었다.

넋을 놓고 눈물을 흘리고 있는데 바깥에서 환성이 일었다. 나는 얼른 눈물을 닦고 밖으로 뛰어나갔다. 신거운의 썰렁한 큰 키가 선뜻 시야에 들어오고, 그 곁에 모두철의 가슴에 머리를 묻고 있는 그의 마누라 노 씨의 뒷모습이 보였다.

"안 형 이사한다는 소식을 듣고 안 와볼 수가 있어? 한 이틀 사업을 못하는 한이 있더라도 와봐야 할 게 아니오. 그랬더니 모 형 아주머니가 따라나서지 않겠어. 그래 동두천에서 부랴부랴 달려왔지. 봐요, 조니워커의 블랙이 있소, 그것도 두 병이나."

하고 코트 호주머니에서 양주병을 꺼내 번쩍 들어 보였다.

국수를 안주로 막걸리를 몇 사발씩 나눠마시곤 이웃의 축하객들은 집으로 돌아갔다. 경산 선생을 위시해서 모두철 부부, 우리 부부, 그리고 신거운만 남았다. 안방에 둘러앉아 신거운이 가지고 온 양주의 병마개를 뗐는데, 경산 선생이 한마디 했다.

"보아하니 이 자리에서 홀아비는 나와 신 군이로구나."

모두철의 아내가 재빠른 대답을 했다.

"신 선생에겐 곧 좋은 새악시가 생길 건데유."

"그거 반가운 소식인데."

경산이 말하자 모두철의 아내는

"양공주를 하겠다고 흘러들어 온 젊은 여잔데 여간 순진하지 않구 여간 예쁘질 않아유. 하두 아까워서 양공주를 시키지 않고 신 선생 몫으로 제쳐놓았어요."

하고 깔깔대고 웃었다.

"농담입니다."

신거운이 그답지 않게 수줍게 중얼거렸다.

"그런데 말유. 신 선생님이 승낙을 안 하시거든유."

모두철의 아내가 한 말이다.

"여자라고 하면 진절머리가 나는걸요."

신거운이 말했다.

"허허, 그러고 보니 신 군도 철이 드는가 보군."

경산 선생이 익살을 부렸다.

"아무리 바보이기로서니 두 여편네에게 호된 꼴을 당하고 나면 철이 들 만도 하잖겠습니까."

"아녜요, 동두천의 그 여자는 그럴 여자가 아녜요. 여자끼리는 알거든유."

하고 모두철의 아내 노 씨는 양공주가 될 셈으로 동두천엘 왔다는 그 여자의 칭찬을 늘어놓았다.

"뜨거운 국에 데여선 찬물을 불어 마신다는 옛말이 있지."

하며 경산은

"여하간 잘 알아보고 하게나. 섣불리 대들었다가 또 실수해도 안 되고, 지나치게 조심을 하다가 큰 고기를 놓쳐서도 안 되니 말야."

하고 웃었다.

"그런데 신 선생 돈벌이가 대단해유. 신 선생이 그곳으로 간 지 일주일도 안 돼서 타이프라이터를 샀거든요. 그걸 가지고 편지를 척척 찍어내니, 그 편지가 또한 굉장한 인기고 해놓으니 양공주들뿐만 아니라, 지 아이들까지 편지 부탁하러 와유. 어떤 날은 하루에 백 불을 번다나요. 백 불이면 우리 돈으로 팔만 원 남짓 하거든유."

"웬 백 불이유. 아주머닌 바람이 세어."

경제적으로 여유가 생기면 사람도 따라 변하는 모양인가. 신거운의 태도는 어느 모로 보나 싱겁다고 할 수 없을 만큼 의젓했다.

"사람이란 쓰일 곳이 반드시 있는 거라. 신 군은 그러니까 천직(天職)을 얻은 셈이로군."

경산 선생은 시종 유쾌한 모양이었다.

"양공주 연애편지 대필해 주는 게 저의 천직이라면 제가 너무 불쌍하지 않습니까."

"아니지, 딱한 사정에 있는 사람들의 딱한 사정을 대신 전해 주는 노릇이니 얼마나 고마운 일인가. 사람이 하는 일엔 귀천이 없는 법야. 거짓말이나 하고 자리를 더럽히고 있는 놈들에게 비하면 훨씬 고상한 일일세. 그런 데다 돈까지 벌 수 있다고 하니 좀 좋은가."

신거운은 머리를 긁적긁적했다. 경산 선생의 말씀이 그의 자존심을 살린 것이다.

"그런데 자네는 어쩔 참이지?"

경산이 모두철의 아내 노 씨를 향해 물었다.

"전 동두천엔 돌아가지 않을 참이유."

노 씨는 나직이 말했다.

자리는 돌연 엄숙한 분위기가 되었다.

"동두천에는 안 돌아가면 앞으로 쭉 모 군과 같이 있겠단 말인가?"

"예."

모두철은 어안이 벙벙하다는 표정으로 앉아 있었다.

"그럼 모 군은 앞으로 자네 마누랄 먹여 살릴 자신이 있는가?"

"잘은 못 먹여 살려도 굶기진 않겠습니다."

경산 선생은

"됐어."

하는 말을 되풀이했다.

"제도 가만있진 않겠어유. 소제부 노릇을 하든지 남의 집 삯일을 하든지 해서 제 밥벌이는 하겠어유."

노 씨는 울먹거리는 소리로 말했다.

"동두천에서 오면서 줄곧 그 얘기만 했어요. 아주머니는 단단히 각오를 하신 것 같습니다."

신거운이 한마디 거들었다. 그러자 노 씨는 모두철의 무릎 위에 와락 엎드리면서 울음을 터뜨렸다.

순간 당황하는 눈치더니 모두철의 눈에서도 눈물이 넘쳐흘렀다. 어느덧 모두철은 자기 마누라의 머리를 쓰다듬으며,

"진정해요. 어른이 계시는데 이런 추태가 어딨소."

하면서도 스스로의 울먹임을 억제하지 못했다. 그 광경을 보는 내 뺨에도 눈물이 흘러내리고 있었다. 경산 선생의 눈에도 이슬방울이 빛났다.

"그럼 오늘밤 모 군과 모 군의 마누라는 다시 결합되는 셈이다."

경산 선생이 말했다.

"우린 아직 결혼식을 하지 못했어요."

하고 이제 막 들었던 고개를 다시 떨구며 모두철의 아내는 흐느꼈다.

"좋아, 그렇다면 오늘밤 결혼식을 올리자. 내가 주례다. 결혼식이란 거창한 의식을 말하는 것이 아니다. 서로의 결심을 다짐하는 의식이면 되는 거다. 다행히 술도 있고 음식도 있고 축하객도 있으니 안성맞춤이다. 자, 그럼 서로 손을 잡아라."

모두철과 노 씨는 옷매무새를 고쳐 앉았다. 얼굴엔 번들번들 눈물자국이 있는 그대로였다.

"모 군은 아내인 노 씨를 사랑하지?"

"네."

"노 씨는 모 군을 사랑하지?"

"네, 사랑해유."

"둘 다 앞으로 변함없이 서로 사랑하겠지?"

"네."

"네."

"이로써 결혼식은 끝났다. 앞에 놓인 잔을 들어라."

두 사람은 잔을 들었다.

"마셔라."

두 사람은 자기의 잔을 마시고 조용히 잔을 놓으며 경산 선생을 바라보았다.

"그럼 주례사를 해야겠구먼."

하고 경산 선생은 다음과 같이 말했다.

"자네들 둘은 험한 인생을 가장 험하게 살아온 사람들이다. 어떤 사람도 감히 겪을 수 없는 지옥(地獄)을 겪어왔다. 그럼에도 불구하고 자네들은 잘도 참고 잘도 견디어왔다. 두 사람 다 놀랄 만한 참을성을 가졌다. 그 참을성이란 것이 보배다. 앞으로는 다시 그런 지옥을 만들지 않도록 노력해야 한다. 그 참을성을 기왕과 같은 짓을 되풀이하지 않겠다는 참을성으로 바꿔라. 그러면 앞으론 행복이 있을 뿐이다. 자네들의 인생은 지금부터 시작이다. 그리고 지금부터 시작했대서 결코 늦은 것은 아니다. 인생엔 어느 때고 늦는다는 일은 없다. 하루를 살아도 꽉 차게 살 수만 있다면 너절하게 백년을 사는 것보다 낫느니라. 이때까지 같이 살아왔으니 서로의 성격은 잘 알 터이고, 부지런하기만 하면 되는 거니까 지금부턴 열심히 살아라……."

모두철 부부의 결혼식을 끝내고 난 뒤 경산 선생은 한참 동안 우두커니 앉아 있더니 다시 입을 열었다.

"내 칠십 평생에 오늘밤처럼 기쁜 날은 없다. 이와 비슷한 날이 있었는데 그것은 우리가 해방을 맞이한 날이다. 그러나 그날과 이날을 비교하면 내 기쁨은 이날이 더욱 크다."

이어 경산 선생은 독립 운동을 하던 시절을 회고했다.

조국의 독립을 원한다면서 그 세력이 한 번도 단결되어 본 일이 없었다는 것이 한스럽다고 했다.

만일 독립 전선(獨立戰線)이 단일화되어 있었더라면 민족의 역량을 효과적으로 집결시킬 수 있었을 터인데 그 세력의 분파 분열(分派分裂) 때문에 그것이 불가능했다고도 했다.

"그 때문에 독립 운동을 하면서도 일의 성과에 대해선 항상 의심을 품지 않을 수 없었다. 독립이 되면 어떻게 민족을 조직해야 할지 그 방도가 막연했다. 남북(南北)의 분단은 연합국에 책임이 있는 게 아니라 우리들에게 마음의 준비가 없었던 탓으로 빚어진 비극이다. 우리가 단결해 있었든지, 설혹 단결은 안 되었을망정 정치 도의의 근본을 알고 정치적인 식견만이라도 투철했더라면 동족간의 의견 대립을 조절할 줄 알았을 것이고, 그렇게만 되었더라면 38선은 연합국, 자기들끼리의 무장 해제를 위한 편의적인 선 이상의 의미는 없었을 것 아닌가. 이런 것을 생각한 끝에 나는 정치를 하지 않기로 결심했지. 내게 식견이 없고 호소력이 없다는 걸 깨닫고 난 뒤로부턴 정치와 담을 쌓았지. 그리고 누항에 묻혀 이십 수년, 내 자신 생활의 고통을 받으면서 민족의 밑바닥을 보며 살아온 거여. 그러는 동안 자네들을 만난 거지. 그런데 난 모두철 군에게선 민족의 절망을 보았고, 신거운에겐 민족의 주책없는 측면을 본 듯했고 안 군에게선 민족의 무기력을 보는 그런 느낌이었다. 그런 때문에 나는 한마디도 자네들을 나무라는 말을 하지 않았다. 절망을 나무라서 무엇 할까, 주책이 없다고 해서 나무란들 무엇 할까, 무기력한 놈을 질책해서 무엇 할까, 그런 감정이었지. 그래 보고만 있었던 건데 모두들 차츰 자기들의 늪(沼)을 빠져나와 사람의 구실을 하게 되는 방향으로 몸부림치고 일어섰으니 이보다 고마운 일이 또 있단 말인가. 자 모두들 인간 회복(人間回復)을 한 기념으로 술이나 들세."

경산 선생은 잔을 높이 들고 우리들도 꼭같이 하길 청했다. 그리고는 모두철에게 먼저 감상을 물었다.

"살아볼 만한 세상이라고 생각합니다."

"신 군은?"

"저도 동감입니다."

"안 군은?"

"저도 동감입니다."

"모 군 부인은?"

"저도 동감이에유."

"안 군 부인은?"

"제두요."

"나두 그렇다."

경산 선생은 활달하게 웃었다.

밤은 깊어 가는데 누구도 자야겠다는 사람이 나타나지 않았다.

"선생님 말씀 좀 더해 주십시오."

모두철이 청했다.

"오늘만 날인가? 이제부턴 두고두고 잔소릴 할 참인데!"

"전 내일 떠나야 하니까요."

신거운이 침울하게 말했다.

경산 선생의 회고담이 계속되었다. 우리들은 비로소 역사라는 것을 느꼈다. 방안의 공기가 탁해지자 경산 선생은 방문을 열라고 했다. 어느덧 조그마한 뜰에 달빛이 깔려 있었다. 그 달빛을 받고 뜰 가득히 갖다놓은 화분의 꽃들은 요란한 향연을 이루고 있었다.

"보아라, 저 꽃들을 보아라. 옹덕동 골짜기의 구멍가게의 비좁은 뜰이 사람들의 호의로 인해서 황홀한 꽃밭이 되었다. 낙엽(落葉)이 모여 썩기만을 기다리던 우리들이 이렇게 아름다운 꽃밭을 이루어 놓았다. 우리는 뜻만 가지면 어느 때 어느 곳에라도 꽃밭을 만들 수가 있다. 그러나 꽃밭이라고 해서 그저 아름답기만 한 곳은 아니다. 꽃밭엔 슬픈 과거가 있고 그 밑바닥엔 검은 흙 모양의 고통도 있다. 허지만 슬픈 과거가 있기에 화원은 안타깝도록 아름답고 밑바닥에 검은 고통이 있기에 그 아름다움이 더욱 처량하다. 인생도 또한 꽃이다. 호박꽃으로 피건 진달래로 피건 보잘것없는 잡초의 꽃으로 피건 사람은 저마다 꽃으로 피고 꽃으로 진다."

경산 선생의 센티멘털리즘이 우리들 모두의 가슴에 번졌다. 바깥을 지켜보고 있던 신거운이 벌떡 일어서더니 뜰 아래로 내려가 샛노란 한 송이의 국화와 하얀 한 송이의 국화를 꺾어왔다. 그리고는 샛노란 꽃을 불쑥 내 아내 앞에 내밀었다.

"이거 아주머니 옷섶에 끼워 보세요."

아내는 주저주저했다. 모두철의 아내가 그 꽃을 받아 아내의 옷

고름 맺음에 꽂았다. 샛노란 국화꽃의 여채(余彩)를 받아 아내의 얼굴은 화사하게 빛났다.

"꽃밭의 주인공은 아주머니 아닙니까. 그 꽃을 당분간 그냥 꽂고 계십시오."

신거운은 눈부신 듯 눈을 찌푸리며 이렇게 말하고 하얀 꽃을 경산 선생의 조끼 위 포켓에 꽂곤

"선생님의 청운을 위한 겁니다."

했다.

"신 군은 꽤나 멋을 부리는데."

하고 경산 선생은 사뭇 유쾌한 듯 웃었다.

"신랑 신부에게도 꽃이 있어야지."

하고 나는 밖으로 나가 두 송이의 국화꽃을 꺾어 와선 모두철 부부의 가슴에 꽂아주었다.

"구랑 구부(舊郞舊婦)가 오늘 호사를 하는구만."

모두철은 격에 맞지 않게 수줍어했다. 그리고 다시 한담이 이어졌는데, 나는 돌연 양호기 사건의 공판을 상기했다.

"그런데 참 오늘 방청한 결과는 어땠습니까?"

하고 내가 물었다.

"자기의 흥에 겨우면 남의 불행은 잊는 모양이로구먼."

경산은 이렇게 말하고 방청한 내용을 설명했다.

아무리 보아도 편수길을 진범으로 단정하기엔 증거가 미약한 것

같더라는 얘기였고, 그렇게 되면 양호기 부인의 공모 혐의도 따라 미약한 것이 아닌가 하는 의견이었다.

"그 자가 진범임에 틀림없을 텐데요."

신거운이 말했다.

"그런 단정은 못쓰네."

하고 경산 선생이 말했다.

"진범 아닌 사람이라도 묘하게 걸려들면 억울한 누명을 쓰는 수가 있느니, 증거가 열 개쯤 나열되어도 진범이 아닌 수가 있거든. 꼭 그놈이 진범이 아닐까 하는 심증만으로 사람을 억울하게 벌할 수야 없지 않은가. 백 사람 진범을 놓치는 한이 있더라도 한 사람 억울한 자를 내서는 안 된다는 말이 있잖은가. 나는 그 말을 철언이라고 생각한다. 양호기 부인의 소행은 괘씸하지만 그렇다고 해서 남편을 죽인 범인이라고 우겨대서 그게 원죄(冤罪)라면 딱한 일이 아닌가."

종장(終章)

한 달이 지나니 해의 마지막 날이다.

그날 오후, 신거운이 동두천에서 새 아가씨를 데리고 경산 선생을 비롯하여 우리들에게 인사를 시킬 겸 놀러왔다.

윤락(淪落)의 직전에까지 갔던 사람으론 도저히 보이지 않는, 아직 소녀의 티가 그냥 남아 있는 청순한 인상의 여자였다.

"선생님, 결혼식을 하기 위해서 데리고 왔습니다."

신거운이 이렇게 말하자 경산 선생은 반기면서 새 아가씨의 성명과 고향을 물었다. 성명은 하금순, 부모의 고향은 함경도 원산인데 자기는 강원도에서 낳고 강원도에서 자랐다고 했다.

"부모님은 계시니?"

하는 물음엔

"삼 년 전에 한 달 전후로 돌아가셨습니다."

라는 대답이었다.

우리는 망년회 겸 신거운의 결혼식을 할 양으로 서둘렀다.

모두철 부부가 일터에서 돌아오자 경산 선생은 우리들을 모아놓고 박열기 부부를 데리고 오자는 제안을 했다. 나는 적지 아니 놀랐다. 신거운은 얼굴을 굳혔다.

"아니다. 오늘 이렇게 신거운 군이 결혼하는 마당에, 이런 거룩한 마당에 모든 원한을 말쑥하게 씻어버리는 것이 좋지 않을까 해서 하는 말이다. 신거운 군은 박열기 부부를 축복하고 박열기 부부도 신거운 군의 결혼을 축복하게 되면 그로써 기왕의 감정은 모두 풀려버리는 것이 아닌가. 약간 께름하겠지만 그 감정을 말쑥이 씻어버려야 새 출발이 되는 거여. 각기 행복을 찾고도 기왕의 감정을 그냥 지니고 있어 서로 원수로서 이 세상을 지낸다는 건 말이 아니어. 친구 백명은 부족(不足)해도 원수 한 사람은 비겁다는 말이 있느니……박열기나 자네나 지금 와서 보니 끝내 원수로서 확집(確執)해야 할 까닭이 없어지지 않았는가. 신 군! 자네의 신부는 착하고 아름답다. 그런 마누라를 얻게 하려고 섭리(攝理)가 명한 거로 알고 박열기 부부를 용서해 주게……이 늙은 놈은 자네들의 화해(和解)를 보지 않고는 눈을 감을 수가 없네."

이렇게까지 간곡한 경산 선생의 말을 신거운이 거절할 수가 없다. 경산 선생이 손수 전화를 하겠다면서 내게 전화번호를 물었다. 공중전화를 걸고 돌아온 경산 선생은 희색이 만면이었다.

"신거운 군이 용서를 한다는데 너희들이 오지 않는다면 사람이 아니라고 우겼더니만 백사 제쳐놓고 오겠다고 하더라. 신 군! 자네의 신부(新婦)를 보여주는 것만 해도 울화를 푸는 것이 될 걸세."

밤 일곱 시쯤 돼서 박열기 부부가 나타났다. 신거운의 결혼식이 곧 시작되었다. 식이 있고 난 뒤 경산 선생은 박열기를 보고 일렀다.

"정중하게 신거운 부부에게 인사하고 이 결혼을 축복하게."

박열기 부부는 시키는 대로 절을 하며,

"진심으로 결혼을 축하합니다."

는 말을 했다.

엉겁결에 신거운이 답례를 했다.

"됐어, 그럼 아무 말 말고 둘이서 악수를 하게."

경산 선생은 신거운과 박열기가 악수한 손 위에 자기의 손을 얹고 엄숙히 선언했다.

"인생엔 파도도 있고 험한 준령도 있다. 같이 길을 걷노라면 뜻하지 않은 미움을 살 때도 있고 미움을 조작해야 하는 경우도 있다. 그러나 사람은 미움과 미안함을 가슴속에 지니고 편안할 수는 없다. 항차 행복할 수가 없다. 지금 이 순간부터 다시 정다운 친구가 되어 앞으로 서로 도와가며 살아라!"

이로써 옹덕동 18번지에서 맺히었던 원수가 옹덕동 17번지에서 풀리게 되었다.

망년(忘年)의 회포와 새해에의 기대가 꽃처럼 만발했다. 술과 기쁨에 신이 난 경산 선생이 손을 번쩍 들며 외쳤다.

"고목(古木)에 꽃이 핀 기적을 보았느냐. 낙엽(落葉)이 꽃잎으로 화(化)하는 기적을 보았느냐. 여기 그 기적이 있다. 낙엽이 썩지 않고 다시 생명을 얻었다!"

박열기 부인의 눈에 눈물이 빛났다……

이야기의 재미와 삶의 교훈이 만나는 소설의 지경

김종회 문학평론가

1. 왜 이병주이며 왜 그의 소설인가

나림 이병주 선생은 1921년 경남 하동에서 태어나 1992년 서울에서 세상을 떠났다. 마흔이 넘은 나이에 문단에 나와 30년 가까운 세월에 88권의 소설과 23권의 산문집을 남겼다. 일본 메이지대학 문예과에 유학했고 재학 중에 중국 소주로 학병을 나가야 했으며 광복이 되자 상해를 거쳐 귀환했다. 부산《국제신보》주필로 있다가 5·16 쿠데타 이후 필화사건으로 복역했으며, 출옥 후 소설을 쓰기 시작했다. 공식적으로 기록되어 있는 그의 첫 소설은 1965년《세대》에 발표한 중편 「소설·알렉산드리아」이지만, 그 이전에 이미《부산일보》에 『내일 없는 그날』이란 장편을 연재한 경력이 있다. 「소설·알렉산드리아」는 작가로서의 출현을 알리는 작품인 동시에, 그 소설가로서의 기량과 가능성에 많은 사람들을 놀라게 한 역작이었다.

작가의 생애가 격동기의 우리 역사를 바탕으로 하고 있고, 작품

세계가 파란만장한 굴곡의 생애를 반영하고 있는 만큼, 그의 소설을 읽는 일은 곧 근대 이래 한국 역사의 현장을 탐사하는 일과 다르지 않다. 특히 그가 활달하게 개방된 상상력과 역동적인 이야기의 재미, 그리고 유려한 문장을 구사하는 까닭으로 당대에 보기 드문 문학적 형상력을 집적한 작가로 평가되었다. 뿐만 아니라 활발하게 소설을 쓰는 동안, 가장 많은 대중적 수용성을 보인 작가였다. 그런 연유로 당시에 그를 설명하는 작품의 안내 글에는 '우리 시대의 정신적 대부'라는 레토릭이 등장하기도 한다. 세월이 유수(流水)와 같다는 말은 어디에나 적용되는 것이어서, 그렇게 많은 독자를 이끌고 있던 이 작가도 마침내 한 시대가 축조한 기억의 언덕을 넘어가기에 이르렀다.

하지만 그는 결코 잊혀서는 안 될 작가다. 그처럼 역사와 문학의 상관성을 도저한 문필로 확립해 놓은 경우를 발견할 수 없으며, 문학을 통해 우리 근·현대사에 대한 지적 토론을 가능하게 한 경우를 만날 수 없기에 그렇다. 한국 문학에 좌익과 우익의 사상을 모두 망라한 작가, 더 나아가 문·사·철(文·史·哲)을 아우르는 탁발한 교양의 세계를 작품으로 수렴한 작가, 소설의 이야기가 작가의 박람강기(博覽强記)와 더불어 진진한 글 읽기의 재미를 발굴하는 작가가 바로 이병주다. 그의 문학에는 우리 삶의 일상에 육박하는 교훈이 잠복해 있고, 그것은 우리가 어떤 관점과 경륜으로 세상을 살아가야 할 것인가에 대해 유력한 조력자로 기능한다. 때로는 그것이 어두운 먼 바다에서 뭍으로 돌아오게 하는 예인 등대의 불빛이 되기도 한다.

　그동안 숱한 이들의 주목을 받았고 또 학술적 연구가 이루어진 그의 소설들은, 대체로 역사 소재의 작품들과 현대사회에 있어서 삶의 논리 또는 윤리에 관한 작품들로 구성되어 있다. 우리가 익히 아는 『관부연락선』·『지리산』·『산하』의 근·현대사 3부작을 비롯하여, 조선조 말기를 무대로 중인 계급 혁명가를 설정한 『바람과 구름과 비』, 그리고 동시대 고등 룸펜이 노정하는 일탈의 사상을 그린 『행복어사전』 등 그 면면이 화려하기 이를 데 없다. 더 나아가면 현대사회의 애정문제를 흥미진진한 이야기로 구성한 백화난만한 문학 세계를 목도하게 된다. 그와 같은 문학의 성가(聲價)를 배경으로 여기에서는 그의 이름 있는 대중적 성향의 작품 『낙엽』을 살펴보기로 한다.

2. '지금 여기'서도 빛나는 소설 미학

　이병주가 작품 활동을 하던 시기에 가장 많은 독자를 가진 베스트셀러 작가였다는 사실은, 자칫 그를 대중문학 작가라는 함정으로 이끌고 들어가는 덫이 될 수 있었고 또 그 혐의를 인정할 만한 근거도 있었다. 많이 읽히는 소설이 꼭 좋은 소설은 아니지만, 좋은 소설이 많이 읽히는 것은 자연스러운 일이다. 그만큼 넓은 독자 수용성을 가지고 있었다는 것이 칭찬의 소재가 될 수 있을지언정 흠결이 될 수는 없는 것이다. 이러한 성과는 기본적으로 그의 소설이 가진 탁발한 '재미'와 중량 있는 '교훈'에서 말미암았다. 그런데 우리 문학의 평가 기제는 이 작가 이병주를 그렇게 잘 끌어안지 못했다.

역사 소재의 작품 이외에 현대사회의 애정 문제를 다룬 작품들로 시각의 초점을 바꾸고 보면, 작품의 수준이 하락한다는 것이 주된 이유였다. 물론 그 지점에서 동어 반복 곧 동일한 이야기의 중복이나 전체적인 하향평준의 경향이 없는 것은 아니다. 하지만 순수문학의 편협한 잣대를 버리고 이미 우리 주변에 풍성하게 펼쳐져 있는 대중문학의 정점이라는 관점을 활용하면 이 문제는 오히려 강점이 될 수 있다. 굳이 대중문학과 이병주 소설을 함께 결부하여 살펴보는 이유도 거기에 있다. 이와 같은 관점으로 바라볼 때 여기서 검토하는 『낙엽』의 문학적 의의와 가치를 보다 잘 포착할 수 있지 않을까 한다.

『낙엽』은 1974년 1월부터 1975년 12월까지 꼬박 2년간 《한국문학》에 연재되었다. 작가 이병주가 1957년 아직 비공식 미등단 문인으로서 《부산일보》에 『내일 없는 그 날』을 연재함으로써 작가의 길을 걷기 시작한 지 18년 만에 완성된 작품이다. 그 중간 1965년에 작가는 앞서 언급한바 《세대》에 「소설·알렉산드리아」를 발표하면서 세간의 집중적인 조명을 받았으니, 이러한 사실들을 감안해 보면 『낙엽』은 그의 창작 기량이 한껏 무르익었을 때의 작품이라 말할 수 있다. 작가는 1977년 장편 『낙엽』과 중편 「망명의 늪」으로 한국문학작가상과 한국창작문학상 수상했고, 1984년 장편 『비창』으로 한국펜문학상 수상한 바 있다. 이렇게 보면 그 문학적 성취에 비해 문학상 수상이 많지 않았던 그에게 처음으로 상을 안겨준 작품이기도 했다.

이 작품을 응대하는 데 있어 필자는 이병주 소설 분석의 오랜 관행과 같은 역사성과 대중성의 이분법적 잣대를 버리지 못하고, 좀 쉽고 편안한 접근을 예상했던 것이 사실이었다. 처음 읽었을 때의 기억이 희미할 만큼 만난 지 오랜 작품이어서, 이 글을 쓰기 위해 다시 읽으면서도 별다른 긴장이 없었다. 그런데 중간제목 없이 숫자로 구분된 14개의 장(章)과 종장(終章)을 한꺼번에 읽는 동안, 그 도입부를 넘어서면서 어느결에 책상 앞에 앉은 자세를 가다듬고 있었던 터이다. 어쩌면 허섭스레기 같은 낙백(落魄)한 자들의 일상 가운데서 소설의 진면목을 발굴했다 할 수준으로, 박학다식하고 현학적이며 지적 향연이 넘치는 서사 세계가 전개되고 있었던 것이다.

하나의 소설이 한 전문적 독자로 하여금 인식의 현(絃)이 팽팽하게 당겨지는 듯한 느낌을 갖게 하는 것은 보통의 경험이 아니다. 언필칭 작가의 '입담'으로 이끌고 나가는 소설이 이야기의 재미와 삶의 경륜을 한꺼번에 공여할 수 있다면, 그와 같은 인식에 이르는 길에 아연 익숙한 경각심이 촉발되지 않을 수 없다. '역시 나림'이라는 생각이 그것이다. 『낙엽』에 등장하는 범상한 인물들과 그들이 엮어내는 사건들이 빛바랜 옛이야기가 아니라 '지금 여기'서도 통용 가능한 것이라고 납득하는 순간, 이병주 소설과 그 담론의 자장은 반세기의 공간을 훌쩍 넘어서게 된다. 그런데 이 지점에 이르기 위해서는, 소설의 서두를 보다 성의 있고 정밀하게 읽을 필요가 있다.

작가가 펼쳐놓은 이야기의 세계와 친숙해지는 대가를 지불해야 하기 때문이다. 마치 도스토옙스키의 『카라마조프가의 형제들』의 도입부가 그러하듯이, 어느 작품에나 그 담화의 여행에 승차하기 위한 운임이 있어야 한다는 의미다. 인내의 과정을 거치지 않은 유락(遊樂)은 그 심도가 덜하다는 사실이 소설 독법에도 적용될 수 있다는 새로운 발견을 만난다는 뜻이다. 그 초동단계를 지나면 문장과 표현, 생각과 각성 등 여러 부문에 걸쳐 일종의 철리(哲理)를 방불케 하는 흔연한 실과(實果)를 건네는 것이 이병주의 소설이다. 이 작품은 그렇게, 결미에 이르기까지 여러 인물의 '인간회복'에 도달하는 길고 고단한 과정을 견인한다. 이를테면 '낙엽이 꽃잎으로 화하는 기적'의 기록이다.

3. 생동하는 인물과 인간회복의 꿈

『낙엽』의 소설 무대는 서울 옹덕동 18번지다. 짐작컨대 마포구 공덕동 즈음에서 지명 이미지를 가져오고, 이를 소설의 분위기에 맞도록 개명한 것이 아닐까 싶다. 이 옹덕동의 한 지번에 1970년대 중반의 한 시대를 상징할 만한 몇 사람의 인물이 모여 산다. 소설의 중심인물이자 화자인 '나'는 안인상이란 이름을 가졌다. '나'는 여러 인물의 이야기를 한데 묶는 구심점이자 관찰자이며, 이병주 소설 곳곳에 등장하는 서술자·기록자의 위치에 있다. 그런 만큼 소극적이며 회의적인 성품을 가졌으나, 그렇다고 호락호락하게 물러서는 캐릭터도 아니다. 그는 외형보다 내포적 인식의 세계가 훨씬 넓은 인물이다. 그가 없이는 이 소설의 서사가 진척되지 못한다.

한 지붕 아래 각기 다른 방에서 함께 사는 이들은 전직 언론인 박열기, 미국에서 살다 온 신거운, 미군 시체미용사 출신의 모두철 등 평범하면서도 특별한 이력을 지닌 과거를 가지고 있다. 동시에 '나'를 포함한 이 네 남자의 아내들 역시 파란만장한 경력의 소유자들이다. 이들은 서로 충돌하기도 하고 또 융합하면서 생애의 한 행로를 공유한다. 거기에 그 동네의 구멍가게 주인 양호기나 노 독립투사 '경산 선생' 같은 이들이 각기의 역할과 더불어 연계되어 있다. 그런가 하면 구멍가게 안주인과 불륜 관계에 있는 편수길, 고시 공부를 한다고 도서관에서 세월을 보내고 있는 배영도 같은 인물도 있다. 이들이 씨줄과 날줄이 되어 엮어내는 인간관계의 드라마는 이 작가의 다른 소설들, 이를테면 「예낭풍물지」나 『행복어사전』에서 보던 것처럼 백화난만으로 다채롭게 펼쳐져 있다.

'나'와 '나'의 아내 가운데서 침착하고 당찬 쪽은 아내다. 마치 『산하』의 차진희나 『행복어사전』의 차성희처럼, 생각과 행동이 단단하게 정돈되어 있다. 이상의 저 유명한 1930년대 소설 「날개」에까지 비길 바는 아니지만, 여기 이 주인공의 삶이 보이는 행태는 「예낭풍물지」와 견주어 볼 수는 있다. '나'의 무능에 지친 아내는 가출을 했다가 돌아온다. 그 바탕에는 '나'가 가진 근본적인 선성(善性)이 연동되어 있고, 이를 꿰뚫어 본 이는 가까이 사는 경산이다. 아내의 가출과 귀환이라는 담론의 방정식은, 이병주의 소설이 궁극에 있어서 삶의 희망적 전망을 포기하지 않는다는 사실과 관련되어 있다. 그런데 이 경과를 표현하는 이야기의 세부는 질투, 성적 능력, 선물, 취직 등으로 다채롭기 이를 데 없다. 이야기꾼으로서 이 작가의 기량이 한껏 빛나는 대목이다.

박열기란 인물은 여러모로 작가와 닮아있다. 언론인의 전직(前職), 필화사건으로 인한 징역살이가 그러하다. 특히 '노름'에 대한 소회는 『산하』의 이종문을 곧바로 소환할 만큼 설득력이 있다. 만년 고시생 배영도 소설 가운데 법률적 지식을 도입하는 데 매우 유용한 장치에 해당한다. '의심스러운 것은 벌하지 않는다'라는 무죄추정의 원칙을 환기하는 것은, 어쩌면 작가 자신의 억울하고 부당한 수형 체험을 반사하고 있는지도 모른다. 이 정황은 『운명의 덫』이란 소설 속의 법률적 시각과 논의 구조와도 유사하다. 그러기에 '도적의 누명을 쓴 사람이 그 누명을 벗기란 힘들다'는 레토릭이 제시되고, 심지어는 거의 확고하게 살인 혐의자로 보이는 편수길에게 끝까지 그 낙인을 찍지 않는 것이다.

이 세속의 저잣거리에서 부대끼며 살아가는 삶의 '교사'로 돌올

(突兀)한 인물이 경산이다. '경산'이라는 이름은 중편 「그 테러리스트를 위한 만사(輓詞)」에 같은 작명으로 나오고, 그는 그 소설의 '정람'과 함께 의기 쟁쟁한 선각이다. 『허상과 장미』의 '형산'도 이와 같은 배분에 있다. 『낙엽』의 실체를 이루고 있는 갑남을녀들의 삶이 지지부진하고 혼란스러우며 갈 바를 명확하게 알지 못할 때, 경산의 훈도(薰陶)나 일침(一針)은 그로써 삶의 길을 이끄는 예인(曳引)의 기능을 수행한다. 물론 그를 생동하는 소설적 인물로 추동한 것은 작가다. 경산의 작용이 있고서야 소설의 중심축이라 할 수 있는 '나'와 아내의 관계도 재정립된다.

작가는 시종일관, 소설이 이야기로 구성된다는 사실과 그 이야기가 재미있지 않으면 안 된다는 소설 창작의 원론을 상기하고 있다. 이를테면 옹덕동 18번지가 미군의 검색을 당하게 되었을 때, 박열기의 재치로 모두철을 콜레라 환자로 유추하게 하여 위기를 모면하는 장면이 있다. 이처럼 유머와 위트 그리고 기막힌 반전의 구사는, 그의 단편 「빈영출」이나 「박사상회」에서 유감없이 발휘되던 솜씨다. 이 모든 소설적 요소와 작가로서의 특장이 합력하여, 이 소설은 언제 어디서나 볼 수 있는 세상사의 문맥을 헤치고 짐짓 뜻깊고 흥미로우며 읽는 이의 가슴 속 반향판을 울리는 성과를 일구어낸다. 그리고 그것은 부서지고 파편화되어 앙상한 형해(形骸)만 남을 수밖에 없는 인간관계 속에서, 흙 속에 묻힌 옥돌을 찾아내듯 '인간회복의 꿈'을 되살리게 한다.

4. 마침내 소설이 우리에게 남긴 것

이 소설에 명멸하는 여러 사건 가운데서 가장 충격이 강한 것은 박열기와 신거운의 아내가 사랑의 도피를 감행하는 일이다. 이는 그나마 한 줄기 잔영처럼 남아 있는 우호적 관계성과 공동체의 질서를 전면적으로 훼파하는 것이기에 그렇다. 그런가 하면 모두철이 공공연히 '양공주'로 나설 수밖에 없는 아내를 용인하는 상황도 그렇다. 그런데 모두철은 그가 아무것도 할 수 없었을 때 자신을 공궤(供饋)한 그 아내를 뿌리치지 않는다. 박열기의 도피행각도 결말에 이르러서는 신거운의 새로운 삶을 매개로 화해로운 결말에 도달한다. 이러한 소설적 대단원은 기실 결코 쉽지 않다. 이야기 자체의 흐름에 위배되지 않아야 하거니와, 그 흐름을 감당할 작가의 역량과 배포가 수반되어야 하기 때문이다.

소설의 처음에서는 난마처럼 얽힌 옹덕동 18번지의 생활무대를 배경으로 모든 인물이 패배와 낙담의 늪으로 침윤할 것이라는 예단을 넘어서기 어려웠으나, 작가는 이 여러 곡절을 모두가 되살아나는 행복한 마무리로 이끌어 간다. 그 마무리에서 되돌아볼 때 독자는 소설이 과연 우리에게 무엇인가, 이 소설은 진정 우리에게 무엇을 남겼는가를 반추하게 된다. 좌절과 절망 가운데서 새로운 의욕과 활력을 제기한다고 해서 반드시 재미있거나 또 좋은 소설이 되는 것은 아니다. 하지만 새 희망의 발현이 이야기의 재미 또는 소설적 교훈과 조화롭게 만나게 된다면, 우리는 그 소설을 한층 호쾌하고 의미 깊게 읽을 수 있다. 이를 수행하는 작품의 제작자를 우리는 '좋은 작가'라 지칭한다.

이병주의 『낙엽』은 사회적으로 이름 있는 인사를 내세우지도 않고 제 자리에서 일정한 존재감을 드러내는 인물을 형상화하지도 않았다. 그렇지만 그들의 내면에 응축된 사람 사는 일에 대한 보편적 상식과 도의감, 사람 구실에 대한 정론적 인식을 허물지 않고 끝까지 지켰다. 여기에 불후의 화가 빈센트 반 고흐가 그 스스로 가난하여 주위에 있는 가난한 서민들을 주로 그렸으나, 그 그림이 오히려 동시대 삶의 진실을 표출했던 예술사의 범례를 환기해 볼 수 있다. 이병주의 소설 『낙엽』의 인물들이 바로 그와 같다. 이들은 소설의 말미에서 다시 옹덕동 18번지로 '헤쳐모여' 한다. 그동안 볼 수 없었던 그 집의 주인도 돌아온다. 마치 봄날 새 생명의 뜰과도 같은 풍광이 회복된다.

경산 선생의 회고담이 계속되었다. 우리들은 비로소 역사라는 것을 느꼈다. 방안의 공기가 탁해지자 경산 선생은 방문을 열라고 했다. 어느덧 조그마한 뜰에 달빛이 깔려 있었다. 그 달빛을 받고 뜰 가득히 갖다 놓은 화분의 꽃들은 요란한 향연을 이루고 있었다.

"보아라, 저 꽃들을 보아라. 옹덕동 골짜기의 구멍가게 비좁은 뜰이 사람들의 호의로 인해서 황홀한 꽃밭이 되었다. 낙엽(落葉)이 모여 썩기만을 기다리던 우리들이 이렇게 아름다운 꽃밭을 이루어 놓았다. 우리는 뜻만 가지면 어느 때 어느 곳에라도 꽃밭을 만들 수 가 있다. 그러나 꽃밭이라고 해서 그저 아름답기만 한 곳은 아니다. 꽃 밭엔 슬픈 과거가 있고 그 밑바닥엔 검은 흙 모양의 고통도 있다. 허지만 슬픈 과거가 있기에 화원은 안타깝도록 아름답고 밑바닥에 검은 고통이 있기에 그 아름다움이 더욱 처량하다. 인생도 또한 꽃이다. 호박꽃으로 피건 진달래로 피건 보잘것없는 잡초의 꽃으로 피건 사람은 저마다 꽃으로 피고 꽃으로 진다."

옹덕동 18번지 공동체의 변화와, 그에 속한 각기 개인 생활의 혁명은 두 손을 마주 잡고 함께 찾아왔다. 이곳에서 맺혔던 원수가 이곳에서 풀렸다. "고목(古木)에 꽃이 핀 기적을 보았느냐. 낙엽이 꽃잎으로 화(化)하는 기적을 보았느냐. 여기 그 기적이 있다. 낙엽이 썩지 않고 다시 생명을 얻었다!"는 소설의 마지막 문장 경산의 말은 강력한 상징을 함축한다. 우리가 직접 경험한 것이 아닐지라도, 이와 같은 흔쾌한 간접체험은 소설 읽기의 매혹을 약속한다. 이야기의 진진한 재미와 삶의 응축된 교훈이 만나는 소설의 지경, 우리는 그것을 이병주의 『낙엽』에서 목도할 수 있다.

역사 소재의 장편, 특히 대하 장편들에 비하면 대중소설적 성향이 다분하긴 하나 그 대중성은 흥미 위주의 또는 상업주의적 대중성과는 다른 것이다. 강력한 독자 친화의 창작 태도를 대중적이라고 호명하자면, 이 소설이 바로 그렇다. 더욱이 이 소설은 그와 같은 창작 의도에 반응한 뜨거운 독자 수용을 보여주기도 했다. 이를 따라 언표(言表)할 수 있는 말, 역사성과 대중성 사이를 자유롭게 왕래할 수 있는 거의 유일한 작가가 바로 이병주다. 그러기에 지금 여기에서도 여전히 이병주인 것이다.